Prosper Mérimée

NOUVELLES COMPLÈTES

II

Carmen

et treize autres nouvelles

Édition établie,
présentée et annotée
par Pierre Josserand

Gallimard

INTRODUCTION

Près de trois ans s'étaient écoulés entre la publication des Ames du Purgatoire *et celle de* La Vénus d'Ille. *Plus de trois ans séparent* La Vénus d'Ille *de* Colomba *et près de quatre* Colomba *d'*Arsène Guillot. *Mérimée n'écrit des nouvelles que pour son amusement ou « pour plaire à quelqu'un ». Aussi l'y voit-on renoncer après sa rupture avec M*me *Delessert, de qui l'amitié enfin rendue l'encouragera à composer, au soir de sa vie,* La Chambre bleue, Djoûmane, Lokis. *Mais cet amateur s'est asservi — joyeusement, nonobstant les grognements d'usage — à un métier qui est d'inspecter les monuments, d'assister aux séances de neuf commissions, et d'écrire des rapports archéologiques et administratifs; ce dilettante aime toujours les voyages et, s'il n'y doit plus goûter jamais les délices aventureuses de son expédition d'Orient, du moins appréciera-t-il l'opulente hospitalité du duc de Hamilton, chez qui il chassera le coq de bruyère dans les Highlands, du marquis de Breadalbane en son château de Taymouth, de Lord Ashburton à Kinloch-Linchard, d'Édouard Ellice*

*au Pass de Glenquoich; et il reverra, en 1845, en
1846, en 1853, en 1859, sa « chère Espagne », sa
patrie d'élection (non pas l'Angleterre, où le cant
était trop peu analogue à sa nature vraie); et il ira
en Allemagne, en Autriche, en Italie... C'en est fini,
il est vrai, des lentes et inconfortables diligences et
l'on voyage maintenant « sur le fer des chemins qui
traverse les monts », comme aurait dit Delille et
comme a dit Vigny.*

*Mais ce voyageur cosmopolite ne se trouve nulle
part si bien que chez lui, 18, rue Jacob où, quittant
la rue des Beaux-Arts, il s'installe le 30 avril 1847,
et où sa mère meurt le 30 avril 1852; puis 52, rue de
Lille, à partir du 24 août 1852. C'est là que lui
rendait visite le poète Édouard Grenier, qui a décrit
cet intérieur, très confortable sans faste, le cabinet
de travail où Mérimée veillait fort avant dans la
nuit, des babouches turques aux pieds et drapé dans
une magnifique robe de chambre japonaise à grands
ramages, la vaste table Louis XV en bois de rose, les
sièges capitonnés, les coussins brodés épars. Sur ce
home de lettré sybarite veillaient, effacées et attenti-
ves, Mrs. Ewers et Miss Fanny Lagden, deux sœurs,
anciennes amies de sa mère. On peut croire qu'elles
étaient absentes, le jour où se passa la scène assez
suggestive qu'il raconte à Mme de Montijo : « Trois
jeunes femmes [il précise : du « beau monde »] sont
allées chez un de mes amis [c'est lui-même, évidem-
ment] possesseur d'une belle collection de curiosités
qu'il leur a montrées avec beaucoup de complaisance.
Puis elles lui ont dit : « Nous savons que vous avez
« des tiroirs secrets, où vous mettez des choses drôles.
« Faites-les-nous voir. » Il a objecté qu'il y avait des
choses un peu étranges, un peu obscènes, qu'il*

n'oserait pas montrer à beaucoup d'hommes. A toutes ces objections elles répondaient : « Nous voulons tout voir. » Elles ont tout vu et rien n'a paru les surprendre. Voilà pour l'état des mœurs au printemps de 1868. Il me semble qu'il y a progrès et cela promet pour l'avenir. Je regrette bien de n'avoir pas ma vie à recommencer... »

On l'imagine, épicurien stoïque, de la race de Saint-Évremond, vieillissant peu à peu dans ce logis par lui orné de choses choisies, de souvenirs, relisant ses chers anciens, Shakespeare, les lettres de Cicéron, celles de Mme de Sévigné, celles de Mme du Deffand (ce goût des correspondances est symptomatique), et, jamais tenté ou peut-être incapable de dépouiller le vieil homme, se délectant aux cryptadia et curiosa de la bibliophilie. Quant à l'audience qu'il accorde à ses plus grands contemporains, elle est si réticente, si grincheuse, et de si courte vue parfois, qu'elle laisse perplexes ceux qui n'ignorent pas que Mérimée est le contraire d'un sot.

Il a dit un jour (1857) que « savoir choisir dans la nature ce qu'il faut imiter, c'est assurément le grand problème de l'art ». Ce problème, il semble pour son compte l'avoir assez bien résolu. Mais, comme si sa connaissance solide « des deux antiquités » et du passé littéraire français (il est notamment imprégné de Molière) paralysait en lui l'intelligence de talents ou de génies nouveaux, il n'a, sans la moindre arrière-pensée jalouse, que dédain et épigrammes pour ceux de ses confrères que la postérité a placés le plus haut. La cruauté des aquarelles où il a caricaturé Chateaubriand atteste, au-delà de l'irrévérence rituelle et sans venin des cadets à l'égard des aînés, une sincère antipathie de cœur pour le sachem du romantisme.

*Sur Baudelaire, à qui d'ailleurs il vint en aide lors
du procès des* Fleurs du Mal *et qui professait pour
lui une admiration émouvante; sur Hugo, avec qui
son intimité fut brève, et bien qu'il ait été l'un des
combattants d'*Hernani, *qu'il ait reconnu «un immense
talent» dans* Notre-Dame de Paris *et qu'il ait donné
sur le dénouement de* Marion Delorme *un conseil qui
fut suivi; sur Flaubert, qui, après avoir «gaspillé
son talent» dans* Madame Bovary, *a «commis»*
Salammbô *et* L'Éducation sentimentale; *sur
Renan, ses «idylles» et sa «monomanie du paysage»,
— il porte des jugements ou lance des boutades qui
surprennent ou affligent. Quelques exemples montre-
ront combien la défiance des nouveautés tient parfois
en échec la curiosité naturelle d'un homme d'esprit
et rétrécit son goût.* Salammbô? «*En tout autre lieu
que Cannes, partout où il y aurait* La Cuisinière
bourgeoise *à lire, je n'aurais pas ouvert ce volume.*»
— Les Misérables? «*Cela semble avoir été écrit en
1825, quand on était romantique et qu'on s'étudiait
à torturer la langue française pour mettre des mots
extraordinaires. Aujourd'hui ce style-là n'étonne
plus, mais assomme... Si le livre était moins ridicule
et moins long, il pourrait être dangereux. Tel qu'il
est, il me semble inférieur de tous points aux romans
socialistes d'Eugène Sue.*» — Les Chansons des
Rues et des Bois? «*Est-il devenu subitement fou
ou l'a-t-il toujours été? Quant à moi, je penche pour
le dernier.*» L'Homme qui rit? «*C'est à se voiler la
face. Toujours des antithèses et des exagérations,
mais surtout faux et bête.*» *Et d'un speech de Hugo à
Bruxelles: «Quel dommage que ce garçon, qui a de si
belles images à sa disposition, n'ait pas l'ombre de
bon sens, ni la pudeur de se retenir de dire des plati-*

*tudes indignes d'un honnête homme ! » Mérimée ne
venge pas ainsi, plus ou moins consciemment, une
querelle personnelle ; il n'a pu connaître les duretés
et les calomnies de Hugo. C'est Hugo, au contraire,
qui, ayant lu les* Lettres à une Inconnue, *a usé de
représailles dans l'*Histoire d'un Crime. *Quant à
Baudelaire, il faut la délicatesse d'analyse de Jacques
Crépet pour absoudre Mérimée d'avoir écrit ceci :
« Les Fleurs du Mal [sont un] livre très médiocre,
nullement dangereux, où il y a quelques étincelles de
poésie, comme il peut y en avoir dans un pauvre
garçon qui ne connaît pas la vie et qui en est las parce
que une grisette l'a trompé. Je ne connais pas l'auteur, mais je parierais qu'il est niais et honnête »
(1857). Et : « On m'a envoyé les œuvres de Baudelaire,
qui m'ont rendu furieux. Baudelaire était fou ! Il
est mort à l'hôpital après avoir fait des vers qui lui
ont valu l'estime de Victor Hugo et qui n'avaient
d'autre mérite que d'être contraires aux mœurs. A
présent, on en fait un homme de génie méconnu ! »
(1869). On aura remarqué la circonstance atténuante
accordée aux* Misérables *et aux* Fleurs du Mal :
*ce n'est point des livres « dangereux ». Ce critère,
chez Mérimée ! Ne disons cependant pas trop vite :
indice de vieillissement ; sans doute, il y a de cela,
mais cette exécution des* Misérables *atteint par
ricochet le vocabulaire romantique et nous avons vu
dans le volume précédent * combien, à l'égard du
romantisme, Mérimée garda toujours ses distances.
Le goût de la langue classique, la méfiance des inno-
vations littéraires, sociales et morales sont au nombre
de ses « constantes ». La sympathie ou l'admiration*

---

* Colomba (Folio).

qu'il refuse aux très grands écrivains du Second
Empire, il ne les marchande pas à un François
Ponsard, à un Émile Augier. Pis encore, il a écrit
(1865) ceci, plaisanterie évidente, mais significative :
« Il n'y a plus qu'un homme de génie à présent, c'est
M. Ponson du Terrail... Personne ne manie comme
lui le crime et l'assassinat ; j'en fais mes délices. »
Et la répulsion que lui inspirent, au Salon de 1853,
les Baigneuses de Courbet, le plaisir qu'en 1861
il prend à faire un sort aux plus ineptes calembours
sur Wagner achèvent de circonscrire un certain
« beau », valable mais étroit, hors duquel selon lui
point de salut.

Est-ce à cette espèce de sclérose du goût qu'il faut
imputer un tarissement de l'inspiration chez Mérimée ? Mais la longue éclipse du nouvelliste est celle
même de sa liaison avec Mme Delessert. Et si, sur le
déclin, il se répète (mot très vague), s'il ne renouvelle
pas sa manière et si — scepticisme, exotisme, attrait
des âmes fortes, goût du merveilleux et de la mystification — son éthique et son esthétique n'évoluent pas,
du moins le mystère de Lokis n'est pas celui de la
Vision de Charles XI, comme Carmen déjà était
autre chose que les Lettres d'Espagne.

Au surplus, si, pendant vingt ans, de Carmen
(ou du Viccolo, si l'on veut, ou de L'Abbé Aubain)
à La Chambre bleue, Mérimée renonce à ce qu'on a
appelé la littérature d'imagination, il n'en poursuit
qu'avec plus d'ardeur une œuvre très estimable d'his-
torien. Quant à son incuriosité ou son hostilité à
l'égard des œuvres françaises nouvelles, il les concilie
— et le paradoxe n'est qu'apparent — avec un intérêt très vif, très soutenu, alors très rare, pour la littérature russe. Stendhal se moquait de lui en le voyant

etudier le grec à vingt-cinq ans ? Il en a près de cinquante lorsqu'il se met à apprendre le russe. A quoi tient peut-être qu'il sut le grec parfaitement et, paraît-il, jamais bien le russe. Pourtant il a été, en dépit d'obscurs devanciers, le véritable introducteur en France, et l'on peut dire en Occident, de Pouchkine, dont il traduit dès 1849 La Dame de Pique, *puis* Les Bohémiens, Le Hussard, Le Coup de pistolet ; *de Gogol dont il fait connaître en 1851* Les Ames mortes, L'Inspecteur général ; *de Tourgueniev, qui devient son ami et dont il corrige ou traduit* Apparitions, Le Juif, Petouchkof, Le Chien, Étrange Histoire. *Et c'est une des originalités de cet amateur du passé que d'avoir eu tant de part à la révélation du roman russe, dont l'influence littéraire et morale devait être si profonde.*

Et non seulement le roman, mais l'histoire russe le passionne. Ne prenons pas trop au sérieux son impertinence de 1829 : « Je n'aime dans l'histoire que les anecdotes. » La Guerre sociale, Catilina, Don Pèdre, *les études russes offrent plus de solidité que n'autoriserait à en attendre cette définition trop restrictive que l'auteur donne de son propre goût. Dans l'histoire de Russie, d'ailleurs, comme à un degré moindre dans celle de Rome, comme dans celle d'Espagne, où c'est Don Pèdre qui l'attire, Don Pèdre le Justicier, mais aussi le Cruel, les épisodes où il applique avec patience une érudition neuve rivalisent d'horreur :* Le Faux Démétrius, Les Cosaques de l'Ukraine, La Révolte de Stenka Razine, Bogdan Chmielniecki, Pierre le Grand, La Fausse Élisabeth *ne sont qu'assassinats, tortures, pals et écorchements. Le pessimisme de Mérimée se complaît parfois dans l'atroce.*

Mais, plus discret, moins noir, ironique plutôt et enjoué, courageux et souriant, sociable, on le retrouve comme en filigrane tout au long de la correspondance où, pendant plus de quarante ans, Mérimée, sans effort, équilibre son amour de la vie et son âpre conviction que « l'espèce humaine est turpe ». Il y a dans les Souvenirs d'enfance et de jeunesse un mot curieux de Renan : « Mérimée, dit-il, eût été un homme de premier ordre s'il n'eût pas eu d'amis. Ses amis se l'approprièrent. Comment peut-on écrire des lettres quand on a la facilité de parler à tous ? » Renan n'a pas vu que, par sa variété, par sa richesse, cette correspondance révélait la nature profonde de Mérimée, amateur moins soucieux de « parler à tous » que de laisser courir sa plume en de libres causeries de rebus omnibus et quibusdam aliis, *comme il aimait à dire,* avec ses amies et ses amis.

*Aux amies de toujours, Jenny Dacquin, à qui deux heures avant de mourir il écrivait encore, à M*me *de Montijo, à l'inconstante Valentine, à M*me *de Boigne, il peut ajouter, au penchant de sa vie, M*me *de Beaulaincourt, M*me *de Lagrené et sa fille Olga, qui lui apprennent le russe, M*me *de La Rochejaquelein, dont la piété intelligente échouera dans sa tentative de conversion, mais qui recevra les lettres les plus sérieuses, les plus graves qu'ait écrites le sceptique Mérimée. C'est à elle qu'un jour, un peu agacé de son prosélytisme, il s'enhardit à répondre, comme elle insistait pour qu'il se fît baptiser :* « Eh bien, madame, j'y consens, mais à une condition : c'est que vous me servirez de marraine. Je serai habillé de blanc et vous me porterez dans vos bras. » *Jusqu'à la fin, Mérimée goûta à l'extrême le charme des amitiés féminines : c'est en 1864 qu'il se lie avec* *la duchesse de Castiglione-Colonna (le sculpteur Marcello), à qui aussi il écrira quelques lignes le jour de sa mort, et avec la comtesse Lise Przedziecka, l'« autre inconnue »...*

Dans sa maturité et sa vieillesse, ami sûr et dévoué de Sainte-Beuve, de Gobineau, de Cousin, d'Estébanez Calderón, d'Antonio Panizzi, ce carbonaro italien condamné à mort par contumace et, naturalisé anglais, devenu directeur du British Museum, Mérimée n'est pas moins fidèle au souvenir des amis disparus. En 1850, il fait de Stendhal un « éloge » funèbre dont la franchise hérisse les Parisiens. En 1867, il éditera au bénéfice d'un neveu du voyageur, et en les préfaçant, deux volumes de lettres inédites de Victor Jacquemont, « le plus noble caractère, écrira-t-il alors, et le plus aimable que j'aie connu ». Il y avait plus d'un tiers de siècle que Jacquemont était mort et le sec Mérimée n'avait guère plus de deux ans vécu dans son intimité... En 1861, hommage à une amitié morte, il fait campagne — avec Jules Sandeau... — pour que l'Académie décerne à George Sand le grand prix biennal de 20 000 francs.

Tel est cet égoïste, à qui son culte de l'amitié vaudra quinze jours de prison, pour l'accomplissement desquels le ministre, son chef, lui accordera un congé « en regrettant qu'il en fasse un si mauvais usage ». Le prudent, le sceptique Mérimée écrira en effet dans La Revue des Deux Mondes un article mordant sur le procès de son ami Guillaume Libri, savant authentique, mais non moins authentique voleur, chargé par Guizot d'inspecter des bibliothèques où son passage coïncidait d'une façon, à la longue, troublante avec des disparitions de livres

*ou de manuscrits précieux. Et la Justice aura le
mauvais goût de déceler dans ces pages satirico-
bibliographiques les délits d'attaque à la chose jugée et
d'outrages à la magistrature. D'abord infiniment
vexé, Mérimée, officier de la Légion d'honneur (ils
n'étaient pas tout à fait cinq mille, alors), haut fonc-
tionnaire, académicien, « purgea » sa peine avec
bonne humeur, en se moquant de lui-même et du
mouvement chevaleresque auquel, infidèle à sa devise
de méfiance, il avait imprudemment cédé. A-t-il dans
cette étonnante aventure moins obéi à son amitié
pour un confrère à l'innocence duquel il n'a pu
croire longtemps, qu'à ses très tendres sentiments
pour la femme — ou la belle-fille, ou la nièce... —
de Libri ? Au moins il a eu le courage de remplir
jusqu'au bout, et même un peu au-delà, ses obliga-
tions de galant homme.*

*Il pourra d'ailleurs savourer l'ironie des revanches
inattendues, quand, moins d'un an après sa sortie de
prison (20 juillet 1852), il sera nommé sénateur
(23 juin 1853). Mais — nouveau retour des choses
— au lendemain de la défaite, le décri où tombe tout
le personnel de l'Empire n'épargne pas Mérimée.
Il expiera, mort, les satisfactions, non négligeables
mais non sans mélange, qu'il avait pu goûter d'ap-
partenir à ce*

> sénat de plats-pieds
> Dont la servilité négresse et mamelouque
> Eût révolté Mahmoud et lasserait Soulouque.

Ainsi parlent Les Châtiments. *Les étiquettes
simplistes sont tenaces, étant commodes, et Mérimée
fut durablement classé courtisan.*

*Il est vrai que, reçu dans l'intimité aux Tuileries,
à Saint-Cloud, plus tard à Biarritz, il devint dès le
début du règne un familier de la cour. Sur quoi, en
prose et dans l'Histoire d'un crime, Hugo a lancé
cette insolence magnifique :* « Un peu d'académie ne
messied pas à une caverne. » *Or, Mérimée n'éprouva
qu'une sympathie tardive, le connaissant mieux,
pour le prince à qui, jusqu'au jour où il épousa
Eugénie de Montijo, il n'épargnait pas les brocards.
Si Mérimée fut sénateur, c'est parce qu'il avait,
quand elle était une petite fille, emmené manger des
gâteaux chez le pâtissier de la rue de la Paix celle
qui était maintenant l'impératrice. Et dans l'embarras
où le met, à l'égard de ses amis orléanistes, l'octroi
inopiné d'une haute sinécure, ce qui console Mérimée,
c'est que l'impératrice a sauté au cou de l'empereur
en apprenant la nouvelle. Mérimée a été comblé
d'honneurs, accablé de prévenances par les souverains.
Figurant obligé de toutes les solennités, inscrit
d'office dans les « séries » de Compiègne et de Fontaine-
nebleau, il est indéniable que ces faveurs étaient pour
lui des corvées. Toute sa vie, il a justifié ce que disait
de lui son père en 1825 :* « Habitué à ses aises, il
appréhende d'être tous les soirs en grande tenue. »
*Sa santé d'ailleurs devenue très précaire, il prend le
parti, dès l'hiver 1856-1857, de passer à Cannes la
mauvaise saison. Il essaie vainement de guérir d'un
asthme qui rendra tout à fait misérables ses dernières
années.*

*Augustin Filon, qui l'a vu à Fontainebleau en
1868, a tracé de lui ce portrait :* « Un vieux monsieur
marchait à côté de l'impératrice en regardant les
pavés. Mise soignée et même coquette ; pantalon gris,
gilet blanc, ample cravate bleu ciel d'ancien style.

*Un gros nez à bout carré, de forme curieuse; le front
haché de quatre profondes rides cruciales; l'œil rond,
froid, un peu dur, à l'ombre d'un sourcil épais et
derrière le miroitement du pince-nez. L'allure générale
très raide. Probablement un diplomate anglais.
L'impératrice m'appelle. C'est Mérimée. »* Malade,
très las, il peut bien s'exténuer à collaborer — en les
jugeant — aux charades et aux jeux dont s'amusait
une cour médiocrement intellectuelle, il n'est pas un
bouffon. La passion politique en a pourtant cru
tenir l'aveu de lui-même, parce que, dans les papiers
trouvés aux Tuileries après le Quatre-Septembre, on
avait découvert le manuscrit d'une nouvelle — au
surplus, et de loin, sa moins bonne nouvelle —, La
Chambre bleue, signée « Prosper Mérimée, fou de
S. M. l'impératrice ». Mérimée eut ses travers,
parfois irritants, mais il n'était pas vil, et il faut
chercher ailleurs que dans cette plaisanterie les
preuves de son indiscutable « bonapartisme ».
L'Empire avait satisfait en lui le goût de l'ordre —
d'un certain ordre, c'est entendu; de l'ordre dans la
rue, par exemple; car jamais le bourgeois Mérimée
n'oublia les journées de Février ou la grande peur de
Juin. Au point que, vers la fin de l'Empire, il faisait
un peu figure d'opposant, les concessions libérales
lui paraissant une erreur et une faute.

« J'ai peur que les généraux ne soient pas des
génies », écrit-il quand la guerre éclate, et « une
défaite nous met en république d'un coup, c'est-à-dire
dans le plus abominable et inextricable gâchis »...
Après l'escarmouche heureuse de Sarrebrück, les
défaites s'amoncellent, l'Alsace et la Lorraine sont
envahies. Clairvoyant dans son désespoir, Mérimée
écrit : « Nous avons de braves soldats, mais pas un

général » et « la quatrième armée prussienne que
M. de Bismarck a dans Paris est la plus redoutable
de toutes ». Cette quatrième armée, c'est la cinquième
colonne... Reçu le 9 août par l'impératrice, il la
trouve « ferme comme un roc » et « elle (lui) fait l'effet
d'une sainte ». Pour tenter de sauver la dynastie,
spontanément ou à la sollicitation de la régente, il
rend deux fois, le 18 et le 20 août, visite à M. Thiers,
qui se dérobe... Puis, c'est Sedan. Le 4 septembre, en
proie à de cruels étouffements et l'œdème des jambes
devenu tel qu'il fallut les comprimer dans des bandes
de flanelle, il se fait porter au Sénat pour l'ultime
séance, qu'il jugea « niaise et déplorable ». La République proclamée, aucun devoir ne le retenait plus à
Paris. Il partit, moribond, pour Cannes, le 8 septembre.

Quelques jours après, il écrivait à Mme de Beaulaincourt : « J'ai toute ma vie cherché à être citoyen du
monde avant d'être Français, mais tous ces manteaux
philosophiques ne servent à rien. Je saigne aujour-
d'hui des blessures de ces imbéciles de Français, je
pleure de leurs humiliations et, quelque ingrats et
absurdes qu'ils soient, je les aime toujours. » C'est
bien le même homme qui écrivait, plusieurs années
auparavant : « Êtes-vous de ces cœurs français
qui souffrent de la perte de la bataille de Poitiers ?
Moi, j'en suis. » Et ce n'est pas mal, pour un sceptique cosmopolite. Mais Alphonse Daudet (il ne songeait pas à Mérimée) n'a-t-il pas fait cette réflexion : « C'est étonnant de voir à combien de choses
croit un homme qui ne croit à rien » ?

Il mourut le 23 septembre. Par déférence suprême
à une opinion publique pour qui un enterrement
civil était un scandale, ou par affection pour les deux

*Anglaises qui veillèrent sur sa fin, il avait demandé
dans son testament qu'un ministre de la confession
d'Augsbourg fût appelé à ses obsèques. Il repose au
cimetière protestant de Cannes.*

*A la guerre étrangère la guerre civile avait suc-
cédé. Pendant la semaine sanglante de la Commune,
le 23 mai, l'incendie ravagea de fond en comble sa
maison, au coin de la rue du Bac et de la rue de Lille
(c'est aujourd'hui la Caisse des dépôts et consigna-
tions, mais la façade qui faisait vis-à-vis aux fenêtres
de l'écrivain est encore là, fort vétuste). Meubles,
livres, papiers, bibelots, objets d'art, tout disparut,
tout, sauf, retrouvé à demi calciné, rongé par le
feu dans les décombres, un petit faune, gracieux
bronze grec antique, le presse-papiers de Mérimée.*

Pierre Josserand.

*Est-il besoin de dire que cette édition ne veut pas
être une édition critique? Les* Nouvelles *sont ici
publiées selon ce que l'on demande la permission
d'appeler le texte de la Vulgate de Mérimée, où l'on
s'est pourtant efforcé de corriger les coquilles. On ne
s'est pas interdit de rompre avec la tradition, et, par
exemple, d'imprimer dans* Carmen, *selon la sug-
gestion heureuse d'Auguste Dupouy,* prouesse *au
lieu de* promesse *(p. 154), et comme le veut le
manuscrit heureusement conservé du Viccolo, les
lis de mon* sein *et non les lis de mon* teint *(p. 225).
On a laissé (p. 142) se tenir les côtés qu'il arrive
à Mérimée d'écrire parfois ainsi. Mais on laisse au
lecteur à décider s'il conviendrait de lire (p. 411)*

en menant son cheval, *au lieu de* emmenant...

Les notes appelées par des astérisques sont de Mérimée. Celles qui sont appelées par des chiffres arabes ne sont pas de Mérimée. Nous avons réduit celles-ci au minimum, ne jugeant pas utile de donner aux nouvelles une autre présentation que celle souhaitée par l'auteur De la même manière, nous avons respecté ses incertitudes graphiques dans la transcription des mots étrangers, lui laissant écrire l'espagnol ou le lituanien qu'il voulait.

Arsène Guillot

Σε Πάρις καὶ Φοῖβος Ἀπόλλων
Ἐσθλὸν ἐόντ᾽, ὀλέσωσιν ἐνὶ Σκαιῇσι πύλῃσιν.

Hom., *Il*, xxii, 360 [1].

I

La dernière messe venait de finir à Saint-Roch,
et le bedeau faisait sa ronde pour fermer les cha-
pelles désertes. Il allait tirer la grille d'un de ces
sanctuaires aristocratiques où quelques dévotes
achètent la permission de prier Dieu, distinguées
du reste des fidèles, lorsqu'il remarqua qu'une
femme y demeurait encore, absorbée dans la médi-
tation, comme il semblait, la tête baissée sur le
dossier de sa chaise. « C'est madame de Piennes »,
se dit-il, en s'arrêtant à l'entrée de la chapelle.
Madame de Piennes était bien connue du bedeau.
A cette époque, une femme du monde, jeune, riche,
jolie, qui rendait le pain bénit, qui donnait des
nappes d'autel, qui faisait de grandes aumônes
par l'entremise de son curé, avait quelque mérite
à être dévote, lorsqu'elle n'avait pas pour mari un
employé du gouvernement, qu'elle n'était point
attachée à Madame la Dauphine, et qu'elle n'avait
rien à gagner, sinon son salut, à fréquenter les
églises. Telle était madame de Piennes.

Le bedeau avait bien envie d'aller dîner, car les

1. « Tu es vaillant, mais Pâris et Apollon te perdront
devant les portes de Scées. »

gens de cette sorte dînent à une heure, mais il n'osa troubler le pieux recueillement d'une personne si considérée dans la paroisse Saint-Roch. Il s'éloigna donc, faisant résonner sur les dalles ses souliers éculés, non sans espoir qu'après avoir fait le tour de l'église il retrouverait la chapelle vide.

Il était déjà de l'autre côté du chœur, lorsqu'une jeune femme entra dans l'église, et se promena dans un des bas-côtés, regardant avec curiosité autour d'elle. Retables, stations, bénitiers, tous ces objets lui paraissaient aussi étranges que pourraient l'être pour vous, madame, la sainte niche ou les inscriptions d'une mosquée du Caire. Elle avait environ vingt-cinq ans, mais il fallait la considérer avec beaucoup d'attention pour ne pas la croire plus âgée. Bien que très brillants, ses yeux noirs étaient enfoncés et cernés par une teinte bleuâtre ; son teint d'un blanc mat, ses lèvres décolorées, indiquaient la souffrance, et cependant un certain air d'audace et de gaieté dans le regard contrastait avec cette apparence maladive. Dans sa toilette, vous eussiez remarqué un bizarre mélange de négligence et de recherche. Sa capote rose, ornée de fleurs artificielles, aurait mieux convenu pour un négligé du soir. Sous un long châle de cachemire, dont l'œil exercé d'une femme du monde aurait deviné qu'elle n'était pas la première propriétaire, se cachait une robe d'indienne à vingt sous l'aune, et un peu fripée. Enfin, un homme seul aurait admiré son pied, chaussé qu'il était de bas communs et de souliers de prunelle qui semblaient souffrir depuis longtemps des injures du pavé. Vous vous rappelez, madame, que l'asphalte n'était pas encore inventé.

Cette femme, dont vous avez pu deviner la position sociale, s'approcha de la chapelle où madame de Piennes se trouvait encore ; et, après l'avoir observée un moment d'un air d'inquiétude et d'embarras, elle l'aborda lorsqu'elle la vit debout et sur le point de sortir.

— Pourriez-vous m'enseigner, madame, lui demanda-t-elle d'une voix douce et avec un sourire de timidité, pourriez-vous m'enseigner à qui je pourrais m'adresser pour faire un cierge ?

Ce langage était trop étrange aux oreilles de madame de Piennes pour qu'elle le comprît d'abord. Elle se fit répéter la question.

— Oui, je voudrais bien faire un cierge à saint Roch ; mais je ne sais à qui donner l'argent.

Madame de Piennes avait une dévotion trop éclairée pour être initiée à ces superstitions populaires. Cependant elle les respectait, car il y a quelque chose de touchant dans toute forme d'adoration, quelque grossière qu'elle puisse être. Persuadée qu'il s'agissait d'un vœu ou de quelque chose de semblable, et trop charitable pour tirer du costume de la jeune femme au chapeau rose les conclusions que vous n'avez peut-être pas craint de former, elle lui montra le bedeau, qui s'approchait. L'inconnue la remercia et courut à cet homme qui parut la comprendre à demi-mot. Pendant que madame de Piennes reprenait son livre de messe et rajustait son voile, elle vit la dame au cierge tirer une petite bourse de sa poche, y prendre au milieu de beaucoup de menue monnaie une pièce de cinq francs solitaire, et la remettre au bedeau en lui faisant tout bas de longues recommandations qu'il écoutait en souriant.

Toutes les deux sortirent de l'église en même
temps ; mais la dame au cierge marchait fort vite,
et madame de Piennes l'eut bientôt perdue de vue,
quoiqu'elle suivît la même direction. Au coin de la
rue qu'elle habitait, elle la rencontra de nouveau.
Sous son cachemire de hasard, l'inconnue cherchait
à cacher un pain de quatre livres acheté dans une
boutique voisine. En revoyant madame de Piennes,
elle baissa la tête, ne put s'empêcher de sourire et
doubla le pas. Son sourire disait : « Que voulez-
vous ? je suis pauvre. Moquez-vous de moi. Je sais
bien qu'on n'achète pas du pain en capote rose et
en cachemire. » Ce mélange de mauvaise honte, de
résignation et de bonne humeur n'échappa point à
madame de Piennes. Elle pensa non sans tristesse
à la position probable de cette jeune fille. « Sa
piété, se dit-elle, est plus méritoire que la mienne.
Assurément son offrande d'un écu est un sacrifice
beaucoup plus grand que le superflu dont je fais
part aux pauvres, sans m'imposer la moindre pri-
vation. » Puis elle se rappela les deux oboles de la
veuve, plus agréables à Dieu que les fastueuses
aumônes des riches. « Je ne fais pas assez de bien,
pensa-t-elle. Je ne fais pas tout ce que je pourrais
faire. » Tout en s'adressant ainsi mentalement
des reproches qu'elle était loin de mériter, elle
rentra chez elle. Le cierge, le pain de quatre livres,
et surtout l'offrande de l'unique pièce de cinq
francs, avaient gravé dans la mémoire de madame
de Piennes la figure de la jeune femme, qu'elle
regardait comme un modèle de piété.

Elle la rencontra encore assez souvent dans la
rue près de l'église, mais jamais aux offices. Toutes
les fois que l'inconnue passait devant madame de

Piennes, elle baissait la tête et souriait doucement.
Ce sourire bien humble plaisait à madame de
Piennes. Elle aurait voulu trouver une occasion
d'obliger la pauvre fille, qui d'abord lui avait
inspiré de l'intérêt, et qui maintenant excitait sa
pitié ; car elle avait remarqué que la capote rose
se fanait, et le cachemire avait disparu. Sans doute
il était retourné chez la revendeuse. Il était évident
que saint Roch n'avait point payé au centuple
l'offrande qu'on lui avait adressée.

Un jour, madame de Piennes vit entrer à Saint-
Roch une bière suivie d'un homme assez mal mis,
qui n'avait pas de crêpe à son chapeau. C'était une
manière de portier. Depuis plus d'un mois, elle
n'avait pas rencontré la jeune femme au cierge, et
l'idée lui vint qu'elle assistait à son enterrement.
Rien de plus probable, car elle était si pâle et si
maigre la dernière fois que madame de Piennes
l'avait vue. Le bedeau questionné interrogea
l'homme qui suivait la bière. Celui-ci répondit
qu'il était *concierge* d'une maison rue Louis-le-
Grand ; qu'une de ses locataires était morte, une
madame Guillot, n'ayant ni parents ni amis, rien
qu'une fille, et que, par pure bonté d'âme, lui,
concierge, allait à l'enterrement d'une personne
qui ne lui était de rien. Aussitôt madame de
Piennes se représenta que son inconnue était morte
dans la misère, laissant une petite fille sans secours, et elle se promit d'envoyer aux renseignements un ecclésiastique qu'elle employait d'ordinaire pour ses bonnes œuvres.

Le surlendemain, une charrette en travers dans
la rue arrêta sa voiture quelques instants, comme
elle sortait de chez elle. En regardant par la por-

tière d'un air distrait, elle aperçut rangée contre
une borne la jeune fille qu'elle croyait morte. Elle
la reconnut sans peine, quoique plus pâle, plus
maigre que jamais, habillée de deuil, mais pauvrement, sans gants, ni chapeau. Son expression était
étrange. Au lieu de son sourire habituel, elle avait
tous les traits contractés ; ses grands yeux noirs
étaient hagards ; elle les tournait vers madame de
Piennes, mais sans la reconnaître, car elle ne
voyait rien. Dans toute sa contenance se lisait
non pas la douleur, mais une résolution furieuse.
La charrette s'était écartée, et la voiture de madame
de Piennes s'éloignait au grand trot ; mais l'image
de la jeune fille et son expression désespérée pour-
suivirent madame de Piennes pendant plusieurs
heures.

A son retour, elle vit un grand attroupement
dans sa rue. Toutes les portières étaient sur leurs
portes et faisaient aux voisines un récit qu'elles
semblaient écouter avec un vif intérêt. Les groupes
se pressaient surtout devant une maison proche
de celle qu'habitait madame de Piennes. Tous les
yeux étaient tournés vers une fenêtre ouverte à
un troisième étage, et dans chaque petit cercle
un ou deux bras se levaient pour la signaler à
l'attention publique ; puis tout à coup les bras
se baissaient vers la terre, et tous les yeux suivaient
ce mouvement. Quelque événement extraordinaire
venait d'arriver.

En traversant son antichambre, madame de
Piennes trouva ses domestiques effarés, chacun
s'empressant au-devant d'elle pour avoir le premier l'avantage de lui annoncer la grande nouvelle
du quartier. Mais, avant qu'elle pût faire une

question, sa femme de chambre s'était écriée :

— Ah! madame!... si madame savait!...

Et, ouvrant les portes avec une indicible prestesse, elle était parvenue avec sa maîtresse dans le *sanctum sanctorum,* je veux dire le cabinet de toilette, inaccessible au reste de la maison.

— Ah! madame, dit mademoiselle Joséphine tandis qu'elle détachait le châle de madame de Piennes, j'en ai *les sangs* tournés! Jamais je n'ai rien vu de si terrible, c'est-à-dire je n'ai pas vu, quoique je sois accourue tout de suite après... Mais pourtant...

— Que s'est-il donc passé? Parlez vite, mademoiselle.

— Eh bien, madame, c'est qu'à trois portes d'ici une pauvre malheureuse jeune fille s'est jetée par la fenêtre, il n'y a pas trois minutes ; si madame fût arrivée une minute plus tôt, elle aurait entendu le coup.

— Ah! mon Dieu! Et la malheureuse s'est tuée?...

— Madame, cela faisait horreur. Baptiste, qui a été à la guerre, dit qu'il n'a jamais rien vu de pareil. D'un troisième étage, madame!

— Est-elle morte sur le coup?

— Oh! madame, elle remuait encore ; elle parlait même. « Je veux qu'on m'achève! » qu'elle disait. Mais ses os étaient en bouillie. Madame peut bien penser quel coup elle a dû se donner.

— Mais cette malheureuse... l'a-t-on secourue?... A-t-on envoyé chercher un médecin, un prêtre?...

— Pour un prêtre... madame le sait mieux que moi... Mais, si j'étais prêtre... Une malheureuse assez abandonnée pour se tuer elle-même!... D'ailleurs, ça n'avait pas de conduite... On le voit assez...

Ça avait été à l'Opéra, à ce qu'on m'a dit... Toutes
ces demoiselles-là finissent mal... Elle s'est mise à
la fenêtre ; elle a noué ses jupons avec un ruban
rose, et... vlan !

— C'est cette pauvre fille en deuil ! s'écria
madame de Piennes, se parlant à elle-même.

— Oui, madame ; sa mère est morte il y a trois
ou quatre jours. La tête lui aura tourné... Avec
cela, peut-être que son galant l'aura plantée là...
Et puis, le terme est venu... Pas d'argent, ça ne sait
pas travailler... Des mauvaises têtes ! un mauvais
coup est bientôt fait...

Mademoiselle Joséphine continua quelque temps
de la sorte sans que madame de Piennes répondît.
Elle semblait méditer tristement sur le récit qu'elle
venait d'entendre. Tout d'un coup, elle demanda
à mademoiselle Joséphine :

— Sait-on si cette malheureuse fille a ce qu'il
lui faut pour son état ?... du linge ? des matelas ?...
Il faut qu'on le sache sur-le-champ.

— J'irai de la part de madame, si madame veut,
s'écria la femme de chambre, enchantée de voir
de près une femme qui avait voulu se tuer.

Puis réfléchissant :

— Mais, ajouta-t-elle, je ne sais si j'aurai la
force de voir cela, une femme qui est tombée d'un
troisième étage !... Quand on a saigné Baptiste,
je me suis trouvée mal. Ç'a été plus fort que
moi.

— Eh bien ! envoyez Baptiste, s'écria madame
de Piennes ; mais qu'on me dise vite comment
va cette malheureuse.

Par bonheur, son médecin, le docteur K***,
arrivait comme elle donnait cet ordre. Il venait

dîner chez elle, suivant son habitude tous les
mardis, jour d'Opéra Italien.

— Courez vite, docteur, lui cria-t-elle sans lui
donner le temps de poser sa canne et de quitter sa
douillette ; Baptiste vous mènera à deux pas d'ici.
Une pauvre jeune fille vient de se jeter par la
fenêtre, et elle est sans secours.

— Par la fenêtre ? dit le médecin. Si elle était
haute, probablement je n'ai rien à faire.

Le docteur avait plus envie de dîner que de
faire une opération ; mais madame de Piennes
insista, et, sur la promesse que le dîner serait
retardé, il consentit à suivre Baptiste.

Ce dernier revint seul au bout de quelques minutes. Il demandait du linge, des oreillers, etc. En
même temps, il apportait l'oracle du docteur.

— Ce n'est rien. Elle en réchappera, si elle ne
meurt pas du... Je ne me rappelle pas de quoi il
disait qu'elle mourrait bien, mais cela finissait en *os*.

— Du tétanos ? s'écria madame de Piennes.

— Justement, madame ; mais c'est toujours
bien heureux que M. le docteur soit venu, car il y
avait déjà là un méchant médecin sans malades,
le même qui a traité la petite Berthelot de la rou-
geole, et elle est morte à sa troisième visite.

Au bout d'une heure, le docteur reparut, légèrement dépoudré et son beau jabot de batiste en
désordre.

— Ces gens qui se tuent, dit-il, sont nés coiffés.
L'autre jour, on apporte à mon hôpital une femme
qui s'était tiré un coup de pistolet dans la bouche.
Mauvaise manière !... Elle se casse trois dents, se
fait un trou à la joue gauche !... Elle en sera un peu
plus laide, voilà tout. Celle-ci se jette d'un troisième

étage. Un pauvre diable d'honnête homme tombe-
rait, sans le faire exprès, d'un premier, et se fen-
drait le crâne. Cette fille-là se casse une jambe...
Deux côtes enfoncées, fortes contusions, et tout est
dit. Un auvent se trouve justement là, tout à
point, pour amortir la chute. C'est le troisième
fait semblable que je vois depuis mon retour à
Paris... Les jambes ont porté à terre. Le tibia et
le péroné, cela se ressoude... Ce qu'il y a de pis,
c'est que le gratin de ce turbot est complètement
desséché... J'ai peur pour le rôti, et nous manque-
rons le premier acte d'*Otello*.

— Et cette malheureuse vous a-t-elle dit qui
l'avait poussée à...

— Oh! je n'écoute jamais ces histoires-là, madame. Je leur demande : Avez-vous mangé avant,
etc., etc.? parce que cela importe pour le traitement... Parbleu! quand on se tue, c'est qu'on a
quelque mauvaise raison. Un amant vous quitte,
un propriétaire vous met à la porte ; on saute par
la fenêtre pour lui faire pièce. On n'est pas plus
tôt en l'air qu'on s'en repent bien.

— Elle se repent, je l'espère, la pauvre enfant ?

— Sans doute, sans doute. Elle pleurait et faisait
un train à m'étourdir. Baptiste est un fameux aide-
chirurgien, madame ; il a fait sa partie mieux
qu'un petit carabin qui s'est trouvé là, et qui se
grattait la tête, ne sachant par où commencer...
Ce qu'il y a de plus piquant pour elle, c'est que, si
elle s'était tuée, elle y aurait gagné de ne pas
mourir de la poitrine, car elle est poitrinaire, je lui
en fais mon billet. Je ne l'ai pas *auscultée*, mais le
facies ne me trompe jamais. Être si pressée, quand
on n'a qu'à se laisser faire !

— Vous la verrez demain, docteur, n'est-ce pas ?

— Il le faudra bien, si vous le voulez. Je lui ai promis déjà que vous feriez quelque chose pour elle. Le plus simple, ce serait de l'envoyer à l'hôpital... On lui fournira gratis un appareil pour la réduction de sa jambe... Mais, au mot d'hôpital, elle crie qu'on l'achève ; toutes les commères font chorus. Cependant, quand on n'a pas le sou...

— Je ferai les petites dépenses qu'il faudra, docteur... Tenez, ce mot d'hôpital m'effraie aussi, malgré moi, comme les commères dont vous parlez. D'ailleurs, la transporter dans un hôpital, maintenant qu'elle est dans cet horrible état, ce serait la tuer.

— Préjugé ! pur préjugé des gens du monde ! On n'est nulle part aussi bien qu'à l'hôpital. Quand je serai malade pour tout de bon, moi, c'est à l'hôpital qu'on me portera. C'est de là que je veux m'embarquer dans la barque à Charon, et je ferai cadeau de mon corps aux élèves... dans trente ou quarante ans d'ici, s'entend. Sérieusement, chère dame, pensez-y : je ne sais trop si votre protégée mérite bien votre intérêt. Elle m'a tout l'air de quelque fille d'Opéra... Il faut des jambes d'Opéra pour faire si heureusement un saut pareil...

— Mais je l'ai vue à l'église... et, tenez, docteur... vous connaissez mon faible ; je bâtis toute une histoire sur une figure, un regard... Riez tant que vous voudrez, je me trompe rarement. Cette pauvre fille a fait dernièrement un vœu pour sa mère malade. Sa mère est morte... Alors sa tête s'est perdue. Le désespoir, la misère l'ont précipitée à cette horrible action.

— A la bonne heure ! Oui, en effet, elle a sur le

sommet du crâne une protubérance qui indique
l'exaltation. Tout ce que vous me dites est assez
probable. Vous me rappelez qu'il y avait un
rameau de buis au-dessus de son lit de sangle. C'est
concluant pour sa piété, n'est-ce pas ?

— Un lit de sangle ! Ah ! mon Dieu ! pauvre
fille !... Mais, docteur, vous avez votre méchant
sourire que je connais bien. Je ne parle pas de la
dévotion qu'elle a ou qu'elle n'a pas. Ce qui
m'oblige surtout à m'intéresser à cette fille, c'est
que j'ai un reproche à me faire à son occasion...

— Un reproche ?... J'y suis. Sans doute vous
auriez dû faire mettre des matelas dans la rue pour
la recevoir ?...

— Oui, un reproche. J'avais remarqué sa position : j'aurais dû lui envoyer des secours ; mais le
pauvre abbé Dubignon était au lit, et...

— Vous devez avoir bien des remords, madame,
si vous croyez que ce n'est point assez faire que de
donner, comme c'est votre habitude, à tous les
quémandeurs. A votre compte, il faut encore
deviner les pauvres honteux.

« Mais, madame, ne parlons plus jambes cassées,
ou plutôt, trois mots encore. Si vous accordez votre
haute protection à ma nouvelle malade, faites-lui
donner un meilleur lit, une garde demain, — aujourd'hui les commères suffiront. — Bouillons,
tisanes, etc. Et ce qui ne serait pas mal, envoyez-
lui quelque bonne tête parmi vos abbés, qui la
chapitre et lui remette le moral comme je lui ai
remis sa jambe. La petite personne est nerveuse ;
des complications pourraient nous survenir... Vous
seriez... oui, ma foi ! vous seriez la meilleure prédi-
catrice ; mais vous avez à placer mieux vos ser-

mons... J'ai dit. — Il est huit heures et demie :
pour l'amour de Dieu! allez faire vos préparatifs
d'Opéra. Baptiste m'apportera du café et *Le Journal
des Débats*. J'ai tant couru toute la journée, que
j'en suis encore à savoir comment va le monde. »

Quelques jours se passèrent, et la malade était un
peu mieux. Le docteur se plaignait seulement que
la surexcitation morale ne diminuait pas.

— Je n'ai pas grande confiance dans tous vos
abbés, disait-il à madame de Piennes. Si vous
n'aviez pas trop de répugnance à voir le spectacle
de la misère humaine, et je sais que vous en avez le
courage, vous pourriez calmer le cerveau de cette
pauvre enfant mieux qu'un prêtre de Saint-Roch,
et, qui plus est, mieux qu'une prise de thridace.

Madame de Piennes ne demandait pas mieux, et
lui proposa de l'accompagner sur-le-champ. Ils
montèrent tous les deux chez la malade.

Dans une chambre meublée de trois chaises de
paille et d'une petite table, elle était étendue sur
un bon lit envoyé par madame de Piennes. Des
draps fins, d'épais matelas, une pile de larges
oreillers, indiquaient des attentions charitables
dont vous n'aurez point de peine à découvrir
l'auteur. La jeune fille, horriblement pâle, les yeux
ardents, avait un bras hors du lit, et la portion de
ce bras qui sortait de sa camisole était livide, meur-
trie, et faisait deviner dans quel état était le reste de
son corps. Lorsqu'elle vit madame de Piennes, elle
souleva la tête, et, avec un sourire doux et triste :

— Je savais bien que c'était vous, madame,
qui aviez eu pitié de moi, dit-elle. On m'a dit votre
nom, et j'étais sûre que c'était la dame que je
rencontrais près de Saint-Roch.

Il me semble vous avoir dit déjà que madame
de Piennes avait quelques prétentions à deviner
les gens sur la mine. Elle fut charmée de découvrir
dans sa protégée un talent semblable, et cette
découverte l'intéressa davantage en sa faveur.

— Vous êtes bien mal ici, ma pauvre enfant!
dit-elle en promenant ses regards sur le triste
ameublement de la chambre. Pourquoi ne vous
a-t-on pas envoyé des rideaux?... Il faut demander à Baptiste les petits objets dont vous pouvez
avoir besoin.

— Vous êtes bien bonne, madame... Que me
manque-t-il? Rien... C'est fini... Un peu mieux
ou un peu plus mal, qu'importe?

Et détournant la tête, elle se prit à pleurer.

— Vous souffrez beaucoup, ma pauvre enfant?
lui demanda madame de Piennes en s'asseyant
auprès du lit.

— Non, pas beaucoup... Seulement j'ai toujours dans les oreilles le vent quand je tombais,
et puis le bruit... crac! quand je suis tombée sur
le pavé.

— Vous étiez folle, alors, ma chère amie; vous
vous repentez à présent, n'est-ce pas?

— Oui... mais, quand on est malheureux, on
n'a plus la tête à soi.

— Je regrette bien de n'avoir pas connu plus
tôt votre position. Mais, mon enfant, dans aucune
circonstance de la vie, il ne faut s'abandonner au
désespoir.

— Vous en parlez bien à votre aise, madame,
dit le docteur, qui écrivait une ordonnance sur la
petite table. Vous ne savez pas ce que c'est que
de perdre un beau jeune homme à moustaches.

Mais, diable! pour courir après lui, il ne faut pas sauter par la fenêtre.

— Fi donc! docteur, dit madame de Piennes, la pauvre petite avait sans doute d'autres motifs pour...

— Ah! je ne sais ce que j'avais, s'écria la malade; cent raisons pour une. D'abord, quand maman est morte, ça m'a porté un coup. Puis je me suis sentie abandonnée... personne pour s'intéresser à moi!... Enfin, quelqu'un à qui je pensais plus qu'à tout le monde... Madame, oublier jusqu'à mon nom! oui, je m'appelle Arsène Guillot, G, U, I, deux L ; il m'écrit par un Y.

— Je le disais bien, un infidèle! s'écria le docteur. On ne voit que cela. Bah! bah! ma belle, oubliez celui-là. Un homme sans mémoire ne mérite pas qu'on pense à lui. — Il tira sa montre. — Quatre heures? dit-il en se levant ; je suis en retard pour ma consultation. Madame, je vous demande mille et mille pardons, mais il faut que je vous quitte ; je n'ai même pas le temps de vous reconduire chez vous. — Adieu, mon enfant, tranquillisez-vous, ce ne sera rien. Vous danserez aussi bien de cette jambe-là que de l'autre. — Et vous, madame la garde, allez chez le pharmacien avec cette ordonnance, et vous ferez comme hier.

Le médecin et la garde étaient sortis; madame de Piennes restait seule avec la malade, un peu alarmée de trouver de l'amour dans une histoire qu'elle avait d'abord arrangée tout autrement dans son imagination.

— Ainsi, l'on vous a trompée, malheureuse enfant! reprit-elle après un silence.

— Moi! non. Comment tromper une misérable

fille comme moi?... Seulement il n'a plus voulu
de moi... Il a raison ; je ne suis pas ce qu'il lui
faut. Il a toujours été bon et généreux. Je lui ai
écrit pour lui dire où j'en étais, et s'il voulait que
je me remisse avec lui... Alors il m'a écrit... des
choses qui m'ont fait bien de la peine... L'autre
jour, quand je suis rentrée chez moi, j'ai laissé
tomber un miroir qu'il m'avait donné, un miroir
de Venise, comme il disait. Le miroir s'est cassé...
Je me suis dit : Voilà le dernier coup !... C'est signe
que tout est fini... Je n'avais plus rien de lui.
J'avais mis les bijoux au mont-de-piété... Et puis,
je me suis dit que si je me détruisais, ça lui ferait
de la peine et que je me vengerais... La fenêtre
était ouverte, et je me suis jetée.

— Mais, malheureuse que vous êtes, le motif
était aussi frivole que l'action criminelle.

— A la bonne heure ; mais que voulez-vous ?
Quand on a du chagrin, on ne réfléchit pas. C'est bien
facile aux gens heureux de dire : Soyez raisonnable.

— Je le sais ; le malheur est mauvais conseiller.
Cependant, même au milieu des plus douloureuses
épreuves, il y a des choses qu'on ne doit point
oublier. Je vous ai vue à Saint-Roch accomplir
un acte de piété, il y a peu de temps. Vous avez
le bonheur de *croire*. La religion, ma chère, aurait
dû vous retenir au moment où vous alliez vous
abandonner au désespoir. Votre vie, vous la tenez
du bon Dieu. Elle ne vous appartient pas... Mais
j'ai tort de vous gronder maintenant, pauvre
petite. Vous vous repentez, vous souffrez. Dieu
aura pitié de vous.

Arsène baissa la tête, et quelques larmes vinrent mouiller ses paupières.

— Ah! madame, dit-elle avec un grand soupir,
vous me croyez meilleure que je ne suis... Vous
me croyez pieuse... je ne le suis pas trop... on ne
m'a pas instruite, et si vous m'avez vue à l'église
faire un cierge... c'est que je ne savais plus où
donner de la tête.

— Eh bien, ma chère, c'était une bonne pensée.
Dans le malheur, c'est toujours à Dieu qu'il faut
s'adresser.

— On m'avait dit... que si je faisais un cierge à
saint Roch... mais non, madame, je ne puis pas
vous dire cela. Une dame comme vous ne sait pas
ce qu'on peut faire quand on n'a plus le sou.

— C'est du courage surtout qu'il faut demander à Dieu.

— Enfin, madame, je ne veux pas me faire
meilleure que je ne suis, et c'est vous voler que de
profiter des charités que vous me faites sans me
connaître... Je suis une malheureuse fille... mais
dans ce monde, on vit comme l'on peut... Pour en
finir, madame, j'ai donc fait un cierge parce que
ma mère disait que, lorsqu'on fait un cierge à saint
Roch, on ne manque jamais dans la huitaine de
trouver un homme pour se mettre avec lui... Mais
je suis devenue laide, j'ai l'air d'une momie...
personne ne voudrait plus de moi... Eh bien, il n'y
a plus qu'à mourir. Déjà c'est à moitié fait!

Tout cela était dit très rapidement, d'une voix
entrecoupée par les sanglots, et d'un ton de frénétique qui inspirait à madame de Piennes encore
plus d'effroi que d'horreur. Involontairement elle
éloigna sa chaise du lit de la malade. Peut-être
même aurait-elle quitté la chambre, si l'humanité,
plus forte que son dégoût auprès de cette femme

perdue, ne lui eût reproché de la laisser seule dans un moment où elle était en proie au plus violent désespoir. Il y eut un moment de silence ; puis madame de Piennes, les yeux baissés, murmura faiblement :

— Votre mère! malheureuse! Qu'osez-vous dire ?

— Oh! ma mère était comme toutes les mères... toutes les mères à nous... Elle avait fait vivre la sienne... je l'ai fait vivre aussi. Heureusement que je n'ai pas d'enfant. — Je vois bien, madame, que je vous fais peur... mais que voulez-vous ?... Vous avez été bien élevée, vous n'avez jamais pâti. Quand on est riche, il est aisé d'être honnête. Moi, j'aurais été honnête, si j'en avais eu le moyen. J'ai eu bien des amants... je n'ai jamais aimé qu'un seul homme. Il m'a plantée là. Si j'avais été riche, nous nous serions mariés, nous aurions fait souche d'honnêtes gens... Tenez, madame, je vous parle comme cela, tout franchement, quoique je voie bien ce que vous pensez de moi, et vous avez raison... Mais vous êtes la seule femme honnête à qui j'aie parlé de ma vie, et vous avez l'air si bonne, si bonne!... que je me suis dit tout à l'heure en moi-même : Même quand elle me connaîtra, elle aura pitié de moi. Je m'en vais mourir. Je ne vous demande qu'une chose... C'est, quand je serai morte, de faire dire une messe pour moi dans l'église où je vous ai vue pour la première fois. Une seule prière, voilà tout, et je vous remercie du fond du cœur...

— Non, vous ne mourrez pas! s'écria madame de Piennes fort émue. Dieu aura pitié de vous, pauvre pécheresse. Vous vous repentirez de vos désordres, et il vous pardonnera. Si mes prières peuvent quelque chose pour votre salut, elles ne vous manqueront pas. Ceux qui vous ont élevée sont plus coupables que vous. Ayez du courage seulement, et espérez. Tâchez surtout d'être plus calme, ma pauvre enfant. Il faut guérir le corps ; l'âme est malade aussi, mais moi je réponds de sa guérison.

Elle s'était levée en parlant, et roulait entre ses doigts un papier qui contenait quelques louis.

— Tenez, dit-elle, si vous aviez quelque fantaisie...

Et elle glissait sous son oreiller son petit présent.

— Non, madame! s'écria Arsène impétueusement en repoussant le papier, je ne veux rien de vous que ce que vous m'avez promis. Adieu. Nous ne nous reverrons plus. Faites-moi porter dans un hôpital, pour que je finisse sans gêner personne. Jamais vous ne pourriez faire de moi rien qui vaille. Une grande dame comme vous aura prié pour moi ; je suis contente. Adieu.

Et, se tournant autant que le lui permettait l'appareil qui la fixait sur son lit, elle cacha sa tête dans un oreiller pour ne plus rien voir.

— Écoutez, Arsène, dit madame de Piennes d'un ton grave. J'ai des desseins sur vous. Je veux faire de vous une honnête femme. J'en ai l'assurance dans votre repentir. Je vous reverrai souvent, j'aurai soin de vous. Un jour, vous me devrez votre propre estime.

Et elle lui prit la main qu'elle serra légèrement.

— Vous m'avez touchée! s'écria la pauvre fille, vous m'avez pressé la main.

Et avant que madame de Piennes pût retirer

sa main, elle l'avait saisie et la couvrait de baisers
et de larmes.

— Calmez-vous, calmez-vous, ma chère, disait
madame de Piennes, ne me parlez plus de rien.
Maintenant je sais tout, et je vous connais mieux
que vous ne vous connaissez vous-même. C'est
moi qui suis le médecin de votre tête... de votre
mauvaise tête. Vous m'obéirez, je l'exige, tout
comme à votre autre docteur. Je vous enverrai
un ecclésiastique de mes amis, vous l'écouterez.
Je vous choisirai de bons livres, vous les lirez. Nous
causerons quelquefois. Quand vous vous porterez
bien, alors nous nous occuperons de votre avenir.

La garde rentra, tenant une fiole qu'elle rappor-
tait de chez le pharmacien. Arsène pleurait toujours. Madame de Piennes lui serra encore une
fois la main, mit le rouleau de louis sur la petite
table, et sortit disposée peut-être encore plus
favorablement pour sa pénitente qu'avant d'avoir
entendu son étrange confession.

Pourquoi, madame, aime-t-on toujours les mauvais sujets? Depuis l'enfant prodigue jusqu'à votre
chien Diamant, qui mord tout le monde et qui est
la plus méchante bête que je connaisse, on inspire
d'autant plus d'intérêt qu'on en mérite moins.
— Vanité! pure vanité, madame, que ce sentiment-
là! plaisir de la difficulté vaincue! Le père de l'enfant prodigue a vaincu le diable et lui a retiré sa
proie; vous avez triomphé du mauvais naturel de
Diamant à force de gimblettes. Madame de Piennes était fière d'avoir vaincu la perversité d'une
courtisane, d'avoir détruit par son éloquence les
barrières que vingt années de séduction avaient
élevées autour d'une pauvre âme abandonnée.

Et puis, peut-être encore, faut-il le dire ? à l'orgueil de cette victoire, au plaisir d'avoir fait une
bonne action se mêlait ce sentiment de curiosité
que mainte femme vertueuse éprouve à connaître
une femme d'une autre espèce. Lorsqu'une canta-
trice entre dans un salon, j'ai remarqué d'étranges
regards tournés sur elle. Ce ne sont pas les hommes
qui l'observent le plus. Vous-même, madame,
l'autre soir, au Français, ne regardiez-vous pas de
toute votre lorgnette cette actrice des Variétés
qu'on vous montra dans une loge ! *Comment peut-
on être Persan ?* Combien de fois ne se fait-on pas
des questions semblables !

Donc, madame, madame de Piennes pensait
fort à mademoiselle Arsène Guillot, et se disait :
Je la sauverai.

Elle lui envoya un prêtre, qui l'exhorta au repentir. Le repentir n'était pas difficile pour la pauvre
Arsène, qui, sauf quelques heures de grosse joie,
n'avait connu de la vie que ses misères. Dites à un
malheureux : C'est votre faute, il n'en est que trop
convaincu ; et si en même temps vous adoucissez
le reproche en lui donnant quelque consolation,
il vous bénira et vous promettra tout pour l'avenir. Un Grec dit quelque part, ou plutôt c'est
Amyot qui lui fait dire :

> Le même jour qui met un homme libre aux fers
> Lui ravit la moitié de sa vertu première.

Ce qui revient en vile prose à cet aphorisme, que
le malheur nous rend doux et docile comme des
moutons. Le prêtre disait à madame de Piennes
que mademoiselle Guillot était bien ignorante,

mais que le fond n'était pas mauvais, et qu'il avait
bon espoir de son salut. En effet, Arsène l'écoutait
avec attention et respect. Elle lisait ou se faisait
lire les livres qu'on lui avait prescrits, aussi ponc-
tuelle à obéir à madame de Piennes qu'à suivre
les ordonnances du docteur. Mais ce qui acheva
de gagner le cœur du bon prêtre et ce qui parut à
sa protectrice un symptôme décisif de guérison
morale, ce fut l'emploi fait par Arsène Guillot
d'une partie de la petite somme mise entre ses
mains. Elle avait demandé qu'une messe solennelle fût dite à Saint-Roch pour l'âme de Paméla
Guillot, sa défunte mère. Assurément, jamais
âme n'eut plus grand besoin des prières de l'Église.

Un matin, madame de Piennes étant à sa toilette, un domestique vint frapper discrètement à la porte du sanctuaire, et remit à mademoiselle Joséphine une carte qu'un jeune homme venait d'apporter.

— Max à Paris! s'écria madame de Piennes en jetant les yeux sur la carte ; allez vite, mademoiselle, dites à M. de Salligny de m'attendre au salon.

Un moment après, on entendit dans le salon des rires et de petits cris étouffés, et mademoiselle Joséphine rentra fort rouge et avec son bonnet tout à fait sur une oreille.

— Qu'est-ce donc, mademoiselle? demanda madame de Piennes.

— Ce n'est rien, madame ; c'est seulement M. de Salligny qui disait que j'étais engraissée.

En effet, l'embonpoint de mademoiselle Joséphine pouvait étonner M. de Salligny qui voyageait depuis plus de deux ans. Jadis c'était un des favoris de mademoiselle Joséphine et un des attentifs de sa maîtresse. Neveu d'une amie intime de

madame de Piennes, on le voyait sans cesse chez
elle autrefois, à la suite de sa tante. D'ailleurs,
c'était presque la seule maison sérieuse où il parût.
Max de Salligny avait le renom d'un assez mauvais
sujet, joueur, querelleur, viveur, *au demeurant le
meilleur fils du monde*. Il faisait le désespoir de sa
tante, madame Aubrée, qui l'adorait cependant.
Maintes fois elle avait essayé de le tirer de la vie
qu'il menait, mais toujours les mauvaises habitudes avaient triomphé de ses sages conseils. Max
avait quelque deux ans de plus que madame de
Piennes ; ils s'étaient connus enfants, et, avant
qu'elle fût mariée, il paraissait la voir d'un œil
fort doux. — « Ma chère petite, disait madame
Aubrée, si vous vouliez, vous dompteriez, j'en
suis sûre, ce caractère-là. » Madame de Piennes
— elle s'appelait alors Élise de Guiscard — aurait
peut-être trouvé en elle le courage de tenter l'entreprise, car Max était si gai, si drôle, si amusant
dans un château, si infatigable dans un bal, qu'assurément il devait faire un bon mari ; mais les
parents d'Élise voyaient plus loin. Madame Aubrée
elle-même ne répondait pas trop de son neveu ; il
fut constaté qu'il avait des dettes et une maîtresse ; survint un duel éclatant dont une artiste
du Gymnase fut la cause peu innocente. Le mariage,
que madame Aubrée n'avait jamais eu bien sérieusement en vue, fut déclaré impossible. Alors se
présenta M. de Piennes, gentilhomme grave et
moral, riche d'ailleurs et de bonne maison. J'ai
peu de chose à vous en dire, si ce n'est qu'il avait
la réputation d'un galant homme et qu'il la méritait. Il parlait peu, mais lorsqu'il ouvrait la bouche, c'était pour dire quelque grande vérité incon-

testable. Sur les questions douteuses, « il imitait de Conrart le silence prudent ». S'il n'ajoutait pas un grand charme aux réunions où il se trouvait, il n'était déplacé nulle part. On l'aimait assez partout, à cause de sa femme, mais lorsqu'il était absent, — dans ses terres, comme c'était le cas neuf mois de l'année, et notamment au moment où commence mon histoire, — personne ne s'en apercevait. Sa femme elle-même ne s'en apercevait guère davantage.

Madame de Piennes, ayant achevé sa toilette en cinq minutes, sortit de sa chambre un peu émue, car l'arrivée de Max de Salligny lui rappelait la mort récente de la personne qu'elle avait le mieux aimée ; c'est, je crois, le seul souvenir qui se fût présenté à sa mémoire, et ce souvenir était assez vif pour arrêter toutes les conjectures ridicules qu'une personne moins raisonnable aurait pu former sur le bonnet de travers de mademoiselle Joséphine. En approchant du salon, elle fut un peu choquée d'entendre une belle voix de basse qui chantait gaiement en s'accompagnant sur le piano, cette barcarolle napolitaine :

> *Addio, Teresa,*
> *Teresa, addio !*
> *Al mio ritorno,*
> *Ti sposerò.*

Elle ouvrit la porte et interrompit le chanteur en lui tendant la main :

— Mon pauvre monsieur Max, que j'ai de plaisir à vous revoir!

Max se leva précipitamment et lui serra la main en la regardant d'un air effaré, sans pouvoir trouver une parole.

— J'ai bien regretté, continua madame de Piennes, de ne pouvoir aller à Rome lorsque votre bonne tante est tombée malade. Je sais les soins dont vous l'avez entourée, et je vous remercie bien du dernier souvenir d'elle que vous m'avez envoyé.

La figure de Max, naturellement gaie, pour ne pas dire rieuse, prit une expression soudaine de tristesse.

— Elle m'a bien parlé de vous! dit-il, et jusqu'au dernier moment. Vous avez reçu sa bague, je le vois, et le livre qu'elle lisait encore le matin...

— Oui, Max, je vous en remercie. Vous m'annonciez, en m'envoyant ce triste présent, que vous quittiez Rome, mais vous ne me donniez pas votre adresse; je ne savais où vous écrire. Pauvre amie! mourir si loin de son pays! Heureusement vous êtes accouru aussitôt... Vous êtes meilleur que vous ne voulez le paraître, Max... je vous connais bien.

— Ma tante me disait pendant sa maladie : « Quand je ne serai plus de ce monde, il n'y aura plus que madame de Piennes pour te gronder... (Et il ne put s'empêcher de sourire.) Tâche qu'elle ne te gronde pas trop souvent. » Vous le voyez, madame, vous vous acquittez mal de vos fonctions.

— J'espère que j'aurai une sinécure maintenant. On me dit que vous êtes réformé, rangé, devenu tout à fait raisonnable?

— Et vous ne vous trompez pas, madame; j'ai promis à ma pauvre tante de devenir bon sujet, et...

— Vous tiendrez parole, j'en suis sûre!

— Je tâcherai. En voyage c'est plus facile qu'à Paris; cependant... Tenez, madame, je ne suis ici

que depuis quelques heures, et déjà j'ai résisté à
des tentations. En venant chez vous, j'ai rencontré
un de mes anciens amis qui m'a invité à dîner
avec un tas de garnements, — et j'ai refusé.

— Vous avez bien fait.

— Oui, mais faut-il vous le dire? c'est que
j'espérais que vous m'inviteriez.

— Quel malheur! Je dîne en ville. Mais demain...

— En ce cas, je ne réponds plus de moi. A vous
la responsabilité du dîner que je vais faire.

— Écoutez, Max; l'important, c'est de bien
commencer. N'allez pas à ce dîner de garçons.
Je dîne, moi, chez madame Darsenay; venez-y le
soir, et nous causerons.

— Oui, mais madame Darsenay est un peu
bien ennuyeuse; elle me fera cent questions. Je ne
pourrai vous dire un mot; je dirai des inconvenances; et puis, elle a une grande fille osseuse, qui
n'est peut-être pas encore mariée...

— C'est une personne charmante... et, à propos
d'inconvenances, c'en est une de parler d'elle
comme vous faites.

— J'ai tort, c'est vrai; mais... arrivé d'aujour-
d'hui, n'aurais-je pas l'air bien empressé?...

— Eh bien, vous ferez comme vous voudrez;
mais voyez-vous, Max, — comme l'amie de votre
tante, j'ai le droit de vous parler franchement —
évitez vos connaissances d'autrefois. Le temps a
dû rompre tout naturellement bien des liaisons
qui ne vous valaient rien, ne les renouez pas : je
suis sûre de vous tant que vous ne serez pas
entraîné. A votre âge... à *notre* âge, il faut être
raisonnable. Mais laissons un peu les conseils et
les sermons, et parlez-moi de ce que vous avez

fait depuis que nous ne nous sommes vus. Je sais
que vous êtes allé en Allemagne, puis en Italie ;
voilà tout. Vous m'avez écrit deux fois, sans plus ;
qu'il vous en souvienne. Deux lettres en deux ans,
vous sentez que cela ne m'en a guère appris sur
votre compte.

— Mon Dieu! madame, je suis bien coupable...
mais je suis si... il faut bien le dire, — si pares-
seux!... J'ai commencé vingt lettres pour vous ;
mais que pouvais-je vous dire qui vous intéressât?...
Je ne sais pas écrire des lettres, moi... Si je vous
avais écrit toutes les fois que j'ai pensé à vous,
tout le papier de l'Italie n'aurait pu y suffire.

— Eh bien, qu'avez-vous fait? comment avez-
vous occupé votre temps? Je sais déjà que ce
n'est point à écrire.

— Occupé!... vous savez bien que je ne m'occupe pas, malheureusement. — J'ai vu, j'ai couru.
J'avais des projets de peinture, mais la vue de
tant de beaux tableaux m'a radicalement guéri
de ma passion malheureuse. — Ah!... et puis le
vieux Nibby avait fait de moi presque un antiquaire. Oui, j'ai fait faire une fouille à sa persua-
sion... On a trouvé une pipe cassée et je ne sais
combien de vieux tessons... Et puis à Naples j'ai
pris des leçons de chant, mais je n'en suis pas
plus habile... J'ai...

— Je n'aime pas trop votre musique, quoique
vous ayez une belle voix et que vous chantiez
bien. Cela vous met en relation avec des gens que
vous n'avez que trop de penchant à fréquenter.

— Je vous entends ; mais à Naples, quand j'y
étais, il n'y avait guère de danger. La prima donna
pesait cent cinquante kilogrammes, et la seconda

donna avait la bouche comme un four et un nez comme la tour du Liban. Enfin, deux ans se sont passés sans que je puisse dire comment. Je n'ai rien fait, rien appris, mais j'ai vécu deux ans sans m'en apercevoir.

— Je voudrais vous savoir occupé ; je voudrais vous voir un goût vif pour quelque chose d'utile. Je redoute l'oisiveté pour vous.

— A vous parler franchement, madame, les voyages m'ont réussi en cela que, ne faisant rien, je n'étais pas non plus absolument oisif. Quand on voit de belles choses, on ne s'ennuie pas ; et moi, quand je m'ennuie, je suis bien près de faire des bêtises. Vrai, je suis devenu assez rangé, et j'ai même oublié un certain nombre de manières expéditives que j'avais de dépenser mon argent. Ma pauvre tante a payé mes dettes, et je n'en ai plus fait, je ne veux plus en faire. J'ai de quoi vivre en garçon ; et, comme je n'ai pas la préten-tion de paraître plus riche que je ne suis, je ne ferai plus d'extravagances. Vous souriez ? Est-ce que vous ne croyez pas à ma conversion ? Il vous faut des preuves ? Écoutez un beau trait. Aujourd'hui, Famin, l'ami qui m'a invité à dîner, a voulu me vendre son cheval. Cinq mille francs... C'est une bête superbe ! Le premier mouvement a été pour avoir le cheval, puis je me suis dit que je n'étais pas assez riche pour mettre cinq mille francs à une fantaisie, et je resterai à pied.

— C'est à merveille, Max ; mais savez-vous ce qu'il faut faire pour continuer sans encombre dans cette bonne voie ? Il faut vous marier.

— Ah ! me marier ?... Pourquoi pas ?... Mais qui

voudra de moi? Moi, qui n'ai pas le droit d'être
difficile, je voudrais une femme!... Oh! non, il
n'y en a plus qui me convienne...

Madame de Piennes rougit un peu, et il continua
sans s'en apercevoir :

— Une femme qui voudrait de moi... Mais
savez-vous, madame, que ce serait presque une
raison pour que je ne voulusse pas d'elle?

— Pourquoi cela? quelle folie!

— Othello ne dit-il pas quelque part, — c'est,
je crois, pour se justifier à lui-même les soupçons
qu'il a contre Desdémone : — Cette femme-là
doit avoir une tête bizarre et des goûts dépravés,
pour m'avoir choisi, moi qui suis noir! — Ne puis-
je pas dire à mon tour : Une femme qui voudrait
de moi ne peut qu'avoir une tête baroque?

— Vous avez été un assez mauvais sujet, Max,
pour qu'il soit inutile de vous faire pire que vous
n'êtes. Gardez-vous de parler ainsi de vous-même,
car il y a des gens qui vous croiraient sur parole.
Pour moi, j'en suis sûre, si un jour... oui, si vous
aimiez bien une femme qui aurait toute votre
estime... alors vous lui paraîtriez...

Madame de Piennes éprouvait quelque difficulté à terminer sa phrase, et Max, qui la regardait
fixement avec une extrême curiosité, ne l'aidait
nullement à trouver une fin pour sa période mal
commencée.

— Vous voulez dire, reprit-il enfin, que, si
j'étais réellement amoureux, on m'aimerait, parce
qu'alors j'en vaudrais la peine?

— Oui, alors vous seriez digne d'être aimé aussi.

— S'il ne fallait qu'aimer pour être aimé... Ce
n'est pas trop vrai ce que vous dites, madame...

Bah! trouvez-moi une femme courageuse, et je me marie. Si elle n'est pas trop laide, moi je ne suis pas assez vieux pour ne pas m'enflammer encore... Vous me répondez du reste.

— D'où venez-vous, maintenant? interrompit madame de Piennes d'un air sérieux.

Max parla de ses voyages fort laconiquement, mais pourtant de manière à prouver qu'il n'avait pas fait comme ces touristes dont les Grecs disent : *Valise il est parti, valise revenu* *. Ses courtes observations dénotaient un esprit juste et qui ne prenait pas ses opinions toutes faites, bien qu'il fût réellement plus cultivé qu'il ne voulait le paraître. Il se retira bientôt, remarquant que madame de Piennes tournait la tête vers la pendule, et promit, non sans quelque embarras, qu'il irait le soir chez madame Darsenay.

Il n'y vint pas cependant, et madame de Piennes en conçut un peu de dépit. En revanche, il était chez elle le lendemain matin pour lui demander pardon, s'excusant sur la fatigue du voyage qui l'avait obligé de demeurer chez lui ; mais il baissait les yeux et parlait d'un ton si mal assuré, qu'il n'était pas nécessaire d'avoir l'habileté de madame de Piennes à deviner les physionomies, pour s'apercevoir qu'il donnait une défaite. Quand il eut achevé péniblement, elle le menaça du doigt sans répondre.

— Vous ne me croyez pas? dit-il.

— Non. Heureusement vous ne savez pas encore mentir. Ce n'est pas pour vous reposer de vos fatigues que vous n'êtes pas allé hier chez ma-

---

* Μπάουλο ἔφθασε, μπάουλο ἐγύρισεν.

dame Darsenay. Vous n'êtes pas resté chez vous.

— Eh bien, répondit Max en s'efforçant de sourire, vous avez raison. J'ai dîné au Rocher-de-Cancale avec ces vauriens, puis je suis allé prendre du thé chez Famin ; on n'a pas voulu me lâcher, et puis j'ai joué.

— Et vous avez perdu, cela va sans dire ?

— Non, j'ai gagné.

— Tant pis. J'aimerais mieux que vous eussiez perdu, surtout si cela pouvait vous dégoûter à jamais d'une habitude aussi sotte que détestable.

Elle se pencha sur son ouvrage et se mit à travailler avec une application un peu affectée.

— Y avait-il beaucoup de monde chez madame Darsenay ? demanda Max timidement.

— Non, peu de monde.

— Pas de demoiselles à marier ?...

— Non.

— Je compte sur vous, cependant, madame. Vous savez ce que vous m'avez promis ?

— Nous avons le temps d'y songer.

Il y avait dans le ton de madame de Piennes quelque chose de sec et de contraint qui ne lui était pas ordinaire.

Après un silence, Max reprit d'un air humble :

— Vous êtes mécontente de moi, madame ? Pourquoi ne me grondez-vous pas bien fort, comme faisait ma tante, pour me pardonner ensuite ? Voyons, voulez-vous que je vous donne ma parole de ne plus jouer jamais ?

— Quand on fait une promesse, il faut se sentir la force de la tenir.

— Une promesse faite à vous, madame, je la tiendrai ; je m'en crois la force et le courage.

— Eh bien, Max, je l'accepte, dit-elle en lui tendant la main.

— J'ai gagné onze cents francs, poursuivit-il ; les voulez-vous pour vos pauvres ? Jamais argent plus mal acquis n'aura trouvé meilleur emploi.

Elle hésita un moment.

— Pourquoi pas ? se dit-elle tout haut. Allons, Max, vous vous souviendrez de la leçon. Je vous inscris mon débiteur pour onze cents francs.

— Ma tante disait que le meilleur moyen pour n'avoir pas de dettes, c'est de payer toujours comptant.

En parlant, il tirait son portefeuille pour y prendre des billets. Dans le portefeuille entrouvert, madame de Piennes crut voir un portrait de femme. Max s'aperçut qu'elle regardait, rougit et se hâta de fermer le portefeuille et de présenter les billets.

— Je voudrais bien voir ce portefeuille... si cela était possible, ajouta-t-elle en souriant avec malice.

Max était complètement déconcerté : il balbutia quelques mots inintelligibles et s'efforça de détourner l'attention de madame de Piennes.

La première pensée de celle-ci avait été que le portefeuille renfermait le portrait de quelque belle Italienne ; mais le trouble évident de Max et la couleur générale de la miniature, — c'était tout ce qu'elle en avait pu voir, — avaient bientôt éveillé chez elle un autre soupçon. Autrefois elle avait donné son portrait à madame Aubrée ; et elle s'imagina que Max, en sa qualité d'héritier direct, s'était cru le droit de se l'approprier. Cela lui parut une énorme inconvenance. Cependant elle n'en

marqua rien d'abord ; mais lorsque M. de Salligny
allait se retirer :

— A propos, lui dit-elle, votre tante avait un
portrait de moi, que je voudrais bien revoir.

— Je ne sais... quel portrait ?... comment était-
il ? demanda Max d'une voix mal assurée.

Cette fois, madame de Piennes était déterminée
à ne pas s'apercevoir qu'il mentait.

— Cherchez-le, lui dit-elle le plus naturellement
qu'elle put. Vous me ferez plaisir.

N'était le portrait, elle était assez contente de la
docilité de Max, et se promettait bien de sauver
encore une brebis égarée.

Le lendemain, Max avait retrouvé le portrait
et le rapporta d'un air assez indifférent. Il remarqua
que la ressemblance n'avait jamais été grande, et
que le peintre lui avait donné une raideur de pose
et une sévérité dans l'expression qui n'avaient rien
de naturel. De ce moment, ses visites à madame de
Piennes furent moins longues, et il avait auprès
d'elle un air boudeur qu'elle ne lui avait jamais vu.
Elle attribua cette humeur au premier effort qu'il
avait à faire pour tenir ses promesses et résister
à ses mauvais penchants.

Une quinzaine de jours après l'arrivée de
M. de Salligny, madame de Piennes allait voir à
son ordinaire sa protégée Arsène Guillot, qu'elle
n'avait point oubliée cependant, ni vous non plus,
madame, je l'espère. Après lui avoir fait quelques
questions sur sa santé et sur les instructions
qu'elle recevait, remarquant que la malade était
encore plus oppressée que les jours précédents,
elle lui offrit de lui faire la lecture pour qu'elle ne
se fatiguât point à parler. La pauvre fille eût sans

doute aimé mieux causer qu'écouter une lecture
telle que celle qu'on lui proposait, car vous pensez
bien qu'il s'agissait d'un livre fort sérieux, et
Arsène n'avait jamais lu que des romans de cuisi-
nières. C'était un livre de piété que prit madame
de Piennes ; et je ne vous le nommerai pas, d'abord
pour ne pas faire tort à son auteur, ensuite parce
que vous m'accuseriez peut-être de vouloir tirer
quelque méchante conclusion contre ces sortes
d'ouvrages en général. Suffit que le livre en question était d'un jeune homme de dix-neuf ans, et
spécialement approprié à la réconciliation des
pécheresses endurcies ; qu'Arsène était très acca-
blée, et qu'elle n'avait pu fermer l'œil la nuit
précédente. A la troisième page, il arriva ce qui
serait arrivé avec tout autre ouvrage, sérieux ou
non ; il advint ce qui était inévitable : je veux dire
que mademoiselle Guillot ferma les yeux et s'en-
dormit. Madame de Piennes s'en aperçut et se
félicita de l'effet calmant qu'elle venait de produire. Elle baissa d'abord la voix pour ne pas
réveiller la malade en s'arrêtant tout à coup, puis
elle posa le livre et se leva doucement pour sortir
sur la pointe du pied ; mais la garde avait coutume de descendre chez la portière lorsque madame
de Piennes venait, car ses visites ressemblaient
un peu à celles d'un confesseur. Madame de
Piennes voulut attendre le retour de la garde ;
et comme elle était la personne du monde la plus
ennemie de l'oisiveté, elle chercha quelque emploi
à faire des minutes qu'elle allait passer auprès de
la dormeuse. Dans un petit cabinet derrière l'alcôve,
il y avait une table avec de l'encre et du papier ;
elle s'y assit et se mit à écrire un billet. Tandis

qu'elle cherchait un pain à cacheter dans un tiroir
de la table, quelqu'un entra brusquement dans la
chambre, qui réveilla la malade.

— Mon Dieu! qu'est-ce que je vois? s'écria
Arsène d'une voix si altérée, que madame de Piennes en frémit.

— Eh bien, j'en apprends de belles! Qu'est-ce
que cela veut dire? Se jeter par la fenêtre comme
une imbécile! A-t-on jamais vu une tête comme
celle de cette fille-là!

Je ne sais si je rapporte exactement les termes ;
c'est du moins le sens de ce que disait la personne
qui venait d'entrer, et qu'à la voix madame de
Piennes reconnut aussitôt pour Max de Salligny.
Suivirent quelques exclamations, quelques cris
étouffés d'Arsène, puis un embrassement assez
sonore. Enfin Max reprit :

— Pauvre Arsène, en quel état te retrouvé-je?
Sais-tu que je ne t'aurais jamais dénichée, si Julie
ne m'eût dit ta dernière adresse? Mais a-t-on jamais
vu folie pareille!

— Ah! Salligny! Salligny! que je suis heureuse!
Mais comme je me repens de ce que j'ai fait! Tu
ne vas plus me trouver gentille. Tu ne voudras
plus de moi?...

— Bête que tu es, disait Max, pourquoi ne pas
m'écrire que tu avais besoin d'argent? Pourquoi
ne pas en demander au commandant? Qu'est
donc devenu ton Russe? Est-ce qu'il est parti,
ton Cosaque?

En reconnaissant la voix de Max, madame de
Piennes avait été d'abord presque aussi étonnée
qu'Arsène. La surprise l'avait empêchée de se
montrer aussitôt ; puis elle s'était mise à réfléchir

si elle devait ou non se montrer, et lorsqu'on réfléchit en écoutant on ne se décide pas vite. Il résulta de tout cela qu'elle entendit l'édifiant dialogue que je viens de rapporter ; mais alors elle comprit que, si elle demeurait dans le cabinet, elle était exposée à en entendre bien davantage Elle prit son parti, et entra dans la chambre avec ce maintien calme et superbe que les personnes vertueuses ne perdent que rarement, et qu'elles commandent au besoin.

— Max, dit-elle, vous faites du mal à cette pauvre fille ; retirez-vous. Vous viendrez me parler dans une heure.

Max était devenu pâle comme un mort en voyant apparaître madame de Piennes dans un lieu où il ne se serait jamais attendu à la rencontrer ; son premier mouvement fut d'obéir, et il fit un pas vers la porte.

— Tu t'en vas!... ne t'en va pas! s'écria Arsène en se soulevant sur son lit d'un effort désespéré.

— Mon enfant, dit madame de Piennes en lui prenant la main, soyez raisonnable. Écoutez-moi. Rappelez-vous ce que vous m'avez promis!

Puis elle jeta un regard calme, mais impérieux à Max, qui sortit aussitôt. Arsène retomba sur le lit ; en le voyant sortir, elle s'était évanouie.

Madame de Piennes et la garde, qui rentra peu après, la secoururent avec l'adresse qu'ont les femmes en ces sortes d'accidents. Par degrés, Arsène reprit connaissance. D'abord elle promena ses regards par toute la chambre, comme pour y chercher celui qu'elle se rappelait y avoir vu tout à l'heure ; puis elle tourna ses grands yeux noirs

vers madame de Piennes, et la regardant fixement :

— C'est votre mari? dit-elle.

— Non, répondit madame de Piennes en rougissant un peu, mais sans que la douceur de sa voix
en fût altérée ; M. de Salligny est mon parent.

Elle crut pouvoir se permettre ce petit mensonge pour expliquer l'empire qu'elle avait sur lui.

— Alors, dit Arsène, c'est vous qu'il aime!

Et elle attachait toujours sur elle ses yeux
ardents comme deux flambeaux.

Il!... Un éclair brilla sur le front de madame de
Piennes. Un instant, ses joues se colorèrent d'un
vif incarnat, et sa voix expira sur ses lèvres ; mais
elle reprit bientôt sa sérénité.

— Vous vous méprenez, ma pauvre enfant, dit-
elle d'un ton grave, M. de Salligny a compris qu'il
avait tort de vous rappeler des souvenirs qui sont
heureusement loin de votre mémoire. Vous avez
oublié...

— Oublié! s'écria Arsène avec un sourire de
damné qui faisait mal à voir.

— Oui, Arsène, vous avez renoncé à toutes les
folles idées d'un temps qui ne reviendra plus.
Pensez, ma pauvre enfant, que c'est à cette coupable liaison que vous devez tous vos malheurs.
Pensez...

— Il ne vous aime pas! interrompit Arsène sans
l'écouter, il ne vous aime pas, et il comprend un
seul regard! J'ai vu vos yeux et les siens. Je ne me
trompe pas... Au fait..., c'est juste! Vous êtes
belle, jeune, brillante... moi, estropiée, défigurée...
près de mourir...

Elle ne put achever : des sanglots étouffèrent

sa voix, si forts, si douloureux, que la garde s'écria
qu'elle allait chercher le médecin ; car, disait-elle,
M. le docteur ne craignait rien tant que ces convulsions, et si cela dure la pauvre petite va passer.

Peu à peu l'espèce d'énergie qu'Arsène avait
trouvée dans la vivacité même de sa douleur fit
place à un abattement stupide, que madame de
Piennes prit pour du calme. Elle continua ses
exhortations ; mais Arsène, immobile, n'écoutait
pas toutes les belles et bonnes raisons qu'on lui
donnait pour préférer l'amour divin à l'amour
terrestre ; ses yeux étaient secs, ses dents serrées
convulsivement. Pendant que sa protectrice lui
parlait du ciel et de l'avenir, elle songeait au présent. L'arrivée subite de Max avait réveillé en un
instant chez elle de folles illusions, mais le regard
de madame de Piennes les avait dissipées encore
plus vite. Après un rêve heureux d'une minute,
Arsène ne retrouvait plus que la triste réalité,
devenue cent fois plus horrible pour avoir été un
moment oubliée.

Votre médecin vous dira, madame, que les naufragés, surpris par le sommeil au milieu des
angoisses de la faim, rêvent qu'ils sont à table et
font bonne chère. Ils se réveillent encore plus
affamés, et voudraient n'avoir pas dormi. Arsène
souffrait une torture comparable à celle de ces
naufragés. Autrefois elle avait aimé Max, comme
elle pouvait aimer. C'était avec lui qu'elle aurait
voulu toujours aller au spectacle, c'est avec lui
qu'elle s'amusait dans une partie de campagne,
c'est de lui qu'elle parlait sans cesse à ses amies.
Lorsque Max partit, elle avait beaucoup pleuré ;
mais cependant elle avait agréé les hommages

d'un Russe que Max était charmé d'avoir pour
successeur, parce qu'il le tenait pour galant homme,
c'est-à-dire pour généreux. Tant qu'elle put mener
la vie folle des femmes de son espèce, son amour
pour Max ne fut qu'un souvenir agréable qui la
faisait soupirer quelquefois. Elle y pensait comme
on pense aux amusements de son enfance, que
personne cependant ne voudrait recommencer ;
mais quand Arsène n'eut plus d'amants, qu'elle
se trouva délaissée, qu'elle sentit tout le poids de
la misère et de la honte, alors son amour pour
Max s'épura en quelque sorte, parce que c'était le
seul souvenir qui ne réveillât chez elle ni regrets
ni remords. Il la relevait même à ses propres yeux,
et plus elle se sentait avilie, plus elle grandissait
Max dans son imagination. J'ai été sa maîtresse,
il m'a aimée, se disait-elle avec une sorte d'orgueil
lorsqu'elle était saisie de dégoût en réfléchissant sur
sa vie de courtisane. Dans les marais de Minturnes,
Marius raffermissait son courage en se disant : j'ai
vaincu les Cimbres! La fille entretenue, — hélas!
elle ne l'était plus, — n'avait pour résister à la
honte et au désespoir que ce souvenir : Max m'a
aimée... Il m'aime encore! Un moment elle avait
pu le penser ; mais maintenant on venait lui arracher jusqu'à ses souvenirs, seul bien qui lui restât
au monde.

Pendant qu'Arsène s'abandonnait à ses tristes
réflexions, madame de Piennes lui démontrait avec
chaleur la nécessité de renoncer pour toujours à
ce qu'elle appelait ses égarements criminels. Une
forte conviction rend presque insensible ; et comme
un chirurgien applique le fer et le feu sur une plaie
sans écouter les cris du patient, madame de Piennes

poursuivait sa tâche avec une impitoyable fermeté. Elle disait que cette époque de bonheur où la pauvre Arsène se réfugiait comme pour s'échapper à elle-même était un temps de crime et de honte qu'elle expiait justement aujourd'hui. Ces illusions, il fallait les détester et les bannir de son cœur ; l'homme qu'elle regardait comme son protecteur et presque un génie tutélaire, il ne devait plus être à ses yeux qu'un complice pernicieux, un séducteur qu'elle devait fuir à jamais.

Ce mot de séducteur, dont madame de Piennes ne pouvait pas sentir le ridicule, fit presque sourire Arsène au milieu de ses larmes ; mais sa digne protectrice ne s'en aperçut pas. Elle continua imperturbablement son exhortation, et la termina par une péroraison qui redoubla les sanglots de la pauvre fille, c'était : Vous ne le verrez plus.

Le médecin qui arriva et la prostration complète de la malade rappelèrent à madame de Piennes qu'elle en avait assez fait. Elle pressa la main d'Arsène, et lui dit en la quittant :

— Du courage, ma fille, et Dieu ne vous abandonnera pas.

Elle venait d'accomplir un devoir, il lui en restait un second encore plus difficile. Un autre coupable l'attendait, dont elle devait ouvrir l'âme au repentir ; et malgré la confiance qu'elle puisait dans son zèle pieux, malgré l'empire qu'elle exerçait sur Max, et dont elle avait déjà des preuves, enfin, malgré la bonne opinion qu'elle conservait au fond du cœur à l'égard de ce libertin, elle éprouvait une étrange anxiété en pensant au combat qu'elle allait engager. Avant de commencer cette terrible lutte, elle voulut reprendre des forces, et,

entrant dans une église, elle demanda à Dieu de
nouvelles inspirations pour défendre sa cause.

Lorsqu'elle rentra chez elle, on lui dit que M. de
Salligny était au salon, et l'attendait depuis assez
longtemps. Elle le trouva pâle, agité, rempli d'inquiétude. Ils s'assirent. Max n'osait ouvrir la
bouche ; et madame de Piennes, émue elle-même
sans en savoir positivement la cause, demeura
quelque temps sans parler et ne le regardant qu'à
la dérobée. Enfin elle commença :

— Max, dit-elle, je ne vous ferai pas de reproches...

Il leva la tête assez fièrement. Leurs regards se
rencontrèrent, et il baissa les yeux aussitôt.

— Votre bon cœur, poursuivit-elle, vous en dit
plus en ce moment que je ne pourrais le faire.
C'est une leçon que la Providence a voulu vous
donner ; j'en ai l'espoir, la conviction... elle ne sera
pas perdue.

— Madame, interrompit Max, je sais à peine
ce qui s'est passé. Cette malheureuse fille s'est
jetée par la fenêtre, voilà ce qu'on m'a dit ; mais
je n'ai pas la vanité... je veux dire la douleur... de
croire que les relations que nous avons eues autrefois aient pu déterminer cet acte de folie.

— Dites plutôt, Max, que, lorsque vous faisiez
le mal, vous n'en aviez pas prévu les conséquences.
Quand vous avez jeté cette jeune fille dans le
désordre, vous ne pensiez pas qu'un jour elle atten-
terait à sa vie.

— Madame, s'écria Max avec quelque véhé-
mence, permettez-moi de vous dire que je n'ai
nullement séduit Arsène Guillot. Quand je l'ai
connue, elle était toute séduite. Elle a été ma maî-

tresse, je ne le nie point. Je l'avouerai même, je
l'ai aimée... comme on peut aimer une personne
de cette classe... Je crois qu'elle a eu pour moi un
peu plus d'attachement que pour un autre... Mais
depuis longtemps toutes relations avaient cessé
entre nous, et sans qu'elle en eût témoigné beaucoup de regret. La dernière fois que j'ai reçu de
ses nouvelles, je lui ai fait tenir de l'argent ; mais
elle n'a pas d'ordre... Elle a eu honte de m'en
demander encore, car elle a son orgueil à elle... La
misère l'a poussée à cette terrible résolution...
J'en suis désolé... Mais je vous le répète, madame,
dans tout cela, je n'ai aucun reproche à me faire.

Madame de Piennes chiffonna quelque ouvrage
sur sa table, puis elle reprit :

— Sans doute, dans les idées du *monde*, vous
n'êtes pas coupable, vous n'avez pas encouru de res-
ponsabilités, mais il y a une autre morale que celle
du monde, et c'est par ses règles que j'aimerais
à vous voir vous guider... Maintenant peut-être
vous n'êtes pas en état de m'entendre. Laissons
cela. Aujourd'hui, ce que j'ai à vous demander,
c'est une promesse que vous ne me refuserez
pas, j'en suis sûre. Cette malheureuse fille est touchée de repentir. Elle a écouté avec respect les
conseils d'un vénérable ecclésiastique qui l'a bien
voulu voir. Nous avons tout lieu d'espérer d'elle.
— Vous, vous ne devez plus la voir, car son cœur
hésite encore entre le bien et le mal, et malheureusement vous n'avez ni la volonté, ni peut-être le
pouvoir de lui être utile. En la revoyant, vous
pourriez lui faire beaucoup de mal... C'est pourquoi je vous demande votre parole de ne plus aller
chez elle.

Max fit un mouvement de surprise.

— Vous ne me refuserez pas, Max ; si votre tante vivait, elle vous ferait cette prière. Imaginez que c'est elle qui vous parle.

— Bon Dieu! madame, que me demandez-vous? Quel mal voulez-vous que je fasse à cette pauvre fille? N'est-ce pas au contraire une obligation pour moi qui... l'ai vue au temps de ses folies, de ne pas l'abandonner maintenant qu'elle est malade, et bien dangereusement malade, si ce que l'on me dit est vrai?

— Voilà sans doute la morale du monde, mais ce n'est pas la mienne. Plus cette maladie est grave, plus il importe que vous ne la voyiez plus.

— Mais, madame, veuillez songer que, dans l'état où elle est, il serait impossible, même à la pruderie la plus facile à s'alarmer... Tenez, madame, si j'avais un chien malade et si je savais qu'en me voyant il éprouvât quelque plaisir, je croirais faire une mauvaise action en le laissant crever seul. Il ne se peut pas que vous pensiez autrement, vous qui êtes si bonne et si charitable. Songez-y, madame ; de ma part, il y aurait vraiment de la cruauté.

— Tout à l'heure je vous demandais de me faire cette promesse au nom de votre bonne tante... au nom de l'amitié que vous avez pour moi... maintenant, c'est au nom de cette malheureuse fille elle-même que je vous le demande. Si vous l'aimez réellement...

— Ah! madame, je vous en supplie, ne rapprochez pas ainsi des choses qui ne se peuvent comparer. Croyez-moi bien, madame, je souffre extrêmement à vous résister en quoi que ce soit ; mais,

en vérité, je m'y crois obligé d'honneur... Ce mot
vous déplaît? Oubliez-le. Seulement, madame, à
mon tour, laissez-moi vous conjurer par pitié
pour cette infortunée... et aussi un peu par pitié
pour moi... Si j'ai eu des torts... si j'ai contribué
à la retenir dans le désordre... je dois maintenant
prendre soin d'elle. Il serait affreux de l'abandonner. Je ne me le pardonnerais pas. Non, je ne puis
l'abandonner. Vous n'exigerez pas cela, madame.

— D'autres soins ne lui manqueront pas. Mais
répondez-moi, Max : vous l'aimez?

— Je l'aime... je l'aime... Non... je ne l'aime
pas. C'est un mot qui ne peut convenir ici... L'aimer : hélas! non. J'ai cherché auprès d'elle une
distraction à un sentiment plus sérieux qu'il fallait combattre... Cela vous semble ridicule, incom-
préhensible?... La pureté de votre âme ne peut
admettre que l'on cherche un pareil remède... Eh
bien! ce n'est pas la plus mauvaise action de ma
vie. Si nous autres hommes nous n'avions pas
quelquefois la ressource de détourner nos passions...
peut-être maintenant... peut-être serait-ce moi qui
me serais jeté par la fenêtre... Mais, je ne sais ce
que je dis, et vous ne pouvez m'entendre... je me
comprends à peine moi-même...

— Je vous demandais si vous l'aimiez, reprit
madame de Piennes les yeux baissés et avec
quelque hésitation, parce que, si vous aviez de...
de l'amitié pour elle, vous auriez sans doute le
courage de lui faire un peu de mal pour lui faire
ensuite un grand bien. Assurément, le chagrin de
ne pas vous voir lui sera pénible à supporter ;
mais il serait bien plus grave de la détourner
aujourd'hui de la voie dans laquelle elle est presque

miraculeusement entrée. Il importe à son *salut*,
Max, qu'elle oublie tout à fait un temps que votre
présence lui rappellerait avec trop de vivacité.

Max secoua la tête sans répondre. Il n'était pas
croyant, et le mot de *salut*, qui avait tant de pouvoir sur madame de Piennes, ne parlait point
aussi fortement à son âme. Mais sur ce point, il
n'y avait pas à contester avec elle. Il évitait toujours avec soin de lui montrer ses doutes, et cette
fois encore il garda le silence ; cependant il était
facile de voir qu'il n'était pas convaincu.

— Je vous parlerai le langage du monde, poursuivit madame de Piennes, si malheureusement
c'est le seul que vous puissiez comprendre ; nous
discuterons, en effet, sur un calcul d'arithmétique.
Elle n'a rien à gagner à vous voir, beaucoup à
perdre ; maintenant choisissez.

— Madame, dit Max d'une voix émue, vous ne
doutez plus, j'espère, qu'il puisse y avoir d'autre
sentiment de ma part à l'égard d'Arsène qu'un
intérêt... bien naturel. Quel danger y aurait-il ?
Aucun. Doutez-vous de moi ? Penseriez-vous que
je veuille nuire aux bons conseils que vous lui
donnez ? Eh ! mon Dieu ! moi qui déteste les spectacles tristes, qui les fuis avec une espèce d'horreur,
croyez-vous que je recherche la vue d'une mourante avec des intentions coupables ? Je vous le
répète, madame, c'est pour moi une idée de devoir,
c'est une expiation, un châtiment si vous voulez,
que je viens chercher auprès d'elle.

A ce mot, madame de Piennes releva la tête et
le regarda fixement d'un air exalté qui donnait à
tous ses traits une expression sublime.

— Une expiation, dites-vous, un châtiment ?...

Eh bien! oui! A votre insu, Max, vous obéissez
peut-être à un *avertissement d'en haut*, et vous avez
raison de me résister... Oui, j'y consens. Voyez
cette fille et qu'elle devienne l'instrument de votre
salut comme vous avez failli être celui de sa perte.

Probablement Max ne comprenait pas aussi
bien que vous, madame, ce que c'est qu'un *avertissement d'en haut*. Ce changement de résolution
si subit l'étonnait, il ne savait à quoi l'attribuer,
il ne savait pas s'il devait remercier madame de
Piennes d'avoir cédé à la fin ; mais en ce moment
sa grande préoccupation était pour deviner si
son obstination avait lassé ou bien convaincu la
personne à laquelle il craignait par-dessus tout de
déplaire.

— Seulement, Max, poursuivit madame de
Piennes, j'ai à vous demander, ou plutôt j'exige de
vous...

Elle s'arrêta un instant, et Max fit un signe de
tête indiquant qu'il se soumettait à tout.

— J'exige, reprit-elle, que vous ne la voyiez
qu'avec moi.

Il fit un geste d'étonnement, mais il se hâta
d'ajouter qu'il obéirait.

— Je ne me fie pas absolument à vous, conti-
nua-t-elle en souriant. Je crains encore que vous
ne gâtiez mon ouvrage, et je veux réussir. Surveillé
par moi, vous deviendrez au contraire un aide
utile, et, j'en ai l'espoir, votre soumission sera
récompensée.

Elle lui tendit la main en disant ces mots. Il fut
convenu que Max irait le lendemain voir Arsène
Guillot, et que madame de Piennes le précéderait
pour la préparer à cette visite.

Vous comprenez son projet. D'abord elle avait
pensé qu'elle trouverait Max plein de repentir, et
qu'elle tirerait facilement de l'exemple d'Arsène le
texte d'un sermon éloquent contre ses mauvaises
passions ; mais, contre son attente, il rejetait toute
responsabilité. Il fallait changer d'exorde, et dans
un moment décisif retourner une harangue étudiée,
c'est une entreprise presque aussi périlleuse que
de prendre un nouvel ordre de bataille au milieu
d'une attaque imprévue. Madame de Piennes
n'avait pu improviser une manœuvre. Au lieu de
sermonner Max, elle avait discuté avec lui une
question de convenance. Tout à coup une idée
nouvelle s'était présentée à son esprit. Les remords
de sa complice le toucheront, avait-elle pensé. La
fin chrétienne d'une femme qu'il a aimée (et
malheureusement elle ne pouvait douter qu'elle
ne fût proche) portera sans doute un coup décisif.
C'est sur un tel espoir qu'elle s'était subitement
déterminée à permettre que Max revît Arsène.
Elle y gagnait encore d'ajourner l'exhortation
qu'elle avait projetée ; car, je crois vous l'avoir
déjà dit, malgré son vif désir de sauver un homme
dont elle déplorait les égarements, l'idée d'engager avec lui une discussion si sérieuse l'effrayait
involontairement.

Elle avait beaucoup compté sur la bonté de sa
cause ; elle doutait encore du succès, et ne pas
réussir c'était désespérer du salut de Max, c'était
se condamner à changer de sentiment à son égard.
Le diable, peut-être pour éviter qu'elle se mît
en garde contre la vive affection qu'elle portait
à un ami d'enfance, le diable avait pris soin de
justifier cette affection par une espérance chré-

tienne. Toutes armes sont bonnes au tentateur, et
telles pratiques lui sont familières ; voilà pourquoi
le Portugais dit fort élégamment : *De boâs inten-
çôes esta o inferno cheio :* L'enfer est pavé de
bonnes intentions. Vous dites en français qu'il est
pavé de langues de femmes, et cela revient au
même ; car les femmes, à mon sens, veulent toujours le bien.

Vous me rappelez à mon récit. Le lendemain
donc madame de Piennes alla chez sa protégée,
qu'elle trouva bien faible, bien abattue, mais pourtant plus calme et plus résignée qu'elle ne l'espérait. Elle reparla de M. de Salligny, mais avec plus
de ménagement que la veille. Arsène, à la vérité,
devait absolument renoncer à lui, et n'y penser
que pour déplorer leur commun aveuglement.
Elle devait encore, et c'était une partie de sa pénitence, elle devait montrer son repentir à Max
lui-même, lui donner un exemple en changeant de
vie, et lui assurer pour l'avenir la paix de conscience dont elle jouissait elle-même. A ces exhortations toutes chrétiennes, madame de Piennes ne
négligea pas de joindre quelques arguments mon-
dains : celui-ci, par exemple, qu'Arsène aimant
véritablement M. de Salligny, devait désirer son
bien avant tout, et que, par son changement de
conduite, elle mériterait l'estime d'un homme qui
n'avait pu encore la lui accorder réellement.

Tout ce qu'il y avait de sévère et de triste dans
ce discours s'effaça soudain lorsqu'en terminant
madame de Piennes lui annonça qu'elle reverrait
Max, et qu'il allait venir. A la vive rougeur qui
anima subitement ses joues, depuis longtemps
pâlies par la souffrance, à l'éclat extraordinaire

dont brillèrent ses yeux, madame de Piennes faillit
se repentir d'avoir consenti à cette entrevue ;
mais il n'était plus temps de changer de résolution.
Elle employa quelques minutes qui lui restaient
avant l'arrivée de Max en exhortations pieuses
et énergiques, mais elles étaient écoutées avec une
distraction notable, car Arsène ne semblait préoccupée que d'arranger ses cheveux et d'ajuster le
ruban chiffonné de son bonnet.

Enfin M. de Salligny parut, contractant tous ses
traits pour leur donner un air de gaieté et d'assurance. Il lui demanda comment elle se portait, d'un
ton de voix qu'il essaya de rendre naturel, mais
qu'aucun rhume ne saurait donner. De son côté,
Arsène n'était pas plus à son aise ; elle balbutiait,
elle ne pouvait trouver une phrase, mais elle prit
la main de madame de Piennes et la porta à ses
lèvres comme pour la remercier. Ce qui se dit
pendant un quart d'heure fut ce qui se dit partout
entre gens embarrassés. Madame de Piennes seule
conservait son calme ordinaire, ou plutôt, mieux
préparée, elle se maîtrisait mieux. Souvent elle
répondait pour Arsène, et celle-ci trouvait que son
interprète rendait assez mal ses pensées. La conversation languissant, madame de Piennes remarqua
que la malade toussait beaucoup, lui rappela que
le médecin lui défendait de parler, et s'adressant à
Max, lui dit qu'il ferait mieux de faire une petite
lecture que de fatiguer Arsène par ses questions.
Aussitôt Max prit un livre avec empressement, et
s'approcha de la fenêtre, car la chambre était un
peu obscure. Il lut sans trop comprendre. Arsène
ne comprenait pas davantage sans doute, mais
elle avait l'air d'écouter avec un vif intérêt.

Madame de Piennes travaillait à quelque ouvrage
qu'elle avait apporté, la garde se pinçait pour ne
pas dormir. Les yeux de madame de Piennes
allaient sans cesse du lit à la fenêtre, jamais Argus
ne fit si bonne garde avec les cent yeux qu'il avait.
Au bout de quelques minutes, elle se pencha vers
l'oreille d'Arsène :

— Comme il lit bien! lui dit-elle tout bas.

Arsène lui jeta un regard qui contrastait étrangement avec le sourire de sa bouche :

— Oh! oui, répondit-elle.

Puis elle baissa les yeux, et de minute en minute
une grosse larme paraissait au bord de ses cils et
glissait sur ses joues sans qu'elle s'en aperçût.
Max ne tourna pas la tête une seule fois. Après
quelques pages, madame de Piennes dit à Arsène :

— Nous allons vous laisser reposer, mon enfant.
Je crains que nous ne vous ayons un peu fatiguée.
Nous reviendrons bientôt vous voir.

Elle se leva, et Max se leva comme son ombre.
Arsène lui dit adieu sans presque le regarder.

— Je suis contente de vous, Max, dit madame
de Piennes qu'il avait accompagnée jusqu'à sa
porte, et d'elle encore plus. Cette pauvre fille est
remplie de résignation. Elle vous donne un exemple.

— Souffrir et se taire, madame, est-ce donc si
difficile à apprendre ?

— Ce qu'il faut apprendre surtout, c'est à fermer
son cœur aux mauvaises pensées.

Max la salua et s'éloigna rapidement.

Lorsque madame de Piennes revit Arsène le lendemain, elle la trouva contemplant un bouquet de
fleurs rares placé sur une petite table auprès de
son lit.

— C'est M. de Salligny qui me les a envoyées,
dit-elle. On est venu de sa part demander comment
j'étais. Lui n'est pas monté.

— Ces fleurs sont fort belles, dit madame de
Piennes un peu sèchement.

— J'aimais beaucoup les fleurs autrefois, dit la
malade en soupirant, et il me gâtait... M. de Salligny
me gâtait en me donnant toutes les plus jolies qu'il
pouvait trouver... Mais cela ne me vaut plus rien à
présent... Cela sent trop fort... Vous devriez
prendre ce bouquet, madame ; il ne se fâchera pas
si je vous le donne.

— Non, ma chère ; ces fleurs vous font plaisir
à regarder, reprit madame de Piennes d'un ton
plus doux, car elle avait été très émue de l'accent
profondément triste de la pauvre Arsène. Je
prendrai celles qui ont de l'odeur, gardez les
camellias.

— Non. Je déteste les camellias... Ils me
rappellent la seule querelle que nous ayons eue...
quand j'étais avec lui.

— Ne pensez plus à ces folies, ma chère enfant.

— Un jour, poursuivit Arsène en regardant
fixement madame de Piennes, un jour je trouvai
dans sa chambre un beau camellia rose dans un
verre d'eau. Je voulus le prendre, il ne voulut pas.
Il m'empêcha même de le toucher. J'insistai, je lui
dis des sottises. Il le prit, le serra dans une
armoire, et mit la clef dans sa poche. Moi, je fis le
diable, et je lui cassai même un vase de porcelaine
qu'il aimait beaucoup. Rien n'y fit. Je vis bien
qu'il le tenait d'une femme comme il faut. Je n'ai
jamais su d'où lui venait ce camellia.

En parlant ainsi, Arsène attachait un regard

fixe et presque méchant sur madame de Piennes,
qui baissa les yeux involontairement. Il y eut un
assez long silence que troublait seule la respiration
oppressée de la malade. Madame de Piennes venait
de se rappeler confusément certaine histoire de
camellia. Un jour, qu'elle dînait chez madame
Aubrée, Max lui avait dit que sa tante venait de
lui souhaiter sa fête, et lui demanda de lui donner
un bouquet aussi. Elle avait détaché en riant un
camellia de ses cheveux et le lui avait donné. Mais
comment un fait aussi insignifiant était-il demeuré
dans sa mémoire ? Madame de Piennes ne pouvait
se l'expliquer. Elle en était presque effrayée.
L'espèce de confusion qu'elle éprouvait vis-à-vis
d'elle-même était à peine dissipée lorsque Max
entra et elle se sentit rougir.

— Merci de vos fleurs, dit Arsène ; mais elles
me font mal... Elles ne seront pas perdues ; je les
ai données à madame. Ne me faites pas parler,
on me le défend. Voulez-vous me lire quelque
chose ?

Max s'assit et lut. Cette fois personne n'écouta,
je pense : chacun, y compris le lecteur, suivait le
fil de ses propres pensées.

Quand madame de Piennes se leva pour sortir,
elle allait laisser le bouquet sur la table, mais
Arsène l'avertit de son oubli. Elle emporta donc
le bouquet, mécontente d'avoir montré peut-être
quelque affectation à ne pas accepter tout d'abord
cette bagatelle. — Quel mal peut-il y avoir à cela ?
pensait-elle. Mais il y avait déjà du mal à se faire
cette simple question.

Sans en être prié, Max la suivit chez elle. Ils
s'assirent, et, détournant les yeux l'un et l'autre,

ils demeurèrent en silence assez longtemps pour en
être embarrassés.

— Cette pauvre fille, dit enfin madame de
Piennes, m'afflige profondément. Il n'y a plus
d'espoir, à ce qu'il paraît.

— Vous avez vu le médecin? demanda Max;
que dit-il?

Madame de Piennes secoua la tête :

— Elle n'a plus que bien peu de jours à passer
dans ce monde. Ce matin, on l'a administrée.

— Sa figure faisait mal à voir, dit Max en
s'avançant dans l'embrasure d'une fenêtre, probablement pour cacher son émotion.

— Sans doute il est cruel de mourir à son âge,
reprit gravement madame de Piennes; mais si
elle eût vécu davantage, qui sait si ce n'eût point
été un malheur pour elle?... En la sauvant d'une
mort désespérée, la Providence a voulu lui donner
le temps de se repentir... C'est une grande grâce
dont elle-même sent tout le prix à présent. L'abbé
Dubignon est fort content d'elle. Il ne faut pas
tant la plaindre, Max!

— Je ne sais s'il faut plaindre ceux qui meurent
jeunes, répondit-il un peu brusquement... moi,
j'aimerais à mourir jeune; mais ce qui m'afflige
surtout, c'est de la voir souffrir ainsi.

— La souffrance du corps est souvent utile à
l'âme...

Max, sans répondre, alla se placer à l'extrémité
de l'appartement, dans un angle obscur à demi
caché par d'épais rideaux. Madame de Piennes
travaillait ou feignait de travailler, les yeux fixés
sur une tapisserie; mais il lui semblait sentir le
regard de Max comme quelque chose qui pesait

sur elle. Ce regard qu'elle fuyait, elle croyait le
sentir errer sur ses mains, sur ses épaules, sur son
front. Il lui sembla qu'il s'arrêtait sur son pied, et
elle se hâta de le cacher sous sa robe. — Il y a
peut-être quelque chose de vrai dans ce qu'on dit
du fluide magnétique, madame.

— Vous connaissez l'amiral de Rigny, madame ?
demanda Max tout à coup.

— Oui, un peu.

— J'aurai peut-être un service à vous demander
auprès de lui... une lettre de recommandation...

— Pourquoi donc ?

— Depuis quelques jours, madame, j'ai fait
des projets, continua-t-il avec une gaieté affectée.
Je travaille à me convertir, et je voudrais faire
quelque acte de bon chrétien ; mais, embarrassé
comment m'y prendre...

Madame de Piennes lui lança un regard un peu
sévère.

— Voici à quoi je me suis arrêté, poursuivit-il.
Je suis bien fâché de ne pas savoir l'école de peloton, mais cela peut s'apprendre... et, ainsi que
j'avais l'honneur de vous le dire, je me sens une
envie extraordinaire d'aller en Grèce et de tâcher
d'y tuer quelque Turc, pour la plus grande gloire
de la croix.

— En Grèce ! s'écria madame de Piennes, laissant tomber son peloton.

— En Grèce. Ici, je ne fais rien ; je m'ennuie ;
je ne suis bon à rien, je ne puis rien faire d'utile ; il
n'y a personne au monde à qui je sois bon à quelque
chose. Pourquoi n'irais-je pas moissonner des lau-
riers, ou me faire casser la tête pour une bonne
cause ? D'ailleurs, pour moi, je ne vois guère

d'autre moyen d'aller à la gloire ou au Temple de
Mémoire, à quoi je tiens fort. Figurez-vous, madame, quel honneur pour moi quand on lira dans
le journal : « On nous écrit de Tripolitza que
M. Max de Salligny, jeune philhellène de la plus
haute espérance — on peut bien dire cela dans un
journal — de la plus haute espérance, vient de
périr victime de son enthousiasme pour la sainte
cause de la religion et de la liberté. Le farouche
Kourschid-Pacha a poussé l'oubli des convenances
jusqu'à lui faire trancher la tête... » C'est justement
ce que j'ai de plus mauvais, à ce que tout le monde
dit, n'est-ce pas, madame ?

Et il riait d'un rire forcé.

— Parlez-vous sérieusement, Max ? Vous iriez
en Grèce ?

— Très sérieusement, madame ; seulement, je
tâcherai que mon article nécrologique ne paraisse
que le plus tard possible.

— Qu'iriez-vous faire en Grèce ? Ce ne sont pas
des soldats qui manquent aux Grecs... Vous feriez
un excellent soldat, j'en suis sûre ; mais...

— Un superbe grenadier de cinq pieds six
pouces ! s'écria-t-il en se levant en pied ; les Grecs
seraient bien dégoûtés s'ils ne voulaient pas d'une
recrue comme celle-là. Sans plaisanterie, madame,
ajouta-t-il en se laissant retomber dans un fauteuil,
c'est, je crois, ce que j'ai de mieux à faire. Je ne
puis rester à Paris (il prononça ces mots avec une
certaine violence) ; j'y suis malheureux, j'y ferais
cent sottises... Je n'ai pas la force de résister...
Mais nous en reparlerons ; je ne pars pas tout de
suite... mais je partirai... Oh ! oui, il le faut ; j'en
ai fait mon grand serment. — Savez-vous que

depuis deux jours j'apprends le grec? Ζωή μου
σάς άγαπῶ. C'est une fort belle langue, n'est-ce
pas ?

Madame de Piennes avait lu lord Byron et se
rappela cette phrase grecque, refrain d'une de ses
pièces fugitives. La traduction, comme vous savez,
se trouve en note, c'est : « Ma vie, je vous aime. »
— *Ce sont façons de parler obligeantes de ces
pays-là.* Madame de Piennes maudissait sa trop
bonne mémoire ; elle se garda bien de demander
ce que signifiait ce grec-là, et craignait seulement
que sa physionomie ne montrât qu'elle avait compris. Max s'était approché du piano ; et ses doigts
tombant sur le clavier comme par hasard, formèrent
quelques accords mélancoliques. Tout à coup il
prit son chapeau ; et se tournant vers madame de
Piennes, il lui demanda si elle comptait aller ce
soir chez madame Darsenay.

— Je pense que oui, répondit-elle en hésitant
un peu.

Il lui serra la main et sortit aussitôt, la laissant
en proie à une agitation qu'elle n'avait encore
jamais éprouvée.

Toutes ses idées étaient confuses et se succé-
daient avec tant de rapidité, qu'elle n'avait pas
le temps de s'arrêter à une seule. C'était comme
cette suite d'images qui paraissent et disparaissent
à la portière d'une voiture entraînée sur un chemin
de fer. Mais, de même qu'au milieu de la course
la plus impétueuse l'œil qui n'aperçoit point tous
les détails parvient cependant à saisir le caractère
général des sites que l'on traverse, de même, au
milieu de ce chaos de pensées qui l'assiégeaient,
madame de Piennes éprouvait une impression

d'effroi et se sentait comme entraînée sur une pente rapide au milieu de précipices affreux. Que Max l'aimât, elle n'en pouvait douter. Cet amour (elle disait : cette affection) datait de loin ; mais jusqu'alors elle ne s'en était pas alarmée. Entre une dévote comme elle et un libertin comme Max, s'élevait une barrière insurmontable qui la rassurait autrefois. Bien qu'elle ne fût pas insensible au plaisir ou à la vanité d'inspirer un sentiment sérieux à un homme aussi léger que l'était Max dans son opinion, elle n'avait jamais pensé que cette affection pût devenir un jour dangereuse pour son repos. Maintenant que le mauvais sujet s'était amendé, elle commençait à le craindre. Sa conversion, qu'elle s'attribuait, allait donc devenir, pour elle et pour lui, une cause de chagrins et de tourments. Par moments, elle essayait de se persuader que les dangers qu'elle prévoyait vaguement n'avaient aucun fondement réel. Ce voyage brusquement résolu, le changement qu'elle avait remarqué dans les manières de M. de Salligny, pouvaient s'expliquer à la rigueur par l'amour qu'il avait conservé pour Arsène Guillot ; mais, chose étrange ! cette pensée lui était plus insupportable que les autres, et c'était presque un soulagement pour elle que de s'en démontrer l'invraisemblance.

Madame de Piennes passa toute la soirée à se créer ainsi des fantômes, à les détruire, à les reformer. Elle ne voulut pas aller chez madame Darsenay, et, pour être plus sûre d'elle-même, elle permit à son cocher de sortir et voulut se coucher de bonne heure ; mais aussitôt qu'elle eut pris cette magnanime résolution, et qu'il n'y eut plus moyen de s'en dédire, elle se représenta que c'était une faiblesse indigne d'elle et s'en repentit. Elle craignit surtout que Max n'en soupçonnât la cause ; et comme elle ne pouvait se déguiser à ses propres yeux son véritable motif pour ne pas sortir, elle en vint à se regarder déjà comme coupable, car cette seule préoccupation à l'égard de M. de Salligny lui semblait un crime. Elle pria longtemps, mais elle ne s'en trouva pas soulagée. Je ne sais à quelle heure elle parvint à s'endormir ; ce qu'il y a de certain, c'est que lorsqu'elle se réveilla, ses idées étaient aussi confuses que la veille, et qu'elle était tout aussi éloignée de prendre une résolution.

Pendant qu'elle déjeunait — car on déjeune toujours, madame, surtout quand on a mal dîné — elle lut dans un journal que je ne sais quel pacha venait de saccager une ville de la Roumélie. Femmes et enfants avaient été massacrés ; quelques philhellènes avaient péri les armes à la main, ou avaient été lentement immolés dans d'horribles tortures. Cet article de journal était peu propre à faire goûter à madame de Piennes le voyage de Grèce auquel Max se préparait. Elle méditait tristement sur sa lecture, lorsqu'on lui apporta un billet de celui-ci. Le soir précédent, il s'était fort ennuyé chez madame Darsenay ; et, inquiet de n'y pas avoir trouvé madame de Piennes, il lui écrivait pour avoir de ses nouvelles, et lui demander à quelle heure elle devait aller chez Arsène Guillot. Madame de Piennes n'eut pas le courage d'écrire, et fit répondre qu'elle irait à l'heure accoutumée. Puis l'idée lui vint d'y aller sur-le-champ, afin de n'y pas rencontrer Max ; mais, par réflexion, elle trouva que c'était un mensonge puéril et honteux, pire que sa faiblesse de la veille. Elle s'arma donc de courage, fit sa prière avec ferveur, et, lorsqu'il fut temps, elle sortit et monta d'un pas ferme à la chambre d'Arsène.

III

Elle trouva la pauvre fille dans un état à faire
pitié. Il était évident que sa dernière heure était
proche, et depuis la veille le mal avait fait d'horribles progrès. Sa respiration n'était plus qu'un
râlement douloureux. Et l'on dit à madame de
Piennes que plusieurs fois dans la matinée elle
avait eu le délire, et que le médecin ne pensait
pas qu'elle pût aller jusqu'au lendemain.

Arsène, cependant, reconnut sa protectrice et la
remercia d'être venue la voir.

— Vous ne vous fatiguerez plus à monter mon
escalier, lui dit-elle d'une voix éteinte.

Chaque parole semblait lui coûter un effort pénible et user ce qui lui restait de forces. Il fallait
se pencher sur son lit pour l'entendre. Madame de
Piennes avait pris sa main, et elle était déjà froide
et comme inanimée.

Max arriva bientôt et s'approcha silencieuse-
ment du lit de la mourante. Elle lui fit un léger
signe de tête, et remarquant qu'il avait à la main
un livre dans un étui :

— Vous ne lirez pas aujourd'hui, murmura-t-elle faiblement.

Madame de Piennes jeta les yeux sur ce livre prétendu : c'était une carte de la Grèce reliée, qu'il avait achetée en passant.

L'abbé Dubignon, qui depuis le matin était auprès d'Arsène, observant avec quelle rapidité les forces de la malade s'épuisaient, voulut mettre à profit, pour son salut, le peu de moments qui lui restaient encore. Il écarta Max et madame de Piennes, et, courbé sur ce lit de douleur, il adressa à la pauvre fille les graves et consolantes paroles que la religion réserve pour de pareils moments. Dans un coin de la chambre, madame de Piennes priait à genoux, et Max, debout, près de la fenêtre, semblait transformé en statue.

— Vous pardonnez à tous ceux qui vous ont offensée, ma fille ? dit le prêtre d'une voix émue.

— Oui !... qu'ils soient heureux ! répondit la mourante en faisant un effort pour se faire entendre.

— Fiez-vous donc à la miséricorde de Dieu, ma fille ! reprit l'abbé. Le repentir ouvre les portes du ciel.

Pendant quelques minutes encore, l'abbé continua ses exhortations ; puis il cessa de parler, incertain s'il n'avait plus qu'un cadavre devant lui. Madame de Piennes se leva doucement, et chacun demeura quelque temps immobile, regardant avec anxiété le visage livide d'Arsène. Ses yeux étaient fermés. Chacun retenait sa respiration comme pour ne pas troubler le terrible sommeil qui peut-être avait commencé pour elle, et l'on entendait distinctement dans la chambre le faible tintement d'une montre placée sur la table de nuit.

— Elle est passée, la pauvre demoiselle! dit enfin la garde après avoir approché sa tabatière des lèvres d'Arsène ; vous le voyez, le verre n'est pas terni. Elle est morte!

— Pauvre enfant! s'écria Max sortant de la stupeur où il semblait plongé. Quel bonheur a-t-elle eu dans ce monde ?

Tout à coup, et comme ranimée à sa voix, Arsène ouvrit les yeux.

— J'ai aimé! murmura-t-elle d'une voix sourde. Elle remuait les doigts et semblait vouloir tendre les mains. Max et madame de Piennes s'étaient approchés et prirent chacun une de ses mains.

— J'ai aimé, répéta-t-elle avec un triste sourire.

Ce furent ses dernières paroles. Max et madame de Piennes tinrent longtemps ses mains glacées sans oser lever les yeux...

IV

Eh bien! madame, vous me dites que mon histoire est finie, et vous ne voulez pas en entendre davantage. J'aurais cru que vous seriez curieuse de savoir si M. de Salligny fit ou non le voyage de Grèce ; si... mais il est tard, vous en avez assez. A la bonne heure! Au moins gardez-vous des jugements téméraires, je proteste que je n'ai rien dit qui pût vous y autoriser.

Surtout, ne doutez pas que mon histoire ne soit vraie. Vous en douteriez? Allez au Père-Lachaise : à vingt pas à gauche du tombeau du général Foy, vous trouverez une pierre de liais fort simple, entourée de fleurs toujours bien entretenues. Sur la pierre, vous pourrez lire le nom de mon héroïne gravé en gros caractères : ARSÈNE GUILLOT, et, en vous penchant sur cette tombe, vous remarquerez, si la pluie n'y a déjà mis ordre, une ligne tracée au crayon, d'une écriture très fine :

Pauvre Arsène! elle prie pour nous.

Carmen

Πᾶσα γυνή χόλος ἔστιν· ἔχει δ'ἀγαθὰς δύο ὥρας,
Τὴν μίαν ἐν θαλάμῳ, τὴν μίαν ἐν θανάτῳ.

PALLADAS [1].

I

J'avais toujours soupçonné les géographes de
ne savoir ce qu'ils disent lorsqu'ils placent le champ
de bataille de Munda dans le pays des Bastuli-
Pœni, près de la moderne Monda, à quelque deux
lieues au nord de Marbella. D'après mes propres
conjectures sur le texte de l'anonyme, auteur du
Bellum Hispaniense, et quelques renseignements
recueillis dans l'excellente bibliothèque du duc
d'Ossuna, je pensais qu'il fallait chercher aux
environs de Montilla le lieu mémorable où, pour
la dernière fois, César joua quitte ou double
contre les champions de la république. Me trouvant en Andalousie au commencement de l'automne de 1830, je fis une assez longue excursion
pour éclaircir les doutes qui me restaient encore.
Un mémoire que je publierai prochainement ne
laissera plus, je l'espère, aucune incertitude dans
l'esprit de tous les archéologues de bonne foi. En

1. « Toute femme est comme le fiel ; mais elle a deux
bonnes heures, une au lit, l'autre à sa mort. » Palladas.

attendant que ma dissertation résolve enfin le
problème géographique qui tient toute l'Europe
savante en suspens, je veux vous raconter une
petite histoire ; elle ne préjuge rien sur l'intéressante question de l'emplacement de Munda.

J'avais loué à Cordoue un guide et deux chevaux, et m'étais mis en campagne avec les *Commentaires* de César et quelques chemises pour tout
bagage. Certain jour, errant dans la partie élevée
de la plaine de Cachena, harassé de fatigue,
mourant de soif, brûlé par un soleil de plomb, je
donnais au diable de bon cœur César et les fils de
Pompée, lorsque j'aperçus, assez loin du sentier
que je suivais, une petite pelouse verte parsemée
de joncs et de roseaux. Cela m'annonçait le voisinage d'une source. En effet, en m'approchant,
je vis que la prétendue pelouse était un marécage
où se perdait un ruisseau, sortant, comme il semblait, d'une gorge étroite entre deux hauts contre-
forts de la sierra de Cabra. Je conclus qu'en remontant je trouverais de l'eau plus fraîche, moins de
sangsues et de grenouilles, et peut-être un peu
d'ombre au milieu des rochers. A l'entrée de la
gorge, mon cheval hennit, et un autre cheval, que
je ne voyais pas, lui répondit aussitôt. A peine eus-
je fait une centaine de pas, que la gorge, s'élar-
gissant tout à coup, me montra une espèce de cirque
naturel parfaitement ombragé par la hauteur des
escarpements qui l'entouraient. Il était impossible
de rencontrer un lieu qui promît au voyageur
une halte plus agréable. Au pied de rochers à pic,
la source s'élançait en bouillonnant, et tombait
dans un petit bassin tapissé d'un sable blanc
comme la neige. Cinq à six beaux chênes verts,

toujours à l'abri du vent et rafraîchis par la source,
s'élevaient sur ses bords, et la couvraient de leur
épais ombrage ; enfin, autour du bassin, une herbe
fine, lustrée, offrait un lit meilleur qu'on n'en eût
trouvé dans aucune auberge à dix lieues à la
ronde.

A moi n'appartenait pas l'honneur d'avoir
découvert un si beau lieu. Un homme s'y reposait
déjà, et sans doute dormait, lorsque j'y pénétrai.
Réveillé par les hennissements, il s'était levé, et
s'était rapproché de son cheval, qui avait profité
du sommeil de son maître pour faire un bon repas
de l'herbe aux environs. C'était un jeune gaillard
de taille moyenne, mais d'apparence robuste, au
regard sombre et fier. Son teint, qui avait pu être
beau, était devenu, par l'action du soleil, plus
foncé que ses cheveux. D'une main il tenait le
licol de sa monture, de l'autre une espingole de
cuivre. J'avouerai que d'abord l'espingole et l'air
farouche du porteur me surprirent quelque peu ;
mais je ne croyais plus aux voleurs, à force d'en
entendre parler et de n'en rencontrer jamais.
D'ailleurs j'avais vu tant d'honnêtes fermiers
s'armer jusqu'aux dents pour aller au marché,
que la vue d'une arme à feu ne m'autorisait pas à
mettre en doute la moralité de l'inconnu. — Et
puis, me disais-je, que ferait-il de mes chemises et
de mes *Commentaires* Elzévir ? Je saluai donc
l'homme à l'espingole d'un signe de tête familier,
et je lui demandai en souriant si j'avais troublé
son sommeil. Sans me répondre, il me toisa de la
tête aux pieds ; puis, comme satisfait de son examen, il considéra avec la même attention mon
guide, qui s'avançait. Je vis celui-ci pâlir et s'ar-

rêter en montrant une terreur évidente. Mauvaise
rencontre ! me dis-je. Mais la prudence me conseilla
aussitôt de ne laisser voir aucune inquiétude. Je
mis pied à terre ; je dis au guide de débrider, et,
m'agenouillant au bord de la source, j'y plongeai
ma tête et mes mains ; puis je bus une bonne
gorgée, couché à plat ventre, comme les mauvais
soldats de Gédéon.

J'observais cependant mon guide et l'inconnu.
Le premier s'approchait bien à contrecœur ; l'autre
semblait n'avoir pas de mauvais desseins contre
nous, car il avait rendu la liberté à son cheval, et
son espingole, qu'il tenait d'abord horizontale,
était maintenant dirigée vers la terre.

Ne croyant pas devoir me formaliser du peu de
cas qu'on avait paru faire de ma personne, je
m'étendis sur l'herbe, et d'un air dégagé je demandai à l'homme à l'espingole s'il n'avait pas
un briquet sur lui. En même temps je tirais mon
étui à cigares. L'inconnu, toujours sans parler,
fouilla dans sa poche, prit son briquet, et s'em-
pressa de me faire du feu. Évidemment il s'huma-
nisait ; car il s'assit en face de moi, toutefois sans
quitter son arme. Mon cigare allumé, je choisis le
meilleur de ceux qui me restaient, et je lui demandai s'il fumait.

— Oui, monsieur, répondit-il.

C'étaient les premiers mots qu'il faisait entendre,
et je remarquai qu'il ne prononçait pas l'*s* à la
manière andalouse *, d'où je conclus que c'était

---

* Les Andalous aspirent l'*s* et la confondent dans la
prononciation avec le *c* doux et le *z*, que les Espagnols pro-
noncent comme le *th* anglais. Sur le seul mot *Señor* on peut
reconnaître un Andalou.

un voyageur comme moi, moins archéologue seulement.

— Vous trouverez celui-ci assez bon, lui dis-je
en lui présentant un véritable régalia de la Havane.

Il me fit une légère inclination de tête, alluma
son cigare au mien, me remercia d'un autre signe
de tête, puis se mit à fumer avec l'apparence d'un
très grand plaisir.

— Ah! s'écria-t-il en laissant échapper lentement sa première bouffée par la bouche et les
narines, comme il y avait longtemps que je n'avais
fumé!

En Espagne, un cigare donné et reçu établit
des relations d'hospitalité, comme en Orient le
partage du pain et du sel. Mon homme se montra
plus causant que je ne l'avais espéré. D'ailleurs,
bien qu'il se dît habitant du partido de Montilla,
il paraissait connaître le pays assez mal. Il ne
savait pas le nom de la charmante vallée où nous
nous trouvions ; il ne pouvait nommer aucun
village des alentours ; enfin, interrogé par moi s'il
n'avait pas vu aux environs des murs détruits, de
larges tuiles à rebords, des pierres sculptées, il
confessa qu'il n'avait jamais fait attention à
pareilles choses. En revanche, il se montra expert
en matière de chevaux. Il critiqua le mien, ce qui
n'était pas difficile ; puis il me fit la généalogie
du sien, qui sortait du fameux haras de Cordoue :
noble animal, en effet, si dur à la fatigue, à ce que
prétendait son maître, qu'il avait fait une fois
trente lieues dans un jour, au galop ou au grand
trot. Au milieu de sa tirade, l'inconnu s'arrêta
brusquement, comme surpris et fâché d'en avoir
trop dit. « C'est que j'étais très pressé d'aller à

Cordoue, reprit-il avec quelque embarras. J'avais à solliciter les juges pour un procès... » En parlant, il regardait mon guide Antonio, qui baissait les yeux.

L'ombre et la source me charmèrent tellement, que je me souvins de quelques tranches d'excellent jambon que mes amis de Montilla avaient mis dans la besace de mon guide. Je les fis apporter, et j'invitai l'étranger à prendre sa part de la collation impromptue. S'il n'avait pas fumé depuis longtemps, il me parut vraisemblable qu'il n'avait pas mangé depuis quarante-huit heures au moins. Il dévorait comme un loup affamé. Je pensai que ma rencontre avait été providentielle pour le pauvre diable. Mon guide, cependant, mangeait peu, buvait encore moins, et ne parlait pas du tout, bien que depuis le commencement de notre voyage il se fût révélé à moi comme un bavard sans pareil. La présence de notre hôte semblait le gêner, et une certaine méfiance les éloignait l'un de l'autre sans que j'en devinasse positivement la cause.

Déjà les dernières miettes du pain et du jambon avaient disparu ; nous avions fumé chacun un second cigare ; j'ordonnai au guide de brider nos chevaux, et j'allais prendre congé de mon nouvel ami, lorsqu'il me demanda où je comptais passer la nuit.

Avant que j'eusse fait attention à un signe de mon guide, j'avais répondu que j'allais à la venta del Cuervo.

— Mauvais gîte pour une personne comme vous, monsieur... J'y vais, et, si vous me permettez de vous accompagner, nous ferons route ensemble.

— Très volontiers, dis-je en montant à cheval.

Mon guide, qui me tenait l'étrier, me fit un nouveau signe des yeux. J'y répondis en haussant les épaules, comme pour l'assurer que j'étais parfaitement tranquille, et nous nous mîmes en chemin.

Les signes mystérieux d'Antonio, son inquiétude, quelques mots échappés à l'inconnu, surtout sa course de trente lieues et l'explication peu plausible qu'il en avait donnée, avaient déjà formé mon opinion sur le compte de mon compagnon de voyage. Je ne doutai pas que je n'eusse affaire à un contrebandier, peut-être à un voleur ; que m'importait ? Je connaissais assez le caractère espagnol pour être très sûr de n'avoir rien à craindre d'un homme qui avait mangé et fumé avec moi. Sa présence même était une protection assurée contre toute mauvaise rencontre. D'ailleurs, j'étais bien aise de savoir ce que c'est qu'un brigand. On n'en voit pas tous les jours, et il y a un certain charme à se trouver auprès d'un être dangereux, surtout lorsqu'on le sent doux et apprivoisé.

J'espérais amener par degrés l'inconnu à me faire des confidences, et, malgré les clignements d'yeux de mon guide, je mis la conversation sur les voleurs de grand chemin. Bien entendu que j'en parlai avec respect. Il y avait alors en Andalousie un fameux bandit nommé José-Maria, dont les exploits étaient dans toutes les bouches. « Si j'étais à côté de José-Maria ? » me disais-je... Je racontai les histoires que je savais de ce héros, toutes à sa louange d'ailleurs, et j'exprimai hautement mon admiration pour sa bravoure et sa générosité.

— José-Maria n'est qu'un drôle, dit froidement l'étranger.

« Se rend-il justice, ou bien est-ce excès de modestie de sa part? » me demandai-je mentalement ; car, à force de considérer mon compagnon, j'étais parvenu à lui appliquer le signalement de José-Maria, que j'avais lu affiché aux portes de mainte ville d'Andalousie. — Oui, c'est bien lui... Cheveux blonds, yeux bleus, grande bouche, belles dents, les mains petites ; une chemise fine, une veste de velours à boutons d'argent, des guêtres de peau blanche, un cheval bai... Plus de doute! Mais respectons son incognito.

Nous arrivâmes à la venta. Elle était telle qu'il me l'avait dépeinte, c'est-à-dire une des plus misérables que j'eusse encore rencontrées. Une grande pièce servait de cuisine, de salle à manger et de chambre à coucher. Sur une pierre plate, le feu se faisait au milieu de la chambre et la fumée sortait par un trou pratiqué dans le toit, ou plutôt s'arrêtait, formant un nuage à quelques pieds au-dessus du sol. Le long du mur, on voyait étendues par terre cinq ou six vieilles couvertures de mulets ; c'étaient les lits des voyageurs. A vingt pas de la maison, ou plutôt de l'unique pièce que je viens de décrire, s'élevait une espèce de hangar servant d'écurie. Dans ce charmant séjour, il n'y avait d'autres êtres humains, du moins pour le moment, qu'une vieille femme et une petite fille de dix à douze ans, toutes les deux de couleur de suie et vêtues d'horribles haillons. — Voilà tout ce qui reste, me dis-je, de la population de l'antique Munda Bætica! O César! ô Sextus Pompée! que vous seriez surpris si vous reveniez au monde!

En apercevant mon compagnon, la vieille laissa échapper une exclamation de surprise.

— Ah! seigneur don José! s'écria-t-elle.

Don José fronça le sourcil, et leva une main d'un geste d'autorité qui arrêta la vieille ausitôt. Je me tournai vers mon guide, et, d'un signe imperceptible, je lui fis comprendre qu'il n'avait rien à m'apprendre sur le compte de l'homme avec qui j'allais passer la nuit. Le souper fut meilleur que je ne m'y attendais. On nous servit, sur une petite table haute d'un pied, un vieux coq fricassé avec du riz et force piments, puis des piments à l'huile, enfin du *gaspacho*, espèce de salade de piments. Trois plats ainsi épicés nous obligèrent de recourir souvent à une outre de vin de Montilla qui se trouva délicieux. Après avoir mangé, avisant une mandoline accrochée contre la muraille, — il y a partout des mandolines en Espagne, — je demandai à la petite fille qui nous servait si elle savait en jouer.

— Non, répondit-elle; mais don José en joue si bien!

— Soyez assez bon, lui dis-je, pour me chanter quelque chose; j'aime à la passion votre musique nationale.

— Je ne puis rien refuser à un monsieur si honnête qui me donne de si excellents cigares, s'écria don José d'un air de bonne humeur.

Et, s'étant fait donner la mandoline, il chanta en s'accompagnant. Sa voix était rude, mais pourtant agréable, l'air mélancolique et bizarre; quant aux paroles, je n'en compris pas un mot.

— Si je ne me trompe, lui dis-je, ce n'est pas un air espagnol que vous venez de chanter. Cela

ressemble aux *zorzicos*, que j'ai entendus dans les
Provinces *, et les paroles doivent être en langue
basque.

— Oui, répondit don José d'un air sombre.

Il posa la mandoline à terre, et, les bras croisés,
il se mit à contempler le feu qui s'éteignait, avec
une singulière expression de tristesse. Éclairée
par une lampe posée sur la petite table, sa figure,
à la fois noble et farouche, me rappelait le Satan
de Milton. Comme lui peut-être, mon compagnon
songeait au séjour qu'il avait quitté, à l'exil qu'il
avait encouru par une faute. J'essayai de ranimer
la conversation mais il ne répondit pas, absorbé
qu'il était dans ses tristes pensées. Déjà la vieille
s'était couchée dans un coin de la salle, à l'abri
d'une couverture trouée tendue sur une corde. La
petite fille l'avait suivie dans cette retraite réservée
au beau sexe. Mon guide alors, se levant, m'invita
à le suivre à l'écurie ; mais, à ce mot, don José,
comme réveillé en sursaut, lui demanda d'un ton
brusque où il allait.

— A l'écurie, répondit le guide.

— Pour quoi faire ? les chevaux ont à manger.
Couche ici, Monsieur le permettra.

— Je crains que le cheval de Monsieur ne soit
malade ; je voudrais que Monsieur le vît : peut-être
saura-t-il ce qu'il faut lui faire.

Il était évident qu'Antonio voulait me parler
en particulier ; mais je ne me souciais pas de donner des soupçons à don José, et, au point où nous

---

* *Les provinces privilégiées*, jouissant de *fueros* particu-
liers, c'est-à-dire l'Alava, la Biscaïe, la Guipuzcoa et une
partie de la Navarre. Le basque est la langue du pays.

en étions, il me semblait que le meilleur parti à prendre était de montrer la plus grande confiance. Je répondis donc à Antonio que je n'entendais rien aux chevaux et que j'avais envie de dormir. Don José le suivit à l'écurie, d'où bientôt il revint seul. Il me dit que le cheval n'avait rien, mais que mon guide le trouvait un animal si précieux, qu'il le frottait avec sa veste pour le faire transpirer, et qu'il comptait passer la nuit dans cette douce occupation. Cependant je m'étais étendu sur les couvertures de mulets, soigneusement enveloppé dans mon manteau, pour ne pas les toucher. Après m'avoir demandé pardon de la liberté qu'il prenait de se mettre auprès de moi, don José se coucha devant la porte, non sans avoir renouvelé l'amorce de son espingole, qu'il eut soin de placer sous la besace qui lui servait d'oreiller. Cinq minutes après nous être mutuellement souhaité le bonsoir, nous étions l'un et l'autre profondément endormis.

Je me croyais assez fatigué pour pouvoir dormir dans un pareil gîte, mais, au bout d'une heure, de très désagréables démangeaisons m'arrachèrent à mon premier somme. Dès que j'en eus compris la nature, je me levai, persuadé qu'il valait mieux passer le reste de la nuit à la belle étoile que sous ce toit inhospitalier. Marchant sur la pointe du pied, je gagnai la porte, j'enjambai par-dessus la couche de don José, qui dormait du sommeil du juste, et je fis si bien que je sortis de la maison sans qu'il s'éveillât. Auprès de la porte était un large banc de bois ; je m'étendis dessus, et m'arrangeai de mon mieux pour achever ma nuit. J'allais fermer les yeux pour la seconde fois, quand il me

sembla voir passer devant moi l'ombre d'un
homme et l'ombre d'un cheval, marchant l'un et
l'autre sans faire le moindre bruit. Je me mis sur
mon séant, et je crus reconnaître Antonio. Surpris
de le voir hors de l'écurie à pareille heure, je me
levai et marchai à sa rencontre. Il s'était arrêté,
m'ayant aperçu d'abord.

— Où est-il? me demanda Antonio à voix
basse.

— Dans la venta; il dort; il n'a pas peur
des punaises. Pourquoi donc emmenez-vous ce
cheval?

Je remarquai alors que, pour ne pas faire de
bruit en sortant du hangar, Antonio avait soigneusement enveloppé les pieds de l'animal avec les
débris d'une vieille couverture.

— Parlez plus bas, me dit Antonio, au nom de
Dieu! Vous ne savez pas qui est cet homme-là. C'est
José Navarro, le plus insigne bandit de l'Andalousie. Toute la journée je vous ai fait des signes
que vous n'avez pas voulu comprendre.

— Bandit ou non, que m'importe? répondis-je;
il ne nous a pas volés, et je parierais qu'il n'en a
pas envie.

— A la bonne heure; mais il y a deux cents
ducats pour qui le livrera. Je sais un poste de lanciers à une lieue et demie d'ici, et avant qu'il soit
jour, j'amènerai quelques gaillards solides. J'aurais pris son cheval, mais il est si méchant que nul
que le Navarro ne peut en approcher.

— Que le diable vous emporte! lui dis-je. Quel
mal vous a fait ce pauvre homme pour le dénon-
cer? D'ailleurs, êtes-vous sûr qu'il soit le brigand
que vous dites?

— Parfaitement sûr ; tout à l'heure, il m'a suivi dans l'écurie et m'a dit : « Tu as l'air de me connaître, si tu dis à ce bon monsieur qui je suis, je te fais sauter la cervelle. » Restez, monsieur, restez auprès de lui ; vous n'avez rien à craindre. Tant qu'il vous saura là, il ne se méfiera de rien.

Tout en parlant, nous nous étions déjà assez éloignés de la venta pour qu'on ne pût entendre les fers du cheval. Antonio l'avait débarrassé en un clin d'œil des guenilles dont il lui avait enveloppé les pieds ; il se préparait à enfourcher sa monture. J'essayai prières et menaces pour le retenir.

— Je suis un pauvre diable, monsieur, me disait-il ; deux cents ducats ne sont pas à perdre, surtout quand il s'agit de délivrer le pays de pareille vermine. Mais prenez garde ; si le Navarro se réveille, il sautera sur son espingole, et gare à vous ! Moi je suis trop avancé pour reculer ; arrangez-vous comme vous pourrez.

Le drôle était en selle ; il piqua des deux, et dans l'obscurité je l'eus bientôt perdu de vue.

J'étais fort irrité contre mon guide et passablement inquiet. Après un instant de réflexion, je me décidai et rentrai dans la venta. Don José dormait encore, réparant sans doute en ce moment les fatigues et les veilles de plusieurs journées aventureuses. Je fus obligé de le secouer rudement pour l'éveiller. Jamais je n'oublierai son regard farouche et le mouvement qu'il fit pour saisir son espingole, que, par mesure de précaution, j'avais mise à quelque distance de sa couche.

— Monsieur, lui dis-je, je vous demande par-

don de vous éveiller ; mais j'ai une sotte question
à vous faire : seriez-vous bien aise de voir arriver
ici une demi-douzaine de lanciers ?

Il sauta en pieds, et d'une voix terrible :

— Qui vous l'a dit ? me demanda-t-il.

— Peu importe d'où vient l'avis, pourvu qu'il
soit bon.

— Votre guide m'a trahi, mais il me le paiera.
Où est-il ?

— Je ne sais... Dans l'écurie, je pense... mais
quelqu'un m'a dit...

— Qui vous a dit ?... Ce ne peut être la vieille...

— Quelqu'un que je ne connais pas... Sans plus
de paroles, avez-vous, oui ou non, des motifs pour
ne pas attendre les soldats ? Si vous en avez, ne
perdez pas de temps, sinon bonsoir, et je vous
demande pardon d'avoir interrompu votre sommeil.

— Ah ! votre guide ! votre guide ! Je m'en étais
méfié d'abord... mais... son compte est bon !...
Adieu, monsieur. Dieu vous rende le service que
je vous dois. Je ne suis pas tout à fait aussi
mauvais que vous me croyez... oui, il y a encore
en moi quelque chose qui mérite la pitié d'un
galant homme... Adieu, monsieur... Je n'ai qu'un
regret, c'est de ne pouvoir m'acquitter envers
vous.

— Pour prix du service que je vous ai rendu,
promettez-moi, don José, de ne soupçonner personne, de ne pas songer à la vengeance. Tenez,
voilà des cigares pour votre route ; bon voyage !

Et je lui tendis la main.

Il me la serra sans répondre, prit son espingole et
sa besace, et, après avoir dit quelques mots à la

vieille dans un argot que je ne pus comprendre, il
courut au hangar. Quelques instants après, je l'entendais galoper dans la campagne.

Pour moi, je me recouchai sur mon banc, mais
je ne me rendormis point. Je me demandais si
j'avais eu raison de sauver de la potence un voleur,
et peut-être un meurtrier, et cela seulement parce
que j'avais mangé du jambon avec lui et du riz à la
valencienne. N'avais-je pas trahi mon guide qui
soutenait la cause des lois ; ne l'avais-je pas exposé
à la vengeance d'un scélérat ? Mais les devoirs de
l'hospitalité !... Préjugé de sauvage, me disais-je ;
j'aurai à répondre de tous les crimes que le bandit
va commettre... Pourtant est-ce un préjugé que
cet instinct de conscience qui résiste à tous les rai-
sonnements ? Peut-être, dans la situation délicate
où je me trouvais, ne pouvais-je m'en tirer sans
remords. Je flottais encore dans la plus grande
incertitude au sujet de la moralité de mon action,
lorsque je vis paraître une demi-douzaine de cavaliers avec Antonio, qui se tenait prudemment à
l'arrière-garde. J'allai au-devant d'eux, et les pré-
vins que le bandit avait pris la fuite depuis plus
de deux heures. La vieille, interrogée par le brigadier, répondit qu'elle connaissait le Navarro, mais
que, vivant seule, elle n'aurait jamais osé risquer
sa vie en le dénonçant. Elle ajouta que son habitude, lorsqu'il venait chez elle, était de partir toujours au milieu de la nuit. Pour moi, il me fallut
aller, à quelques lieues de là, exhiber mon passeport
et signer une déclaration devant un alcade, après
quoi on me permit de reprendre mes recherches
archéologiques. Antonio me gardait rancune, soup-
çonnant que c'était moi qui l'avais empêché de

gagner les deux cents ducats. Pourtant nous nous séparâmes bons amis à Cordoue ; là, je lui donnai une gratification aussi forte que l'état de mes finances pouvait me le permettre.

.. ..

II

Je passai quelques jours à Cordoue. On m'avait
indiqué certain manuscrit de la bibliothèque des
Dominicains, où je devais trouver des renseignements intéressants sur l'antique Munda. Fort bien
accueilli par les bons Pères, je passais les journées
dans leur couvent, et le soir je me promenais par
la ville. A Cordoue, vers le coucher du soleil, il y
a quantité d'oisifs sur le quai qui borde la rive
droite du Guadalquivir. Là, on respire les émanations d'une tannerie qui conserve encore l'antique
renommée du pays pour la préparation des cuirs ;
mais, en revanche, on y jouit d'un spectacle qui
a bien son mérite. Quelques minutes avant l'*angélus*, un grand nombre de femmes se rassemblent
sur le bord du fleuve, au bas du quai, lequel est
assez élevé. Pas un homme n'oserait se mêler à
cette troupe. Aussitôt que l'*angélus* sonne, il est
censé qu'il fait nuit. Au dernier coup de cloche,
toutes ces femmes se déshabillent et entrent dans
l'eau. Alors ce sont des cris, des rires, un tapage
infernal. Du haut du quai, les hommes contemplent

les baigneuses, écarquillent les yeux, et ne voient
pas grand-chose. Cependant ces formes blanches
et incertaines qui se dessinent sur le sombre azur
du fleuve, font travailler les esprits poétiques, et,
avec un peu d'imagination, il n'est pas difficile
de se représenter Diane et ses nymphes au bain,
sans avoir à craindre le sort d'Actéon. — On m'a
dit que quelques mauvais garnements se cotisèrent
certain jour, pour graisser la patte au sonneur de
la cathédrale et lui faire sonner l'*angélus* vingt
minutes avant l'heure légale. Bien qu'il fît encore
grand jour, les nymphes du Guadalquivir n'hési-
tèrent pas, et se fiant plus à l'*angélus* qu'au soleil
elles firent en sûreté de conscience leur toilette de
bain qui est toujours des plus simples. Je n'y étais
pas. De mon temps le sonneur était incorruptible,
le crépuscule peu clair et un chat seulement aurait
pu distinguer la plus vieille marchande d'oranges
de la plus jolie grisette de Cordoue.

Un soir, à l'heure où l'on ne voit plus rien, je
fumais appuyé sur le parapet du quai, lorsqu'une
femme, remontant l'escalier qui conduit à la rivière,
vint s'asseoir près de moi. Elle avait dans les cheveux un gros bouquet de jasmin, dont les pétales
exhalent le soir une odeur enivrante. Elle était
simplement, peut-être pauvrement vêtue, tout
en noir, comme la plupart des grisettes dans la
soirée. Les femmes comme il faut ne portent le
noir que le matin ; le soir, elles s'habillent *a la
francese*. En arrivant auprès de moi, ma baigneuse
laissa glisser sur ses épaules la mantille qui lui
couvrait la tête, et, *à l'obscure clarté qui tombe des
étoiles*, je vis qu'elle était petite, jeune, bien faite,
et qu'elle avait de très grands yeux. Je jetai mon

cigare aussitôt. Elle comprit cette attention d'une
politesse toute française, et se hâta de me dire
qu'elle aimait beaucoup l'odeur du tabac, et que
même elle fumait, quand elle trouvait des *papeli-
tos* bien doux. Par bonheur, j'en avais de tels dans
mon étui, et je m'empressai de lui en offrir. Elle
daigna en prendre un, et l'alluma à un bout de
corde enflammée qu'un enfant nous apporta moyennant un sou. Mêlant nos fumées, nous causâmes
si longtemps, la belle baigneuse et moi, que nous
nous trouvâmes presque seuls sur le quai. Je crus
n'être point indiscret en lui offrant d'aller prendre
des glaces à la *neveria* *. Après une hésitation
modeste elle accepta ; mais avant de se décider,
elle désira savoir quelle heure il était. Je fis sonner
ma montre, et cette sonnerie parut l'étonner beaucoup.

— Quelles inventions on a chez vous, messieurs
les étrangers ! De quel pays êtes-vous, monsieur ?
Anglais sans doute ** ?

— Français et votre grand serviteur. Et vous,
mademoiselle, ou madame, vous êtes probablement de Cordoue ?

— Non.

— Vous êtes du moins Andalouse. Il me semble
le reconnaître à votre doux parler.

— Si vous remarquez si bien l'accent du

---

* Café pourvu d'une glacière, ou plutôt d'un dépôt de
neige. En Espagne, il n'y a guère de village qui n'ait sa *neveria*.

** En Espagne, tout voyageur qui ne porte pas avec lui
des échantillons de calicot ou de soieries passe pour un
Anglais, *Inglesito*. Il en est de même en Orient. A Chalcis,
j'ai eu l'honneur d'être annoncé comme un Μιλόρδος
Φραντσέσος.

monde, vous devez bien deviner qui je suis.

— Je crois que vous êtes du pays de Jésus, à deux pas du paradis.

(J'avais appris cette métaphore, qui désigne l'Andalousie, de mon ami Francisco Sevilla, picador bien connu.)

— Bah! le paradis... les gens d'ici disent qu'il n'est pas fait pour nous.

— Alors, vous seriez donc Mauresque, ou... je m'arrêtai, n'osant dire : Juive.

— Allons, allons! vous voyez bien que je suis bohémienne ; voulez-vous que je vous dise *la baji* * ? Avez-vous entendu parler de la Carmencita? C'est moi.

J'étais alors un tel mécréant, il y a de cela quinze ans, que je ne reculai pas d'horreur en me voyant à côté d'une sorcière. « Bon! me dis-je ; la semaine passée, j'ai soupé avec un voleur de grand chemin, allons aujourd'hui prendre des glaces avec une servante du diable. En voyage il faut tout voir. » J'avais encore un autre motif pour cultiver sa connaissance. Sortant du collège, je l'avouerai à ma honte, j'avais perdu quelque temps à étudier les sciences occultes et même plusieurs fois j'avais tenté de conjurer l'esprit de ténèbres. Guéri depuis longtemps de la passion de semblables recherches, je n'en conservais pas moins un certain attrait de curiosité pour toutes les superstitions, et me faisais une fête d'apprendre jusqu'où s'était élevé l'art de la magie parmi les bohémiens.

Tout en causant, nous étions entrés dans la *neveria*, et nous nous étions assis à une petite table

---

* La bonne aventure.

éclairée par une bougie enfermée dans un globe de
verre. J'eus alors tout le loisir d'examiner ma
gitana, pendant que quelques honnêtes gens s'éba-
hissaient, en prenant leurs glaces, de me voir en si
bonne compagnie.

Je doute fort que mademoiselle Carmen fût de
race pure, du moins elle était infiniment plus jolie
que toutes les femmes de sa nation que j'aie jamais
rencontrées. Pour qu'une femme soit belle, disent
les Espagnols, il faut qu'elle réunisse trente *si*, ou,
si l'on veut, qu'on puisse la définir au moyen de
dix adjectifs applicables chacun à trois parties de
sa personne. Par exemple, elle doit avoir trois
choses noires : les yeux, les paupières et les sourcils ; trois fines, les doigts, les lèvres, les cheveux, etc.
Voyez Brantôme pour le reste. Ma bohémienne
ne pouvait prétendre à tant de perfection. Sa
peau, d'ailleurs parfaitement unie, approchait fort
de la teinte du cuivre. Ses yeux étaient obliques,
mais admirablement fendus ; ses lèvres un peu
fortes, mais bien dessinées et laissant voir des
dents plus blanches que des amandes sans leur
peau. Ses cheveux, peut-être un peu gros, étaient
noirs, à reflets bleus comme l'aile d'un corbeau,
longs et luisants. Pour ne pas vous fatiguer d'une
description trop prolixe, je vous dirai en somme
qu'à chaque défaut elle réunissait une qualité qui
ressortait peut-être plus fortement par le contraste.
C'était une beauté étrange et sauvage, une figure
qui étonnait d'abord, mais qu'on ne pouvait
oublier. Ses yeux surtout avaient une expression
à la fois voluptueuse et farouche que je n'ai trouvée depuis à aucun regard humain. Œil de bohémien, œil de loup, c'est un dicton espagnol qui

dénote une bonne observation. Si vous n'avez pas le temps d'aller au jardin des Plantes pour étudier le regard d'un loup, considérez votre chat quand il guette un moineau.

On sent qu'il eût été ridicule de se faire tirer la bonne aventure dans un café. Aussi je priai la jolie sorcière de me permettre de l'accompagner à son domicile ; elle y consentit sans difficulté, mais elle voulut connaître encore la marche du temps, et me pria de nouveau de faire sonner ma montre.

— Est-elle vraiment d'or ? dit-elle en la considérant avec une excessive attention.

Quand nous nous remîmes en marche, il était nuit close ; la plupart des boutiques étaient fermées et les rues presque désertes. Nous passâmes le pont du Guadalquivir, et à l'extrémité du faubourg, nous nous arrêtâmes devant une maison qui n'avait nullement l'apparence d'un palais. Un enfant nous ouvrit. La bohémienne lui dit quelques mots dans une langue à moi inconnue, que je sus depuis être la *rommani* ou *chipe calli*, l'idiome des gitanos. Aussitôt l'enfant disparut, nous laissant dans une chambre assez vaste, meublée d'une petite table, de deux tabourets et d'un coffre. Je ne dois point oublier une jarre d'eau, un tas d'oranges et une botte d'oignons.

Dès que nous fûmes seuls, la bohémienne tira de son coffre des cartes qui paraissaient avoir beaucoup servi, un aimant, un caméléon desséché, et quelques autres objets nécessaires à son art. Puis elle me dit de faire la croix dans ma main gauche avec une pièce de monnaie, et les cérémonies magiques commencèrent. Il est inutile de vous rapporter ses prédictions, et, quant à sa manière d'opérer, il était évident qu'elle n'était pas sorcière à demi.

Malheureusement nous fûmes bientôt dérangés. La porte s'ouvrit tout à coup avec violence, et un homme, enveloppé jusqu'aux yeux dans un manteau brun, entra dans la chambre en apostrophant la bohémienne d'une façon peu gracieuse. Je n'entendais pas ce qu'il disait, mais le ton de sa voix indiquait qu'il était de fort mauvaise humeur. A sa vue, la gitane ne montra ni surprise ni colère, mais elle accourut à sa rencontre et, avec une volubilité extraordinaire lui adressa quelques phrases dans la langue mystérieuse dont elle s'était déjà servie devant moi. Le mot *payllo*, souvent répété, était le seul mot que je comprisse. Je savais que les bohémiens désignent ainsi tout homme étranger à leur race. Supposant qu'il s'agissait de moi, je m'attendais à une explication délicate ; déjà j'avais la main sur le pied d'un des tabourets, et je syllogisais à part moi pour deviner le moment précis où il conviendrait de le jeter à la tête de l'intrus. Celui-ci repoussa rudement la bohémienne, et s'avança vers moi ; puis reculant d'un pas :

— Ah ! monsieur, dit-il, c'est vous !

Je le regardai à mon tour, et reconnus mon ami don José. En ce moment, je regrettais un peu de ne pas l'avoir laissé pendre.

— Eh ! c'est vous, mon brave, m'écriai-je en riant le moins jaune que je pus ; vous avez interrompu mademoiselle au moment où elle m'annonçait des choses bien intéressantes.

— Toujours la même ! Ça finira, dit-il entre ses dents, attachant sur elle un regard farouche.

Cependant la bohémienne continuait à lui parler dans sa langue. Elle s'animait par degrés. Son œil s'injectait de sang et devenait terrible, ses traits se contractaient, elle frappait du pied. Il me sembla qu'elle le pressait vivement de faire quelque chose à quoi il montrait de l'hésitation. Ce que c'était, je croyais ne le comprendre que trop à la voir passer et repasser rapidement sa petite main sous son menton. J'étais tenté de croire qu'il s'agissait d'une gorge à couper, et j'avais quelques soupçons que cette gorge ne fût la mienne.

A tout ce torrent d'éloquence, don José ne répondit que par deux ou trois mots prononcés d'un ton bref. Alors la bohémienne lui lança un regard de profond mépris ; puis s'asseyant à la turque dans un coin de la chambre, elle choisit une orange, la pela et se mit à la manger.

Don José me prit le bras, ouvrit la porte et me conduisit dans la rue. Nous fîmes environ deux cents pas dans le plus profond silence. Puis, étendant la main :

— Toujours tout droit, dit-il, et vous trouverez le pont.

Aussitôt il me tourna le dos et s'éloigna rapidement. Je revins à mon auberge un peu penaud et d'assez mauvaise humeur. Le pire fut qu'en me déshabillant, je m'aperçus que ma montre me manquait.

Diverses considérations m'empêchèrent d'aller la réclamer le lendemain ou de solliciter M. le corrégidor pour qu'il voulût bien la faire chercher. Je terminai mon travail sur le manuscrit des Dominicains et je partis pour Séville. Après plusieurs mois de courses errantes en Andalousie, je

voulus retourner à Madrid, et il me fallut repasser
par Cordoue. Je n'avais pas l'intention d'y faire
un long séjour, car j'avais pris en grippe cette
belle ville et les baigneuses du Guadalquivir.
Cependant quelques amis à revoir, quelques commissions à faire devaient me retenir au moins trois
ou quatre jours dans l'antique capitale des princes
musulmans.

Dès que je reparus au couvent des Dominicains,
un des pères qui m'avait toujours montré un vif
intérêt dans mes recherches sur l'emplacement de
Munda, m'accueillit les bras ouverts en s'écri-
ant :

— Loué soit le nom de Dieu! Soyez le bienvenu,
mon cher ami. Nous vous croyions tous morts, et
moi, qui vous parle, j'ai récité bien des *pater* et des
ave, que je ne regrette pas, pour le salut de votre
âme. Ainsi vous n'êtes pas assassiné, car pour
volé nous savons que vous l'êtes ?

— Comment cela ? lui demandai-je un peu
surpris.

— Oui, vous savez bien cette belle montre
à répétition que vous faisiez sonner dans la
bibliothèque, quand nous vous disions qu'il était
temps d'aller au chœur. Eh bien! elle est retrouvée,
on vous la rendra.

— C'est-à-dire, interrompis-je, un peu déconte-
nancé, que je l'avais égarée...

— Le coquin est sous les verrous, et, comme on
savait qu'il était homme à tirer un coup de fusil à
un chrétien pour lui prendre une piécette, nous
mourions de peur qu'il ne vous eût tué. J'irai avec
vous chez le corrégidor, et nous vous ferons rendre
votre belle montre. Et puis, avisez-vous de dire

là-bas que la justice ne sait pas son métier en Espagne!

— Je vous avoue, lui dis-je, que j'aimerais mieux perdre ma montre que de témoigner en justice pour faire pendre un pauvre diable, surtout parce que... parce que...

— Oh! n'ayez aucune inquiétude; il est bien recommandé, et on ne peut le pendre deux fois. Quand je dis pendre, je me trompe. C'est un hidalgo que votre voleur; il sera donc *garrotté* après-demain sans rémission *. Vous voyez qu'un vol de plus ou de moins ne changera rien à son affaire. Plût à Dieu qu'il n'eût que volé! mais il a commis plusieurs meurtres, tous plus horribles les uns que les autres.

— Comment se nomme-t-il?

— On le connaît dans le pays sous le nom de José Navarro, mais il a encore un autre nom basque que ni vous ni moi ne prononcerons jamais. Tenez, c'est un homme à voir, et vous qui aimez à connaître les singularités du pays, vous ne devez pas négliger d'apprendre comment en Espagne les coquins sortent de ce monde. Il est en chapelle, et le père Martinez vous y conduira.

Mon dominicain insista tellement pour que je visse les apprêts du « *petit pendement bien choli* », que je ne pus m'en défendre. J'allai voir le prisonnier, muni d'un paquet de cigares qui, je l'espérais, devaient lui faire excuser mon indiscrétion.

On m'introduisit auprès de don José, au moment où il prenait son repas. Il me fit un signe de tête

---

* En 1830, la noblesse jouissait encore de ce privilège. Aujourd'hui, sous le régime constitutionnel, les vilains ont conquis le droit au *garrote*.

assez froid, et me remercia poliment du cadeau
que je lui apportais. Après avoir compté les cigares
du paquet que j'avais mis entre ses mains, il en
choisit un certain nombre, et me rendit le reste,
observant qu'il n'avait pas besoin d'en prendre
davantage.

Je lui demandai si, avec un peu d'argent, ou
par le crédit de mes amis, je pourrais obtenir
quelque adoucissement à son sort. D'abord il
haussa les épaules en souriant avec tristesse ;
bientôt, se ravisant, il me pria de faire dire une
messe pour le salut de son âme.

— Voudriez-vous, ajouta-t-il timidement, voudriez-vous en faire dire une autre pour une personne qui vous a offensé ?

— Assurément, mon cher, lui dis-je ; mais personne, que je sache, ne m'a offensé en ce pays.

Il me prit la main et la serra d'un air grave.
Après un moment de silence, il reprit :

— Oserai-je encore vous demander un service ?...
Quand vous reviendrez dans votre pays, peut-être
passerez-vous par la Navarre, au moins vous passerez par Vittoria qui n'en est pas fort éloignée.

— Oui, lui dis-je, je passerai certainement par
Vittoria ; mais il n'est pas impossible que je me
détourne pour aller à Pampelune, et, à cause de
vous, je crois que je ferai volontiers ce détour.

— Eh bien ! si vous allez à Pampelune, vous y
verrez plus d'une chose qui vous intéressera...
C'est une belle ville... Je vous donnerai cette
médaille (il me montrait une petite médaille d'argent qu'il portait au cou), vous l'envelopperez
dans du papier... il s'arrêta un instant pour maî-
triser son émotion... et vous la remettrez ou vous

la ferez remettre à une bonne femme dont je vous dirai l'adresse. — Vous direz que je suis mort, vous ne direz pas comment.

Je promis d'exécuter sa commission. Je le revis le lendemain, et je passai une partie de la journée avec lui. C'est de sa bouche que j'ai appris les tristes aventures qu'on va lire.

III

Je suis né, dit-il, à Élizondo, dans la vallée de Baztan. Je m'appelle don José Lizarrabengoa, et vous connaissez assez l'Espagne, monsieur, pour que mon nom vous dise aussitôt que je suis Basque et vieux chrétien. Si je prends le *don*, c'est que j'en ai le droit, et si j'étais à Élizondo, je vous montrerais ma généalogie sur un parchemin. On voulait que je fusse d'Église, et l'on me fit étudier, mais je ne profitais guère. J'aimais trop à jouer à la paume, c'est ce qui m'a perdu. Quand nous jouons à la paume, nous autres Navarrais, nous oublions tout. Un jour que j'avais gagné, un gars de l'Alava me chercha querelle ; nous prîmes nos *maquilas* *, et j'eus encore l'avantage ; mais cela m'obligea de quitter le pays. Je rencontrai des dragons, et je m'engageai dans le régiment d'Almanza, cavalerie. Les gens de nos montagnes apprennent vite le métier militaire. Je devins bientôt brigadier, et on me promettait de me faire maréchal des logis,

---

* Bâtons ferrés des Basques.

quand, pour mon malheur, on me mit de garde à la
manufacture de tabacs à Séville. Si vous êtes allé
à Séville, vous aurez vu ce grand bâtiment-là, hors
des remparts, près du Guadalquivir. Il me semble
en voir encore la porte et le corps de garde auprès.
Quand ils sont de service, les Espagnols jouent aux
cartes, ou dorment ; moi, comme un franc Navarrais, je tâchais toujours de m'occuper. Je faisais
une chaîne avec du fil de laiton, pour tenir mon
épinglette. Tout d'un coup les camarades disent :
Voilà la cloche qui sonne ; les filles vont rentrer à
l'ouvrage. Vous saurez, monsieur, qu'il y a bien
quatre à cinq cents femmes occupées dans la manufacture. Ce sont elles qui roulent les cigares dans
une grande salle où les hommes n'entrent pas sans
une permission du *Vingt-quatre* *, parce qu'elles
se mettent à leur aise, les jeunes surtout, quand il
fait chaud. A l'heure où les ouvrières rentrent,
après leur dîner, bien des jeunes gens vont les voir
passer, et leur en content de toutes les couleurs.
Il y a peu de ces demoiselles qui refusent une
mantille de taffetas, et les amateurs, à cette pêche-
là, n'ont qu'à se baisser pour prendre le poisson.
Pendant que les autres regardaient, moi, je restais
sur mon banc, près de la porte. J'étais jeune
alors ; je pensais toujours au pays, et je ne croyais
pas qu'il y eût de jolies filles sans jupes bleues et
sans nattes tombant sur les épaules**. D'ailleurs,
les Andalouses me faisaient peur ; je n'étais pas
encore fait à leurs manières : toujours à railler,

---

* Magistrat chargé de la police et de l'administration
municipale.
** Costume ordinaire des paysannes de la Navarre et des
provinces basques.

jamais un mot de raison. J'étais donc le nez sur ma
chaîne, quand j'entends des bourgeois qui disaient :
Voilà la gitanilla! Je levai les yeux, et je la vis.
C'était un vendredi, et je ne l'oublierai jamais. Je
vis cette Carmen que vous connaissez, chez qui
je vous ai rencontré il y a quelques mois.

Elle avait un jupon rouge fort court qui laissait
voir des bas de soie blancs avec plus d'un trou, et
des souliers mignons de maroquin rouge attachés
avec des rubans couleur de feu. Elle écartait sa
mantille afin de montrer ses épaules et un gros
bouquet de cassie qui sortait de sa chemise. Elle
avait encore une fleur de cassie dans le coin de la
bouche, et elle s'avançait en se balançant sur ses
hanches comme une pouliche du haras de Cordoue.
Dans mon pays, une femme en ce costume aurait
obligé le monde à se signer. A Séville, chacun lui
adressait quelque compliment gaillard sur sa tournure ; elle répondait à chacun, faisant les yeux en
coulisse, le poing sur la hanche, effrontée comme
une vraie bohémienne qu'elle était. D'abord elle
ne me plut pas, et je repris mon ouvrage ; mais elle,
suivant l'usage des femmes et des chats qui ne
viennent pas quand on les appelle et qui viennent
quand on ne les appelle pas, s'arrêta devant moi
et m'adressa la parole :

— Compère, me dit-elle à la façon andalouse,
veux-tu me donner ta chaîne pour tenir les clefs
de mon coffre-fort ?

— C'est pour attacher mon épinglette, lui
répondis-je.

— Ton épinglette! s'écria-t-elle en riant. Ah!
monsieur fait de la dentelle, puisqu'il a besoin
d'épingles!

Tout le monde qui était là se mit à rire, et moi
je me sentais rougir, et je ne pouvais trouver rien
à lui répondre.

— Allons, mon cœur, reprit-elle, fais-moi sept
aunes de dentelle noire pour une mantille, épinglier
de mon âme!

Et prenant la fleur de cassie qu'elle avait à la
bouche, elle me la lança, d'un mouvement du pouce,
juste entre les deux yeux. Monsieur, cela me fit
l'effet d'une balle qui m'arrivait... Je ne savais où
me fourrer, je demeurais immobile comme une
planche. Quand elle fut entrée dans la manufacture, je vis la fleur de cassie qui était tombée à
terre entre mes pieds ; je ne sais ce qui me prit,
mais je la ramassai sans que mes camarades s'en
aperçussent et je la mis précieusement dans ma
veste. Première sottise!

Deux ou trois heures après, j'y pensais encore,
quand arrive dans le corps de garde un portier
tout haletant, la figure renversée. Il nous dit que
dans la grande salle des cigares il y avait une
femme assassinée, et qu'il fallait y envoyer la
garde. Le maréchal me dit de prendre deux
hommes et d'y aller voir. Je prends mes hommes
et je monte. Figurez-vous, monsieur, qu'entré
dans la salle je trouve d'abord trois cents femmes
en chemise, ou peu s'en faut, toutes criant, hur-
lant, gesticulant, faisant un vacarme à ne pas entendre Dieu tonner. D'un côté, il y en avait une,
les quatre fers en l'air, couverte de sang, avec un X
sur la figure qu'on venait de lui marquer en deux
coups de couteau. En face de la blessée, que secou-
raient les meilleures de la bande, je vois Carmen
tenue par cinq ou six commères. La femme blessée

criait : Confession! confession! je suis morte!
Carmen ne disait rien ; elle serrait les dents, et
roulait des yeux comme un caméléon. « Qu'est-ce
que c'est ? » demandai-je. J'eus grand-peine à
savoir ce qui s'était passé, car toutes les ouvrières
me parlaient à la fois. Il paraît que la femme blessée
s'était vantée d'avoir assez d'argent en poche pour
acheter un âne au marché de Triana. « Tiens, dit
Carmen, qui avait une langue, tu n'as donc pas
assez d'un balai ? » L'autre, blessée du reproche,
peut-être parce qu'elle se sentait véreuse sur l'article, lui répond qu'elle ne se connaissait pas en
balais, n'ayant pas l'honneur d'être bohémienne
ni filleule de Satan, mais que mademoiselle Carmencita ferait bientôt connaissance avec son âne,
quand M. le corrégidor la mènerait à la promenade avec deux laquais par-derrière pour l'émou-
cher. « Eh bien, moi, dit Carmen, je te ferai des
abreuvoirs à mouches sur la joue, et je veux y
peindre un damier*. » Là-dessus, vli vlan! elle
commence, avec le couteau dont elle coupait le
bout des cigares, à lui dessiner des croix de Saint-
André sur la figure.

Le cas était clair : je pris Carmen par le bras :
— Ma sœur, lui dis-je poliment, il faut me suivre.
Elle me lança un regard comme si elle me reconnaissait ; mais elle dit d'un air résigné : — Marchons. Où est ma mantille ? Elle la mit sur sa tête
de façon à ne montrer qu'un seul de ses grands
yeux, et suivit mes deux hommes, douce comme
un mouton. Arrivés au corps de garde, le maréchal

* *Pintar un javeque*, peindre un chebec. Les chebecs-
espagnols ont, pour la plupart, leur bande peinte à carreaux
rouges et blancs.

des logis dit que c'était grave, et qu'il fallait la mener à la prison. C'était encore moi qui devais la conduire. Je la mis entre deux dragons, et je marchais derrière comme un brigadier doit faire en semblable rencontre. Nous nous mîmes en route pour la ville. D'abord la bohémienne avait gardé le silence ; mais dans la rue du Serpent, — vous la connaissez, elle mérite bien son nom par les détours qu'elle fait, — dans la rue du Serpent, elle commence par laisser tomber sa mantille sur ses épaules, afin de me montrer son minois enjôleur, et, se tournant vers moi autant qu'elle pouvait, elle me dit :

— Mon officier, où me menez-vous ?

— A la prison, ma pauvre enfant, lui répondis-je le plus doucement que je pus, comme un bon soldat doit parler à un prisonnier, surtout à une femme.

— Hélas ! que deviendrai-je ? Seigneur officier, ayez pitié de moi. Vous êtes si jeune, si gentil... Puis, d'un ton plus bas : Laissez-moi m'échapper, dit-elle, je vous donnerai un morceau de la *bar lachi*, qui vous fera aimer de toutes les femmes.

La *bar lachi*, monsieur, c'est la pierre d'aimant, avec laquelle les bohémiens prétendent qu'on fait quantité de sortilèges quand on sait s'en servir. Faites-en boire à une femme une pincée râpée dans un verre de vin blanc, elle ne résiste plus. Moi, je lui répondis le plus sérieusement que je pus :

— Nous ne sommes pas ici pour dire des balivernes ; il faut aller à la prison, c'est la consigne, et il n'y a pas de remède.

Nous autres gens du pays basque, nous avons un accent qui nous fait reconnaître facilement des

Espagnols ; en revanche il n'y en a pas un qui puisse
seulement apprendre à dire *baï, jaona**. Carmen
donc n'eut pas de peine à deviner que je venais des
provinces. Vous saurez que les bohémiens, monsieur, comme n'étant d'aucun pays, voyageant
toujours, parlent toutes les langues, et la plupart
sont chez eux en Portugal, en France, dans les provinces, en Catalogne, partout ; même avec les
Maures et les Anglais, ils se font entendre. Carmen
savait assez bien le basque.

— *Laguna, ene bihotsarena,* camarade de mon
cœur, me dit-elle tout à coup, êtes-vous du pays ?

Notre langue, monsieur, est si belle, que, lorsque
nous l'entendons en pays étranger, cela nous fait
tressaillir...

— Je voudrais avoir un confesseur des provinces, ajouta plus bas le bandit.

Il reprit après un silence :

— Je suis d'Élizondo, lui répondis-je en basque,
fort ému de l'entendre parler ma langue.

— Moi, je suis d'Etchalar, dit-elle. (C'est un
pays à quatre heures de chez nous.) J'ai été
emmenée par des bohémiens à Séville. Je travaillais
à la manufacture pour gagner de quoi retourner en
Navarre, près de ma pauvre mère qui n'a que moi
pour soutien et un petit *barratcea*** avec vingt
pommiers à cidre. Ah! si j'étais au pays, devant
la montagne blanche! On m'a insultée parce que
je ne suis pas de ce pays de filous, marchands
d'oranges pourries ; et ces gueuses se sont mises
toutes contre moi, parce que je leur ai dit que

---

* Oui, monsieur.
** Enclos, jardin.

tous leurs *jacques** de Séville, avec leurs couteaux, ne feraient pas peur à un gars de chez nous
avec son béret bleu et son *maquila*. Camarade,
mon ami, ne ferez-vous rien pour une payse?

Elle mentait, monsieur, elle a toujours menti.
Je ne sais pas si dans sa vie cette fille-là a jamais
dit un mot de vérité ; mais quand elle parlait, je
la croyais : c'était plus fort que moi. Elle estropiait
le basque, et je la crus Navarraise ; ses yeux seuls
et sa bouche et son teint la disaient bohémienne.
J'étais fou, je ne faisais plus attention à rien. Je
pensais que, si des Espagnols s'étaient avisés de
mal parler du pays, je leur aurais coupé la figure,
tout comme elle venait de faire à sa camarade.
Bref, j'étais comme un homme ivre ; je commençais à dire des bêtises, j'étais tout près d'en faire.

— Si je vous poussais, et si vous tombiez, mon
pays, reprit-elle en basque, ce ne seraient pas ces
deux conscrits de Castillans qui me retiendraient...

Ma foi, j'oubliai la consigne et tout, et je lui
dis :

— Eh bien, m'amie, ma payse, essayez, et que
Notre-Dame de la Montagne vous soit en aide!

En ce moment, nous passions devant une de ces
ruelles étroites comme il y en a tant à Séville.
Tout à coup Carmen se retourne et me lance un
coup de poing dans la poitrine. Je me laissai
tomber exprès à la renverse. D'un bond, elle saute
par-dessus moi et se met à courir en nous montrant
une paire de jambes!...

On dit jambes de Basque : les siennes en valaient bien d'autres... aussi vites que bien tournées.

---

* Braves, fanfarons.

Moi, je me relève aussitôt ; mais je mets ma lance*
en travers, de façon à barrer la rue, si bien que, de
prime abord, les camarades furent arrêtés au moment de la poursuite. Puis je me mis moi-même à
courir, et eux après moi ; mais l'atteindre ! Il n'y
avait pas de risque, avec nos éperons, nos sabres
et nos lances ! En moins de temps que je n'en mets
à vous le dire, la prisonnière avait disparu. D'ailleurs, toutes les commères du quartier favorisaient
sa fuite, et se moquaient de nous, et nous indiquaient la fausse voie. Après plusieurs marches et
contre-marches, il fallut nous en revenir au corps
de garde sans un reçu du gouverneur de la prison.

Mes hommes, pour n'être pas punis, dirent que
Carmen m'avait parlé basque ; et il ne paraissait
pas trop naturel, pour dire la vérité, qu'un coup
de poing d'une tant petite fille eût terrassé si facilement un gaillard de ma force. Tout cela parut
louche ou plutôt clair. En descendant la garde, je
fus dégradé et envoyé pour un mois à la prison.
C'était ma première punition depuis que j'étais au
service. Adieu les galons de maréchal des logis que
je croyais déjà tenir !

Mes premiers jours de prison se passèrent fort
tristement. En me faisant soldat, je m'étais figuré
que je deviendrais tout au moins officier. Longa,
Mina, mes compatriotes, sont bien capitaines généraux ; Chapalangarra, qui est un négro comme Mina,
et réfugié comme lui dans votre pays, Chapalangarra était colonel, et j'ai joué à la paume vingt
fois avec son frère, qui était un pauvre diable
comme moi. Maintenant je me disais : Tout le

---

* Toute la cavalerie espagnole est armée de lances.

temps que tu as servi sans punition, c'est du
temps perdu. Te voilà mal noté : pour te remettre
bien dans l'esprit des chefs, il te faudra travailler
dix fois plus que lorsque tu es venu comme conscrit!
Et pourquoi me suis-je fait punir ? Pour une coquine
de bohémienne qui s'est moquée de moi, et qui,
dans ce moment, est à voler dans quelque coin de
la ville. Pourtant je ne pouvais m'empêcher de
penser à elle. Le croiriez-vous, monsieur ? ses bas
de soie troués qu'elle me faisait voir tout en plein
en s'enfuyant, je les avais toujours devant les
yeux. Je regardais par les barreaux de la prison
dans la rue, et, parmi toutes les femmes qui
passaient, je n'en voyais pas une seule qui valût
cette diable de fille-là. Et puis, malgré moi, je
sentais la fleur de cassie qu'elle m'avait jetée, et
qui, sèche, gardait toujours sa bonne odeur... S'il
y a des sorcières, cette fille-là en était une!

Un jour, le geôlier entre, et me donne un pain
d'Alcalà*.

— Tenez, dit-il, voilà ce que votre cousine vous
envoie.

Je pris le pain, fort étonné, car je n'avais pas
de cousine à Séville. C'est peut-être une erreur,
pensai-je en regardant le pain ; mais il était si
appétissant, il sentait si bon, que sans m'inquiéter
de savoir d'où il venait et à qui il était destiné,
je résolus de le manger. En voulant le couper
mon couteau rencontra quelque chose de dur. Je
regarde, et je trouve une petite lime anglaise qu'on

---

* Alcalà de los Panaderos, bourg à deux lieues de Séville
où l'on fait des petits pains délicieux. On prétend que c'est à
l'eau d'Alcalà qu'ils doivent leur qualité et l'on en apporte
tous les jours une grande quantité à Séville.

avait glissée dans la pâte avant que le pain fût cuit.
Il y avait encore dans le pain une pièce d'or de
deux piastres. Plus de doute alors, c'était un
cadeau de Carmen. Pour les gens de sa race, la
liberté est tout, et ils mettraient le feu à une ville
pour s'épargner un jour de prison. D'ailleurs la
commère était fine, et avec ce pain-là on se moquait
des geôliers. En une heure, le plus gros barreau
était scié avec la petite lime ; et avec la pièce de
deux piastres, chez le premier fripier, je changeais
ma capote d'uniforme pour un habit bourgeois.
Vous pensez bien qu'un homme qui avait déniché
maintes fois des aiglons dans nos rochers ne s'embarrassait guère de descendre dans la rue, d'une
fenêtre haute de moins de trente pieds ; mais je ne
voulais pas m'échapper. J'avais encore mon honneur de soldat, et déserter me semblait un grand
crime. Seulement je fus touché de cette marque
de souvenir. Quand on est en prison, on aime à
penser qu'on a dehors un ami qui s'intéresse à vous,
La pièce d'or m'offusquait un peu, j'aurais bien
voulu la rendre ; mais où trouver mon créancier ?
Cela ne me semblait pas facile.

Après la cérémonie de la dégradation, je croyais
n'avoir plus rien à souffrir, mais il me restait encore une humiliation à dévorer : ce fut à ma sortie
de prison, lorsqu'on me commanda de service et
qu'on me mit en faction comme un simple soldat.
Vous ne pouvez vous figurer ce qu'un homme de
cœur éprouve en pareille occasion. Je crois que
j'aurais aimé autant à être fusillé. Au moins on
marche seul, en avant de son peloton ; on se sent
quelque chose ; le monde vous regarde.

Je fus mis en faction à la porte du colonel.

C'était un jeune homme riche, bon enfant, qui
aimait à s'amuser. Tous les jeunes officiers étaient
chez lui, et force bourgeois, des femmes aussi, des
actrices, à ce qu'on disait. Pour moi, il me semblait
que toute la ville s'était donné rendez-vous à sa
porte pour me regarder. Voilà qu'arrive la voiture
du colonel avec son valet de chambre sur le siège.
Qu'est-ce que je vois descendre?... la gitanilla.
Elle était parée, cette fois, comme une châsse,
pomponnée, attifée, tout or et tout rubans. Une
robe à paillettes, des souliers bleus à paillettes
aussi, des fleurs et des galons partout. Elle avait
un tambour de basque à la main. Avec elle il y
avait deux autres bohémiennes, une jeune et une
vieille. Il y a toujours une vieille pour les mener ;
puis un vieux avec une guitare, bohémien aussi,
pour jouer et les faire danser. Vous savez qu'on
s'amuse souvent à faire venir des bohémiennes dans
les sociétés, afin de leur faire danser la *romalis*,
c'est leur danse, et souvent bien autre chose.

Carmen me reconnut, et nous échangeâmes un
regard. Je ne sais, mais, en ce moment, j'aurais
voulu être à cent pieds sous terre.

— *Agur laguna**, dit-elle. Mon officier, tu montes
la garde comme un conscrit !

Et, avant que j'eusse trouvé un mot à répondre,
elle était dans la maison.

Toute la société était dans le patio, et, malgré
la foule, je voyais à peu près tout ce qui se passait,
à travers la grille**. J'entendais les castagnettes,

* Bonjour, camarade.
** La plupart des maisons de Séville ont une cour intérieure entourée de portiques. On s'y tient en été. Cette cour
est couverte d'une toile qu'on arrose pendant le jour et qu'on

le tambour, les rires et les bravos ; parfois j'apercevais sa tête quand elle sautait avec son tambour.
Puis j'entendais encore des officiers qui lui disaient
bien des choses qui me faisaient monter le rouge à
la figure. Ce qu'elle répondait, je n'en savais rien.
C'est de ce jour-là, je pense, que je me mis à l'aimer
pour tout de bon ; car l'idée me vint trois ou
quatre fois d'entrer dans le patio, et de donner de
mon sabre dans le ventre à tous ces freluquets qui
lui contaient fleurettes. Mon supplice dura une
bonne heure ; puis les bohémiens sortirent, et la
voiture les ramena. Carmen, en passant, me regarda
encore avec les yeux que vous savez, et me dit
très bas :

— Pays, quand on aime la bonne friture, on en
va manger à Triana, chez Lillas Pastia.

Légère comme un cabri, elle s'élança dans la
voiture, le cocher fouetta ses mules, et toute la
bande joyeuse s'en alla je ne sais où.

Vous devinez bien qu'en descendant ma garde
j'allai à Triana ; mais d'abord je me fis raser et je
me brossai comme pour un jour de parade. Elle
était chez Lillas Pastia, un vieux marchand de
friture, bohémien, noir comme un Maure, chez qui
beaucoup de bourgeois venaient manger du poisson frit, surtout, je crois, depuis que Carmen y
avait pris ses quartiers.

— Lillas, dit-elle sitôt qu'elle me vit, je ne fais
plus rien de la journée. Demain il fera jour *!
Allons, pays, allons nous promener.

retire le soir. La porte de la rue est presque toujours ouverte,
et le passage qui conduit à la cour, *zaguan*, est fermé par une
grille en fer très élégamment ouvragée.

* *Mañana será otro dia.* — Proverbe espagnol.

Elle mit sa mantille devant son nez, et nous
voilà dans la rue, sans savoir où j'allais.

— Mademoiselle, lui dis-je, je crois que j'ai à
vous remercier d'un présent que vous m'avez
envoyé quand j'étais en prison. J'ai mangé le
pain ; la lime me servira pour affiler ma lance, et
je la garde comme souvenir de vous ; mais l'argent,
le voilà.

— Tiens ! Il a gardé l'argent, s'écria-t-elle en
éclatant de rire. Au reste tant mieux, car je ne suis
guère en fonds ; mais qu'importe ? chien qui che-
mine ne meurt pas de famine *. Allons, mangeons
tout. Tu me régales.

Nous avions repris le chemin de Séville. A l'entrée de la rue du Serpent, elle acheta une douzaine
d'oranges, qu'elle me fit mettre dans mon mouchoir.
Un peu plus loin, elle acheta encore un pain, du
saucisson, une bouteille de manzanilla ; puis enfin
elle entra chez un confiseur. Là, elle jeta sur le
comptoir la pièce d'or que je lui avais rendue, une
autre encore qu'elle avait dans sa poche, avec
quelque argent blanc ; enfin elle me demanda tout
ce que j'avais. Je n'avais qu'une piécette et quelques cuartos, que je lui donnai, fort honteux de
n'avoir pas davantage. Je crus qu'elle voulait
emporter toute la boutique. Elle prit tout ce qu'il
y avait de plus beau et de plus cher, *yemas* **,
turon ***, fruits confits, tant que l'argent dura.
Tout cela, il fallait encore que je le portasse dans

                    Chuquel sos pirela,
                     Cocal terela.
  Chien qui marche, os trouve. — Proverbe bohémien.
  ** Jaunes d'œufs sucrés.
  *** Espèce de nougat.

des sacs de papier. Vous connaissez peut-être la
rue du Candilejo, où il y a une tête du roi don
Pedro le Justicier *. Elle aurait dû m'inspirer
des réflexions. Nous nous arrêtâmes dans cette
rue-là, devant une vieille maison. Elle entra dans
l'allée, et frappa au rez-de-chaussée. Une bohémienne, vraie servante de Satan, vint nous ouvrir.

* Le roi don Pèdre, que nous nommons *le Cruel*, et que
la reine Isabelle la Catholique n'appelait jamais que *le
Justicier*, aimait à se promener le soir dans les rues de Séville,
cherchant les aventures, comme le calife Haroûn-al-Raschid.
Certaine nuit, il se prit de querelle, dans une rue écartée,
avec un homme qui donnait une sérénade. On se battit, et le
roi tua le cavalier amoureux. Au bruit des épées, une vieille
femme mit la tête à la fenêtre, et éclaira la scène avec la
petite lampe, *candilejo*, qu'elle tenait à la main. Il faut savoir
que le roi don Pèdre, d'ailleurs leste et vigoureux, avait un
défaut de conformation singulier. Quand il marchait, ses
rotules craquaient fortement. La vieille, à ce craquement,
n'eut pas de peine à le reconnaître. Le lendemain, le Vingt-
quatre en charge vint faire son rapport au roi. « Sire, on s'est
battu en duel, cette nuit, dans telle rue. Un des combattants
est mort. — Avez-vous découvert le meurtrier ? — Oui, sire.
— Pourquoi n'est-il pas déjà puni ? — Sire, j'attends vos
ordres. — Exécutez la loi. » Or le roi venait de publier un
décret portant que tout duelliste serait décapité, et que sa
tête demeurerait exposée sur le lieu du combat. Le Vingt-
quatre se tira d'affaire en homme d'esprit. Il fit scier la tête
d'une statue du roi, et l'exposa dans une niche au milieu de la
rue, théâtre du meurtre. Le roi et tous les Sévillans le trouvèrent fort bon. La rue prit son nom de la lampe de la vieille,
seul témoin de l'aventure. — Voilà la tradition populaire.
Zuniga raconte l'histoire un peu différemment. (Voir *Anales
de Sevilla*, t. II, p. 136.) Quoi qu'il en soit, il existe encore à
Séville une rue du Candilejo, et dans cette rue un buste de
pierre qu'on dit être le portrait de don Pèdre. Malheureusement, ce buste est moderne. L'ancien était fort usé au
XVIIe siècle, et la municipalité d'alors le fit remplacer par
celui qu'on voit aujourd'hui.

Carmen lui dit quelques mots en rommani. La vieille grogna d'abord. Pour l'apaiser, Carmen lui donna deux oranges et une poignée de bonbons et lui permit de goûter au vin. Puis elle lui mit sa mante sur le dos et la conduisit à la porte, qu'elle ferma avec la barre de bois. Dès que nous fûmes seuls, elle se mit à danser et à rire comme une folle, en chantant :

— Tu es mon *rom*, je suis ta *romi* *.

Moi, j'étais au milieu de la chambre, chargé de toutes ses emplettes, ne sachant où les poser. Elle jeta tout par terre, et me sauta au cou en me disant :

— Je paie mes dettes, je paie mes dettes! c'est la loi des Calés ** !

Ah! monsieur, cette journée-là! cette journée-là!... quand j'y pense, j'oublie celle de demain.

Le bandit se tut un instant ; puis, après avoir rallumé son cigare, il reprit :

Nous passâmes ensemble toute la journée, mangeant, buvant, et le reste. Quand elle eut mangé des bonbons comme un enfant de six ans, elle en fourra des poignées dans la jarre d'eau de la vieille. « C'est pour lui faire du sorbet », disait-elle. Elle écrasait des yemas en les lançant contre la muraille. « C'est pour que les mouches nous laissent tranquilles », disait-elle... Il n'y a pas de tour ni de bêtise qu'elle ne fît. Je lui dis que je voudrais la voir danser ; mais où trouver des castagnettes? Aussitôt elle prend la seule assiette de la vieille, la casse en morceaux, et la voilà qui danse la

---

* *Rom*, mari ; *romi*, femme.
** *Calo* ; féminin, *calli* ; pluriel, *calés*. Mot à mot *noir* — nom que les bohémiens se donnent dans leur langue.

romalis en faisant claquer les morceaux de faïence aussi bien que si elle avait eu des castagnettes d'ébène ou d'ivoire. On ne s'ennuyait pas auprès de cette fille-là, je vous en réponds. Le soir vint, et j'entendis les tambours qui battaient la retraite.

— Il faut que j'aille au quartier pour l'appel, lui dis-je.

— Au quartier? dit-elle d'un air de mépris; tu es donc un nègre, pour te laisser mener à la baguette? Tu es un vrai canari, d'habit et de caractère*. Va, tu as un cœur de poulet.

Je restai, résigné d'avance à la salle de police. Le matin, ce fut elle qui parla la première de nous séparer.

— Écoute, Joseito, dit-elle; t'ai-je payé? D'après notre loi, je ne te devais rien, puisque tu es un *payllo*; mais tu es un joli garçon, et tu m'as plu. Nous sommes quittes. Bonjour.

Je lui demandai quand je la reverrais.

— Quand tu seras moins niais, répondit-elle en riant. Puis, d'un ton plus sérieux : Sais-tu, mon fils, que je crois que je t'aime un peu? Mais cela ne peut durer. Chien et loup ne font pas longtemps bon ménage. Peut-être que, si tu prenais la loi d'Égypte, j'aimerais à devenir ta romi. Mais ce sont des bêtises : cela ne se peut pas. Bah! mon garçon, crois-moi, tu en es quitte à bon compte. Tu as rencontré le diable, oui, le diable; il n'est pas toujours noir, et il ne t'a pas tordu le cou. Je suis habillée de laine, mais je ne suis pas mouton **.

---

* Les dragons espagnols sont habillés de jaune.
** *Me dicas vriardâ de jorpoy, bus ne sino braco.* — Proverbe bohémien.

Va mettre un cierge devant ta *majari* * ; elle l'a bien gagné. Allons, adieu encore une fois. Ne pense plus à Carmencita, ou elle te ferait épouser une veuve à jambe de bois **.

En parlant ainsi, elle défaisait la barre qui fermait la porte, et une fois dans la rue elle s'enveloppa dans sa mantille et me tourna les talons.

Elle disait vrai. J'aurais été sage de ne plus penser à elle ; mais, depuis cette journée dans la rue du Candilejo, je ne pouvais plus songer à autre chose. Je me promenais tout le jour, espérant la rencontrer. J'en demandais des nouvelles à la vieille et au marchand de friture. L'un et l'autre répondaient qu'elle était partie pour Laloro ***, c'est ainsi qu'ils appellent le Portugal. Probablement c'était d'après les instructions de Carmen qu'ils parlaient de la sorte, mais je ne tardai pas à savoir qu'ils mentaient. Quelques semaines après ma journée de la rue du Candilejo, je fus de faction à une des portes de la ville. A peu de distance de cette porte, il y avait une brèche qui s'était faite dans le mur d'enceinte ; on y travaillait pendant le jour, et la nuit on y mettait un factionnaire pour empêcher les fraudeurs. Pendant le jour, je vis Lillas Pastia passer et repasser autour du corps de garde, et causer avec quelques-uns de mes camarades ; tous le connaissaient, et ses poissons et ses beignets encore mieux. Il s'approcha de moi et me demanda si j'avais des nouvelles de Carmen.

* La sainte. — La Sainte Vierge.
** La potence qui est veuve du dernier pendu.
*** La (terre) rouge.

— Non, lui dis-je.

— Eh bien, vous en aurez, compère.

Il ne se trompait pas. La nuit, je fus mis de
faction à la brèche. Dès que le brigadier se fut
retiré, je vis venir à moi une femme. Le cœur me
disait que c'était Carmen. Cependant je criai :

— Au large! On ne passe pas!

— Ne faites donc pas le méchant, me dit-elle
en se faisant connaître à moi.

— Quoi! vous voilà, Carmen!

— Oui, mon pays. Parlons peu, parlons bien.
Veux-tu gagner un douro? Il va venir des gens
avec des paquets ; laisse-les faire.

— Non, répondis-je. Je dois les empêcher de
passer ; c'est la consigne.

— La consigne! la consigne! Tu n'y pensais
pas rue du Candilejo.

— Ah! répondis-je, tout bouleversé par ce seul
souvenir, cela valait bien la peine d'oublier la
consigne ; mais je ne veux pas de l'argent des
contrebandiers.

— Voyons, si tu ne veux pas d'argent, veux-tu
que nous allions encore dîner chez la vieille
Dorothée?

— Non! dis-je à moitié étranglé par l'effort que
je faisais. Je ne puis pas.

— Fort bien. Si tu es si difficile, je sais à qui
m'adresser. J'offrirai à ton officier d'aller chez
Dorothée. Il a l'air d'un bon, enfant, et il fera
mettre en sentinelle un gaillard qui ne verra que
ce qu'il faudra voir. Adieu, canari. Je rirai bien le
jour où la consigne sera de te pendre.

J'eus la faiblesse de la rappeler, et je promis de
laisser passer toute la bohême, s'il le fallait, pourvu

que j'obtinsse la seule récompense que je désirais. Elle me jura aussitôt de me tenir parole dès le lendemain, et courut prévenir ses amis qui étaient à deux pas. Il y en avait cinq, dont était Pastia, tous bien chargés de marchandises anglaises. Carmen faisait le guet. Elle devait avertir avec ses castagnettes dès qu'elle apercevrait la ronde, mais elle n'en eut pas besoin. Les fraudeurs firent leur affaire en un instant.

Le lendemain, j'allai rue du Candilejo. Carmen se fit attendre, et vint d'assez mauvaise humeur.

— Je n'aime pas les gens qui se font prier, dit-elle. Tu m'as rendu un plus grand service la première fois, sans savoir si tu y gagnerais quelque chose. Hier, tu as marchandé avec moi. Je ne sais pas pourquoi je suis venue, car je ne t'aime plus. Tiens, va-t'en, voilà un douro pour ta peine.

Peu s'en fallut que je ne lui jetasse la pièce à la tête, et je fus obligé de faire un effort violent sur moi-même pour ne pas la battre. Après nous être disputés pendant une heure, je sortis furieux. J'errai quelque temps par la ville, marchant deçà et delà comme un fou ; enfin j'entrai dans une église, et m'étant mis dans le coin le plus obscur, je pleurai à chaudes larmes. Tout d'un coup j'entends une voix :

— Larmes de dragon ! j'en veux faire un philtre.

Je lève les yeux, c'était Carmen en face de moi.

— Eh bien, mon pays, m'en voulez-vous encore ? me dit-elle. Il faut bien que je vous aime, malgré que j'en aie, car, depuis que vous m'avez quittée, je ne sais ce que j'ai. Voyons, maintenant, c'est moi qui te demande si tu veux venir rue du Candilejo.

Nous fîmes donc la paix ; mais Carmen avait
l'humeur comme est le temps chez nous. Jamais
l'orage n'est si près dans nos montagnes que lorsque le soleil est le plus brillant. Elle m'avait promis de me revoir une autre fois chez Dorothée,
et elle ne vint pas. Et Dorothée me dit de plus
belle qu'elle était allée à Laloro pour les affaires
d'Égypte.

Sachant déjà par expérience à quoi m'en tenir
là-dessus, je cherchais Carmen partout où je
croyais qu'elle pouvait être, et je passais vingt
fois par jour dans la rue du Candilejo. Un soir,
j'étais chez Dorothée, que j'avais presque appri-
voisée en lui payant de temps à autre quelque
verre d'anisette, lorsque Carmen entra suivie d'un
jeune homme, lieutenant dans notre régiment.

— Va-t'en vite, me dit-elle en basque.

Je restai stupéfait, la rage dans le cœur

— Qu'est-ce que tu fais ici ? me dit le lieutenant. Décampe, hors d'ici !

Je ne pouvais faire un pas ; j'étais comme
perclus. L'officier, en colère, voyant que je ne me
retirais pas, et que je n'avais pas même ôté mon
bonnet de police, me prit au collet et me secoua
rudement. Je ne sais ce que je lui dis. Il tira son
épée, et je dégainai. La vieille me saisit le bras,
le lieutenant me donna un coup au front, dont je
porte encore la marque. Je reculai, et d'un coup de
coude je jetai Dorothée à la renverse ; puis, comme
le lieutenant me poursuivait, je mis la pointe au
corps, et il s'enferra. Carmen alors éteignit la
lampe, et dit dans sa langue à Dorothée de s'enfuir.
Moi-même je me sauvai dans la rue, et me mis à
courir sans savoir où. Il me semblait que quelqu'un

me suivait. Quand je revins à moi, je trouvai que
Carmen ne m'avait pas quitté.

— Grand niais de canari! me dit-elle, tu ne sais
faire que des bêtises. Aussi bien, je te l'ai dit que
je te porterais malheur. Allons, il y a remède à
tout, quand on a pour bonne amie une Flamande
de Rome *. Commence à mettre ce mouchoir sur
ta tête, et jette-moi ce ceinturon. Attends-moi
dans cette allée. Je reviens dans deux minutes.

Elle disparut, et me rapporta bientôt une mante
rayée qu'elle était allée chercher je ne sais où.
Elle me fit quitter mon uniforme, et mettre la
mante par-dessus ma chemise. Ainsi accoutré,
avec le mouchoir dont elle avait bandé la plaie
que j'avais à la tête, je ressemblais assez à un paysan valencien, comme il y en a à Séville, qui
viennent vendre leur orgeat de *chufas* **. Puis
elle me mena dans une maison assez semblable à
celle de Dorothée, au fond d'une petite ruelle.
Elle et une autre bohémienne me lavèrent, me
pansèrent mieux que n'eût pu le faire un chirurgien-major, me firent boire je ne sais quoi ; enfin,
on me mit sur un matelas, et je m'endormis.

Probablement ces femmes avaient mêlé dans ma
boisson quelques-unes de ces drogues assoupis-
santes dont elles ont le secret, car je ne m'éveillai
que fort tard le lendemain. J'avais un grand mal

---

* *Flamenca de Roma.* Terme d'argot qui désigne les bohémiennes. *Roma* ne veut pas dire ici la Ville Éternelle, mais la
nation des Romi ou des *gens mariés*, nom que se donnent les
bohémiens. Les premiers qu'on vit en Espagne venaient probablement des Pays-Bas, d'où est venu leur nom de *Fla-
mands.*

** Racine bulbeuse dont on fait une boisson assez agréable.

de tête et un peu de fièvre. Il fallut quelque
temps pour que le souvenir me revînt de la terrible
scène où j'avais pris part la veille. Après avoir
pansé ma plaie, Carmen et son amie, accroupies
toutes les deux sur les talons auprès de mon matelas,
échangèrent quelques mots en *chipe calli*, qui
paraissaient être une consultation médicale. Puis
toutes deux m'assurèrent que je serais guéri avant
peu, mais qu'il fallait quitter Séville le plus tôt
possible : car, si l'on m'y attrapait, j'y serais
fusillé sans rémission.

— Mon garçon, me dit Carmen, il faut que tu
fasses quelque chose ; maintenant que le roi ne te
donne plus ni riz ni merluche *, il faut que tu
songes à gagner ta vie. Tu es trop bête pour
voler *à pastesas* **, mais tu es leste et fort : si tu
as du cœur, va-t'en à la côte, et fais-toi contrebandier. Ne t'ai-je pas promis de te faire pendre ?
Cela vaut mieux que d'être fusillé. D'ailleurs, si tu
sais t'y prendre, tu vivras comme un prince, aussi
longtemps que les miñons *** et les gardes-côtes
ne te mettront pas la main sur le collet.

Ce fut de cette façon engageante que cette
diable de fille me montra la nouvelle carrière qu'elle
me destinait, la seule, à vrai dire, qui me restât,
maintenant que j'avais encouru la peine de mort.
Vous le dirai-je, monsieur ? elle me détermina sans
beaucoup de peine. Il me semblait que je m'unis-
sais à elle plus intimement par cette vie de hasards
et de rébellion. Désormais je crus m'assurer son

* Nourriture ordinaire du soldat espagnol.
** *Ustilar à pastesas*, voler avec adresse, dérober sans
violence.
*** Espèce de corps franc.

amour. J'avais entendu souvent parler de quelques
contrebandiers qui parcouraient l'Andalousie, montés sur un bon cheval, l'espingole au poing, leur
maîtresse en croupe. Je me voyais déjà trottant
par monts et par vaux avec la gentille bohémienne derrière moi. Quand je lui parlais de cela,
elle riait à se tenir les côtés, et me disait qu'il n'y
a rien de si beau qu'une nuit passée au bivouac,
lorsque chaque rom se retire avec sa romi sous sa
petite tente formée de trois cerceaux, avec une
couverture par-dessus.

— Si je te tiens jamais dans la montagne, lui
disais-je, je serai sûr de toi. Là, il n'y a pas de lieutenant pour partager avec moi.

— Ah! tu es jaloux, répondait-elle. Tant pis
pour toi. Comment es-tu assez bête pour cela? Ne
vois-tu pas que je t'aime, puisque je ne t'ai jamais
demandé d'argent?

Lorsqu'elle parlait ainsi, j'avais envie de l'étrangler.

Pour le faire court, monsieur, Carmen me pro-
cura un habit bourgeois, avec lequel je sortis de
Séville sans être reconnu. J'allai à Jerez avec une
lettre de Pastia pour un marchand d'anisette chez
qui se réunissaient des contrebandiers. On me
présenta à ces gens-là, dont le chef, surnommé
le Dancaïre, me reçut dans sa troupe. Nous partîmes pour Gaucin, où je retrouvai Carmen, qui
m'y avait donné rendez-vous. Dans les expédi-
tions, elle servait d'espion à nos gens, et de meilleur il n'y en eut jamais. Elle revenait de Gibraltar,
et déjà elle avait arrangé avec un patron de navire
l'embarquement de marchandises anglaises que
nous devions recevoir sur la côte. Nous allâmes

les attendre près d'Estepona, puis nous en cachâ-
mes une partie dans la montagne ; chargés du
reste, nous nous rendîmes à Ronda. Carmen nous
y avait précédés. Ce fut elle encore qui nous indiqua le moment où nous entrerions en ville. Ce
premier voyage et quelques autres après furent
heureux. La vie de contrebandier me plaisait
mieux que la vie de soldat ; je faisais des cadeaux à
Carmen. J'avais de l'argent et une maîtresse. Je
n'avais guère de remords, car, comme disent les
bohémiens : Gale avec plaisir ne démange pas *.
Partout nous étions bien reçus, mes compagnons
me traitaient bien, et même me témoignaient de la
considération. La raison, c'était que j'avais tué
un homme, et parmi eux il y en avait qui n'avaient
pas un pareil exploit sur la conscience. Mais ce qui
me touchait davantage dans ma nouvelle vie,
c'est que je voyais souvent Carmen. Elle me montrait plus d'amitié que jamais ; cependant, devant
les camarades, elle ne convenait pas qu'elle était
ma maîtresse ; et même, elle m'avait fait jurer par
toutes sortes de serments de ne rien leur dire sur
son compte. J'étais si faible devant cette créature,
que j'obéissais à tous ses caprices. D'ailleurs, c'était
la première fois qu'elle se montrait à moi avec la
réserve d'une honnête femme, et j'étais assez
simple pour croire qu'elle s'était véritablement
corrigée de ses façons d'autrefois.

Notre troupe, qui se composait de huit ou dix
hommes, ne se réunissait guère que dans les moments décisifs, et d'ordinaire nous étions dispersés
deux à deux, trois à trois, dans les villes et les

* *Sarapia sat pesquital ne punzava.*

villages. Chacun de nous prétendait avoir un
métier : celui-ci était chaudronnier, celui-là maquignon ; moi, j'étais marchand de merceries, mais
je ne me montrais guère dans les gros endroits, à
cause de ma mauvaise affaire de Séville. Un jour,
ou plutôt une nuit, notre rendez-vous était au
bas de Véger. Le Dancaïre et moi nous nous y
trouvâmes avant les autres. Il paraissait fort
gai.

— Nous allons avoir un camarade de plus, me
dit-il. Carmen vient de faire un de ses meilleurs
tours. Elle vient de faire échapper son rom qui
était au presidio à Tarifa.

Je commençais déjà à comprendre le bohémien,
que parlaient presque tous mes camarades, et ce
mot de *rom* me causa un saisissement.

— Comment! son mari! elle est donc mariée?
demandai-je au capitaine.

— Oui, répondit-il, à Garcia le Borgne, un bohémien aussi futé qu'elle. Le pauvre garçon était aux
galères. Carmen a si bien embobeliné le chirurgien
du presidio, qu'elle en a obtenu la liberté de son
rom. Ah! cette fille-là vaut son pesant d'or. Il y
a deux ans qu'elle cherche à le faire évader. Rien
n'a réussi, jusqu'à ce qu'on s'est avisé de changer
le major. Avec celui-ci, il paraît qu'elle a trouvé
bien vite le moyen de s'entendre.

Vous vous imaginez le plaisir que me fit cette
nouvelle. Je vis bientôt Garcia le Borgne ; c'était
bien le plus vilain monstre que la Bohême ait
nourri : noir de peau et plus noir d'âme, c'était le
plus franc scélérat que j'aie rencontré dans ma vie.
Carmen vint avec lui ; et, lorsqu'elle l'appelait
son rom devant moi, il fallait voir les yeux qu'elle

me faisait, et ses grimaces quand Garcia tournait
la tête. J'étais indigné, et je ne lui parlai pas de la
nuit. Le matin nous avions fait nos ballots, et
nous étions déjà en route, quand nous nous aperçûmes qu'une douzaine de cavaliers étaient à nos
trousses. Les fanfarons Andalous qui ne parlaient
que de tout massacrer firent aussitôt piteuse mine.
Ce fut un sauve-qui-peut général. Le Dancaïre,
Garcia, un joli garçon d'Ecija, qui s'appelait le
Remendado, et Carmen ne perdirent pas la tête.
Le reste avait abandonné les mulets et s'était jeté
dans les ravins où les chevaux ne pouvaient les
suivre. Nous ne pouvions conserver nos bêtes, et
nous nous hâtâmes de défaire le meilleur de notre
butin, et de le charger sur nos épaules, puis nous
essayâmes de nous sauver au travers des rochers
par les pentes les plus raides. Nous jetions nos
ballots devant nous, et nous les suivions de notre
mieux en glissant sur les talons. Pendant ce temps-
là, l'ennemi nous canardait ; c'était la première fois
que j'entendais siffler les balles, et cela ne me fit
pas grand-chose. Quand on est en vue d'une femme,
il n'y a pas de mérite à se moquer de la mort. Nous
nous échappâmes, excepté le pauvre Remendado,
qui reçut un coup de feu dans les reins. Je jetai
mon paquet, et j'essayai de le prendre.

— Imbécile! me cria Garcia, qu'avons-nous à
faire d'une charogne? achève-le et ne perds pas les
bas de coton.

— Jette-le! Jette-le! me criait Carmen.

La fatigue m'obligea de le déposer un moment à
l'abri d'un rocher. Garcia s'avança, et lui lâcha son
espingole dans la tête.

— Bien habile qui le reconnaîtrait maintenant,

dit-il en regardant sa figure que douze balles
avaient mise en morceaux.

Voilà, monsieur, la belle vie que j'ai menée. Le
soir, nous nous trouvâmes dans un hallier, épuisés
de fatigue, n'ayant rien à manger et ruinés par la
perte de nos mulets. Que fit cet infernal Garcia? il
tira un paquet de cartes de sa poche, et se mit à
jouer avec le Dancaïre à la lueur d'un feu qu'ils
allumèrent. Pendant ce temps-là, moi, j'étais couché, regardant les étoiles, pensant au Remendado,
et me disant que j'aimerais autant être à sa place.
Carmen était accroupie près de moi, et de temps
en temps, elle faisait un roulement de castagnettes
en chantonnant. Puis, s'approchant comme pour
me parler à l'oreille, elle m'embrassa, presque
malgré moi, deux ou trois fois.

— Tu es le diable, lui disais-je.

— Oui, me répondait-elle.

Après quelques heures de repos, elle s'en fut à
Gaucin, et le lendemain matin un petit chevrier
vint nous porter du pain. Nous demeurâmes là
tout le jour, et la nuit nous nous rapprochâmes
de Gaucin. Nous attendions des nouvelles de Carmen. Rien ne venait. Au jour, nous voyons un
muletier qui menait une femme bien habillée, avec
un parasol, et une petite fille qui paraissait sa
domestique. Garcia nous dit :

— Voilà deux mules et deux femmes que saint
Nicolas nous envoie; j'aimerais mieux quatre
mules; n'importe, j'en fais mon affaire!

Il prit son espingole et descendit vers le sentier
en se cachant dans les broussailles. Nous le suivions, le Dancaïre et moi, à peu de distance. Quand
nous fûmes à portée, nous nous montrâmes, et

nous criâmes au muletier de s'arrêter. La femme, en nous voyant, au lieu de s'effrayer, et notre toilette aurait suffi pour cela, fait un grand éclat de rire.

— Ah! les *lillipendi* qui me prennent pour une *erani* * !

C'était Carmen, mais si bien déguisée, que je ne l'aurais pas reconnue parlant une autre langue. Elle sauta en bas de sa mule, et causa quelque temps à voix basse avec le Dancaïre et Garcia, puis elle me dit :

— Canari, nous nous reverrons avant que tu sois pendu. Je vais à Gibraltar pour les affaires d'Égypte. Vous entendrez bientôt parler de moi.

Nous nous séparâmes après qu'elle nous eut indiqué un lieu où nous pourrions trouver un abri pour quelques jours. Cette fille était la providence de notre troupe. Nous reçûmes bientôt quelque argent qu'elle nous envoya, et un avis qui valait mieux pour nous : c'était que tel jour partiraient deux milords anglais, allant de Gibraltar à Grenade par tel chemin. A bon entendeur salut. Ils avaient de belles et bonnes guinées. Garcia voulait les tuer, mais le Dancaïre et moi nous nous y opposâmes. Nous ne leur prîmes que l'argent et les montres, outre les chemises, dont nous avions grand besoin.

Monsieur, on devient coquin sans y penser. Une jolie fille vous fait perdre la tête, on se bat pour elle, un malheur arrive, il faut vivre à la montagne, et de contrebandier on devient voleur avant d'avoir réfléchi. Nous jugeâmes qu'il ne faisait pas bon

---

* Les imbéciles qui me prennent pour une femme comme il faut.

pour nous dans les environs de Gibraltar après
l'affaire des milords, et nous nous enfonçâmes dans
la sierra de Ronda. — Vous m'avez parlé de José-
Maria ; tenez, c'est là que j'ai fait connaissance
avec lui. Il menait sa maîtresse dans ses expédi-
tions. C'était une jolie fille, sage, modeste, de
bonnes manières ; jamais un mot malhonnête, et
un dévouement!... En revanche, il la rendait bien
malheureuse. Il était toujours à courir après toutes
les filles, il la malmenait, puis quelquefois il s'avi-
sait de faire le jaloux. Une fois, il lui donna un
coup de couteau. Eh bien, elle ne l'en aimait que
davantage. Les femmes sont ainsi faites, les Andalouses surtout. Celle-là était fière de la cicatrice
qu'elle avait au bras, et la montrait comme la
plus belle chose du monde. Et puis José-Maria,
par-dessus le marché, était le plus mauvais camarade!... Dans une expédition que nous fîmes, il
s'arrangea si bien que tout le profit lui en demeura,
à nous les coups et l'embarras de l'affaire. Mais je
reprends mon histoire. Nous n'entendions plus
parler de Carmen. Le Dancaïre dit :

— Il faut qu'un de nous aille à Gibraltar pour
en avoir des nouvelles ; elle doit avoir préparé
quelque affaire. J'irais bien, mais je suis trop connu
à Gibraltar.

Le borgne dit :

— Moi aussi, on m'y connaît, j'y ai fait tant de
farces aux Écrevisses *! et, comme je n'ai qu'un
œil, je suis difficile à déguiser.

— Il faut donc que j'y aille ? dis-je à mon tour,

---

* Nom que le peuple en Espagne donne aux Anglais à
cause de la couleur de leur uniforme.

enchanté à la seule idée de revoir Carmen ; voyons,
que faut-il faire ?

Les autres me dirent :

— Fais tant que de t'embarquer ou de passer
par Saint-Roc, comme tu aimeras le mieux, et,
lorsque tu seras à Gibraltar, demande sur le port
où demeure une marchande de chocolat qui s'appelle la Rollona ; quand tu l'auras trouvée, tu
sauras d'elle ce qui se passe là-bas.

Il fut convenu que nous partirions tous les trois
pour la sierra de Gaucin, que j'y laisserais mes
deux compagnons, et que je me rendrais à Gibraltar comme un marchand de fruits. A Ronda, un
homme qui était à nous m'avait procuré un passeport ; à Gaucin, on me donna un âne : je le char-
geai d'oranges et de melons, et je me mis en route.
Arrivé à Gibraltar, je trouvai qu'on y connaissait
bien la Rollona, mais elle était morte ou elle était
allée à *finibus terrae* *, et sa disparition expliquait,
à mon avis, comment nous avions perdu notre
moyen de correspondre avec Carmen. Je mis mon
âne dans une écurie, et, prenant mes oranges,
j'allais par la ville comme pour les vendre, mais
en effet, pour voir si je ne rencontrerais pas quelque figure de connaissance. Il y a là force canaille
de tous les pays du monde, et c'est la tour de Babel,
car on ne saurait faire dix pas dans une rue sans
entendre parler autant de langues. Je voyais bien
des gens d'Égypte, mais je n'osais guère m'y fier ;
je les tâtais, et ils me tâtaient. Nous devinions
bien que nous étions des coquins, l'important était
de savoir si nous étions de la même bande. Après

---

* Aux galères, ou bien à tous les diables.

deux jours passés en courses inutiles, je n'avais
rien appris touchant la Rollona ni Carmen, et je
pensais à retourner auprès de mes camarades après
avoir fait quelques emplettes, lorsqu'en me promenant dans une rue, au coucher du soleil, j'entendis une voix de femme d'une fenêtre qui me dit :
« Marchand d'oranges!... » Je lève la tête, et je vois
à un balcon Carmen, accoudée avec un officier en
rouge, épaulettes d'or, cheveux frisés, tournure
d'un gros mylord. Pour elle, elle était habillée
superbement : un châle sur les épaules, un peigne
d'or, tout en soie; et la bonne pièce, toujours la
même! riait à se tenir les côtés. L'Anglais, en bara-
gouinant l'espagnol, me cria de monter, que madame voulait des oranges ; et Carmen me dit en
basque :

— Monte, et ne t'étonne de rien.

Rien, en effet, ne devait m'étonner de sa part.
Je ne sais si j'eus plus de joie que de chagrin en la
retrouvant. Il y avait à la porte un grand domestique anglais, poudré, qui me conduisit dans un
salon magnifique. Carmen me dit aussitôt en
basque :

— Tu ne sais pas un mot d'espagnol, tu ne mé
connais pas.

Puis, se tournant vers l'Anglais :

— Je vous le disais bien, je l'ai tout de suite
reconnu pour un Basque ; vous allez entendre
quelle drôle de langue. Comme il a l'air bête, n'est-
ce pas? On dirait un chat surpris dans un garde-
manger.

— Et toi, lui dis-je dans ma langue, tu as l'air
d'une effrontée coquine, et j'ai bien envie de te
balafrer la figure devant ton galant.

— Mon galant! dit-elle, tiens, tu as deviné cela tout seul? Et tu es jaloux de cet imbécile-là? Tu es encore plus niais qu'avant nos soirées de la rue du Candilejo. Ne vois-tu pas, sot que tu es, que je fais en ce moment les affaires d'Égypte, et de la façon la plus brillante? Cette maison est à moi, les guinées de l'écrevisse seront à moi; je le mène par le bout du nez; je le mènerai d'où il ne sortira jamais.

— Et moi, lui dis-je, si tu fais encore les affaires d'Égypte de cette manière-là, je ferai si bien que tu ne recommenceras plus.

— Ah! oui-là! Es-tu mon rom, pour me commander? Le Borgne le trouve bon, qu'as-tu à y voir? Ne devrais-tu pas être bien content d'être le seul qui se puisse dire mon *minchorrô* * ?

— Qu'est-ce qu'il dit? demanda l'Anglais.

— Il dit qu'il a soif et qu'il boirait bien un coup, répondit Carmen.

Et elle se renversa sur un canapé en éclatant de rire à sa traduction.

Monsieur, quand cette fille-là riait, il n'y avait pas moyen de parler raison. Tout le monde riait avec elle. Ce grand Anglais se mit à rire aussi, comme un imbécile qu'il était, et ordonna qu'on m'apportât à boire.

Pendant que je buvais:

— Vois-tu cette bague qu'il a au doigt? dit-elle, si tu veux je te la donnerai.

Moi je répondis:

— Je donnerais un doigt pour tenir ton mylord dans la montagne, chacun un maquila au poing.

---

* Mon amant, ou plutôt mon caprice.

— Maquila, qu'est-ce que cela veut dire ? demanda l'Anglais.

— Maquila, dit Carmen riant toujours, c'est une orange. N'est-ce pas un bien drôle de mot pour une orange ? Il dit qu'il voudrait vous faire manger du maquila.

— Oui ? dit l'Anglais. Eh bien ? apporte encore demain du maquila.

Pendant que nous parlions, le domestique entra et dit que le dîner était prêt. Alors l'Anglais se leva, me donna une piastre, et offrit son bras à Carmen, comme si elle ne pouvait pas marcher seule. Carmen, riant toujours, me dit :

— Mon garçon, je ne puis t'inviter à dîner ; mais demain, dès que tu entendras le tambour pour la parade, viens ici avec des oranges. Tu trouveras une chambre mieux meublée que celle de la rue du Candilejo, et tu verras si je suis toujours ta Carmencita. Et puis nous parlerons des affaires d'Égypte.

Je ne répondis rien, et j'étais dans la rue que l'Anglais me criait :

— Apportez demain du maquila ! et j'entendais les éclats de rire de Carmen.

Je sortis ne sachant ce que je ferais, je ne dormis guère, le matin je me trouvais si en colère contre cette traîtresse que j'avais résolu de partir de Gibraltar sans la revoir ; mais, au premier roulement de tambour, tout mon courage m'abandonna : je pris ma natte d'oranges et je courus chez Carmen. Sa jalousie était entrouverte, et je vis son grand œil noir qui me guettait. Le domestique poudré m'introduisit aussitôt. Carmen lui donna une commission, et dès que nous fûmes seuls, elle partit d'un de ses éclats de rire de crocodile, et se jeta à mon cou. Je ne l'avais jamais vue si belle. Parée comme une madone, parfumée... des meubles de soie, des rideaux brodés..., ah!... et moi fait comme un voleur que j'étais.

— Minchorró! disait Carmen, j'ai envie de tout casser ici, de mettre le feu à la maison et de m'enfuir à la sierra.

Et c'étaient des tendresses!... et puis des rires!... et elle dansait, et elle déchirait ses falbalas : jamais singe ne fit plus de gambades, de grimaces, de diableries. Quand elle eut repris son sérieux :

— Écoute, me dit-elle, il s'agit de l'Égypte. Je veux qu'il me mène à Ronda, où j'ai une sœur religieuse... (Ici nouveaux éclats de rire.) Nous passons par un endroit que je te ferai dire. Vous tombez sur lui : pillé *rasibus*! Le mieux serait de l'escoffier, mais, ajouta-t-elle avec un sourire diabolique qu'elle avait dans de certains moments, et ce sourire-là, personne n'avait alors envie de l'imiter, — sais-tu ce qu'il faudrait faire ? Que le Borgne paraisse le premier. Tenez-vous un peu en arrière ; l'écrevisse est brave et adroit : il a de bons pistolets... Comprends-tu ?...

Elle s'interrompit par un nouvel éclat de rire qui me fit frissonner.

— Non, lui dis-je : je hais Garcia, mais c'est mon camarade. Un jour peut-être je t'en débarrasserai, mais nous réglerons nos comptes à la façon de mon pays. Je ne suis Égyptien que par hasard ; et pour certaines choses, je serai toujours franc Navarrais, comme dit le proverbe *.

---

* *Navarro fino.*

Elle reprit :

— Tu es une bête, un niais, un vrai *payllo*. Tu
es comme le nain qui se croit grand quand il a pu
cracher loin *. Tu ne m'aimes pas, va-t'en.

Quand elle me disait : Va-t'en, je ne pouvais
m'en aller. Je promis de partir, de retourner auprès
de mes camarades et d'attendre l'Anglais ; de
son côté, elle me promit d'être malade jusqu'au
moment de quitter Gibraltar pour Ronda. Je
demeurai encore deux jours à Gibraltar. Elle eut
l'audace de me venir voir déguisée dans mon
auberge. Je partis ; moi ussi j'avais mon projet.
Je retournai à notre rendez-vous, sachant le lieu
et l'heure où l'Anglais et Carmen devaient passer.
Je trouvai le Dancaïre et Garcia qui m'attendaient.
Nous passâmes la nuit dans un bois auprès d'un
feu de pommes de pin qui flambait à merveille.
Je proposai à Garcia de jouer aux cartes. Il accepta.
A la seconde partie je lui dis qu'il trichait ; il se
mit à rire. Je lui jetai les cartes à la figure. Il voulut prendre son espingole ; je mis le pied dessus,
et je lui dis : « On dit que tu sais jouer du couteau
comme le meilleur jaque de Malaga, veux-tu
t'essayer avec moi ? » Le Dancaïre voulut nous
séparer. J'avais donné deux ou trois coups de
poing à Garcia. La colère l'avait rendu brave ; il
avait tiré son couteau, moi le mien. Nous dîmes
tous deux au Dancaïre de nous laisser place libre
et franc jeu. Il vit qu'il n'y avait pas moyen de
nous arrêter, et il s'écarta. Garcia était déjà ployé
en deux comme un chat prêt à s'élancer contre

---

* *Or esorjié de or narsichislé, sin chismar lachinguel.* —
Proverbe bohémien : La prouesse d'un nain, c'est de cracher
loin.

une souris. Il tenait son chapeau de la main gauche,
pour parer, son couteau en avant. C'est leur garde
andalouse. Moi, je me mis à la navarraise, droit en
face de lui, le bras gauche levé, la jambe gauche en
avant, le couteau le long de la cuisse droite. Je
me sentais plus fort qu'un géant. Il se lança sur
moi comme un trait ; je tournai sur le pied gauche
et il ne trouva plus rien devant lui ; mais je
l'atteignis à la gorge, et le couteau entra si avant,
que ma main était sous son menton. Je retournai
la lame si fort qu'elle se cassa. C'était fini. La lame
sortit de la plaie lancée par un bouillon de sang
gros comme le bras. Il tomba sur le nez, raide
comme un pieu.

— Qu'as-tu fait ? me dit le Dancaïre.

— Écoute, lui dis-je ; nous ne pouvions vivre
ensemble. J'aime Carmen, et je veux être seul.
D'ailleurs, Garcia était un coquin, et je me rappelle ce qu'il a fait au pauvre Remendado. Nous
ne sommes plus que deux, mais nous sommes de
bons garçons. Voyons, veux-tu de moi pour ami,
à la vie, à la mort ?

Le Dancaïre me tendit la main. C'était un
homme de cinquante ans.

— Au diable les amourettes ! s'écria-t-il. Si tu
lui avais demandé Carmen, il te l'aurait vendue
pour une piastre. Nous ne sommes plus que deux ;
comment ferons-nous demain ?

— Laisse-moi faire tout seul, lui répondis-je.
Maintenant je me moque du monde entier.

Nous enterrâmes Garcia, et nous allâmes placer
notre camp deux cents pas plus loin. Le lendemain,
Carmen et son Anglais passèrent avec deux muletiers et un domestique. Je dis au Dancaïre :

— Je me charge de l'Anglais. Fais peur aux autres, ils ne sont pas armés.

L'Anglais avait du cœur. Si Carmen ne lui eût poussé le bras, il me tuait. Bref, je reconquis Carmen ce jour-là, et mon premier mot fut de lui dire qu'elle était veuve. Quand elle sut comment cela s'était passé :

— Tu seras toujours un *lillipendi!* me dit-elle. Garcia devait te tuer. Ta garde navarraise n'est qu'une bêtise, et il en a mis à l'ombre de plus habiles que toi. C'est que son temps était venu. Le tien viendra.

— Et le tien, répondis-je, si tu n'es pas pour moi une vraie romi.

— A la bonne heure, dit-elle ; j'ai vu plus d'une fois dans du marc de café que nous devions finir ensemble. Bah! arrive qui plante!

Et elle fit claquer ses castagnettes, ce qu'elle faisait toujours quand elle voulait chasser quelque idée importune.

On s'oublie quand on parle de soi. Tous ces détails-là vous ennuient sans doute, mais j'ai bientôt fini. La vie que nous menions dura assez longtemps. Le Dancaïre et moi nous nous étions associé quelques camarades plus sûrs que les premiers, et nous nous occupions de contrebande, et aussi parfois, il faut bien l'avouer, nous arrêtions sur la grande route, mais à la dernière extrémité, et lorsque nous ne pouvions faire autrement. D'ailleurs nous ne maltraitions pas les voyageurs, et nous nous bornions à leur prendre leur argent. Pendant quelques mois je fus content de Carmen ; elle continuait à nous être utile pour nos opérations, en nous avertissant des bons coups que nous pour

rions faire. Elle se tenait, soit à Malaga, soit à
Córdoue, soit à Grenade ; mais, sur un mot de
moi, elle quittait tout, et venait me retrouver dans
une venta isolée, ou même au bivouac. Une fois
seulement, c'était à Malaga, elle me donna quelque
inquiétude. Je sus qu'elle avait jeté son dévolu sur
un négociant fort riche, avec lequel probablement
elle se proposait de recommencer la plaisanterie
de Gibraltar. Malgré tout ce que le Dancaïre put
me dire pour m'arrêter, je partis et j'entrai dans
Malaga en plein jour, je cherchai Carmen et je
l'emmenai aussitôt. Nous eûmes une verte explication.

— Sais-tu, me dit-elle, que, depuis que tu es
mon rom pour tout de bon, je t'aime moins que
lorsque tu étais mon minchorrô ? Je ne veux pas
être tourmentée ni surtout commandée. Ce que
je veux, c'est être libre et faire ce qui me plaît.
Prends garde de me pousser à bout. Si tu m'en-
nuies, je trouverai quelque bon garçon qui te fera
comme tu as fait au borgne.

Le Dancaïre nous raccommoda ; mais nous nous
étions dit des choses qui nous restaient sur le cœur
et nous n'étions plus comme auparavant. Peu après,
un malheur nous arriva. La troupe nous surprit.
Le Dancaïre fut tué, ainsi que deux de mes camarades ; deux autres furent pris. Moi, je fus griève-
ment blessé, et, sans mon bon cheval, je demeurais
entre les mains des soldats. Exténué de fatigue,
ayant une balle dans le corps, j'allai me cacher
dans un bois avec le seul compagnon qui me restât.
Je m'évanouis en descendant de cheval, et je crus
que j'allais crever dans les broussailles comme un
lièvre qui a reçu du plomb. Mon camarade me

porta dans une grotte que nous connaissions, puis
alla chercher Carmen. Elle était à Grenade, et
aussitôt elle accourut. Pendant quinze jours, elle
ne me quitta pas d'un instant. Elle ne ferma pas
l'œil ; elle me soigna avec une adresse et des attentions que jamais femme n'a eües pour l'homme le
plus aimé. Dès que je pus me tenir sur mes jambes,
elle me mena à Grenade dans le plus grand secret.
Les bohémiennes trouvent partout des asiles sûrs,
et je passai plus de six semaines dans une maison,
à deux portes du corrégidor qui me cherchait.
Plus d'une fois, regardant derrière un volet, je le
vis passer. Enfin, je me rétablis ; mais j'avais fait
bien des réflexions sur mon lit de douleur, et je
projetais de changer de vie. Je parlai à Carmen de
quitter l'Espagne, et de chercher à vivre honnête-
ment dans le Nouveau Monde. Elle se moqua de
moi.

— Nous ne sommes pas faits pour planter des
choux, dit-elle ; notre destin, à nous, c'est de vivre
aux dépens des *payllos.* Tiens, j'ai arrangé une
affaire avec Nathan Ben-Joseph de Gibraltar. Il
a des cotonnades qui n'attendent que toi pour
passer. Il sait que tu es vivant. Il compte sur toi.
Que diraient nos correspondants de Gibraltar, si
tu leur manquais de parole ?

Je me laissai entraîner, et je repris mon vilain
commerce.

Pendant que j'étais caché à Grenade, il y eut des
courses de taureaux où Carmen alla. En revenant,
elle parla beaucoup d'un picador très adroit
nommé Lucas. Elle savait le nom de son cheval,
et combien lui coûtait sa veste brodée. Je n'y fis
pas attention. Juanito, le camarade qui m'était

resté, me dit, quelques jours après, qu'il avait vu Carmen avec Lucas chez un marchand du Zacatin. Cela commença à m'alarmer. Je demandai à Carmen comment et pourquoi elle avait fait connaissance avec le picador.

— C'est un garçon, me dit-elle, avec qui on peut faire une affaire. Rivière qui fait du bruit a de l'eau ou des cailloux*. Il a gagné douze cents réaux aux courses. De deux choses l'une : ou bien il faut avoir cet argent ; ou bien, comme c'est un bon cavalier et un gaillard de cœur, on peut l'enrôler dans notre bande. Un tel et un tel sont morts, tu as besoin de les remplacer. Prends-le avec toi.

— Je ne veux, répondis-je, ni de son argent, ni de sa personne, et je te défends de lui parler.

— Prends garde, me dit-elle ; lorsqu'on me défie de faire une chose, elle est bientôt faite !

Heureusement le picador partit pour Malaga, et moi, je me mis en devoir de faire entrer les cotonnades du Juif. J'eus fort à faire dans cette expédition-là, Carmen aussi, et j'oubliai Lucas ; peut-être aussi l'oublia-t-elle, pour le moment du moins. C'est vers ce temps, monsieur, que je vous rencontrai, d'abord près de Montilla, puis après à Cordoue. Je ne vous parlerai pas de notre dernière entrevue. Vous en savez peut-être plus long que moi. Carmen vous vola votre montre ; elle voulait encore votre argent, et surtout cette bague que je vois à votre doigt, et qui, dit-elle, est un anneau magique qu'il lui importait beaucoup de posséder. Nous eûmes une violente dispute, et je la frappai.

---

* *Len sos sonsi abela.*
Pani o reblendani terela. (Proverbe bohémien.)

Elle pâlit et pleura. C'était la première fois que
je la voyais pleurer, et cela me fit un effet terrible.
Je lui demandai pardon, mais elle me bouda pendant tout un jour, et, quand je repartis pour
Montilla, elle ne voulut pas m'embrasser. J'avais
le cœur gros, lorsque, trois jours après, elle vint me
trouver l'air riant et gaie comme un pinson. Tout
était oublié et nous avions l'air d'amoureux de
deux jours. Au moment de nous séparer, elle me
dit :

— Il y a une fête à Cordoue, je vais la voir, puis
je saurai les gens qui s'en vont avec de l'argent, et
je te le dirai.

Je la laissai partir. Seul, je pensai à cette fête et
à ce changement d'humeur de Carmen. Il faut
qu'elle se soit vengée déjà, me dis-je, puisqu'elle
est revenue la première. Un paysan me dit qu'il y
avait des taureaux à Cordoue. Voilà mon sang qui
bouillonne, et, comme un fou, je pars, et je vais à
la place. On me montra Lucas, et, sur le banc
contre la barrière, je reconnus Carmen. Il me
suffit de la voir une minute pour être sûr de mon
fait. Lucas, au premier taureau, fit le joli cœur,
comme je l'avais prévu. Il arracha la cocarde*
du taureau et la porta à Carmen, qui s'en coiffa
sur-le-champ. Le taureau se chargea de me venger.
Lucas fut culbuté avec son cheval sur la poitrine,
et le taureau par-dessus tous les deux. Je regardai
Carmen, elle n'était déjà plus à sa place. Il m'était

* *La divisa*, nœud de rubans dont la couleur indique les
pâturages d'où viennent les taureaux. Ce nœud est fixé dans
la peau du taureau au moyen d'un crochet, et c'est le comble
de la galanterie que de l'arracher à l'animal vivant, pour
l'offrir à une femme.

impossible de sortir de celle où j'étais, et je fus
obligé d'attendre la fin des courses. Alors j'allai à
la maison que vous connaissez, et je m'y tins coi
toute la soirée et une partie de la nuit. Vers deux
heures du matin Carmen revint, et fut un peu surprise de me voir.

— Viens avec moi, lui dis-je.

— Eh bien! dit-elle, partons.

J'allai prendre mon cheval, je la mis en croupe,
et nous marchâmes tout le reste de la nuit sans nous
dire un seul mot. Nous nous arrêtâmes au jour
dans une venta isolée, assez près d'un petit ermitage. Là je dis à Carmen :

— Écoute, j'oublie tout. Je ne te parlerai de
rien ; mais jure-moi une chose : c'est que tu vas me
suivre en Amérique, et que tu t'y tiendras tranquille.

— Non, dit-elle d'un ton boudeur, je ne veux
pas aller en Amérique. Je me trouve bien ici.

— C'est parce que tu es près de Lucas ; mais
songes-y bien, s'il guérit, ce ne sera pas pour faire
de vieux os. Au reste, pourquoi m'en prendre à
lui? Je suis las de tuer tous tes amants ; c'est toi
que je tuerai.

Elle me regarda fixement de son regard sauvage
et me dit :

— J'ai toujours pensé que tu me tuerais. La
première fois que je t'ai vu, je venais de rencontrer
un prêtre à la porte de ma maison. Et cette nuit,
en sortant de Cordoue, n'as-tu rien vu? Un lièvre
a traversé le chemin entre les pieds de ton cheval.
C'est écrit.

— Carmencita, lui demandai-je, est-ce que tu
ne m'aimes plus?

Elle ne répondit rien. Elle était assise les jambes croisées sur une natte et faisait des traits par terre avec son doigt.

— Changeons de vie, Carmen, lui dis-je d'un ton suppliant. Allons vivre quelque part où nous ne serons jamais séparés. Tu sais que nous avons, pas loin d'ici, sous un chêne, cent vingt onces enterrées... Puis, nous avons des fonds encore chez le Juif Ben-Joseph.

Elle se mit à sourire, et me dit :

— Moi d'abord, toi ensuite. Je sais bien que cela doit arriver ainsi.

— Réfléchis, repris-je ; je suis au bout de ma patience et de mon courage ; prends ton parti ou je prendrai le mien.

Je la quittai et j'allai me promener du côté de l'ermitage. Je trouvai l'ermite qui priait. J'attendis que sa prière fût finie ; j'aurais bien voulu prier, mais je ne pouvais pas. Quand il se releva j'allai à lui.

— Mon père, lui dis-je, voulez-vous prier pour quelqu'un qui est en grand péril ?

— Je prie pour tous les affligés, dit-il.

— Pouvez-vous dire une messe pour une âme qui va peut-être paraître devant son Créateur ?

— Oui, répondit-il en me regardant fixement. Et, comme il y avait dans mon air quelque chose d'étrange, il voulut me faire parler :

— Il me semble que je vous ai vu, dit-il.

Je mis une piastre sur son banc.

— Quand direz-vous la messe ? lui demandai-je.

— Dans une demi-heure. Le fils de l'aubergiste de là-bas va venir la servir. Dites-moi, jeune homme, n'avez-vous pas quelque chose sur la conscience qui vous tourmente? voulez-vous écouter les conseils d'un chrétien?

Je me sentais près de pleurer. Je lui dis que je reviendrais, et je me sauvai. J'allai me coucher sur l'herbe jusqu'à ce que j'entendisse la cloche. Alors, je m'approchai, mais je restai en dehors de la chapelle. Quand la messe fut dite, je retournai à la venta. J'espérais que Carmen se serait enfuie ; elle aurait pu prendre mon cheval et se sauver... mais je la retrouvai. Elle ne voulait pas qu'on pût dire que je lui avais fait peur. Pendant mon absence, elle avait défait l'ourlet de sa robe pour en retirer le plomb. Maintenant, elle était devant une table, regardant dans une terrine pleine d'eau le plomb qu'elle avait fait fondre, et qu'elle venait d'y jeter. Elle était si occupée de sa magie qu'elle ne s'aperçut pas d'abord de mon retour. Tantôt elle prenait un morceau de plomb et le tournait de tous les côtés d'un air triste, tantôt elle chantait quelqu'une de ces chansons magiques où elles invoquent Marie Padilla, la maîtresse de don Pédro, qui fut, dit-on, la *Bari Crallisa*, ou la grande reine des Bohémiens* :

— Carmen, lui dis-je, voulez-vous venir avec moi?

Elle se leva, jeta sa sébile, et mit sa mantille sur sa tête comme prête à partir. On m'amena mon cheval, elle monta en croupe et nous nous éloignâmes.

---

* On a accusé Marie Padilla d'avoir ensorcelé le roi don Pèdre. Une tradition populaire rapporte qu'elle avait fait présent à la reine Blanche de Bourbon d'une ceinture d'or, qui parut aux yeux fascinés du roi comme un serpent vivant. De là la répugnance qu'il montra toujours pour la malheureuse princesse.

— Ainsi, lui dis-je, ma Carmen, après un bout de chemin, tu veux bien me suivre, n'est-ce pas?

— Je te suis à la mort, oui, mais je ne vivrai plus avec toi.

Nous étions dans une gorge solitaire; j'arrêtai mon cheval.

— Est-ce ici? dit-elle.

Et d'un bond elle fut à terre. Elle ôta sa mantille, la jeta à ses pieds, et se tint immobile un poing sur la hanche, me regardant fixement.

— Tu veux me tuer, je le vois bien, dit-elle; c'est écrit, mais tu ne me feras pas céder.

— Je t'en prie, lui dis-je, sois raisonnable. Écoute-moi! tout le passé est oublié. Pourtant, tu le sais, c'est toi qui m'as perdu; c'est pour toi que je suis devenu un voleur et un meurtrier. Carmen! ma Carmen! laisse-moi te sauver et me sauver avec toi.

— José, répondit-elle, tu me demandes l'impossible. Je ne t'aime plus; toi, tu m'aimes encore, et c'est pour cela que tu veux me tuer. Je pourrais bien encore te faire quelque mensonge; mais je ne veux pas m'en donner la peine. Tout est fini entre nous. Comme mon rom, tu as le droit de tuer ta romi; mais Carmen sera toujours libre. Calli elle est née, calli elle mourra.

— Tu aimes donc Lucas? lui demandai-je.

— Oui, je l'ai aimé, comme toi, un instant, moins que toi peut-être. A présent, je n'aime plus rien, et je me hais pour t'avoir aimé.

Je me jetai à ses pieds, je lui pris les mains, je les arrosai de mes larmes. Je lui rappelai tous les moments de bonheur que nous avions passés ensemble. Je lui offris de rester brigand pour lui

plaire. Tout, monsieur, tout ; je lui offris tout,
pourvu qu'elle voulût m'aimer encore !

Elle me dit :

— T'aimer encore, c'est impossible. Vivre avec
toi, je ne le veux pas.

La fureur me possédait. Je tirai mon couteau.
J'aurais voulu qu'elle eût peur et me demandât
grâce, mais cette femme était un démon.

— Pour la dernière fois, m'écriai-je, veux-tu
rester avec moi !

— Non ! non ! non ! dit-elle en frappant du pied.

Et elle tira de son doigt une bague que je lui
avais donnée, et la jeta dans les broussailles.

Je la frappai deux fois. C'était le couteau du
Borgne que j'avais pris, ayant cassé le mien. Elle
tomba au second coup sans crier. Je crois voir
encore son grand œil noir me regarder fixement ;
puis il devint trouble et se ferma. Je restai anéanti
une bonne heure devant ce cadavre. Puis, je me
rappelai que Carmen m'avait dit souvent qu'elle
aimerait à être enterrée dans un bois. Je lui
creusai une fosse avec mon couteau, et je l'y
déposai. Je cherchai longtemps sa bague et je la
trouvai à la fin. Je la mis dans la fosse auprès
d'elle avec une petite croix. Peut-être ai-je eu
tort. Ensuite je montai sur mon cheval, je galopai
jusqu'à Cordoue, et au premier corps de garde je
me fis connaître. J'ai dit que j'avais tué Carmen ;
mais je n'ai pas voulu dire où était son corps.
L'ermite était un saint homme. Il a prié pour elle.
Il a dit une messe pour son âme... Pauvre enfant !
Ce sont les *Calés* qui sont coupables pour l'avoir
élevée ainsi.

IV

L'Espagne est un des pays où se trouvent aujour-d'hui en plus grand nombre encore, ces nomades dispersés dans toute l'Europe, et connus sous les noms de *Bohémiens*, *Gitanos*, *Gypsies*, *Zigeuner*, etc. La plupart demeurent, ou plutôt mènent une vie errante dans les provinces du Sud et de l'Est, en Andalousie, en Estramadure, dans le royaume de Murcie ; il y en a beaucoup en Catalogne. Ces der-niers passent souvent en France. On en rencontre dans toutes nos foires du Midi. D'ordinaire, les hommes exercent les métiers de maquignon, de vétérinaire et de tondeur de mulets ; ils y joignent l'industrie de raccommoder les poêlons et les ins-truments de cuivre, sans parler de la contrebande et autres pratiques illicites. Les femmes disent la bonne aventure, mendient et vendent toutes sortes de drogues innocentes ou non.

Les caractères physiques des Bohémiens sont plus faciles à distinguer qu'à décrire, et lorsqu'on en a vu un seul, on reconnaîtrait entre mille un individu de cette race. La physionomie, l'expres-

sion, voilà surtout ce qui les sépare des peuples qui
habitent le même pays. Leur teint est très basané,
toujours plus foncé que celui des populations
parmi lesquelles ils vivent. De là le nom de *Calés*,
les noirs, par lequel ils se désignent souvent*.
Leurs yeux sensiblement obliques, bien fendus,
très noirs, sont ombragés par des cils longs et
épais. On ne peut comparer leur regard qu'à celui
d'une bête fauve. L'audace et la timidité s'y
peignent tout à la fois, et sous ce rapport leurs
yeux révèlent assez bien le caractère de la nation,
rusée, hardie, mais craignant *naturellement les
coups* comme Panurge. Pour la plupart les hommes
sont bien découplés, sveltes, agiles ; je ne crois pas
en avoir jamais vu un seul chargé d'embonpoint.
En Allemagne, les Bohémiennes sont souvent très
jolies ; la beauté est fort rare parmi les Gitanas
d'Espagne. Très jeunes elles peuvent passer pour
des laiderons agréables ; mais une fois qu'elles sont
mères, elles deviennent repoussantes. La saleté des
deux sexes est incroyable, et qui n'a pas vu les
cheveux d'une matrone bohémienne s'en fera difficilement une idée, même en se représentant les
crins les plus rudes, les plus gras, les plus poudreux.
Dans quelques grandes villes d'Andalousie, certaines jeunes filles, un peu plus agréables que les
autres, prennent plus de soin de leur personne.
Celles-là vont danser pour de l'argent, des danses
qui ressemblent fort à celles que l'on interdit dans
nos bals publics du carnaval. M. Borrow, mission-

* Il m'a semblé que les Bohémiens allemands, bien qu'ils
comprennent parfaitement le mot *Calés*, n'aimaient point à
être appelés de la sorte. Ils s'appellent entre eux *Romané
tchavé*.

naire anglais, auteur de deux ouvrages fort intéressants sur les Bohémiens d'Espagne, qu'il avait
entrepris de convertir, aux frais de la Société
biblique, assure qu'il est sans exemple qu'une
Gitana ait jamais eu quelque faiblesse pour un
homme étranger à sa race. Il me semble qu'il y a
beaucoup d'exagération dans les éloges qu'il accorde
à leur chasteté. D'abord, le plus grand nombre est
dans le cas de la laide d'Ovide : *Casta quam nemo
rogavit* [1]. Quant aux jolies, elles sont comme toutes
les Espagnoles, difficiles dans le choix de leurs
amants. Il faut leur plaire, il faut les mériter.
M. Borrow cite comme preuve de leur vertu un
trait qui fait honneur à la sienne, surtout à sa
naïveté. Un homme immoral de sa connaissance
offrit, dit-il, inutilement plusieurs onces à une jolie
Gitana. Un Andalou, à qui je racontai cette anecdote, prétendit que cet homme immoral aurait eu
plus de succès en montrant deux ou trois piastres,
et qu'offrir des onces d'or à une bohémienne, était
un aussi mauvais moyen de persuader, que de
promettre un million ou deux à une fille d'auberge.
— Quoi qu'il en soit, il est certain que les Gitanas
montrent à leurs maris un dévoûment extraordinaire. Il n'y a pas de danger ni de misères qu'elles
ne bravent pour les secourir en leurs nécessités.
Un des noms que se donnent les Bohémiens, *Romé*
ou les *époux*, me paraît attester le respect de la race
pour l'état de mariage. En général on peut dire
que leur principale vertu est le patriotisme si l'on
peut ainsi appeler la fidélité qu'ils observent dans

---

1. « Elle est chaste celle que jamais personne ne sollicita. »
Ovide, *Amours*, I, viii, 43.

leurs relations avec les individus de même origine qu'eux, leur empressement à s'entr'aider, le secret inviolable qu'ils se gardent dans les affaires compromettantes. Au reste, dans toutes les associations mystérieuses et en dehors des lois, on observe quelque chose de semblable.

J'ai visité, il y a quelques mois, une horde de Bohémiens établis dans les Vosges. Dans la hutte d'une vieille femme, l'ancienne de sa tribu, il y avait un Bohémien étranger à sa famille, attaqué d'une maladie mortelle. Cet homme avait quitté un hôpital où il était bien soigné, pour aller mourir au milieu de ses compatriotes. Depuis treize semaines il était alité chez ses hôtes, et beaucoup mieux traité que les fils et les gendres qui vivaient dans la même maison. Il avait un bon lit de paille et de mousse avec des draps assez blancs, tandis que le reste de la famille, au nombre de onze personnes, couchaient sur des planches longues de trois pieds. Voilà pour leur hospitalité. La même femme, si humaine pour son hôte, me disait devant le malade : *Singo, singo, homte hi mulo.* Dans peu, dans peu, il faut qu'il meure. Après tout, la vie de ces gens est si misérable, que l'annonce de la mort n'a rien d'effrayant pour eux.

Un trait remarquable du caractère des Bohémiens, c'est leur indifférence en matière de religion ; non qu'ils soient esprits forts ou sceptiques. Jamais ils n'ont fait profession d'athéisme. Loin de là, la religion du pays qu'ils habitent est la leur ; mais ils en changent en changeant de patrie. Les superstitions qui, chez les peuples grossiers, remplacent les sentiments religieux, leur sont également étrangères. Le moyen, en effet, que des

superstitions existent chez des gens qui vivent le
plus souvent de la crédulité des autres. Cependant,
j'ai remarqué chez les Bohémiens espagnols une
horreur singulière pour le contact d'un cadavre.
Il y en a peu qui consentiraient pour de l'argent
à porter un mort au cimetière.

J'ai dit que la plupart des Bohémiennes se mêlaient de dire la bonne aventure. Elles s'en acquit-
tent fort bien. Mais ce qui est pour elles une source
de grands profits, c'est la vente des charmes et des
philtres amoureux. Non seulement elles tiennent
des pattes de crapauds pour fixer les cœurs volages,
ou de la poudre de pierre d'aimant pour se faire
aimer des insensibles ; mais elles font au besoin
des conjurations puissantes qui obligent le diable
à leur prêter son secours. L'année dernière, une
Espagnole me racontait l'histoire suivante : Elle
passait un jour dans la rue d'Alcala, fort triste et
préoccupée ; une Bohémienne accroupie sur le
trottoir lui cria : « Ma belle dame, votre amant vous
a trahie. » C'était la vérité. « Voulez-vous que je
vous le fasse revenir ? » On comprend avec quelle
joie la proposition fut acceptée, et quelle devait
être la confiance inspirée par une personne qui
devinait ainsi, d'un coup d'œil, les secrets intimes
du cœur. Comme il eût été impossible de procéder
à des opérations magiques dans la rue la plus
fréquentée de Madrid, on convint d'un rendez-vous
pour le lendemain. « Rien de plus facile que de
ramener l'infidèle à vos pieds, dit la Gitana.
Auriez-vous un mouchoir, une écharpe, une mantille qu'il vous ait donnée ? » On lui remit un fichu
de soie. « Maintenant cousez avec de la soie cra-
moisie, une piastre dans un coin du fichu. — Dans

un autre coin cousez une demi-piastre ; ici, une
piécette ; là, une pièce de deux réaux. Puis il faut
coudre au milieu une pièce d'or. Un doublon serait
le mieux. » On coud le doublon et le reste. « A
présent, donnez-moi le fichu, je vais le porter au
Campo-Santo, à minuit sonnant. Venez avec moi,
si vous voulez voir une belle diablerie. Je vous
promets que dès demain vous reverrez celui que
vous aimez. » La Bohémienne partit seule pour le
Campo-Santo, car on avait trop peur des diables
pour l'accompagner. Je vous laisse à penser si la
pauvre amante délaissée a revu son fichu et son
infidèle.

Malgré leur misère et l'espèce d'aversion qu'ils
inspirent, les Bohémiens jouissent cependant d'une
certaine considération parmi les gens peu éclairés,
et ils en sont très vains. Ils se sentent une race
supérieure pour l'intelligence et méprisent cordia-
lement le peuple qui leur donne l'hospitalité. —
Les Gentils sont si bêtes, me disait une Bohémienne
des Vosges, qu'il n'y a aucun mérite à les attraper.
L'autre jour, une paysanne m'appelle dans la rue,
j'entre chez elle. Son poêle fumait, et elle me demande un sort pour le faire aller. Moi, je me fais
d'abord donner un bon morceau de lard. Puis, je
me mets à marmotter quelques mots en rommani.
« Tu es bête, je disais, tu es née bête, bête tu
mourras... » Quand je fus près de la porte, je lui
dis en bon allemand : « Le moyen infaillible d'empêcher ton poêle de fumer, c'est de n'y pas faire
de feu. » Et je pris mes jambes à mon cou.

L'histoire des Bohémiens est encore un problème.
On sait à la vérité que leurs premières bandes, fort
peu nombreuses, se montrèrent dans l'est de l'Eu-

rope, vers le commencement du xvᵉ siècle ; mais
on ne peut dire ni d'où ils viennent, ni pourquoi ils
sont venus en Europe, et, ce qui est plus extraordinaire, on ignore comment ils se sont multipliés
en peu de temps d'une façon si prodigieuse dans
plusieurs contrées fort éloignées les unes des autres.
Les Bohémiens eux-mêmes n'ont conservé aucune
tradition sur leur origine, et si la plupart d'entre
eux parlent de l'Égypte comme de leur patrie
primitive, c'est qu'ils ont adopté une fable très
anciennement répandue sur leur compte.

La plupart des orientalistes qui ont étudié la
langue des Bohémiens, croient qu'ils sont origi-
naires de l'Inde. En effet, il paraît qu'un grand
nombre de racines et beaucoup de formes grammaticales du rommani se retrouvent dans des idiomes
dérivés du sanscrit. On conçoit que dans leurs
longues pérégrinations, les Bohémiens ont adopté
beaucoup de mots étrangers. Dans tous les dialectes du rommani, on trouve quantité de mots
grecs. Par exemple : *cocal*, os, de κόκκαλον ;
pétalli, fer de cheval, de πέταλον ; *cafi*, clou, de κάρφι,
etc. Aujourd'hui, les Bohémiens ont presque autant
de dialectes différents qu'il existe de hordes de
leur race séparées les unes des autres. Partout ils
parlent la langue du pays qu'ils habitent plus facilement que leur propre idiome, dont ils ne font
guère usage que pour pouvoir s'entretenir librement devant des étrangers. Si l'on compare le
dialecte des Bohémiens de l'Allemagne avec celui
des Espagnols, sans communication avec les
premiers depuis des siècles, on reconnaît une très
grande quantité de mots communs ; mais la langue
originale partout, quoiqu'à différents degrés, s'est

notablement altérée par le contact des langues plus
cultivées, dont ces nomades ont été contraints de
faire usage. L'allemand, d'un côté, l'espagnol, de
l'autre, ont tellement modifié le fond du rommani,
qu'il serait impossible à un Bohémien de la Forêt
Noire de converser avec un de ses frères andalous,
bien qu'il leur suffît d'échanger quelques phrases
pour reconnaître qu'ils parlent tous les deux un
dialecte dérivé du même idiome. Quelques mots
d'un usage très fréquent sont communs, je crois,
à tous les dialectes ; ainsi, dans tous les vocabu-
laires que j'ai pu voir : *pani* veut dire de l'eau,
manro, du pain, *mâs*, de la viande, *lon*, du sel.

Les noms de nombre sont partout à peu près
les mêmes. Le dialecte allemand me semble beaucoup plus pur que le dialecte espagnol ; car il a
conservé nombre de formes grammaticales primi-
tives, tandis que les Gitanos ont adopté celles du
castillan. Pourtant quelques mots font exception
pour attester l'ancienne communauté de langage.
— Les prétérits du dialecte allemand se forment
en ajoutant *ium* à l'impératif qui est toujours la
racine du verbe. Les verbes, dans le rommani
espagnol, se conjuguent tous sur le modèle des
verbes castillans de la première conjugaison. De
l'infinitif *jamar*, manger, on devrait régulièrement
faire *jamé*, j'ai mangé, de *lillar*, prendre, on devrait
faire *lillé*, j'ai pris. Cependant quelques vieux
bohémiens disent par exception : *jayon, lillon*. Je
ne connais pas d'autres verbes qui aient conservé
cette forme antique.

Pendant que je fais ainsi étalage de mes minces
connaissances dans la langue rommani, je dois
noter quelques mots d'argot français que nos

voleurs ont empruntés aux Bohémiens. *Les Mystères de Paris* ont appris à la bonne compagnie que *chourin* voulait dire couteau. C'est du rommani pur ; *tchouri* est un de ces mots communs à tous les dialectes. M. Vidocq appelle un cheval *grès*, c'est encore un mot bohémien *gras, gre, graste, gris*. Ajoutez encore le mot *romanichel* qui dans l'argot parisien désigne les Bohémiens. C'est la corruption de *romané tchave*, gars bohémiens. Mais une étymologie dont je suis fier, c'est celle de *frimousse*, mine, visage, mot que tous les écoliers emploient ou employaient de mon temps. Observez d'abord que Oudin, dans son curieux dictionnaire, écrivait en 1640, *firlimousse*. Or, *firla, fila* en rommani veut dire visage, *mui* a la même signification, c'est exactement *os* des Latins. La combinaison *firlamui* a été sur-le-champ comprise par un Bohémien puriste, et je la crois conforme au génie de sa langue.

En voilà assez pour donner aux lecteurs de *Carmen* une idée avantageuse de mes études sur le rommani. Je terminerai par ce proverbe qui vient à propos : *En retudi panda nasti abela macha*. En close bouche, n'entre point mouche.

L'Abbé Aubain

Il est inutile de dire comment les lettres suivantes sont tombées entre nos mains. Elles nous ont paru curieuses, morales et instructives. Nous les publions sans autre changement que la suppression de certains noms propres et de quelques passages qui ne se rapportent pas à l'aventure de l'abbé Aubain.

LETTRE I

DE MADAME DE P... A MADAME DE G..

Noirmoutiers... novembre 1844.

J'ai promis de t'écrire, ma chère Sophie, et je tiens parole ; aussi bien n'ai-je rien de mieux à faire par ces longues soirées. Ma dernière lettre t'apprenait comment je me suis aperçue tout à la fois que j'avais trente ans et que j'étais ruinée. Au

premier de ces malheurs, hélas! il n'y a pas de
remède. Au second, nous nous résignons assez
mal, mais enfin, nous nous résignons. Pour
rétablir nos affaires, il nous faut passer deux ans,
pour le moins, dans le sombre manoir d'où je
t'écris. J'ai été sublime. Aussitôt que j'ai su l'état
de nos finances, j'ai proposé à Henri d'aller faire
des économies à la campagne, et huit jours après
nous étions à Noirmoutiers. Je ne te dirai rien du
voyage. Il y avait bien des années que je ne m'étais
trouvée pour aussi longtemps seule avec mon
mari. Naturellement nous étions l'un et l'autre
d'assez mauvaise humeur ; mais comme j'étais
parfaitement résolue à faire bonne contenance,
tout s'est bien passé. Tu connais mes grandes
résolutions, et tu sais si je les tiens. |Nous voilà
installés. Par exemple, Noirmoutiers, pour le
pittoresque, ne laisse rien à désirer. Des bois, des
falaises, la mer à un quart de lieue. Nous avons
quatre grosses tours dont les murs ont quinze
pieds d'épaisseur. J'ai fait un cabinet de travail
dans l'embrasure d'une fenêtre. Mon salon, de
soixante pieds de long, est décoré d'une tapisserie
à *personnages de bêtes* ; il est vraiment magnifique,
éclairé par huit bougies : c'est l'illumination du
dimanche. Je meurs de peur toutes les fois que j'y
passe après le soleil couché. Tout cela est meublé
fort mal, comme tu le penses bien. Les portes ne
joignent pas, les boiseries craquent, le vent siffle
et la mer mugit de la façon la plus lugubre du
monde. Pourtant je commence à m'y habituer. Je
range, je répare, je plante ; avant les grands
froids je me serai fait un campement tolérable.
Tu peux être assurée que ta tour sera prête pour

le printemps. Que ne puis-je déjà t'y tenir! Le
mérite de Noirmoutiers, c'est que nous n'avons
pas de voisins. Solitude complète. Je n'ai d'autres
visiteurs, grâce à Dieu, que mon curé, l'abbé
Aubain. C'est un jeune homme fort doux, bien
qu'il ait des sourcils arqués et bien fournis, et de
grands yeux noirs comme un traître de mélodrame.
Dimanche dernier, il nous a fait un sermon, pas
trop mal pour un sermon de province, et qui
venait comme de cire : « Que le malheur était un
bienfait de la Providence pour épurer nos âmes. »
Soit! A ce compte, nous devons des remercîments
à cet honnête agent de change qui a bien voulu
nous épurer en nous emportant notre fortune.
Adieu, ma chère amie. Mon piano arrive avec
force caisses. Je vais voir à faire ranger tout
cela.

P.S. Je rouvre ma lettre pour te remercier de
ton envoi. Tout cela est trop beau. Beaucoup trop
beau pour Noirmoutiers. La capote grise me plaît.
J'ai reconnu ton goût. Je la mettrai dimanche pour
la messe ; peut-être qu'il passera un commis
voyageur pour l'admirer. Mais pour qui me prends-
tu avec tes romans ? Je veux être, je *suis* une
personne sérieuse. N'ai-je pas de bonnes raisons ?
Je vais m'instruire. A mon retour à Paris, dans
trois ans d'ici (j'aurai trente-trois ans, juste ciel!),
je veux être une Philaminte. Au vrai, je ne sais
que te demander en fait de livres. Que me conseil-
les-tu d'apprendre ? l'allemand ou le latin ? Ce
serait bien agréable de lire *Wilhelm Meister*
dans l'original, ou les *Contes* d'Hoffmann. Noirmoutiers est le vrai lieu pour les contes fantasti-

ques. Mais comment apprendre l'allemand à Noirmoutiers ? Le latin me plairait assez, car je trouve
injuste que les hommes le sachent pour eux seuls.
J'ai envie de me faire donner des leçons par mon
curé...

LETTRE II

LA MÊME A LA MÊME

Noirmoutiers... décembre 1844.

Tu as beau t'en étonner, le temps passe plus vite que tu ne crois, plus vite que je ne l'aurais cru moi-même. Ce qui soutient surtout mon courage, c'est la faiblesse de mon seigneur et maître. En vérité, les hommes sont bien inférieurs à nous. Il est d'un abattement, d'un *avvilimento* qui passe la permission. Il se lève le plus tard qu'il peut, monte à cheval ou va chasser, ou bien fait visite aux plus ennuyeuses gens du monde, notaires ou procureurs du roi qui demeurent à la ville, c'est-à-dire à six lieues d'ici. C'est quand il pleut qu'il faut le voir! Voilà huit jours qu'il a commencé les *Mauprat*, et il en est au premier volume. — « Il vaut mieux se louer soi-même que de médire d'autrui. » C'est un de tes proverbes. Je le laisse donc pour te parler de moi. L'air de la campagne me fait un bien infini. Je me porte à merveille, et quand je me regarde dans ma glace (quelle glace!), je ne me donnerais pas trente ans ; et puis, je me promène beaucoup. Hier, j'ai tant fait, que Henri est venu avec moi au bord de la mer.

Pendant qu'il tirait des mouettes, j'ai lu le Chant
des Pirates dans le *Giaour*. Sur la grève, devant
une mer houleuse, ces beaux vers semblent encore
plus beaux. Notre mer ne vaut pas celle de Grèce,
mais elle a sa poésie comme toutes les mers. Sais-
tu ce qui me frappe dans lord Byron? c'est qu'il
voit et qu'il comprend la nature. Il ne parle pas de
la mer pour avoir mangé du turbot et des huîtres.
Il a navigué; il a vu des tempêtes. Toutes ses des-
criptions sont des daguerréotypes. Pour nos poètes,
la rime d'abord, puis le bon sens, s'il y a place dans
le vers. Pendant que je me promenais, lisant, regardant et admirant, l'abbé Aubain — je ne sais
si je t'ai parlé de mon abbé, c'est le curé de mon
village — est venu me joindre. C'est un jeune
prêtre qui me revient assez. Il a de l'instruction
et sait « parler des choses avec les honnêtes gens ».
D'ailleurs, à ses grands yeux noirs et à sa mine
pâle et mélancolique, je vois bien qu'il a une
histoire intéressante, et je prétends me la faire
raconter. Nous avons causé mer, poésie; et, ce
qui te surprendra dans un curé de Noirmoutiers,
il en parle bien. Puis il m'a menée dans les ruines
d'une vieille abbaye, sur une falaise, et m'a fait
voir un grand portail tout sculpté de monstres
adorables. Ah! si j'avais de l'argent, comme je
réparerais tout cela! Après, malgré les représen-
tations de Henri, qui voulait aller dîner, j'ai insisté
pour passer par le presbytère, afin de voir un reli-
quaire curieux que le curé a trouvé chez un paysan.
C'est fort beau, en effet : un coffret en émail de
Limoges, qui ferait une délicieuse cassette à
mettre des bijoux. Mais quelle maison, grand Dieu!
Et nous autres, qui nous trouvons pauvres!

Figure-toi une petite chambre au rez-de-chaussée, mal dallée, peinte à la chaux, meublée d'une table et de quatre chaises, plus un fauteuil en paille avec une petite galette de coussin, rembourrée de je ne sais quels noyaux de pêche, et recouverte en toile à carreaux blancs et rouges. Sur la table, il y avait trois ou quatre grands in-folio grecs ou latins. Ce sont des Pères de l'Église, et dessous, comme caché, j'ai surpris *Jocelyn*. Il a rougi. D'ailleurs, il était fort bien à faire les honneurs de son misérable taudis ; ni orgueil, ni mauvaise honte. Je soupçonnais qu'il avait son histoire romanesque. J'en ai la preuve maintenant. Dans le coffre byzantin qu'il nous a montré, il y avait un bouquet fané de cinq ou six ans au moins.

— Est-ce une relique ? lui ai-je demandé.

— Non, a-t-il répondu un peu troublé. Je ne sais comment cela se trouve là.

Puis il a pris le bouquet et l'a serré précieusement dans sa table. Est-ce clair ?... Je suis rentrée au château avec de la tristesse et du courage : de la tristesse pour avoir vu tant de pauvreté ; du courage, pour supporter la mienne, qui pour lui serait une opulence asiatique. Si tu avais vu sa surprise quand Henri lui a remis vingt francs pour une femme qu'il nous recommandait ! Il faut que je lui fasse un cadeau. Ce fauteuil de paille où je me suis assise est trop dur. Je veux lui donner un de ces fauteuils en fer qui se plient comme celui que j'avais emporté en Italie. Tu m'en choisiras un, et tu me l'enverras au plus vite...

LETTRE III

LA MÊME A LA MÊME

Noirmoutiers... février 1845.

Décidément je ne m'ennuie pas à Noirmoutiers.
D'ailleurs, j'ai trouvé une occupation intéressante,
et c'est à mon abbé que je la dois. Mon abbé sait
tout, assurément, et en outre la botanique. Je me
suis rappelé les Lettres de Rousseau, en l'entendant
nommer en latin un vilain oignon que, faute de
mieux, j'avais mis sur ma cheminée.

— Vous savez donc la botanique ?

— Fort mal, répondit-il. Assez cependant pour
indiquer aux gens de ce pays les simples qui peuvent
leur être utiles ; assez surtout, il faut l'avouer, pour
donner quelque intérêt à mes promenades solitaires.

J'ai compris tout de suite qu'il serait très amusant de cueillir de belles fleurs dans mes courses,
de les faire sécher et de les ranger proprement dans
« mon vieux Plutarque à mettre des rabats ».

— Montrez-moi la botanique, lui ai-je dit.

Il voulait attendre au printemps, car il n'y a
pas de fleurs dans cette vilaine saison.

— Mais vous avez des fleurs séchées, lui ai-je
dit. J'en ai vu chez vous.

Je crois t'avoir parlé d'un vieux bouquet précieusement conservé. — Si tu avais vu sa mine!... Pauvre malheureux! Je me suis repentie bien vite de mon allusion indiscrète.

Pour la lui faire oublier, je me suis hâtée de lui dire qu'il devait avoir une collection de plantes sèches. Cela s'appelle un herbier. Il en est convenu aussitôt ; et, dès le lendemain, il m'apportait dans un ballot de papier gris, force jolies plantes, chacune avec son étiquette. Le cours de botanique est commencé ; j'ai fait tout de suite des progrès étonnants. Mais ce que je ne savais pas, c'est l'immoralité de cette botanique, et la difficulté des premières explications, surtout pour un abbé.

Tu sauras, ma chère, que les plantes se marient tout comme nous autres, mais la plupart ont beaucoup de maris. On appelle les unes *phanérogames*, si j'ai bien retenu ce nom barbare. C'est du grec qui veut dire mariées publiquement, à la municipalité. Il y a ensuite les *cryptogames*, mariages secrets. Les champignons que tu manges se marient secrètement.

Tout cela est fort scandaleux, mais il ne s'en tire pas trop mal, mieux que moi, qui ai eu la sottise de rire aux éclats, une fois ou deux, aux passages les plus difficiles. Mais à présent, je suis devenue prudente, et je ne fais plus de questions.

LETTRE IV

LA MÊME A LA MÊME

Noirmoutiers... février 1845.

Tu veux absolument savoir l'histoire de ce bouquet conservé si précieusement ; mais, en vérité, je n'ose la lui demander. D'abord il est plus que probable qu'il n'y a pas d'histoire là-dessous ; puis, s'il y en avait une, ce serait peut-être une histoire qu'il n'aimerait pas à raconter. Pour moi, je suis bien convaincue...

Allons ! point de menteries. Tu sais bien que je ne puis avoir de secrets avec toi. Je la sais, cette histoire, et je vais te la dire en deux mots ; rien de plus simple.

— Comment se fait-il, monsieur l'abbé, lui ai-je dit un jour, qu'avec l'esprit que vous avez, et tant d'instruction, vous vous soyez résigné à devenir le curé d'un petit village ?

Lui, avec un triste sourire :

— Il est plus facile, a-t-il répondu, d'être le pasteur de pauvres paysans que pasteur de citadins. Chacun doit mesurer sa tâche à ses forces.

— C'est pour cela, dis-je, que vous devriez être mieux placé.

— On m'avait dit, dans le temps, continua-t-il, que monseigneur l'évêque de N***, votre oncle, avait daigné jeter les yeux sur moi pour me donner la cure de Sainte-Marie : c'est la meilleure du diocèse. Ma vieille tante, la seule parente qui me soit restée, demeurant à N***, on disait que c'était pour moi une situation fort désirable. Mais je suis bien ici, et j'ai appris avec plaisir que monseigneur avait fait un autre choix. Que me faut-il ? Ne suis-je pas heureux à Noirmoutiers ? Si j'y fais un peu de bien, c'est ma place ; je ne dois pas la quitter. Et puis la ville me rappelle...

Il s'arrêta, les yeux mornes et distraits ; puis, reprenant tout à coup :

— Nous ne travaillons pas, dit-il, et notre botanique ?...

Je ne pensais guère alors au vieux foin épars sur la table et je continuai les questions.

— Quand êtes-vous entré dans les ordres ?

— Il y a neuf ans.

— Neuf ans... mais il me semble que vous deviez avoir déjà l'âge où l'on a une profession ? Je ne sais, mais je me suis toujours figuré que ce n'est pas une vocation de jeunesse qui vous a conduit à vous faire prêtre.

— Hélas ! non, dit-il d'un air honteux ; mais si ma vocation a été bien tardive, si elle a été déterminée par des causes... par une cause...

Il s'embarrassait et ne pouvait achever. Moi, je pris mon grand courage.

— Gageons, lui dis-je, que certain bouquet que j'ai vu était pour quelque chose dans cette détermination-là.

A peine l'impertinente question était-elle lâchée,

que je me mordais la langue pour l'avoir poussée
de la sorte ; mais il n'était plus temps.

— Eh bien! oui, madame, c'est vrai ; je vous
dirai tout cela, mais pas à présent... Une autre
fois. Voici l'Angélus qui va sonner.

Et il était parti avant le premier coup de
cloche.

Je m'attendais à quelque histoire terrible. Il
revint le lendemain et ce fut lui qui reprit notre
conversation de la veille. Il m'avoua qu'il avait
aimé une jeune personne de N*** ; mais elle avait
peu de fortune, et lui, étudiant, n'avait d'autre
ressource que son esprit... Il lui dit :

— Je pars pour Paris, où j'espère obtenir une
place ; mais vous, pendant que je travaillerai
jour et nuit pour me rendre digne de vous, ne
m'oublierez-vous pas?

La jeune personne avait seize ou dix-sept ans et
était fort romanesque. Elle lui donna son bouquet
en signe de sa foi. Un an après, il apprenait son
mariage avec le notaire de N***, précisément
comme il allait avoir une chaire dans un collège.
Ce coup l'accabla, il renonça à poursuivre le
concours. Il dit que pendant des années il n'a pu
penser à autre chose ; et en se rappelant cette
aventure si simple, il paraissait aussi ému que si
elle venait de lui arriver. Puis, tirant le bouquet
de sa poche :

— C'était un enfantillage de le garder, dit-il,
peut-être même était-ce mal.

Et il l'a jeté au feu. Lorsque les pauvres fleurs
eurent cessé de craquer et de flamber, il reprit
avec plus de calme :

— Je vous remercie de m'avoir demandé ce

récit. C'est à vous que je dois de m'être séparé d'un souvenir qu'il ne me convenait guère de conserver.

Mais il avait le cœur gros, et l'on voyait sans peine combien le sacrifice lui avait coûté. Quelle vie, mon Dieu, que celle de ces pauvres prêtres ! Les pensées les plus innocentes, ils doivent se les interdire. Ils sont obligés de bannir de leur cœur tous ces sentiments qui font le bonheur des autres hommes... jusqu'aux souvenirs qui attachent à la vie. Les prêtres nous ressemblent à nous autres, pauvres femmes : tout sentiment vif est un crime. Il n'y a de permis que de souffrir, encore pourvu qu'il n'y paraisse pas. Adieu, je me reproche ma curiosité comme une mauvaise action, mais c'est toi qui en es la cause.

(Nous omettons plusieurs lettres où il n'est plus question de l'abbé Aubain.)

LETTRE V

LA MÊME A LA MÊME

Noirmoutiers... mai 1845.

Il y a bien longtemps que je veux t'écrire, ma
chère Sophie, et je ne sais quelle mauvaise honte
m'en a toujours empêchée. Ce que j'ai à te dire est
si étrange, si ridicule et si triste à la fois, que je
ne sais si tu en seras touchée, ou si tu en riras.
Moi-même, j'en suis encore à n'y rien comprendre.
Sans plus de préambule, j'en viens au fait. Je
t'ai parlé plusieurs fois, dans mes lettres, de
l'abbé Aubain, le curé de notre village de Noirmoutiers. Je t'ai même conté certaine aventure
qui a été la cause de sa profession. Dans la solitude où je vis, et avec les idées assez tristes que
tu me connais, la société d'un homme d'esprit,
instruit, aimable, m'était extrêmement précieuse.
Probablement, je lui ai laissé voir qu'il m'intéressait, et au bout de fort peu de temps il était
chez nous comme un ancien ami. C'était, je l'avoue,
un plaisir tout nouveau pour moi de causer avec
un homme supérieur dont l'ignorance du monde
faisait valoir la distinction d'esprit. Peut-être
encore, car il faut te dire tout, et ce n'est pas à toi

que je puis cacher quelque défaut de mon caractère, peut-être encore ma *naïveté* de coquetterie (c'est ton mot), que tu m'as souvent repro-
chée, s'est-elle exercée à mon insu. J'aime à plaire
aux gens qui me plaisent, je veux être aimée de
ceux que j'aime... A cet exorde, je te vois ouvrant
de grands yeux, et il me semble t'entendre dire :
« Julie!... » Rassure-toi, ce n'est pas à mon âge
que l'on commence à faire des folies. Mais je
continue. Une sorte d'intimité s'est établie entre
nous, sans que jamais, je me hâte de le dire, il
ait rien dit ou fait qui ne convînt au caractère
sacré dont il est revêtu. Il se plaisait chez moi.
Nous causions souvent de sa jeunesse, et plus
d'une fois j'ai eu le tort de mettre sur le tapis cette
romanesque passion qui lui a valu un bouquet
(maintenant en cendres dans ma cheminée) et
la triste robe qu'il porte. Je n'ai pas tardé à
m'apercevoir qu'il ne pensait plus guère à son infidèle. Un jour il l'avait rencontrée à la ville, et
même lui avait parlé. Il me raconta tout cela, à
son retour, et me dit sans émotion qu'elle était
heureuse et qu'elle avait de charmants enfants.
Le hasard l'a rendu témoin de quelques-unes des
impatiences de Henri. De là des confidences en
quelque sorte forcées de ma part, et de la sienne un
redoublement d'intérêt. Il connaît mon mari comme
s'il l'avait pratiqué dix ans. D'ailleurs, il était
aussi bon conseiller que toi, et plus impartial, car
tu crois toujours que les torts sont partagés. Lui
me donnait toujours raison, mais en me recom-
mandant la prudence et la politique. En un mot,
il se montrait un ami dévoué. Il y a en lui quelque
chose de féminin qui me charme. C'est un esprit

qui me rappelle le tien. Un caractère exalté et
ferme, sensible et concentré, fanatique du devoir...
Je couds des phrases les unes aux autres pour
retarder l'explication. Je ne puis parler franc ;
ce papier m'intimide. Que je voudrais te tenir au
coin du feu, avec un petit métier entre nous deux,
brodant à la même portière ! — Enfin, enfin, ma
Sophie, il faut bien lâcher le grand mot. Le pauvre
malheureux était amoureux de moi. Ris-tu, ou
bien es-tu scandalisée ? Je voudrais te voir en ce
moment. Il ne m'a rien dit, bien entendu,
mais nous ne nous trompons guère, et ses grands
yeux noirs !... Pour le coup, je crois que tu ris. —
Que de lions voudraient avoir ces yeux-là qui
parlent sans le vouloir ! J'ai vu tant de ces messieurs qui voulaient faire parler les leurs et qui ne
disaient que des bêtises. — Lorsque j'ai reconnu
l'état du malade, la malignité de ma nature, je te
l'avouerai, s'en est presque réjouie d'abord. Une
conquête à mon âge, une conquête innocente
comme celle-là !... C'est quelque chose que d'exciter une telle passion, un amour impossible !... Fi
donc ! ce vilain sentiment m'a passé bien vite. —
Voilà un galant homme, me suis-je dit, dont mon
étourderie ferait le malheur. C'est horrible, il faut
absolument que cela finisse. Je cherchais dans
ma tête comment je pourrais l'éloigner. Un jour,
nous nous promenions sur la grève, à marée basse.
Il n'osait me dire un mot, et moi j'étais embarrassée aussi. Il y avait de mortels silences de cinq
minutes, pendant lesquels, pour me faire une
contenance, je ramassais des coquilles. Enfin, je
lui dis :

— Mon cher abbé, il faut absolument qu'on

vous donne une meilleure cure que celle-ci.
J'écrirai à mon oncle l'évêque ; j'irai le voir s'il le
faut.

— Quitter Noirmoutiers! s'écria-t-il en joignant
les mains ; mais j'y suis si heureux! Que puis-je
désirer depuis que vous êtes ici? Vous m'avez
comblé, et mon petit presbytère est devenu un
palais.

— Non, repris-je, mon oncle est bien vieux ; si
j'avais le malheur de le perdre, je ne saurais à qui
m'adresser pour vous faire obtenir un poste convenable.

— Hélas! madame, j'aurais tant de regret à
quitter ce village!... Le curé de Sainte-Marie est
mort... mais ce qui me rassure, c'est qu'il sera
remplacé par l'abbé Raton. C'est un bien digne
prêtre, et je m'en réjouis ; car si monseigneur
avait pensé à moi...

— Le curé de Sainte-Marie est mort! m'écriai-
je. Je vais aujourd'hui à N***, voir mon oncle.

— Ah! madame, n'en faites rien. L'abbé Raton
est bien plus digne que moi ; et puis, quitter Nor-
moutiers!...

— Monsieur l'abbé, dis-je d'un ton ferme, *il le
faut!*

A ce mot, il baissa la tête et n'osa plus résister.
Je revins presque en courant au château. Il me
suivait à deux pas en arrière, le pauvre homme, si
troublé, qu'il n'osait pas ouvrir la bouche. Il était
anéanti. Je n'ai pas perdu une minute. A huit
heures, j'étais chez mon oncle. Je l'ai trouvé fort
prévenu pour son Raton ; mais il m'aime, et je
sais mon pouvoir. Enfin, après de longs débats,
j'ai obtenu ce que je voulais. Le Raton est évincé,

et l'abbé Aubain est curé de Sainte-Marie. Depuis
deux jours il est à la ville. Le pauvre homme a
compris mon : *Il le faut*. Il m'a remerciée gravement, et n'a parlé que de sa reconnaissance. Je
lui ai su gré de quitter Noirmoutiers au plus vite
et de me dire même qu'il avait hâte d'aller remercier Monseigneur. En partant, il m'a envoyé
son joli coffret byzantin, et m'a demandé la permission de m'écrire quelquefois. Eh bien! ma belle?
Es-tu content, Coucy ? — C'est une leçon. Je ne
l'oublierai pas quand je reviendrai dans le monde.
Mais alors j'aurai trente-trois ans, et je n'aurai
guère à craindre d'être aimée... et d'un amour
comme celui-là!... — Certes, cela est impossible.
— N'importe, de toute cette folie, il me reste un
joli coffret et un ami véritable. Quand j'aurai
quarante ans, quand je serai grand-mère, j'intri-
guerai pour que l'abbé Aubain ait une cure à Paris.
Tu le verras, ma chère, et c'est lui qui fera faire la
première communion à ta fille.

LETTRE VI

L'ABBÉ AUBAIN A L'ABBÉ BRUNEAU, PROFESSEUR DE THÉOLOGIE A SAINT-A***

N***, mai 1845.

Mon cher maître, c'est le curé de Sainte-Marie qui vous écrit, non plus l'humble desservant de Noirmoutiers. J'ai quitté mes marécages et me voilà citadin, installé dans une belle cure, dans la grande rue de N***, curé d'une grande église, bien bâtie, bien entretenue, magnifique d'architecture, dessinée dans tous les albums de France. La première fois que j'y ai dit la messe, devant un autel de marbre, tout resplendissant de dorures, je me suis demandé si c'était bien moi. Rien de plus vrai. Une de mes joies, c'est de penser qu'aux vacances prochaines vous viendrez me faire visite ; que j'aurai une bonne chambre à vous donner, un bon lit, sans parler de certain bordeaux, que j'appelle mon bordeaux de Noirmoutiers, et qui, j'ose le dire, est digne de vous. Mais, me demanderez-vous, comment de Noirmoutiers à Sainte-Marie ? Vous m'avez laissé à l'entrée de la nef, vous me retrouvez au clocher.

O Melibœe, deus nobis hæc otia fecit[1].

Mon cher maître, la Providence a conduit à
Noirmoutiers une grande dame de Paris, que des
malheurs, comme il ne nous en arrivera jamais,
ont réduite momentanément à vivre avec dix
mille écus par an. C'est une aimable et bonne personne, malheureusement un peu gâtée par des
lectures frivoles et par la compagnie des freluquets
de la capitale. S'ennuyant à périr avec un mari
dont elle a médiocrement à se louer, elle m'a fait
l'honneur de me prendre en affection. C'étaient
des cadeaux sans fin, des invitations continuelles,
puis chaque jour quelque nouveau projet où j'étais
nécessaire. « L'abbé, je veux apprendre le latin...
L'abbé, je veux apprendre la botanique. » *Hor-
resco referens* [2], n'a-t-elle pas voulu que je lui mon-
trasse la théologie ? Où étiez-vous, mon cher
maître ? Bref, pour cette soif d'instruction il eût
fallu tous nos professeurs de Saint-A***. Heureusement ses fantaisies ne duraient guère, et
rarement le cours se prolongeait jusqu'à la troisième leçon. Lorsque je lui avais dit qu'en latin
rosa veut dire *rose* : « Mais, l'abbé, s'écria-t-elle,
vous êtes un puits de science! Comment vous
êtes-vous laissé enterrer à Noirmoutiers ? » S'il
faut tout vous dire, mon cher maître, la bonne
dame, à force de lire de ces méchants livres qu'on
fabrique aujourd'hui, s'était mis en tête des idées
bien étranges. Un jour elle me prêta un ouvrage

1. « O Mélibée, un dieu nous a fait ces loisirs. » Virgile,
Bucoliques, I, 6.
2. « Je frémis en le racontant. » Virgile, *Énéide*, II, 204.

qu'elle venait de recevoir de Paris et qui l'avait
transportée, *Abélard*, par M. de Rémusat. Vous
l'aurez lu, sans doute, et aurez admiré les savantes
recherches de l'auteur, malheureusement dirigées
dans un mauvais esprit. Moi, j'avais d'abord sauté
au second volume, à la *Philosophie d'Abélard*, et
c'est après l'avoir lu avec le plus vif intérêt que je
revins au premier, à la vie du grand hérésiarque.
C'était, bien entendu, tout ce que ma grande dame
avait daigné lire. Mon cher maître, cela m'ouvrit
les yeux. Je compris qu'il y avait danger dans la
compagnie des belles dames tant amoureuses de
science. Celle-ci rendrait des points à Héloïse
pour l'exaltation. Une situation si nouvelle pour
moi m'embarrassait fort, lorsque tout d'un coup
elle me dit : « L'abbé, il me faut que vous soyez
curé de Sainte-Marie ; le titulaire est mort. *Il
le faut!* » Aussitôt, elle monte en voiture, va trouver
Monseigneur ; et, quelques jours après j'étais curé
de Sainte-Marie, un peu honteux d'avoir obtenu
ce titre par faveur, mais au demeurant enchanté
de me voir loin des griffes d'une *lionne* de la capitale. Lionne, mon cher maître, c'est, en patois parisien, une femme à la mode.

Ὦ Ζεῦ, γυναικῶν οἷον ὤπασας γένος*.

Fallait-il donc repousser la fortune pour braver
le péril ? Quelque sot ! Saint Thomas de Cantorbéry

---

* Vers tiré, je crois, des *Sept Chefs devant Thèbes*, d'Eschyle :
« O Jupiter ! les femmes!... quelle race nous as-tu donnée ! »
L'abbé Aubain et son maître, l'abbé Bruneau, sont de bons
humanistes.

n'accepta-t-il pas les châteaux de Henri II ? Adieu,
mon cher maître, j'espère philosopher avec vous
dans quelques mois, chacun dans un bon fauteuil,
devant une poularde grasse et une bouteille de
bordeaux, *more philosophorum. Vale et me ama.*

Il viccolo
di Madama Lucrezia

J'avais vingt-trois ans quand je partis pour Rome. Mon père me donna une douzaine de lettres de recommandation, dont une seule, qui n'avait pas moins de quatre pages, était cachetée. Il y avait sur l'adresse : « À la marquise Aldobrandi. »

— Tu m'écriras, me dit mon père, si la marquise est encore belle.

Or, depuis mon enfance, je voyais dans son cabinet, suspendu à la cheminée, le portrait en miniature d'une fort jolie femme, la tête poudrée et couronnée de lierre, avec une peau de tigre sur l'épaule. Sur le fond, on lisait : *Roma 18...* Le costume me paraissant singulier, il m'était arrivé bien des fois de demander quelle était cette dame. On me répondait :

— C'est une bacchante.

Mais cette réponse ne me satisfaisait guère ; même je soupçonnais un secret ; car, à cette question si simple, ma mère pinçait les lèvres, et mon père prenait un air sérieux.

Cette fois, en me donnant la lettre cachetée,

il regarda le portrait à la dérobée ; j'en fis de même
involontairement, et l'idée me vint que cette bacchante poudrée pouvait bien être la marquise Aldobrandi. Comme je commençais à comprendre
les choses de ce monde, je tirai toute sorte de conclusions des mines de ma mère et du regard de
mon père.

Arrivé à Rome, la première lettre que j'allai
rendre fut celle de la marquise. Elle demeurait
dans un beau palais près de la place Saint-Marc.

Je donnai ma lettre et ma carte à un domestique en livrée jaune qui m'introduisit dans un
vaste salon, sombre et triste, assez mal meublé.
Mais, dans tous les palais de Rome, il y a des
tableaux de maîtres. Ce salon en contenait un
assez grand nombre, dont plusieurs fort remar-
quables.

Je distinguai tout d'abord un portrait de femme
qui me parut être un Léonard de Vinci. A la richesse du cadre, au chevalet de palissandre sur
lequel il était posé, on ne pouvait douter que ce
ne fût le morceau capital de la collection. Comme
la marquise ne venait pas, j'eus tout le loisir de
l'examiner. Je le portai même près d'une fenêtre
afin de le voir sous un jour plus favorable. C'était
évidemment un portrait, non une tête de fantaisie,
car on n'invente pas de ces physionomies-là : une
belle femme avec les lèvres un peu grosses, les
sourcils presque joints, le regard altier et caressant
tout à la fois. Dans le fond, on voyait son écusson,
surmonté d'une couronne ducale. Mais ce qui me
frappa le plus, c'est que le costume, à la poudre
près, était le même que celui de la bacchante de
mon père.

Je tenais encore le portrait à la main quand la marquise entra.

— Juste comme son père! s'écria-t-elle en s'avançant vers moi. Ah! les Français! les Français! A peine arrivé, et déjà il s'empare de *Madame Lucrèce*.

Je m'empressai de faire mes excuses pour mon indiscrétion, et je me jetai dans des éloges à perte de vue sur le chef-d'œuvre de Léonard que j'avais eu la témérité de déplacer.

— C'est en effet un Léonard, dit la marquise, et c'est le portrait de la trop fameuse Lucrèce Borgia. De tous mes tableaux, c'est celui que votre père admirait le plus... Mais, bon Dieu! quelle ressemblance! Je crois voir votre père comme il était il y a vingt-cinq ans. Comment se porte-t-il? Que fait-il? Ne viendra-t-il pas nous voir un jour à Rome?

Bien que la marquise ne portât ni poudre ni peau de tigre, du premier coup d'œil, par la force de mon génie, je reconnus en elle la bacchante de mon père. Quelque vingt-cinq ans n'avaient pu faire disparaître entièrement les traces d'une grande beauté. Son expression avait changé seulement, comme sa toilette. Elle était tout en noir, et son triple menton, son sourire grave, son air solennel et radieux, m'avertissaient qu'elle était devenue dévote.

Elle me reçut, d'ailleurs, on ne peut plus affectueusement. En trois mots, elle m'offrit sa maison, sa bourse, ses amis, parmi lesquels elle me nomma plusieurs cardinaux.

— Regardez-moi, dit-elle, comme votre mère...
Elle baissa les yeux modestement.

— Votre père me charge de veiller sur vous et
de vous donner des conseils.

Et, pour me prouver qu'elle n'entendait pas que
sa mission fût une sinécure, elle commença sur
l'heure par me mettre en garde contre les dangers
que Rome pouvait offrir à un jeune homme de
mon âge, et m'exhorta fort à les éviter. Je devais
fuir les mauvaises compagnies, les artistes surtout,
ne me lier qu'avec les personnes qu'elle me dési-
gnerait. Bref, j'eus un sermon en trois points. J'y
répondis respectueusement et avec l'hypocrisie
convenable.

Comme je me levais pour prendre congé :

— Je regrette, me dit-elle, que mon fils le marquis soit en ce moment dans nos terres de la Ro-
magne, mais je veux vous présenter mon second
fils, don Ottavio, qui sera bientôt un monsignor.
J'espère qu'il vous plaira et que vous deviendrez
amis comme vous devez l'être...

Elle ajouta précipitamment :

— Car vous êtes à peu près du même âge, et
c'est un garçon doux et rangé comme vous.

Aussitôt, elle envoya chercher don Ottavio. Je
vis un grand jeune homme pâle, l'air mélancolique, toujours les yeux baissés, sentant déjà son
cafard.

Sans lui laisser le temps de parler, la marquise
me fit en son nom toutes les offres de service les
plus aimables. Il confirmait par de grandes révérences toutes les phrases de sa mère, et il fut convenu que, dès le lendemain, il irait me prendre pour
faire des courses par la ville, et me ramènerait dîner
en famille au palais Aldobrandi.

J'avais à peine fait une vingtaine de pas dans la

rue, lorsque quelqu'un cria derrière moi d'une voix
impérieuse :

— Où donc allez-vous ainsi seul à cette heure,
don Ottavio ?

Je me retournai, et vis un gros abbé qui me consi-
dérait des pieds à la tête en écarquillant les yeux.

— Je ne suis pas don Ottavio, lui dis-je.

L'abbé, me saluant jusqu'à terre, se confondit en
excuses, et, un moment après, je le vis entrer dans
le palais Aldobrandi. Je poursuivis mon chemin,
médiocrement flatté d'avoir été pris pour un monsignor en herbe.

Malgré les avertissements de la marquise, peut-
être même à cause de ses avertissements, je n'eus
rien de plus pressé que de découvrir la demeure
d'un peintre de ma connaissance, et je passai une
heure avec lui dans son atelier à causer des moyens
d'amusements, licites ou non, que Rome pouvait me
fournir. Je le mis sur le chapitre des Aldobrandi.

La marquise, me dit-il, après avoir été fort
légère, s'était jetée dans la haute dévotion, quand
elle eut reconnu que l'âge des conquêtes était passé
pour elle. Son fils aîné était une brute qui passait
son temps à chasser et à encaisser l'argent que lui
apportaient les fermiers de ses vastes domaines.
On était en train d'abrutir le second fils, don Ottavio, dont on voulait faire un jour un cardinal.
En attendant, il était livré aux Jésuites. Jamais
il ne sortait seul. Défense de regarder une femme,
ou de faire un pas sans avoir à ses talons un abbé
qui l'avait élevé pour le service de Dieu, et qui,
après avoir été le dernier *amico* de la marquise,
gouvernait maintenant sa maison avec une autorité à peu près despotique.

Le lendemain, don Ottavio, suivi de l'abbé
Negroni, le même qui, la veille, m'avait pris pour
son pupille, vint me chercher en voiture et m'offrit
ses services comme cicerone.

Le premier monument où nous nous arrêtâmes
était une église. A l'exemple de son abbé, don Ottavio s'y agenouilla, se frappa la poitrine, et fit des
signes de croix sans nombre. Après s'être relevé,
il me montra les fresques et les statues, et m'en
parla en homme de bon sens et de goût. Cela me
surprit agréablement. Nous commençâmes à causer
et sa conversation me plut. Pendant quelque temps
nous avions parlé italien. Tout à coup, il me dit
en français :

— Mon gouverneur n'entend pas un mot de
votre langue. Parlons français, nous serons plus
libres.

On eût dit que le changement d'idiome avait
transformé ce jeune homme. Rien dans ses discours ne sentait le prêtre. Je croyais entendre un
de nos libéraux de province. Je remarquai qu'il
débitait tout d'un même ton de voix monotone,
et que souvent ce débit contrastait étrangement
avec la vivacité de ses expressions. C'était une
habitude prise apparemment pour dérouter le
Negroni, qui, de temps à autre, se faisait expliquer
ce que nous disions. Bien entendu que nos tra-
ductions étaient des plus libres.

Nous vîmes passer un jeune homme en bas vio-
lets.

— Voilà, me dit don Ottavio, nos patriciens
d'aujourd'hui. Infâme livrée ! et ce sera la mienne
dans quelques mois ! Quel bonheur, ajouta-t-il
après un moment de silence, quel bonheur de vivre

dans un pays comme le vôtre! Si j'étais Français, peut-être un jour deviendrais-je député!

Cette noble ambition me donna une forte envie de rire, et, notre abbé s'en étant aperçu, je fus obligé de lui expliquer que nous parlions de l'erreur d'un archéologue qui prenait pour antique une statue de Bernin.

Nous revînmes dîner au palais Aldobrandi. Presque aussitôt après le café, la marquise me demanda pardon pour son fils, obligé, par certains devoirs pieux, à se retirer dans son appartement. Je demeurai seul avec elle et l'abbé Negroni, qui, renversé dans un grand fauteuil, dormait du sommeil du juste.

Cependant, la marquise m'interrogeait en détail sur mon père, sur Paris, sur ma vie passée, sur mes projets pour l'avenir. Elle me parut aimable et bonne, mais un peu trop curieuse et surtout trop préoccupée de mon salut. D'ailleurs, elle parlait admirablement l'italien, et je pris avec elle une bonne leçon de prononciation que je me promis bien de répéter.

Je revins souvent la voir. Presque tous les matins, j'allais visiter les antiquités avec son fils et l'éternel Negroni, et, le soir, je dînais avec eux au palais Aldobrandi. La marquise recevait peu de monde, et presque uniquement des ecclésiastiques.

Une fois cependant elle me présenta à une dame allemande, nouvelle convertie et son amie intime. C'était une madame de Strahlenheim, fort belle personne établie depuis longtemps à Rome. Pendant que ces dames causaient entre elles d'un prédicateur renommé, je considérais, à la clarté de la lampe, le portrait de Lucrèce, quand je crus devoir placer mon mot.

— Quels yeux! m'écriai-je ; on dirait que ces paupières vont remuer!

A cette hyperbole un peu prétentieuse que je hasardais pour m'établir en qualité de connaisseur auprès de madame de Strahlenheim, elle tressaillit d'effroi et se cacha la figure dans son mouchoir.

— Qu'avez-vous, ma chère? dit la marquise.

— Ah! rien, mais ce que monsieur vient de dire!...

On la pressa de questions, et, une fois qu'elle nous eut dit que mon expression lui rappelait une histoire effrayante, elle fut obligée de la raconter. La voici en deux mots :

Madame de Strahlenheim avait une belle-sœur nommée Wilhelmine, fiancée à un jeune homme de Westphalie, Julius de Katzenellenbogen, volontaire dans la division du général Kleist. Je suis bien fâché d'avoir à répéter tant de noms barbares, mais les histoires merveilleuses n'arrivent jamais qu'à des personnes dont les noms sont difficiles à prononcer.

Julius était un charmant garçon rempli de patriotisme et de métaphysique. En partant pour l'armée, il avait donné son portrait à Wilhelmine, et Wilhelmine lui avait donné le sien, qu'il portait toujours sur son cœur. Cela se fait beaucoup en Allemagne.

Le 13 septembre 1813, Wilhelmine était à Cassel, vers cinq heures du soir, dans un salon, occupée à tricoter avec sa mère et sa belle-sœur. Tout en travaillant, elle regardait le portrait de son fiancé, placé sur une petite table à ouvrage en face d'elle. Tout à coup, elle pousse un cri horrible, porte la main sur son cœur et s'évanouit. On eut toutes les peines du monde à lui faire reprendre connaissance, et, dès qu'elle put parler :

— Julius est mort! s'écria-t-elle, Julius est tué!

Elle affirma, et l'horreur peinte sur tous ses traits prouvait assez sa conviction, qu'elle avait vu le portrait fermer les yeux et qu'au même instant elle avait senti une douleur atroce, comme si un fer rouge lui traversait le cœur.

Chacun s'efforça inutilement de lui démontrer que sa vision n'avait rien de réel et qu'elle n'y devait attacher aucune importance. La pauvre enfant était inconsolable ; elle passait la nuit dans les larmes, et, le lendemain, elle voulut s'habiller de deuil, comme assurée déjà du malheur qui lui avait été révélé.

Deux jours après, on reçut la nouvelle de la sanglante bataille de Leipzig. Julius écrivait à sa fiancée un billet daté du 13 à trois heures de l'après-midi. Il n'avait pas été blessé, s'était distingué et venait d'entrer à Leipzig, où il comptait passer la nuit avec le quartier général, éloigné par conséquent de tout danger. Cette lettre si rassurante ne put calmer Wilhelmine, qui, remarquant qu'elle était datée de trois heures, persistait à croire que son amant était mort à cinq.

L'infortunée ne se trompait pas. On sut bientôt que Julius, chargé de porter un ordre, était sorti de Leipzig, à quatre heures et demie, et qu'à trois quarts de lieue de la ville, au-delà de l'Elster, un traînard de l'armée ennemie, embusqué dans un fossé, l'avait tué d'un coup de feu. La balle, en

lui perçant le cœur, avait brisé le portrait de Wilhelmine.

— Et qu'est devenue cette pauvre jeune personne ? demandai-je à madame de Strahlenheim.

— Oh! elle a été bien malade. Elle est mariée
maintenant à M. le conseiller de justice de Werner,
et, si vous alliez à Dessau, elle vous montrerait
le portrait de Julius.

— Tout cela se fait par l'entremise du diable,
dit l'abbé, qui n'avait dormi que d'un œil pendant
l'histoire de madame de Strahlenheim. Celui qui
faisait parler les oracles des païens peut bien faire
mouvoir les yeux d'un portrait quand bon lui
semble. Il n'y a pas vingt ans qu'à Tivoli, un
Anglais a été étranglé par une statue.

— Par une statue! m'écriai-je ; et comment
cela ?

— C'était un milord qui avait fait des fouilles
à Tivoli. Il avait trouvé une statue d'impératrice,
Agrippine, Messaline..., peu importe. Tant il y a
qu'il la fit porter chez lui, et qu'à force de la
regarder et de l'admirer, il en devint fou. Tous ces
messieurs protestants le sont déjà plus qu'à moitié.
Il l'appelait sa femme, sa milady, et l'embrassait,
tout de marbre qu'elle était. Il disait que la statue
s'animait tous les soirs à son profit. Si bien qu'un
matin on trouva mon milord roide mort dans son
lit. Eh bien, le croiriez-vous ? Il s'est rencontré un
autre Anglais pour acheter cette statue. Moi, j'en
aurais fait faire de la chaux.

Quand on a entamé une fois le chapitre des
aventures surnaturelles, on ne s'arrête plus. Chacun
avait son histoire à raconter. Je fis ma partie moi-
même dans ce concert de récits effroyables ; en

sorte qu'au moment de nous séparer, nous étions
tous passablement émus et pénétrés de respect pour
le pouvoir du diable.

Je regagnai à pied mon logement, et, pour
tomber dans la rue du Corso, je pris une petite
ruelle tortueuse par où je n'étais point encore
passé. Elle était déserte. On ne voyait que de
longs murs de jardins, ou quelques chétives maisons
dont pas une n'était éclairée. Minuit venait de
sonner ; le temps était sombre. J'étais au milieu
de la rue, marchant assez vite, quand j'entendis
au-dessus de ma tête un petit bruit, un *st !* et,
au même instant, une rose tomba à mes pieds. Je
levai les yeux, et, malgré l'obscurité, j'aperçus
une femme vêtue de blanc, à une fenêtre, le bras
étendu vers moi. Nous autres, Français, nous
sommes fort avantageux en pays étranger, et
nos pères, vainqueurs de l'Europe, nous ont bercés
de traditions flatteuses pour l'orgueil national. Je
croyais pieusement à l'inflammabilité des dames
allemandes, espagnoles et italiennes à la seule vue
d'un Français. Bref, à cette époque, j'étais encore
bien de mon pays, et, d'ailleurs, la rose ne parlait-
elle pas clairement ?

— Madame, dis-je à voix basse, en ramassant la
rose, vous avez laissé tomber votre bouquet...

Mais déjà la femme avait disparu, et la fenêtre
s'était fermée sans faire le moindre bruit. Je fis ce
que tout autre eût fait à ma place. Je cherchai la
porte la plus proche ; elle était à deux pas de la
fenêtre ; je la trouvai, et j'attendis qu'on vînt me
l'ouvrir. Cinq minutes se passèrent dans un profond
silence. Alors, je toussai, puis je grattai doucement ;
mais la porte ne s'ouvrit pas. Je l'examinai avec

plus d'attention, espérant trouver une clef ou un
loquet ; à ma grande surprise, j'y trouvai un cadenas.

— Le jaloux n'est donc pas rentré, me dis-je.

Je ramassai une petite pierre et la jetai contre
la fenêtre. Elle rencontra un contrevent de bois
et retomba à mes pieds.

— Diable ! pensai-je, les dames romaines se
figurent donc qu'on a des échelles dans sa poche ?
On ne m'avait pas parlé de cette coutume.

J'attendis encore plusieurs minutes tout aussi
inutilement. Seulement, il me sembla une ou deux
fois voir trembler légèrement le volet, comme si
de l'intérieur on eût voulu l'écarter, pour voir dans
la rue. Au bout d'un quart d'heure, ma patience
étant à bout, j'allumai un cigare, et je poursuivis
mon chemin, non sans avoir bien reconnu la
situation de la maison au cadenas.

Le lendemain, en réfléchissant à cette aventure,
je m'arrêtai aux conclusions suivantes : Une jeune
dame romaine, probablement d'une grande beauté,
m'avait aperçu dans mes courses par la ville, et
s'était éprise de mes faibles attraits. Si elle ne
m'avait déclaré sa flamme que par le don d'une
fleur mystérieuse, c'est qu'une honnête pudeur
l'avait retenue, ou bien qu'elle avait été dérangée
par la présence de quelque duègne, peut-être par
un maudit tueur comme le Bartolo de Rosine. Je
résolus d'établir un siège en règle devant la
maison habitée par cette infante.

Dans ce beau dessein, je sortis de chez moi après
avoir donné à mes cheveux un coup de brosse
conquérant. J'avais mis ma redingote neuve et
des gants jaunes. En ce costume, le chapeau sur

l'oreille, la rose fanée à la boutonnière, je me dirigeai
vers la rue dont je ne savais pas encore le nom, mais
que je n'eus pas de peine à découvrir. Un écriteau
au-dessus d'une madone m'apprit qu'on l'appelait
il viccolo di Madama Luçrezia.

Ce nom m'étonna. Aussitôt, je me rappelai le
portrait de Léonard de Vinci, et les histoires de
pressentiments et de diableries que, la veille, on
avait racontées chez la marquise. Puis je pensai
qu'il y avait des amours prédestinées dans le ciel.
Pourquoi mon objet ne s'appellerait-il pas Lucrèce ?
Pourquoi ne ressemblerait-il pas à la Lucrèce de
la galerie Aldobrandi ?

Il faisait jour, j'étais à deux pas d'une charmante
personne et nulle pensée sinistre n'avait part à
l'émotion que j'éprouvais.

J'étais devant la maison. Elle portait le n° 13.
Mauvais augure... Hélas ! elle ne répondait guère
à l'idée que je m'en étais faite pour l'avoir vue
la nuit. Ce n'était pas un palais, tant s'en faut. Je
voyais un enclos de murs noircis par le temps et
couverts de mousse, derrière lesquels passaient des
branches de quelques arbres à fruits mal échenillés.
Dans un angle de l'enclos s'élevait un pavillon à
un seul étage, ayant deux fenêtres sur la rue, toutes
les deux fermées par de vieux contrevents garnis
à l'extérieur de nombreuses bandes de fer. La
porte était basse, surmontée d'un écusson effacé,
fermée comme la veille d'un gros cadenas attaché
d'une chaîne. Sur cette porte on lisait, écrit à la
craie : *Maison à vendre ou à louer.*

Pourtant, je ne m'étais pas trompé. De ce côté
de la rue, les maisons étaient assez rares pour
que toute confusion fût impossible. C'était bien

mon cadenas, et, qui plus est, deux feuilles de
rose sur le pavé, près de la porte, indiquaient le
lieu précis où j'avais reçu la déclaration par signes
de ma bien-aimée, et prouvaient qu'on ne balayait
guère le devant de sa maison.

Je m'adressai à quelques pauvres gens du voisinage pour savoir où logeait le gardien de cette
mystérieuse demeure.

— Ce n'est pas ici, me répondait-on brusquement.

Il semblait que ma question déplût à ceux que
j'interrogeais et cela piquait d'autant plus ma
curiosité. Allant de porte en porte, je finis par
entrer dans une espèce de cave obscure, où se
tenait une vieille femme qu'on pouvait soupçonner de sorcellerie, car elle avait un chat noir
et faisait cuire je ne sais quoi dans une chaudière.

— Vous voulez voir la maison de madame Lucrèce? dit-elle, c'est moi qui en ai la clef.

— Eh bien, montrez-la-moi.

— Est-ce que vous voudriez la louer? demanda-
t-elle en souriant d'un air de doute.

— Oui, si elle me convient.

— Elle ne vous conviendra pas. Mais, voyons,
me donnerez-vous un paul si je vous la montre?

— Très volontiers.

Sur cette assurance, elle se leva prestement de
son escabeau, décrocha de la muraille une clef
toute rouillée et me conduisit devant le n° 13.

— Pourquoi, lui dis-je, appelle-t-on cette maison,
la maison de Lucrèce?

Alors, la vieille en ricanant :

— Pourquoi, dit-elle, vous appelle-t-on étranger? N'est-ce pas parce que vous êtes étranger?

— Bien ; mais qui était cette madame Lucrèce ? Était-ce une dame de Rome ?

— Comment! vous venez à Rome, et vous n'avez pas entendu parler de madame Lucrèce! Quand nous serons entrés, je vous conterai son histoire. Mais voici bien une autre diablerie! Je ne sais ce qu'a cette clef, elle ne tourne pas. Essayez vous-même.

En effet le cadenas et la clef ne s'étaient pas vus depuis longtemps. Pourtant, au moyen de trois jurons et d'autant de grincements de dents, je parvins à faire tourner la clef ; mais je déchirai mes gants jaunes et me disloquai la paume de la main. Nous entrâmes dans un passage obscur qui donnait accès à plusieurs salles basses.

Les plafonds, curieusement lambrissés, étaient couverts de toiles d'araignée, sous lesquelles on distinguait à peine quelques traces de dorure. A l'odeur de moisi qui s'exhalait de toutes les pièces, il était évident que, depuis longtemps, elles étaient inhabitées. On n'y voyait pas un seul meuble. Quelques lambeaux de vieux cuir pendaient le long des murs salpêtrés. D'après les sculptures de quelques consoles et la forme des cheminées, je conclus que la maison datait du xve siècle, et il est probable qu'autrefois elle avait été décorée avec quelque élégance. Les fenêtres, à petits carreaux, la plupart brisés, donnaient sur le jardin, où j'aperçus un rosier en fleur, avec quelques arbres fruitiers et quantité de broccoli.

Après avoir parcouru toutes les pièces du rez-de-chaussée, je montai à l'étage supérieur, où j'avais vu mon inconnue. La vieille essaya de me retenir, en me disant qu'il n'y avait rien à voir et que l'escalier était fort mauvais. Me voyant entêté, elle me suivit, mais avec une répugnance marquée. Les chambres de cet étage ressemblaient fort aux autres ; seulement, elles étaient moins humides ; le plancher et les fenêtres étaient aussi en meilleur état. Dans la dernière pièce où j'entrai, il y avait un large fauteuil en cuir noir, qui, chose étrange, n'était pas couvert de poussière. Je m'y assis, et, le trouvant commode pour écouter une histoire, je priai la vieille de me raconter celle de madame Lucrèce ; mais auparavant, pour lui rafraîchir la mémoire, je lui fis présent de quelques pauls. Elle toussa, se moucha et commença de la sorte :

— Du temps des païens, Alexandre était empereur, il avait une fille belle comme le jour, qu'on appelait madame Lucrèce. Tenez la voilà !...

Je me retournai vivement. La vieille me montrait une console sculptée qui soutenait la maîtresse poutre de la salle. C'était une sirène fort grossièrement exécutée.

— Dame, reprit la vieille, elle aimait à s'amuser. Et, comme son père aurait pu y trouver à redire, elle s'était fait bâtir cette maison où nous sommes.

« Toutes les nuits, elle descendait du Quirinal et venait ici pour se divertir. Elle se mettait à cette fenêtre, et, quand il passait par la rue un beau cavalier comme vous voilà, monsieur, elle l'appelait ; s'il était bien reçu, je vous le laisse à penser. Mais les hommes sont babillards, au moins quelques-uns, et ils auraient pu lui faire du tort en jasant. Aussi y mettait-elle bon ordre. Quand elle avait dit adieu au galant, ses estafiers se tenaient dans l'escalier par où nous sommes montés. Ils vous le dépêchaient, puis vous l'enterraient dans ces carrés de broccoli. Allez! on y en a trouvé des ossements, dans ce jardin!

« Ce manège-là dura bien quelque temps. Mais voilà qu'un soir son frère, qui s'appelait Sisto Tarquino, passe sous sa fenêtre. Elle ne le reconnaît pas. Elle l'appelle. Il monte. La nuit tous chats sont gris. Il en fut de celui-là comme des autres. Mais il avait oublié son mouchoir, sur lequel il y avait son nom écrit.

« Elle n'eut pas plus tôt vu la méchanceté qu'ils avaient faite, que le désespoir la prend. Elle défait vite sa jarretière et se pend à cette solive-là. Eh bien, en voilà un exemple pour la jeunesse! »

Pendant que la vieille confondait ainsi tous les temps, mêlant les Tarquins aux Borgias, j'avais les yeux fixés sur le plancher. Je venais d'y découvrir quelques pétales de rose encore frais, qui me donnaient fort à penser.

— Qui est-ce qui cultive ce jardin? demandai-je à la vieille.

— C'est mon fils, monsieur, le jardinier de M. Vanozzi, celui à qui est le jardin d'à côté. M. Vanozzi est toujours dans la Maremme; il ne vient guère à Rome. Voilà pourquoi le jardin n'est pas très bien entretenu. Mon fils est avec lui. Et je crains qu'ils ne reviennent pas de sitôt, ajouta-t-elle en soupirant.

— Il est donc fort occupé avec M. Vanozzi?

— Ah! c'est un drôle d'homme qui l'occupe à trop de choses... Je crains qu'il ne se passe de mauvaises affaires... Ah! mon pauvre fils!

Elle fit un pas vers la porte comme pour rompre la conversation.

— Personne n'habite donc ici? repris-je en l'arrêtant.

— Personne au monde.

— Et pourquoi cela?

Elle haussa les épaules.

— Écoutez, lui dis-je en lui présentant une piastre, dites-moi la vérité. Il y a une femme qui vient ici.

— Une femme, divin Jésus!

— Oui, je l'ai vue hier au soir. Je lui ai parlé.

— Sainte Madone! s'écria la vieille en se précipitant vers l'escalier. C'était donc madame Lucrèce? Sortons, sortons, mon bon monsieur! On m'avait bien dit qu'elle revenait la nuit, mais je n'ai pas voulu vous le dire, pour ne pas faire de tort au propriétaire, parce que je croyais que vous aviez envie de louer.

Il me fut impossible de la retenir. Elle avait hâte de quitter la maison, pressée, disait-elle, d'aller porter un cierge à la plus proche église.

Je sortis moi-même et la laissai aller, désespérant d'en apprendre davantage.

On devine bien que je ne contai pas mon histoire au palais Aldobrandi: la marquise était trop prude, don Ottavio trop exclusivement occupé de politique pour être de bon conseil dans une amourette. Mais j'allai trouver mon peintre, qui connaissait tout à Rome, depuis le cèdre jusqu'à l'hysope, et je lui demandai ce qu'il en pensait.

— Je pense, dit-il, que vous avez vu le spectre de Lucrèce Borgia. Quel danger vous avez couru! si dangereuse de son vivant, jugez un peu ce qu'elle doit être maintenant qu'elle est morte! Cela fait trembler.

— Plaisanterie à part, qu'est-ce que cela peut être ?

— C'est-à-dire que monsieur est athée et philosophe et ne croit pas aux choses les plus respectables. Fort bien ; alors, que dites-vous de cette autre hypothèse ? Supposons que la vieille prête sa maison à des femmes capables d'appeler les gens qui passent dans la rue. On a vu des vieilles assez dépravées pour faire ce métier-là.

— A merveille, dis-je ; mais j'ai donc l'air d'un saint pour que la vieille ne m'ait pas fait d'offres de services. Cela m'offense. Et puis, mon cher, rappelez-vous l'ameublement de la maison. Il faudrait avoir le diable au corps pour s'en contenter.

— Alors, c'est un revenant à n'en plus douter. Attendez donc ! encore une dernière hypothèse. Vous vous serez trompé de maison. Parbleu ! j'y pense : près d'un jardin ! petite porte basse ?... Eh bien, c'est ma grande amie la Rosina. Il n'y a pas dix-huit mois qu'elle faisait l'ornement de cette rue. Il est vrai qu'elle est devenue borgne, mais c'est un détail... Elle a encore un très beau profil.

Toutes ces explications ne me satisfaisaient point. Le soir venu, je passai lentement devant la maison de Lucrèce. Je ne vis rien. Je repassai, pas davantage. Trois ou quatre soirs de suite, je fis le pied de grue sous ses fenêtres en revenant du palais Aldobrandi, toujours sans succès. Je commençais à oublier l'habitante mystérieuse de la maison n° 13, lorsque, passant vers minuit dans le viccolo, j'entendis distinctement un petit rire de femme derrière le volet de la fenêtre, où la donneuse de bouquets m'était apparue. Deux fois

j'entendis ce petit rire, et je ne pus me défendre
d'une certaine terreur, quand, en même temps, je
vis déboucher à l'autre extrémité de la rue une
troupe de pénitents encapuchonnés, des cierges
à la main, qui portaient un mort en terre. Lorsqu'ils furent passés, je m'établis en faction sous
la fenêtre, mais alors je n'entendis plus rien.
J'essayai de jeter des cailloux, j'appelai même plus
ou moins distinctement ; personne ne parut, et
une averse qui survint m'obligea de faire retraite.

J'ai honte de dire combien de fois je m'arrêtai
devant cette maudite maison sans pouvoir parvenir à résoudre l'énigme qui me tourmentait. Une
seule fois je passai dans le viccolo di Madama
Lucrezia avec don Ottavio et son inévitable abbé.

— Voilà, dis-je, la maison de Lucrèce.

Je le vis changer de couleur.

— Oui, répondit-il, une tradition populaire,
fort incertaine, veut que Lucrèce Borgia ait eu ici
sa petite maison. Si ces murs pouvaient parler,
que d'horreurs ils nous révéleraient ! Pourtant,
mon ami, quand je compare ce temps avec le nôtre,
je me prends à le regretter. Sous Alexandre VI,
il y avait encore des Romains. Il n'y en a plus.
César Borgia était un monstre mais un grand
homme. Il voulait chasser les barbares de l'Italie,
et peut-être, si son père eût vécu, eût-il accompli ce
grand dessein. Ah ! que le ciel nous donne un tyran
comme Borgia et qu'il nous délivre de ces despotes
humains qui nous abrutissent !

Quand don Ottavio se lançait dans les régions
politiques, il était impossible de l'arrêter. Nous
étions à la place du Peuple que son panégyrique
du despotisme éclairé n'était pas à sa fin. Mais

nous étions à cent lieues de ma Lucrèce à moi.

Certain soir que j'étais allé fort tard rendre mes
devoirs à la marquise, elle me dit que son fils était
indisposé et me pria de monter dans sa chambre.
Je le trouvai couché sur son lit tout habillé, lisant
un journal français que je lui avais envoyé le
matin soigneusement caché dans un volume des
Pères de l'Église. Depuis quelque temps, la collection des saints Pères nous servait à ces communi-
cations qu'il fallait cacher à l'abbé et à la marquise.
Les jours de courrier de France, on m'apportait
un in-folio. J'en rendais un autre dans lequel je
glissais un journal, que me prêtaient les secré-
taires de l'ambassade. Cela donnait une haute
idée de ma piété à la marquise et à son directeur,
qui parfois voulait me faire parler théologie.

Après avoir causé quelque temps avec don
Ottavio, remarquant qu'il était fort agité et que
la politique même ne pouvait captiver son attention, je lui recommandai de se déshabiller et je lui
dis adieu. Il faisait froid et je n'avais pas de manteau. Don Ottavio me pressa de prendre le sien ;
je l'acceptai et me fis donner une leçon dans l'art
difficile de se draper en vrai Romain.

Emmitouflé jusqu'au nez, je sortis du palais
Aldobrandi. A peine avais-je fait quelques pas
sur le trottoir de la place Saint-Marc, qu'un
homme du peuple que j'avais remarqué, assis sur
un banc à la porte du palais, s'approcha de moi et
me tendit un papier chiffonné.

— Pour l'amour de Dieu, dit-il, lisez ceci.

Aussitôt, il disparut en courant à toutes jambes.

J'avais pris le papier et je cherchais de la
lumière pour le lire. A la lueur d'une lampe allu-

mée devant une madone, je vis que c'était un billet
écrit au crayon et, comme il semblait, d'une main
tremblante. Je déchiffrai avec beaucoup de peine
les mots suivants :

« Ne viens pas ce soir, ou nous sommes perdus !
On sait tout, excepté ton nom, rien ne pourra nous
séparer. Ta Lucrèce. »

— Lucrèce ! m'écriai-je, encore Lucrèce ! quelle
diable de mystification y a-t-il au fond de tout
cela ? « Ne viens pas. » Mais, ma belle, quel chemin
prend-on pour aller chez vous ?

Tout en ruminant sur le compte de ce billet,
je prenais machinalement le chemin du viccolo
di Madama Lucrezia, et bientôt je me trouvai en
face de la maison n° 13.

La rue était aussi déserte que de coutume, et le
bruit seul de mes pas troublait le silence profond
qui régnait dans le voisinage. Je m'arrêtai et levai
les yeux vers une fenêtre bien connue. Pour le coup,
je ne me trompais pas. Le contrevent s'écartait.

Voilà la fenêtre toute grande ouverte.

Je crus voir une forme humaine qui se détachait
sur le fond noir de la chambre.

— Lucrèce, est-ce vous ? dis-je à voix basse.

On ne me répondit pas, mais j'entendis un petit
claquement, dont je ne compris pas d'abord la
cause.

— Lucrèce, est-ce vous ? repris-je un peu plus
haut.

Au même instant, je reçus un coup terrible dans
la poitrine, une détonation se fit entendre, et je me
trouvai étendu sur le pavé.

Une voix rauque me cria :

— De la part de la signora Lucrèce!

Et le contrevent se referma sans bruit.

Je me relevai aussitôt en chancelant, et d'abord je me tâtai, croyant me trouver un grand trou au milieu de l'estomac. Le manteau était troué, mon habit aussi, mais la balle avait été amortie par les plis du drap, et j'en étais quitte pour une forte contusion.

L'idée me vint qu'un second coup pouvait bien ne pas se faire attendre, et je me traînai aussitôt du côté de cette maison inhospitalière, rasant les murs de façon qu'on ne pût me viser.

Je m'éloignais le plus vite que je pouvais, tout haletant encore, lorsqu'un homme que je n'avais pas remarqué derrière moi me prit le bras et me demanda avec intérêt si j'étais blessé.

A la voix, je reconnus don Ottavio. Ce n'était pas le moment de lui faire des questions, quelque surpris que je fusse de le voir seul et dans la rue à cette heure de la nuit. En deux mots, je lui dis qu'on venait de me tirer un coup de feu de telle fenêtre et que je n'avais qu'une contusion.

— C'est une méprise! s'écria-t-il. Mais j'entends venir du monde. Pouvez-vous marcher? Je serais perdu si l'on nous trouvait ensemble. Cependant, je ne vous abandonnerai pas.

Il me prit le bras et m'entraîna rapidement. Nous marchâmes ou plutôt nous courûmes tant que je pus aller; mais bientôt force me fut de m'asseoir sur une borne pour reprendre haleine.

Heureusement, nous nous trouvions alors à peu de distance d'une grande maison où l'on donnait un bal. Il y avait quantité de voitures devant la

porte. Don Ottavio alla en chercher une, me fit
monter dedans et me reconduisit à mon hôtel.
Un grand verre d'eau que je bus m'ayant tout à
fait remis, je lui racontai en détail tout ce qui
m'était arrivé devant cette maison fatale, depuis le
présent d'une rose jusqu'à celui d'une balle de
plomb.

Il m'écoutait la tête baissée, à moitié cachée
dans une de ses mains. Lorsque je lui montrai le
billet que je venais de recevoir, il s'en saisit, le
lut avec avidité et s'écria encore :

— C'est une méprise! une horrible méprise!

— Vous conviendrez, mon cher, lui dis-je,
qu'elle est fort désagréable pour moi et pour vous
aussi. On manque de me tuer, et l'on vous fait
dix ou douze trous dans votre beau manteau.
Tudieu, quels jaloux que vos compatriotes!

Don Ottavio me serrait les mains d'un air désolé,
et relisait le billet sans me répondre.

— Tâchez donc, lui dis-je, de me donner quelque
explication de toute cette affaire. Le diable m'emporte si j'y comprends goutte.

Il haussa les épaules.

— Au moins, repris-je, que dois-je faire? A qui
dois-je m'adresser, dans votre sainte ville, pour
avoir justice de ce monsieur, qui canarde les
passants sans leur demander seulement comment
ils se nomment. Je vous avoue que je serais charmé
de le faire pendre.

— Gardez-vous-en bien! s'écria-t-il. Vous ne
connaissez pas ce pays-ci. Ne dites mot à personne
de ce qui vous est arrivé. Vous vous exposeriez
beaucoup.

— Comment, je m'exposerais? Morbleu! je

prétends bien avoir ma revanche. Si j'avais offensé
le maroufle, je ne dis pas ; mais, pour avoir ramassé
une rose... en conscience, je ne méritais pas une
balle.

— Laissez-moi faire, dit don Ottavio ; peut-être
parviendrai-je à éclaircir ce mystère. Mais je vous
le demande comme une grâce, comme une preuve
signalée de votre amitié pour moi, ne parlez de
cela à personne au monde. Me le promettez-vous ?

Il avait l'air si triste en me suppliant, que je
n'eus pas le courage de résister, et je lui promis
tout ce qu'il voulut. Il me remercia avec effusion,
et, après m'avoir appliqué lui-même une com-
presse d'eau de Cologne sur la poitrine, il me serra
la main et me dit adieu.

— A propos, lui demandai-je comme il ouvrait
la porte pour sortir, expliquez-moi donc comment
vous vous êtes trouvé là, juste à point pour me
venir en aide ?

— J'ai entendu le coup de fusil, répondit-il,
non sans quelque embarras, et je suis sorti aussitôt,
craignant pour vous quelque malheur.

Il me quitta précipitamment, après m'avoir
de nouveau recommandé le secret.

Le matin, un chirurgien, envoyé sans doute par
don Ottavio, vint me visiter. Il me prescrivit un
cataplasme, mais ne fit aucune question sur la
cause qui avait mêlé des violettes aux lis de mon
sein. On est discret à Rome et je voulus me con-
former à l'usage du pays.

Quelques jours se passèrent sans que je pusse
causer librement avec don Ottavio. Il était préoccupé, encore plus sombre que de coutume, et,
d'ailleurs, il me paraissait chercher à éviter mes

questions. Pendant les rares moments que je passai
avec lui, il ne dit pas un mot sur les hôtes étranges
du viccolo di Madama Lucrezia. L'époque fixée
pour la cérémonie de son ordination approchait,
et j'attribuai sa mélancolie à sa répugnance pour
la profession qu'on l'obligeait d'embrasser.

Pour moi, je me préparais à quitter Rome pour
aller à Florence. Lorsque j'annonçai mon départ
à la marquise Aldobrandi, don Ottavio me pria,
sous je ne sais quel prétexte, de monter dans sa
chambre.

Là, me prenant les deux mains :

— Mon cher ami, dit-il, si vous ne m'accordez
la grâce que je vais vous demander, je me brû-
lerai certainement la cervelle, car je n'ai pas d'autre moyen de sortir d'embarras. Je suis parfaitement résolu à ne jamais endosser le vilain habit
que l'on veut me faire porter. Je veux fuir de ce
pays-ci. Ce que j'ai à vous demander, c'est de
m'emmener avec vous. Vous me ferez passer pour
votre domestique. Il suffira d'un mot ajouté à votre
passeport pour faciliter ma fuite.

J'essayai d'abord de le détourner de son dessein
en lui parlant du chagrin qu'il allait causer à sa
mère ; mais, le trouvant inébranlable dans sa résolution, je finis par lui promettre de le prendre
avec moi, et de faire arranger mon passeport en
conséquence.

— Ce n'est pas tout, dit-il. Mon départ dépend
encore du succès d'une entreprise où je suis engagé. Vous voulez partir après-demain. Après
demain, j'aurai réussi peut-être, et alors, je suis
tout à vous.

— Seriez-vous assez fou, lui demandai-je, non

sans inquiétude, pour vous être fourré dans quelque conspiration?

— Non, répondit-il ; il s'agit d'intérêts moins graves que le sort de ma patrie, assez graves pourtant pour que du succès de mon entreprise dépendent ma vie et mon bonheur. Je ne puis vous en dire davantage maintenant. Dans deux jours, vous saurez tout.

Je commençais à m'habituer au mystère, et je me résignai. Il fut convenu que nous partirions à trois heures du matin et que nous ne nous arrêterions qu'après avoir gagné le territoire toscan.

Persuadé qu'il était inutile de me coucher, devant partir de si bonne heure, j'employai la dernière soirée que je devais passer à Rome à faire des visites dans toutes les maisons où j'avais été reçu. J'allai prendre congé de la marquise, et serrer la main à son fils officiellement et pour la forme. Je sentis qu'elle tremblait dans la mienne. Il me dit tout bas :

— En cet instant, ma vie se joue à croix ou pile. Vous trouverez en rentrant à votre hôtel une lettre de moi. Si à trois heures précises je ne suis pas auprès de vous, ne m'attendez pas.

L'altération de ses traits me frappa ; mais je l'attribuai à une émotion bien naturelle de sa part, au moment où, pour toujours peut-être, il allait se séparer de sa famille.

Vers une heure à peu près, je regagnai mon logement. Je voulus repasser encore une fois par le viccolo di Madama Lucrezia. Quelque chose de blanc pendait à la fenêtre où j'avais vu deux apparitions si différentes. Je m'approchai avec précaution. C'était une corde à nœuds. Était-ce une

invitation d'aller prendre congé de la signora ?
Cela en avait tout l'air, et la tentation était forte.
Je n'y cédai point pourtant, me rappelant la
promesse faite à don Ottavio, et aussi, il faut bien
le dire, la réception désagréable que m'avait at-
tirée, quelques jours auparavant, une témérité
beaucoup moins grande.

Je poursuivis mon chemin, mais lentement,
désolé de perdre la dernière occasion de pénétrer
les mystères de la maison nº 13. A chaque pas que
je faisais, je tournais la tête, m'attendant toujours à voir quelque forme humaine monter ou
descendre le long de la corde. Rien ne paraissait.
J'atteignis enfin l'extrémité du viccolo ; j'allais
entrer dans le Corso.

— Adieu, madame Lucrèce, dis-je en ôtant
mon chapeau à la maison que j'apercevais encore.
Cherchez, s'il vous plaît, quelque autre que moi
pour vous venger du jaloux qui vous tient empri-
sonnée.

Deux heures sonnaient quand je rentrai dans
mon hôtel. La voiture était dans la cour, toute
chargée. Un des garçons de l'hôtel me remit une
lettre. C'était celle de don Ottavio, et, comme elle
me parut longue, je pensai qu'il valait mieux la
lire dans ma chambre, et je dis au garçon de
m'éclairer.

— Monsieur, me dit-il, votre domestique que
vous nous aviez annoncé, celui qui doit voyager
avec monsieur...

— Eh bien, est-il venu ?

— Non, monsieur...

— Il est à la poste ; il viendra avec les chevaux.

— Monsieur, il est venu tout à l'heure une

dame qui a demandé à parler au domestique de monsieur. Elle a voulu absolument monter chez monsieur et m'a chargé de dire au domestique de monsieur, aussitôt qu'il viendrait, que madame Lucrèce était dans votre chambre.

— Dans ma chambre ? m'écriai-je en serrant avec force la rampe de l'escalier.

— Oui, monsieur. Et il paraît qu'elle part aussi, car elle m'a donné un petit paquet ; je l'ai mis sur la vache.

Le cœur me battait fortement. Je ne sais quel mélange de terreur superstitieuse et de curiosité s'était emparé de moi. Je montai l'escalier marche à marche. Arrivé au premier étage (je demeurais au second), le garçon qui me précédait fit un faux pas, et la bougie qu'il tenait à la main tomba et s'éteignit. Il me demanda un million d'excuses, et descendit pour la rallumer. Cependant, je montais toujours.

Déjà, j'avais la main sur la clef de ma chambre. J'hésitais. Quelle nouvelle vision allait s'offrir à moi ? Plus d'une fois, dans l'obscurité, l'histoire de la nonne sanglante m'était revenue à la mémoire. Étais-je possédé d'un démon comme don Alonso ? Il me sembla que le garçon tardait horriblement.

J'ouvris ma porte. Grâce au ciel ! il y avait de la lumière dans ma chambre à coucher. Je traversai rapidement le petit salon qui la précédait. Un coup d'œil suffit pour me prouver qu'il n'y avait personne dans ma chambre à coucher. Mais aussitôt j'entendis derrière moi des pas légers et le frôlement d'une robe. Je crois que mes cheveux se hérissaient sur ma tête. Je me retournai brusquement.

Une femme vêtue de blanc, la tête couverte
d'une mantille noire, s'avançait les bras étendus :

— Te voilà donc enfin, mon bien-aimé! s'écria-
t-elle en saisissant ma main.

La sienne était froide comme la glace, et ses
traits avaient la pâleur de la mort. Je reculai
jusqu'au mur.

— Sainte Madone, ce n'est pas lui!... Ah! monsieur, êtes-vous l'ami de don Ottavio?

A ce mot, tout fut expliqué. La jeune femme,
malgré sa pâleur, n'avait nullement l'air d'un spectre. Elle baissait les yeux, ce que ne font jamais
les revenants, et tenait ses deux mains croisées à
hauteur de sa ceinture, attitude modeste, qui me
fit croire que mon ami don Ottavio n'était pas
un aussi grand politique que je me l'étais figuré.
Bref, il était grand temps d'enlever Lucrèce, et,
malheureusement, le rôle de confident était le
seul qui me fût destiné dans cette aventure.

Un moment après arriva don Ottavio déguisé.
Les chevaux vinrent et nous partîmes. Lucrèce
n'avait pas de passeport, mais une femme, et une
jolie femme, n'inspire guère de soupçons. Un
gendarme cependant fit le difficile. Je lui dis qu'il
était un brave, et qu'assurément il avait servi
sous le grand Napoléon. Il en convint. Je lui fis
présent d'un portrait de ce grand homme, en or,
et je lui dis que mon habitude était de voyager
avec une *amica* pour me tenir compagnie; et que,
attendu que j'en changeais fort souvent, je croyais
inutile de les faire mettre sur mon passeport.

— Celle-ci, ajoutai-je, me mène à la ville pro-
chaine. On m'a dit que j'en trouverais là d'autres
qui la vaudraient.

— Vous auriez tort d'en changer, me dit le
gendarme en fermant respectueusement la portière.

S'il faut tout vous dire, madame, ce traître de
don Ottavio avait fait la connaissance de cette
aimable personne, sœur d'un certain Vanozzi, riche
cultivateur, mal noté comme un peu libéral et
très contrebandier. Don Ottavio savait bien que,
quand même sa famille ne l'eût pas destiné à
l'Église, elle n'aurait jamais consenti à lui laisser
épouser une fille d'une condition si fort au-dessous
de la sienne.

Amour est inventif. L'élève de l'abbé Negroni
parvint à établir une correspondance secrète avec
sa bien-aimée. Toutes les nuits, il s'échappait du
palais Aldobrandi, et, comme il eût été peu sûr
d'escalader la maison de Vanozzi, les deux amants
se donnaient rendez-vous dans celle de madame
Lucrèce, dont la mauvaise réputation les proté-
geait. Une petite porte cachée par un figuier mettait
les deux jardins en communication. Jeunes et amoureux, Lucrèce et Ottavio ne se plaignaient pas
de l'insuffisance de leur ameublement, qui se ré-
duisait, je crois l'avoir déjà dit, à un vieux fauteuil de cuir.

Un soir, attendant don Ottavio, Lucrèce me
prit pour lui, et me fit le cadeau que j'ai rapporté
en son lieu. Il est vrai qu'il y avait quelque ressemblance de taille et de tournure entre don Ottavio et moi, et quelques médisants qui avaient
connu mon père à Rome, prétendaient qu'il y
avait des raisons pour cela. Advint que le maudit
frère découvrit l'intrigue ; mais ses menaces ne
purent obliger Lucrèce à révéler le nom de son

séducteur. On sait quelle fut sa vengeance et comment je pensai payer pour tous. Il est inutile de vous dire comment les deux amants, chacun de son côté, prirent la clef des champs.

Conclusion. — Nous arrivâmes tous les trois à Florence. Don Ottavio épousa Lucrèce, et partit aussitôt avec elle pour Paris. Mon père lui fit le même accueil que j'avais reçu de la marquise. Il se chargea de négocier sa réconciliation, et il y parvint non sans quelque peine. Le marquis Aldo-brandi gagna fort à propos la fièvre des Maremmes, dont il mourut. Ottavio a hérité de son titre et de sa fortune, et je suis le parrain de son premier enfant.

27 avril 1846.

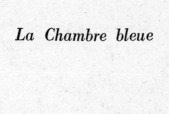

La   Chambre   bleue

A madame de La Rhune

Un jeune homme se promenait d'un air agité dans le vestibule d'un chemin de fer. Il avait des lunettes bleues, et, quoiqu'il ne fût pas enrhumé, il portait sans cesse son mouchoir à son nez. De la main gauche, il tenait un petit sac noir qui contenait, comme je l'ai appris plus tard, une robe de chambre de soie et un pantalon turc.

De temps en temps, il allait à la porte d'entrée, regardait dans la rue, puis tirait sa montre et consultait le cadran de la gare. Le train ne partait que dans une heure ; mais il y a des gens qui craignent toujours d'être en retard. Ce train n'était pas de ceux que prennent les gens pressés ; peu de voitures de première classe. L'heure n'était pas celle qui permet aux agents de change de partir après les affaires terminées, pour dîner dans leur maison de campagne. Lorsque les voyageurs commencèrent à se montrer, un Parisien eût reconnu à leur tournure des fermiers ou de petits marchands de la banlieue. Pourtant, toutes les fois qu'une femme entrait dans la gare, toutes les

fois qu'une voiture s'arrêtait à la porte, le cœur
du jeune homme aux lunettes bleues se gonflait
comme un ballon, ses genoux tremblotaient, son
sac était près d'échapper de ses mains et ses lunettes de tomber de son nez, où, pour le dire en
passant, elles étaient placées tout de travers.

Ce fut bien pis quand, après une longue attente,
parut par une porte de côté, venant précisément
du seul point qui ne fût pas l'objet d'une observation continuelle, une femme vêtue de noir, avec un
voile épais sur le visage, et qui tenait à la main
un sac de maroquin brun, contenant, comme je
l'ai découvert dans la suite, une merveilleuse robe
de chambre et des mules de satin bleu. La femme
et le jeune homme s'avancèrent l'un vers l'autre,
regardant à droite et à gauche, jamais devant eux.
Ils se joignirent, se touchèrent la main et demeurèrent quelques minutes sans se dire un mot, pal-
pitants, pantelants, en proie à une de ces émotions
poignantes pour lesquelles je donnerais, moi, cent
ans de la vie d'un philosophe.

Quand ils trouvèrent la force de parler :

— Léon, dit la jeune femme (j'ai oublié de dire
qu'elle était jeune et jolie), Léon, quel bonheur !
Jamais je ne vous aurais reconnu sous ces lunettes bleues.

— Quel bonheur ! dit Léon. Jamais je ne vous
aurais reconnue sous ce voile noir.

— Quel bonheur ! reprit-elle. Prenons vite nos
places ; si le chemin de fer allait partir sans nous !...
(Et elle lui serra le bras fortement.) On ne se doute
de rien. Je suis en ce moment avec Clara et son
mari, en route pour sa maison de campagne, où je
dois *demain* lui faire mes adieux... Et, ajouta-t-elle

en riant et baissant la tête, il y a une heure qu'elle
est partie, et demain... après avoir passé la *dernière soirée* avec elle... (de nouveau elle lui serra
le bras), demain, dans la matinée, elle me laissera
à la station, où je trouverai Ursule, que j'ai en-
voyée devant, chez ma tante... Oh! j'ai tout
prévu! Prenons nos billets... Il est impossible qu'on
nous devine! Oh! si on nous demande nos noms
dans l'auberge? j'ai déjà oublié...

— Monsieur et madame Duru.

— Oh! non. Pas Duru. Il y avait à la pension
un cordonnier qui s'appelait comme cela.

— Alors, Dumont?

— Daumont.

— A la bonne heure, mais on ne nous demandera
rien.

La cloche sonna, la porte de la salle d'attente
s'ouvrit, et la jeune femme, toujours soigneusement voilée, s'élança dans une diligence avec son
jeune compagnon. Pour la seconde fois, la cloche
retentit; on ferma la portière de leur compartiment.

— Nous sommes seuls! s'écrièrent-ils avec joie.

Mais, presque au même moment, un homme
d'environ cinquante ans, tout habillé de noir,
l'air grave et ennuyé, entra dans la voiture et
s'établit dans un coin. La locomotive siffla et le
train se mit en marche. Les deux jeunes gens,
retirés le plus loin qu'ils avaient pu de leur incommode voisin, commencèrent à se parler bas et en
anglais par surcroît de précaution.

— Monsieur, dit l'autre voyageur dans la
même langue et avec un bien plus pur accent
britannique, si vous avez des secrets à vous conter,

vous ferez bien de ne pas les dire en anglais devant
moi. Je suis Anglais. Désolé de vous gêner, mais,
dans l'autre compartiment, il y avait un homme
seul, et j'ai pour principe de ne jamais voyager
avec un homme seul... Celui-là avait une figure
de Jud. Et cela aurait pu le tenter.

Il montra son sac de voyage, qu'il avait jeté
devant lui sur un coussin.

— Au reste, si je ne dors pas, je lirai.

En effet, il essaya loyalement de dormir. Il
ouvrit son sac, en tira une casquette commode, la
mit sur sa tête, et tint les yeux fermés pendant
quelques minutes ; puis il les rouvrit avec un geste
d'impatience, chercha dans son sac des lunettes,
puis un livre grec ; enfin, il se mit à lire avec beaucoup d'attention. Pour prendre le livre dans le
sac, il fallut déranger maint objet entassé au
hasard. Entre autres, il tira des profondeurs du
sac une assez grosse liasse de billets de la banque
d'Angleterre, la déposa sur la banquette en face
de lui, et, avant de la replacer dans le sac, il la
montra au jeune homme en lui demandant s'il
trouverait à changer des banknotes à N***.

— Probablement. C'est sur la route d'Angleterre.

N*** était le lieu où se dirigeaient les deux
jeunes gens. Il y a à N*** un petit hôtel assez
propret, où l'on ne s'arrête guère que le samedi
soir. On prétend que les chambres sont bonnes.
Le maître et les gens ne sont pas assez éloignés de
Paris pour avoir ce vice provincial. Le jeune
homme, que j'ai déjà appelé Léon, avait été reconnaître cet hôtel quelque temps auparavant, sans
lunettes bleues, et, sur le rapport qu'il en avait

fait, son amie avait paru éprouver le désir de le visiter.

Elle se trouvait, d'ailleurs, ce jour-là, dans une disposition d'esprit telle, que les murs d'une prison lui eussent semblé pleins de charmes, si elle y eût été enfermée avec Léon.

Cependant, le train allait toujours ; l'Anglais lisait son grec sans tourner la tête vers ses compagnons, qui causaient si bas, que des amants seuls eussent pu s'entendre. Peut-être ne surprendrai-je pas mes lecteurs en leur disant que c'étaient des amants dans toute la force du terme, et, ce qu'il y avait de déplorable, c'est qu'ils n'étaient pas mariés, et il y avait des raisons qui s'opposaient à ce qu'ils le fussent.

On arriva à N***. L'Anglais descendit le premier. Pendant que Léon aidait son amie à sortir de la diligence sans montrer ses jambes, un homme s'élança sur la plate-forme, du compartiment voisin. Il était pâle, jaune même, les yeux creux et injectés de sang, la barbe mal faite, signe auquel on reconnaît souvent les grands criminels. Son costume était propre, mais usé jusqu'à la corde. Sa redingote, jadis noire, maintenant grise au dos et aux coudes, était boutonnée jusqu'au menton, probablement pour cacher un gilet encore plus râpé. Il s'avança vers l'Anglais, et, d'un ton très humble :

— Uncle!... lui dit-il.

— Leave me alone, you wretch [1]! s'écria l'Anglais, dont l'œil gris s'alluma d'un éclat de colère.

Et il fit un pas pour sortir de la station.

1. « Laissez-moi tranquille, vaurien! »

— Don't drive me to despair [1], reprit l'autre avec un accent à la fois lamentable et presque menaçant.

— Veuillez être assez bon pour garder mon sac un instant, dit le vieil Anglais, en jetant son sac de voyage aux pieds de Léon.

Aussitôt il prit le bras de l'homme qui l'avait accosté, le mena ou plutôt le poussa dans un coin, où il espérait n'être pas entendu, et, là, il lui parla un moment d'un ton fort rude, comme il semblait. Puis il tira de sa poche quelques papiers, les froissa et les mit dans la main de l'homme qui l'avait appelé son oncle. Ce dernier prit les papiers sans remercier et presque aussitôt s'éloigna et disparut.

Il n'y a qu'un hôtel à N***, il ne faut donc pas s'étonner si, au bout de quelques minutes, tous les personnages de cette véridique histoire s'y retrouvèrent. En France, tout voyageur qui a le bonheur d'avoir une femme bien mise à son bras est sûr d'obtenir la meilleure chambre dans tous les hôtels ; aussi est-il établi que nous sommes la nation la plus polie de l'Europe.

Si la chambre qu'on donna à Léon était la meilleure, il serait téméraire d'en conclure qu'elle était excellente. Il y avait un grand lit de noyer, avec des rideaux de perse où l'on voyait imprimée en violet l'histoire magique de Pyrame et de Thisbé. Les murs étaient couverts d'un papier peint représentant une vue de Naples avec beaucoup de personnages ; malheureusement, des voyageurs désœuvrés et indiscrets avaient ajouté des moustaches et des pipes à toutes les figures mâles et

1. « Ne m'acculez pas au désespoir. »

femelles ; et bien des sottises en prose et en vers
écrites à la mine de plomb se lisaient sur le ciel
et sur la mer. Sur ce fond pendaient plusieurs
gravures : *Louis-Philippe prêtant serment à la
Charte de 1830 ; la Première entrevue de Julie et
de Saint-Preux ; l'Attente du Bonheur et les Regrets*, d'après M. Dubuffe. Cette chambre s'appelait
la chambre bleue, parce que les deux fauteuils à
droite et à gauche de la cheminée étaient en velours d'Utrecht de cette couleur ; mais, depuis
bien des années, ils étaient cachés sous des chemises de percaline grise à galons amarante.

Tandis que les servantes de l'hôtel s'empres-
saient autour de la nouvelle arrivée et lui faisaient
leurs offres de service, Léon, qui n'était pas dépourvu de bon sens quoique amoureux, allait à la
cuisine commander le dîner. Il lui fallut employer
toute sa rhétorique et quelques moyens de corruption pour obtenir la promesse d'un dîner à part ;
mais son horreur fut grande lorsqu'il apprit que,
dans la principale salle à manger, c'est-à-dire à
côté de sa chambre, MM. les officiers du 3e hussards, qui allaient relever MM. les officiers du
3e chasseurs à N***, devaient se réunir à ces derniers,
le jour même, dans un dîner d'adieu où régnerait
une grande cordialité. L'hôte jura ses grands dieux
qu'à part la gaieté naturelle à tous les militaires
français, MM. les hussards et MM. les chasseurs
étaient connus dans toute la ville pour leur douceur et leur sagesse, et que leur voisinage n'aurait
pas le moindre inconvénient pour madame,
l'usage de MM. les officiers étant de se lever de
table dès avant minuit.

Comme Léon regagnait la chambre bleue, sur

cette assurance qui ne le troublait pas médiocrement, il s'aperçut que son Anglais occupait la chambre à côté de la sienne. La porte était ouverte. L'Anglais, assis devant une table sur laquelle étaient un verre et une bouteille, regardait le plafond avec une attention profonde, comme s'il comptait les mouches qui s'y promenaient.

— Qu'importe le voisinage ! se dit Léon. L'Anglais sera bientôt ivre, et les hussards s'en iront avant minuit.

En entrant dans la chambre bleue, son premier soin fut de s'assurer que les portes de communication étaient bien fermées et qu'elles avaient des verrous. Du côté de l'Anglais il y avait double porte ; les murs étaient épais. Du côté des hussards la paroi était plus mince, mais la porte avait serrure et verrou. Après tout, c'était contre la curiosité une barrière bien plus efficace que les stores d'une voiture, et combien de gens se croient isolés du monde dans un fiacre !

Assurément, l'imagination la plus riche ne peut se représenter de félicité plus complète que celle de deux jeunes amants qui, après une longue attente, se trouvent seuls, loin des jaloux et des curieux, en mesure de se conter à loisir leurs souffrances passées et de savourer les délices d'une parfaite réunion. Mais le diable trouve toujours le moyen de verser sa goutte d'absinthe dans la coupe du bonheur.

Johnson a écrit, mais non le premier, et il l'avait pris à un Grec, que nul homme ne peut se dire : « Aujourd'hui je serai heureux. » Cette vérité reconnue, à une époque très reculée, par les plus grands philosophes est encore ignorée d'un

certain nombre de mortels et singulièrement par
la plupart des amoureux.

Tout en faisant un assez médiocre dîner, dans
la chambre bleue, de quelques plats dérobés au
banquet des chasseurs et des hussards, Léon et
son amie eurent beaucoup à souffrir de la conversation à laquelle se livraient ces messieurs dans
la salle voisine. On y tenait des propos étrangers
à la stratégie et à la tactique, et que je me garderai
bien de rapporter.

C'était une suite d'histoires saugrenues, presque
toutes fort gaillardes, accompagnées de rires écla-
tants, auxquels il était parfois assez difficile à nos
amants de ne pas prendre part. L'amie de Léon
n'était pas une prude, mais il y a des choses qu'on
n'aime pas à entendre, même en tête à tête avec
l'homme qu'on aime. La situation devenait de
plus en plus embarrassante, et comme on allait
apporter le dessert de MM. les officiers, Léon crut
devoir descendre à la cuisine pour prier l'hôte de
représenter à ces messieurs qu'il y avait une
femme souffrante dans la chambre à côté d'eux,
et qu'on attendait de leur politesse qu'ils voudraient
bien faire un peu moins de bruit.

Le maître d'hôtel, comme il arrive dans les
dîners de corps, était tout ahuri et ne savait à qui
répondre. Au moment où Léon lui donnait son
message pour les officiers, un garçon lui demandait
du vin de Champagne pour les hussards, une
servante du vin de Porto pour l'Anglais.

— J'ai dit qu'il n'y en avait pas, ajouta-
t-elle.

— Tu es une sotte. Il y a tous les vins chez
moi. Je vais lui en trouver, du porto! Apporte-

moi la bouteille de ratafia, une bouteille à quinze et un carafon d'eau-de-vie.

Après avoir fabriqué du porto en un tour de main, l'hôte entra dans la grande salle et fit la commission que Léon venait de lui donner. Elle excita tout d'abord une tempête furieuse.

Puis une voix de basse qui dominait toutes les autres, demanda quelle espèce de femme était leur voisine. Il se fit une sorte de silence. L'hôte répondit :

— Ma foi! messieurs, je ne sais trop que vous dire. Elle est bien gentille et bien timide. Marie-Jeanne dit qu'elle a une alliance au doigt. Ça se pourrait bien que ce fût une mariée, qui vient ici pour finir la noce, comme il en vient des fois.

— Une mariée ? s'écrièrent quarante voix, il faut qu'elle vienne trinquer avec nous! Nous allons boire à sa santé, et apprendre au mari ses devoirs conjugaux!

A ces mots, on entendit un grand bruit d'éperons, et nos amants tressaillirent, pensant que leur chambre allait être prise d'assaut. Mais soudain une voix s'élève qui arrête le mouvement. Il était évident que c'était un chef qui parlait. Il reprocha aux officiers leur impolitesse et leur intima l'ordre de se rasseoir et de parler décemment et sans crier. Puis il ajouta quelques mots trop bas pour être entendus de la chambre bleue. Ils furent écoutés avec déférence, mais non sans exciter pourtant une certaine hilarité contenue. A partir de ce moment, il y eut dans la salle des officiers un silence relatif, et nos amants, bénissant l'empire salutaire de la discipline, commencèrent à se parler avec plus d'abandon... Mais, après tant de tracas, il fallait du temps pour retrouver les

tendres émotions que l'inquiétude, les ennuis du
voyage, et surtout la grosse joie de leurs voisins,
avaient fortement troublées. A leur âge cependant,
la chose n'est pas très difficile, et ils eurent bientôt
oublié tous les désagréments de leur expédition
aventureuse pour ne plus penser qu'aux plus importants de ses résultats.

Ils croyaient la paix faite avec les hussards ;
hélas ! ce n'était qu'une trêve. Au moment où ils
s'y attendaient le moins, lorsqu'ils étaient à mille
lieues de ce monde sublunaire, voilà vingt-quatre
trompettes soutenues de quelques trombones qui
sonnent l'air connu des soldats français : *La
victoire est à nous!* Le moyen de résister à pareille
tempête ? Les pauvres amants furent bien à
plaindre.

. . . .

Non, pas tant à plaindre, car à la fin les officiers
quittèrent la salle à manger, défilant devant la
porte de la chambre bleue avec un grand cliquetis
de sabres et d'éperons, et criant l'un après l'autre :

— Bonsoir, madame la mariée!

Puis tout bruit cessa. Je me trompe, l'Anglais
sortit dans le corridor et cria :

— Garçon! portez une autre bouteille du même
porto.

. . . .

Le calme était rétabli, dans l'hôtel de N***.
La nuit était douce, la lune dans son plein. Depuis
un temps immémorial, les amants se plaisent à
regarder notre satellite. Léon et son amie ouvrirent
leur fenêtre, qui donnait sur un petit jardin, et
aspirèrent avec plaisir l'air frais qu'embaumait un
berceau de clématites.

Ils n'y restèrent pas longtemps toutefois. Un homme se promenait dans le jardin, la tête baissée, les bras croisés, un cigare à la bouche. Léon crut reconnaître le neveu de l'Anglais qui aimait le vin de Porto.

. . . .

Je hais les détails inutiles, et, d'ailleurs, je ne me crois pas obligé de dire au lecteur tout ce qu'il peut facilement imaginer, ni de raconter, heure par heure, tout ce qui se passa dans l'hôtel de N***. Je dirai donc que la bougie qui brûlait sur la cheminée sans feu de la chambre bleue était plus d'à moitié consumée, quand, dans l'appartement de l'Anglais, naguère silencieux, un bruit étrange se fit entendre, comme un corps lourd peut en produire en tombant. A ce bruit se joignit une sorte de craquement non moins étrange, suivi d'un cri étouffé et de quelques mots indistincts, semblables à une imprécation. Les deux jeunes habitants de la chambre bleue tressaillirent. Peut-être avaient-ils été réveillés en sursaut. Sur l'un et l'autre, ce bruit, qu'ils ne s'expliquaient pas, avait causé une impression presque sinistre.

— C'est notre Anglais qui rêve, dit Léon en s'efforçant de sourire.

Mais il voulait rassurer sa compagne, et il frissonna involontairement. Deux ou trois minutes après, une porte s'ouvrit dans le corridor, avec précaution, comme il semblait ; puis elle se referma très doucement. On entendit un pas lent et mal assuré qui, selon toute apparence, cherchait à se dissimuler.

— Maudite auberge! s'écria Léon.

— Ah! c'est le paradis!... répondit la jeune

femme en laissant tomber sa tête sur l'épaule de
Léon. Je meurs de sommeil...

Elle soupira et se rendormit presque aussitôt.

Un moraliste illustre a dit que les hommes ne
sont jamais bavards lorsqu'ils n'ont plus rien à
demander. Qu'on ne s'étonne donc point si Léon
ne fit aucune tentative pour renouer la conversation, ou disserter sur les bruits de l'hôtel de
N***. Malgré lui, il en était préoccupé et son
imagination y rattachait maintes circonstances
auxquelles, dans une autre disposition d'esprit,
il n'eût fait aucune attention. La figure sinistre
du neveu de l'Anglais lui revenait en mémoire.
Il y avait de la haine dans le regard qu'il jetait
à son oncle, tout en lui parlant avec humilité,
sans doute parce qu'il lui demandait de l'argent.

Quoi de plus facile à un homme jeune encore
et vigoureux, désespéré en outre, que de grimper
du jardin à la fenêtre de la chambre voisine ?
D'ailleurs, il logeait dans l'hôtel, puisque, la nuit,
il se promenait dans le jardin. Peut-être,... probablement même,... indubitablement, il savait que
le sac de son oncle renfermait une grosse liasse de
billets de banque... Et ce coup sourd, comme un
coup de massue sur un crâne chauve !... ce cri
étouffé !... ce jurement affreux ! et ces pas ensuite !
Ce neveu avait la mine d'un assassin... Mais on
n'assassine pas dans un hôtel plein d'officiers.
Sans doute cet Anglais avait mis le verrou en
homme prudent, surtout sachant le drôle aux environs... Il s'en défiait, puisqu'il n'avait pas voulu
l'aborder avec son sac à la main... Pourquoi se livrer
à des pensées hideuses quand on est si heureux ?

Voilà ce que Léon se disait mentalement. Au

milieu de ses pensées, que je me garderai d'ana·
lyser plus longuement et qui se présentaient à lui
presque aussi confuses que les visions d'un rêve,
il avait les yeux fixés machinalement vers la porte
de communication entre la chambre bleue et
celle de l'Anglais.

En France, les portes ferment mal. Entre celle-
ci et le parquet, il y avait un intervalle d'au
moins deux centimètres. Tout à coup, dans cet
intervalle, à peine éclairé par le reflet du parquet,
parut quelque chose de noirâtre, plat, semblable
à une lame de couteau, car le bord, frappé par la
lumière de la bougie, présentait une ligne mince,
très brillante. Cela se mouvait lentement dans la
direction d'une petite mule de satin bleu, jetée
indiscrètement à peu de distance de cette porte.
Était-ce quelque insecte comme un mille-pattes ?...
Non ; ce n'est pas un insecte. Cela n'a pas de
forme déterminée... Deux ou trois traînées brunes,
chacune avec sa ligne de lumière sur les bords,
ont pénétré dans la chambre. Leur mouvement
s'accélère, grâce à la pente du parquet... Elles
s'avancent rapidement, elles viennent effleurer
la petite mule. Plus de doute! C'est un liquide,
et, ce liquide, on en voyait maintenant distinctement la couleur à la lueur de la bougie, c'était du
sang! Et tandis que Léon, immobile, regardait
avec horreur ces traînées effroyables, la jeune
femme dormait toujours d'un sommeil tranquille,
et sa respiration régulière échauffait le cou et
l'épaule de son amant.

.. ..

Le soin qu'avait eu Léon de commander le
dîner dès en arrivant dans l'hôtel de N***

prouve suffisamment qu'il avait une assez bonne
tête, une intelligence élevée et qu'il savait prévoir.
Il ne démentit pas en cette occasion le caractère
qu'on a pu lui reconnaître déjà. Il ne fit pas un
mouvement et toute la force de son esprit se tendit
avec effort pour prendre une résolution en présence de l'affreux malheur qui le menaçait.

Je m'imagine que la plupart de mes lecteurs,
et surtout mes lectrices, remplis de sentiments
héroïques, blâmeront en cette circonstance la
conduite et l'immobilité de Léon. Il aurait dû, me
dira-t-on, courir à la chambre de l'Anglais et
arrêter le meurtrier, tout au moins tirer sa son-
nette et carillonner les gens de l'hôtel. — A cela
je répondrai d'abord que, dans les hôtels, en
France, il n'y a de sonnettes que pour l'ornement
des chambres et que leurs cordons ne correspon-
dent à aucun appareil métallique. J'ajouterai
respectueusement, mais avec fermeté, que, s'il
est mal de laisser mourir un Anglais à côté de soi,
il n'est pas louable de lui sacrifier une femme qui
dort la tête sur votre épaule. Que serait-il arrivé
si Léon eût fait un tapage à réveiller l'hôtel ? Les
gendarmes, le procureur impérial et son greffier
seraient arrivés aussitôt. Avant de lui demander
ce qu'il avait vu et entendu, ces messieurs sont,
par profession, si curieux qu'ils lui auraient dit
tout d'abord :

— Comment vous nommez-vous ? Vos papiers ?
Et madame ? Que faisiez-vous ensemble dans la
chambre bleue ? Vous aurez à comparaître en cour
d'assises pour dire que le tant de tel mois, à telle
heure de nuit, vous avez été les témoins de tel
fait.

Or c'est précisément cette idée de procureur impérial et de gens de justice qui la première se présenta à l'esprit de Léon. Il y a parfois dans la vie des cas de conscience difficiles à résoudre ; vaut-il mieux laisser égorger un voyageur inconnu, ou déshonorer et perdre la femme qu'on aime ?

Il est désagréable d'avoir à se poser un pareil problème. J'en donne en dix la solution au plus habile.

Léon fit donc ce que probablement plusieurs eussent fait à sa place : il ne bougea pas.

Les yeux fixés sur la mule bleue et le petit ruisseau rouge qui la touchait, il demeura longtemps comme fasciné, tandis qu'une sueur froide mouillait ses tempes et que son cœur battait dans sa poitrine à la faire éclater.

Une foule de pensées et d'images bizarres et horribles l'obsédaient, et une voix intérieure lui criait à chaque instant : « Dans une heure, on saura tout, et c'est ta faute ! » Cependant, à force de se dire : « Qu'allais-je faire dans cette galère ? » on finit par apercevoir quelques rayons d'espérance. Il se dit enfin :

— Si nous quittions ce maudit hôtel avant la découverte de ce qui s'est passé dans la chambre à côté, peut-être pourrions-nous faire perdre nos traces. Personne ne nous connaît ici ; on ne m'a vu qu'en lunettes bleues ; on ne l'a vue que sous son voile. Nous sommes à deux pas d'une station, et en une heure nous serions bien loin de N***.

Puis, comme il avait longuement étudié l'*Indicateur* pour organiser son expédition, il se rappela qu'un train passait à huit heures allant à Paris. Bientôt après, on serait perdu dans l'immensité

de cette ville où se cachent tant de coupables. Qui
pourrait y découvrir deux innocents ? Mais n'en-
trerait-on pas chez l'Anglais avant huit heures ?
Toute la question était là.

Bien convaincu qu'il n'avait pas d'autre parti
à prendre, il fit un effort désespéré pour secouer la
torpeur qui s'était emparée de lui depuis si longtemps ; mais, au premier mouvement qu'il fit, sa
jeune compagne se réveilla et l'embrassa à
l'étourdie. Au contact de sa joue glacée, elle laissa
échapper un petit cri :

— Qu'avez-vous ? lui dit-elle avec inquiétude.
Votre front est froid comme un marbre.

— Ce n'est rien, répondit-il d'une voix mal
assurée. J'ai entendu un bruit dans la chambre à
côté...

Il se dégagea de ses bras et d'abord écarta la
mule bleue et plaça un fauteuil devant la porte
de communication de manière à cacher à son amie
l'affreux liquide qui, ayant cessé de s'étendre,
formait maintenant une tache assez large sur le
parquet. Puis il entrouvrit la porte qui donnait
sur le corridor et écouta avec attention : il osa
même s'approcher de la porte de l'Anglais. Elle
était fermée. Il y avait déjà quelque mouvement
dans l'hôtel. Le jour se levait. Les valets d'écurie
pansaient les chevaux dans la cour, et, du second
étage, un officier descendait les escaliers en faisant résonner ses éperons. Il allait présider à cet
intéressant travail, plus agréable aux chevaux
qu'aux humains, et qu'en termes techniques on
appelle *la botte*.

Léon rentra dans la chambre bleue, et, avec
tous les ménagements que l'amour peut inventer,

à grands renforts de circonlocutions et d'euphé-
mismes, il exposa à son amie la situation où il se
trouvait.

Danger de rester ; danger de partir trop précipitamment ; danger encore plus grand d'attendre
dans l'hôtel que la catastrophe de la chambre
voisine fût découverte.

Inutile de dire l'effroi causé par cette communication, les larmes qui la suivirent, les propositions insensées qui furent mises en avant ; que de
fois les deux infortunés se jetèrent dans les bras
l'un de l'autre, en se disant : « Pardonne-moi!
pardonne-moi! » Chacun se croyait le plus coupable.
Ils se promirent de mourir ensemble, car la
jeune femme ne doutait pas que la justice ne les
trouvât coupables du meurtre de l'Anglais, et,
comme ils n'étaient pas sûrs qu'on leur permît
de s'embrasser encore sur l'échafaud, ils s'embras-
sèrent à s'étouffer, s'arrosant à l'envi de leurs
larmes. Enfin, après avoir dit bien des absurdités
et bien des mots tendres et déchirants, ils recon-
nurent au milieu de mille baisers, que le plan
médité par Léon, c'est-à-dire le départ par le train
de huit heures, était en réalité le seul praticable
et le meilleur à suivre. Mais restaient encore deux
mortelles heures à passer. A chaque pas dans le
corridor, ils frémissaient de tous leurs membres.
Chaque craquement de bottes leur annonçait
l'entrée du procureur impérial.

Leur petit paquet fut fait en un clin d'œil. La
jeune femme voulait brûler dans la cheminée la
mule bleue ; mais Léon la ramassa, et après
l'avoir essuyée à la descente de lit, il la baisa et
la mit dans sa poche. Il fut surpris de trouver

qu'elle sentait la vanille ; son amie avait pour parfum le bouquet de l'impératrice Eugénie.

Déjà tout le monde était réveillé dans l'hôtel. On entendait des garçons qui riaient, des servantes qui chantaient, des soldats qui brossaient les habits des officiers. Sept heures venaient de sonner. Léon voulut obliger son amie à prendre une tasse de café au lait, mais elle déclara que sa gorge était si serrée, qu'elle mourrait si elle essayait de boire quelque chose.

Léon, muni de ses lunettes bleues, descendit pour payer sa note. L'hôte lui demanda pardon du bruit qu'on avait fait, et qu'il ne pouvait encore s'expliquer ; ces MM. les officiers étaient toujours si tranquilles ! Léon l'assura qu'il n'avait rien entendu et qu'il avait parfaitement dormi.

— Par exemple, votre voisin de l'autre côté, continua l'hôte, n'a pas dû vous incommoder. Il ne fait pas beaucoup de bruit, celui-là. Je parie qu'il dort encore sur les deux oreilles.

Léon s'appuya fortement au comptoir pour ne pas tomber, et la jeune femme, qui avait voulu le suivre, se cramponna à son bras, en serrant son voile devant ses yeux.

— C'est un milord, poursuivit l'hôte impitoyable. Il lui faut toujours du meilleur. Ah ! c'est un homme bien comme il faut ! Mais tous les Anglais ne sont pas comme lui. Il y en avait un ici qui est pingre ! Il trouve tout trop cher, l'appartement, le dîner. Il voulait me compter son billet pour cent vingt-cinq francs, un billet de la banque d'Angleterre de cinq livres sterling... Pourvu encore qu'il soit bon !... Tenez, monsieur, vous devez vous y connaître, car je vous ai entendu parler anglais avec madame... Est-il bon ?

En parlant ainsi, il lui présentait une banknote de cinq livres sterling. Sur un des angles, il y avait une petite tache rouge que Léon s'expliqua aussitôt.

— Je le crois fort bon, dit-il d'une voix étranglée.

— Oh! vous avez bien le temps, reprit l'hôte ; le train ne passe qu'à huit heures, et il est toujours en retard. — Veuillez donc vous asseoir, madame ; vous semblez fatiguée...

En ce moment, une grosse servante entra.

— Vite de l'eau chaude, dit-elle, pour le thé de milord! Apportez aussi une éponge! Il a cassé sa bouteille et toute sa chambre est inondée.

A ces mots, Léon se laissa tomber sur une chaise ; sa compagne en fit de même. Une forte envie de rire les prit tous les deux, et ils eurent quelque peine à ne pas éclater. La jeune femme lui serra joyeusement la main.

— Décidément, dit Léon à l'hôte, nous ne partirons que par le train de deux heures. Faites-nous un bon déjeuner pour midi.

Biarritz, septembre 1866.

Lokis

MANUSCRIT DU PROFESSEUR WITTEMBACH

. . . .
Théodore, dit M. le professeur Wittembach,
veuillez me donner ce cahier relié en parchemin,
sur la seconde tablette, au-dessus du secrétaire ;
non, pas celui-ci, mais le petit in-octavo. C'est là
que j'ai réuni toutes les notes de mon journal de
1866, du moins celles qui se rapportent au comte
Szémioth.

Le professeur mit ses lunettes, et, au milieu
du plus profond silence, lut ce qui suit :

LOKIS

avec ce proverbe lithuanien pour épigraphe :

> *Miszka su Lokiu,*
> *Abu du tokiu**

Lorsque parut à Londres la première traduction
des Saintes Écritures en langue lithuanienne, je

---

* « Les deux font la paire » ; mot à mot, Michon (Michel)
avec Lokis, tous les deux les mêmes. *Michaelium cum
Lokide, ambo (duo) ipsissimi.*

publiai, dans la *Gazette scientifique et littéraire* de
Kœnigsberg, un article dans lequel, tout en ren-
dant pleine justice aux efforts du docte interprète
et aux pieuses intentions de la Société biblique,
je crus devoir signaler quelques légères erreurs,
et, de plus, je fis remarquer que cette version ne
pouvait être utile qu'à une partie seulement des
populations lithuaniennes. En effet, le dialecte
dont on a fait usage n'est que difficilement intelligible aux habitants des districts où se parle la
langue *jomaïtique*, vulgairement appelée *jmoude*,
je veux dire dans le palatinat de Samogitie,
langue qui se rapproche du sanscrit encore plus
peut-être que le haut lithuanien. Cette observation,
malgré les critiques furibondes qu'elle m'attira
de la part de certain professeur bien connu à l'université de Dorpat, éclaira les honorables membres
du conseil d'administration de la Société biblique,
et il n'hésita pas à m'adresser l'offre flatteuse de
diriger et de surveiller la rédaction de l'Évangile
de saint Matthieu en samogitien. J'étais alors trop
occupé de mes études sur les langues transoura-
liennes pour entreprendre un travail plus étendu
qui eût compris les quatre Évangiles. Ajournant
donc mon mariage avec mademoiselle Gertrude
Weber, je me rendis à Kowno (*Kaunas*), avec
l'intention de recueillir tous les monuments lin-
guistiques imprimés ou manuscrits en langue
jmoude que je pourrais me procurer, sans négliger,
bien entendu, les poésies populaires, *daïnos*, les
récits ou légendes, *pasakos*, qui me fourniraient
des documents pour un vocabulaire jomaïtique,
travail qui devait nécessairement précéder celui
de la traduction.

On m'avait donné une lettre pour le jeune comte Michel Szémioth, dont le père, à ce qu'on m'assurait, avait possédé le fameux *Catechismus Samogiticus* du père Lawicki, si rare, que son existence même a été contestée, notamment par le professeur de Dorpat auquel je viens de faire allusion. Dans sa bibliothèque se trouvait, selon les renseignements qui m'avaient été donnés, une vieille collection de *daïnos*, ainsi que des poésies dans l'ancienne langue *prussienne*. Ayant écrit au comte Szémioth pour lui exposer le but de ma visite, j'en reçus l'invitation la plus aimable de venir passer dans son château de Médintiltas tout le temps qu'exigeraient mes recherches. Il terminait sa lettre en me disant de la façon la plus gracieuse qu'il se piquait de parler le jmoude presque aussi bien que ses paysans, et qu'il serait heureux de joindre ses efforts aux miens pour une entreprise qu'il qualifiait de *grande* et d'intéressante. Ainsi que quelques-uns des plus riches propriétaires de la Lithuanie, il professait la religion évangélique, dont j'ai l'honneur d'être ministre. On m'avait prévenu que le comte n'était pas exempt d'une certaine bizarrerie de caractère, très hospitalier, d'ailleurs, ami des sciences et des lettres, et particulièrement bienveillant pour ceux qui les cultivent. Je partis donc pour Médintiltas.

Au perron du château, je fus reçu par l'intendant du comte, qui me conduisit aussitôt à l'appartement préparé pour me recevoir.

— M. le comte, me dit-il, est désolé de ne pouvoir dîner aujourd'hui avec M. le professeur. Il est tourmenté de la migraine, maladie à laquelle il est malheureusement un peu sujet. Si M. le pro-

fesseur ne désire pas être servi dans sa chambre,
il dînera avec M. le docteur Frœber, médecin de
madame la comtesse. On dîne dans une heure, on
ne fait pas de toilette. Si M. le professeur a des
ordres à donner, voici le timbre.

Il se retira en me faisant un profond salut.

L'appartement était vaste, bien meublé, orné
de glaces et de dorures. Il avait vue d'un côté
sur un jardin ou plutôt sur le parc du château,
de l'autre sur la grande cour d'honneur. Malgré
l'avertissement : « On ne fait pas de toilette », je
crus devoir tirer de ma malle mon habit noir.
J'étais en manches de chemise, occupé à déballer
mon petit bagage, lorsqu'un bruit de voiture m'attira à la fenêtre qui donnait sur la cour. Une belle
calèche venait d'entrer. Elle contenait une dame
en noir, un monsieur et une femme vêtue comme
les paysannes lithuaniennes, mais si grande et si
forte, que d'abord je fus tenté de la prendre pour
un homme déguisé. Elle descendit la première ;
deux autres femmes, non moins robustes en apparence, étaient déjà sur le perron. Le monsieur se
pencha vers la dame en noir, et, à ma grande
surprise, déboucla une large ceinture de cuir qui la
fixait à sa place dans la calèche. Je remarquai
que cette dame avait de longs cheveux blancs
fort en désordre, et que ses yeux, tout grands
ouverts, semblaient inanimés : on eût dit une
figure de cire. Après l'avoir détachée, son compagnon lui adressa la parole, chapeau bas, avec
beaucoup de respect ; mais elle ne parut pas y
faire la moindre attention. Alors, il se tourna vers
les servantes en leur faisant un léger signe de tête.
Aussitôt les trois femmes saisirent la dame en noir,

et en dépit de ses efforts pour s'accrocher à la
calèche, elles l'enlevèrent comme une plume, et la
portèrent dans l'intérieur du château. Cette scène
avait pour témoins plusieurs serviteurs de la
maison qui semblaient n'y voir rien que de très
ordinaire.

L'homme qui avait dirigé l'opération tira sa
montre et demanda si on allait bientôt dîner.

— Dans un quart d'heure, monsieur le docteur,
lui répondit-on.

Je n'eus pas de peine à deviner que je voyais le
docteur Frœber, et que la dame en noir était la
comtesse. D'après son âge, je conclus qu'elle était
la mère du comte Szémioth, et les précautions
prises à son égard annonçaient assez que sa raison
était altérée.

Quelques instants après, le docteur lui-même
entra dans ma chambre.

— M. le comte étant souffrant, me dit-il, je suis
obligé de me présenter moi-même à M. le professeur. Le docteur Frœber, à vous rendre mes devoirs. Enchanté de faire la connaissance d'un
savant dont le mérite est connu de tous ceux qui
lisent la *Gazette scientifique et littéraire* de Kœnigsberg. Auriez-vous pour agréable qu'on servît ?

Je répondis de mon mieux à ses compliments,
et lui dis que, s'il était temps de se mettre à table,
j'étais prêt à le suivre.

Dès que nous entrâmes dans la salle à manger,
un maître d'hôtel nous présenta, selon l'usage du
Nord, un plateau d'argent chargé de liqueurs et
de quelques mets salés et fortement épicés propres
à exciter l'appétit.

— Permettez-moi, monsieur le professeur, me

dit le docteur, de vous recommander, en ma qualité
de médecin, un verre de cette *starka*, vraie eau-
de-vie de Cognac, depuis quarante ans dans le fût.
C'est la mère des liqueurs. Prenez un anchois de
Drontheim, rien n'est plus propre à ouvrir et préparer le tube digestif, organe des plus importants...
Et maintenant, à table! Pourquoi ne parlerions-
nous pas allemand? Vous êtes de Kœnigsberg,
moi de Memel; mais j'ai fait mes études à Iéna.
De la sorte nous serons plus libres, et les domestiques, qui ne savent que le polonais et le russe, ne
nous comprendront pas.

Nous mangeâmes d'abord en silence; puis, après
avoir pris un premier verre de vin de Madère, je
demandai au docteur si le comte était fréquemment
incommodé de l'indisposition qui nous privait
aujourd'hui de sa présence.

— Oui et non, répondit le docteur; cela dépend
des excursions qu'il fait.

— Comment cela?

— Lorsqu'il va sur la route de Rosienie, par
exemple, il en revient avec la migraine et l'humeur
farouche.

— Je suis allé à Rosienie moi-même sans pareil
accident.

— Cela tient, monsieur le professeur, répondit-
il en riant, à ce que vous n'êtes pas amoureux.

Je soupirai en pensant à mademoiselle Gertrude
Weber.

— C'est donc à Rosienie, dis-je, que demeure
la fiancée de M. le comte?

— Oui, dans les environs. Fiancée?... je n'en
sais rien. Une franche coquette! Elle lui fera
perdre la tête, comme il est arrivé à sa mère.

— En effet, je crois que madame la comtesse
est... malade?

— Elle est folle, mon cher monsieur, folle! Et
le plus grand fou, c'est moi, d'être venu ici!

— Espérons que vos bons soins lui rendront la
santé.

Le docteur secoua la tête en examinant avec
attention la couleur d'un verre de vin de Bordeaux
qu'il tenait à la main.

— Tel que vous me voyez, monsieur le professeur, j'étais chirurgien-major au régiment de
Kalouga. A Sébastopol, nous étions du matin au
soir à couper des bras et des jambes; je ne parle
pas des bombes qui nous arrivaient comme des
mouches à un cheval écorché; eh bien, mal logé,
mal nourri, comme j'étais alors, je ne m'ennuyais
pas comme ici, où je mange et bois du meilleur, où
je suis logé comme un prince, payé comme un
médecin de cour... Mais la liberté, mon cher
monsieur!... Figurez-vous qu'avec cette diablesse
on n'a pas un moment à soi!

— Y a-t-il longtemps qu'elle est confiée à votre
expérience?

— Moins de deux ans; mais il y en a vingt-sept
au moins qu'elle est folle, dès avant la naissance
du comte. On ne vous a pas conté cela à Rosienie
ni à Kowno? Écoutez donc, car c'est un cas sur
lequel je veux un jour écrire un article dans le
Journal médical de Saint-Pétersbourg. Elle est
folle de peur...

— De peur? Comment est-ce possible?

— D'une peur qu'elle a eue. Elle est de la
famille des Keystut... Oh! dans cette maison-ci,
on ne se mésallie pas. Nous descendons, nous, de

Gédymin... Donc, monsieur le professeur, trois jours... ou deux jours après son mariage, qui eut lieu dans ce château, où nous dînons (à votre santé!)..., le comte, le père de celui-ci, s'en va à la chasse. Nos dames lithuaniennes sont des amazones comme vous savez. La comtesse va aussi à la chasse... Elle reste en arrière ou dépasse les veneurs..., je ne sais lequel... Bon! tout à coup le comte voit arriver bride abattue le petit cosaque de la comtesse, enfant de douze ou quatorze ans.

« — Maître, dit-il, un ours emporte la maîtresse!

« — Où cela? dit le comte.

« — Par là, dit le petit cosaque.

« Toute la chasse accourt au lieu qu'il désigne; point de comtesse! Son cheval étranglé d'un côté, de l'autre sa pelisse en lambeaux. On cherche, on bat le bois en tous sens. Enfin un veneur s'écrie : « Voilà l'ours! » En effet, l'ours traversait une clairière, traînant toujours la comtesse, san sdoute pour aller la dévorer tout à son aise dans un fourré, car ces animaux-là sont sur leur bouche. Ils aiment, comme les moines, à dîner tranquilles. Marié de deux jours, le comte était fort chevaleresque, il voulait se jeter sur l'ours, le couteau de chasse au poing; mais, mon cher monsieur, un ours de Lithuanie ne se laisse pas transpercer comme un cerf. Par bonheur, le porte-arquebuse du comte, un assez mauvais drôle, ivre ce jour-là à ne pas distinguer un lapin d'un chevreuil, fait feu de sa carabine à plus de cent pas, sans se soucier de savoir si la balle toucherait la bête ou la femme...

— Et il tua l'ours?

— Tout raide. Il n'y a que les ivrognes pour

ces coups-là. Il y a aussi des balles prédestinées,
monsieur le professeur. Nous avons ici des sorciers
qui en vendent à juste prix... La comtesse était
fort égratignée, sans connaissance, cela va sans
dire, une jambe cassée. On l'emporte, elle revient
à elle ; mais la raison était partie. On la mène à
Saint-Pétersbourg. Grande consultation, quatre
médecins chamarrés de tous les ordres. Ils disent :
« Madame la comtesse est grosse, il est probable
que sa délivrance déterminera une crise favorable.
Qu'on la tienne en bon air, à la campagne, du
petit-lait, de la codéine... » On leur donne cent
roubles à chacun. Neuf mois après, la comtesse
accouche d'un garçon bien constitué ; mais la
crise favorable ? ah bien, oui !... Redoublement de
rage. Le comte lui montre son fils. Cela ne manque
jamais son effet... dans les romans. « Tuez-le !
tuez la bête ! » qu'elle s'écrie ; peu s'en fallut qu'elle
ne lui tordît le cou. Depuis lors, alternatives de
folie stupide ou de manie furieuse. Forte propen-
sion au suicide. On est obligé de l'attacher pour
lui faire prendre l'air. Il faut trois vigoureuses
servantes pour la tenir. Cependant, monsieur le
professeur, veuillez noter ce fait : quand j'ai épuisé
mon latin auprès d'elle sans pouvoir m'en faire
obéir, j'ai un moyen pour la calmer. Je la menace
de lui couper les cheveux. Autrefois, je pense,
elle les avait très beaux. La coquetterie ! voilà le
dernier sentiment humain qui est demeuré. N'est-
ce pas drôle ? Si je pouvais l'instrumenter à ma
guise, peut-être la guérirais-je.

— Comment cela ?

— En la rouant de coups. J'ai guéri de la sorte
vingt paysannes dans un village où s'était dé-

clarée cette curieuse folie russe, le *hurlement* * ; une
femme se met à hurler, sa commère hurle. Au bout
de trois jours, tout un village hurle. A force de les
rosser, j'en suis venu à bout. (Prenez une géli-
notte, elles sont tendres.) Le comte n'a jamais
voulu que j'essayasse.

— Comment! vous vouliez qu'il consentît à
votre abominable traitement?

— Oh! il a si peu connu sa mère, et puis c'est
pour son bien ; mais dites-moi, monsieur le professeur, auriez-vous jamais cru que la peur pût
faire perdre la raison?

— La situation de la comtesse était épouvan-
table... Se trouver entre les griffes d'un animal si
féroce!

— Eh bien, son fils ne lui ressemble pas. Il y a
moins d'un an qu'il s'est trouvé exactement dans
la même position, et, grâce à son sang-froid, il
s'en est tiré à merveille.

— Des griffes d'un ours?

— D'une ourse, et la plus grande qu'on ait vue
depuis longtemps. Le comte a voulu l'attaquer
l'épieu à la main. Bah! d'un revers, elle écarte
l'épieu, elle empoigne M. le comte et le jette par
terre aussi facilement que je renverserais cette
bouteille. Lui, malin, fait le mort... L'ourse l'a
flairé, flairé, puis, au lieu de le déchirer, lui
donne un coup de langue. Il a eu la présence
d'esprit de ne pas bouger, et elle a passé son
chemin.

— L'ourse a cru qu'il était mort. En effet, j'ai ouï

---

* On appelle, en russe, une possédée : « une hurleuse »,
klikoucha, dont la racine est *klik*, clameur, hurlement.

dire que ces animaux ne mangent pas les cadavres.

— Il faut le croire et s'abstenir d'en faire l'expérience personnelle ; mais, à propos de peur, laissez-moi vous conter une histoire de Sévastopol. Nous étions cinq ou six autour d'une cruche de bière qu'on venait de nous apporter derrière l'ambulance du fameux bastion n° 5. La vedette crie : « Une bombe ! » Nous nous mettons tous à plat ventre ; non, pas tous : un nommé..., mais il est inutile de dire son nom..., un jeune officier qui venait de nous arriver resta debout, tenant son verre plein, juste au moment où la bombe éclata. Elle emporta la tête de mon pauvre camarade André Speranski, un brave garçon, et cassa la cruche ; heureusement, elle était à peu près vide. Quand nous nous relevâmes après l'explosion, nous voyons au milieu de la fumée notre ami qui avalait la dernière gorgée de sa bière, comme si de rien n'était. Nous le crûmes un héros. Le lendemain, je rencontre le capitaine Ghédéonof, qui sortait de l'hôpital. Il me dit : « Je dîne avec vous autres aujourd'hui, et, pour célébrer ma rentrée, je paye le champagne. » Nous nous mettons à table. Le jeune officier de la bière y était. Il ne s'attendait pas au champagne. On décoiffe une bouteille près de lui... Paf ! le bouchon vient le frapper à la tempe. Il pousse un cri et se trouve mal. Croyez que mon héros avait eu diablement peur la première fois, et que, s'il avait bu sa bière au lieu de se garer, c'est qu'il avait perdu la tête, et il ne lui restait plus qu'un mouvement machinal dont il n'avait pas conscience. En effet, monsieur le professeur, la machine humaine...

— Monsieur le docteur, dit un domestique en

entrant dans la salle, la Jdanova dit que madame la comtesse ne veut pas manger.

— Que le diable l'emporte! grommela le docteur. J'y vais. Quand j'aurai fait manger ma diablesse, monsieur le professeur, nous pourrions, si vous l'aviez pour agréable, faire une petite partie à la *préférence* ou aux *douratchki?*

Je lui exprimai mes regrets de mon ignorance, et lorsqu'il alla voir sa malade, je passai dans ma chambre et j'écrivis à mademoiselle Gertrude.

II

La nuit était chaude, et j'avais laissé ouverte la fenêtre donnant sur le parc. Ma lettre écrite, ne me trouvant encore aucune envie de dormir, je me mis à repasser les verbes irréguliers lithuaniens et à rechercher dans le sanscrit les causes de leurs différentes irrégularités. Au milieu de ce travail qui m'absorbait, un arbre assez voisin de ma fenêtre fut violemment agité. J'entendis craquer des branches mortes, et il me sembla que quelque animal fort lourd essayait d'y grimper. Encore tout préoccupé des histoires d'ours que le docteur m'avait racontées, je me levai, non sans un certain émoi, et à quelques pieds de ma fenêtre, dans le feuillage de l'árbre, j'aperçus une tête humaine, éclairée en plein par la lumière de ma lampe. L'apparition ne dura qu'un instant, mais l'éclat singulier des yeux qui rencontrèrent mon regard me frappa plus que je ne saurais dire. Je fis involontairement un mouvement de corps en arrière, puis je courus à la fenêtre, et, d'un ton sévère, je demandai à l'intrus ce qu'il voulait. Cependant, il des-

cendait en toute hâte, et, saisissant une grosse
branche entre ses mains, il se laissa pendre, puis
tomber à terre, et disparut aussitôt. Je sonnai ;
un domestique entra. Je lui racontai ce qui venait
de se passer.

— Monsieur le professeur se sera trompé sans
doute.

— Je suis sûr de ce que je dis, repris-je. Je
crains qu'il n'y ait un voleur dans le parc.

— Impossible, monsieur.

— Alors, c'est donc quelqu'un de la maison ?

Le domestique ouvrait de grands yeux sans me
répondre. A la fin, il me demanda si j'avais des
ordres à lui donner. Je lui dis de fermer la fenêtre
et je me mis au lit.

Je dormis fort bien, sans rêver d'ours ni de
voleurs. Le matin, j'achevais ma toilette, quand
on frappa à ma porte. J'ouvris et me trouvai en
face d'un très grand et beau jeune homme, en
robe de chambre boukhare, et tenant à la main une
longue pipe turque.

— Je viens vous demander pardon, monsieur
le professeur, dit-il, d'avoir si mal accueilli un hôte
tel que vous. Je suis le comte Szémioth.

Je me hâtai de répondre que j'avais, au contraire, à le remercier humblement de sa magnifique hospitalité, et je lui demandai s'il était
débarrassé de sa migraine.

— A peu près, dit-il. Jusqu'à une nouvelle
crise, ajouta-t-il avec une expression de tristesse.
Êtes-vous tolérablement ici ? Veuillez vous rappeler que vous êtes chez les barbares. Il ne faut pas
être difficile en Samogitie.

Je l'assurai que je me trouvais à merveille. Tout

en lui parlant, je ne pouvais m'empêcher de le
considérer avec une curiosité que je trouvais moi-
même impertinente. Son regard avait quelque
chose d'étrange qui me rappelait malgré moi
celui de l'homme que la veille j'avais vu grimpé
sur l'arbre... Mais quelle apparence, me disais-je,
que M. le comte Szémioth grimpe aux arbres la
nuit ?

Il avait le front haut et bien développé, quoique
un peu étroit. Ses traits étaient d'une grande régu-
larité ; seulement ses yeux étaient trop rapprochés,
et il me sembla que, d'une glandule lacrymale à
l'autre, il n'y avait pas la place d'un œil, comme
l'exige le canon des sculpteurs grecs. Son regard
était perçant. Nos yeux se rencontrèrent plusieurs
fois malgré nous, et nous les détournions l'un de
l'autre avec un certain embarras. Tout à coup le
comte éclatant de rire s'écria :

— Vous m'avez reconnu !

— Reconnu ?

— Oui, vous m'avez surpris, hier, faisant le
franc polisson.

— Oh! monsieur le comte!...

— J'avais passé toute la journée très souffrant,
enfermé dans mon cabinet. Le soir, me trouvant
mieux, je me suis promené dans le jardin. J'ai vu
de la lumière chez vous, et j'ai cédé à un mouvement de curiosité... J'aurais dû me nommer et
me présenter, mais la situation était si ridicule...
J'ai eu honte et je me suis enfui... Me pardonnez-
vous de vous avoir dérangé au milieu de votre
travail ?

Tout cela était dit d'un ton qui voulait être
badin ; mais il rougissait et était évidemment

mal à son aise. Je fis tout ce qui dépendait de moi
pour lui persuader que je n'avais gardé aucune impression fâcheuse de cette première entrevue, et,
pour couper court à ce sujet, je lui demandai s'il
était vrai qu'il possédât le *Catéchisme* samogitien
du père Lawicki ?

— Cela se peut ; mais, à vous dire la vérité, je
ne connais pas trop la bibliothèque de mon père. Il
aimait les vieux livres et les raretés. Moi, je ne lis
guère que des ouvrages modernes ; mais nous cher-
cherons, monsieur le professeur. Vous voulez donc
que nous lisions l'Évangile en jmoude ?

— Ne pensez-vous pas, monsieur le comte,
qu'une traduction des Écritures dans la langue de
ce pays ne soit très désirable ?

— Assurément ; pourtant, si vous voulez bien
me permettre une petite observation, je vous
dirai que, parmi les gens qui ne savent d'autre
langue que le jmoude, il n'y en a pas un seul qui
sache lire.

— Peut-être ; mais je demande à Votre Excellence * la permission de lui faire remarquer que la
plus grande des difficultés pour apprendre à lire,
c'est le manque de livres. Quand les pays samo-
gitiens auront un texte imprimé, ils voudront le
lire, et ils apprendront à lire... C'est ce qui est
arrivé déjà à bien des sauvages..., non que je
veuille appliquer cette qualification aux habitants
de ce pays... D'ailleurs, ajoutai-je, n'est-ce pas
une chose déplorable qu'une langue disparaisse
sans laisser de traces ? Depuis une trentaine d'an-

---

* *Siatelstvo.* « Votre *Éclat lumineux* » ; c'est le titre qu'on
donne à un comte.

nées, le *prussien* n'est plus qu'une langue morte.
La dernière personne qui savait le *cornique* est
morte l'autre jour.

— Triste! interrompit le comte. Alexandre de
Humboldt racontait à mon père qu'il avait connu
en Amérique un perroquet qui seul savait quelques
mots de la langue d'une tribu aujourd'hui entièrement détruite par la petite vérole. Voulez-vous
permettre qu'on apporte le thé ici?

Pendant que nous prenions le thé, la conversation roula sur la langue jmoude. Le comte blâmait
la manière dont les Allemands ont imprimé le
lithuanien, et il avait raison.

— Votre alphabet, disait-il, ne convient pas à
notre langue. Vous n'avez ni notre J, ni notre L,
ni notre Y, ni notre E. J'ai une collection de *daïnos* publiée l'année passée à Kœnigsberg, et j'ai
toutes les peines du monde à deviner les mots,
tant ils sont étrangement figurés.

— Votre Excellence parle sans doute des *daïnos* de Lessner?

— Oui. C'est de la poésie bien plate, n'est-ce pas?

— Peut-être eût-il trouvé mieux. Je conviens
que, tel qu'il est, ce recueil n'a qu'un intérêt
purement philologique; mais je crois qu'en cherchant bien, on parviendrait à recueillir des fleurs
plus suaves parmi vos poésies populaires.

— Hélas! j'en doute fort, malgré tout mon
patriotisme.

— Il y a quelques semaines, on m'a donné à
Wilno une ballade vraiment belle, de plus historique... La poésie en est remarquable... Me permet-
triez-vous de vous la lire? Je l'ai dans mon portefeuille.

— Très volontiers.

Il s'enfonça dans son fauteuil après m'avoir demandé la permission de fumer.

— Je ne comprends la poésie qu'en fumant, dit-il.

— Cela est intitulé *les Trois Fils de Boudrys*.

— *Les Trois Fils de Boudrys ?* s'écria le comte avec un mouvement de surprise.

— Oui. Boudrys, Votre Excellence le sait mieux que moi, est un personnage historique.

Le comte me regardait fixement avec son regard singulier. Quelque chose d'indéfinissable, à la fois timide et farouche, qui produisait une impression presque pénible, quand on n'y était pas habitué. Je me hâtai de lire pour y échapper.

LES TROIS FILS DE BOUDRYS

« Dans la cour de son château, le vieux Boudrys appelle ses trois fils, trois vrais Lithuaniens comme lui. Il leur dit :

« — Enfants, faites manger vos chevaux de
» guerre, apprêtez vos selles ; aiguisez vos sabres et
» vos javelines. On dit qu'à Wilno la guerre est
» déclarée contre les trois coins du monde. Olgerd
» marchera contre les Russes ; Skirghello contre
» nos voisins les Polonais ; Keystut tombera sur
» les Teutons *. Vous êtes jeunes, forts, hardis,
» allez combattre : que les dieux de la Lithuanie
» vous protègent! Cette année, je ne ferai pas
» campagne, mais je veux vous donner un conseil.
» Vous êtes trois, trois routes s'offrent à vous.

* Les chevaliers de l'ordre teutonique.

« Qu'un de vous accompagne Olgerd en Russie,
» aux bords du lac Ilmen, sous les murs de Novgo-
» rod. Les peaux d'hermine, les étoffes brochées
» s'y trouvent à foison. Chez les marchands autant
» de roubles que de glaçons dans le fleuve.

« Que le second suive Keystut dans sa chevau-
» chée. Qu'il mette en pièces la racaille porte-
» croix! L'ambre, là, c'est leur sable de mer ; leurs
» draps, par leur lustre et leurs couleurs, sont sans
» pareils. Il y a des rubis dans les vêtements de
» leurs prêtres.

« Que le troisième passe le Niémen avec Skir-
» ghello. De l'autre côté, il trouvera de vils instru-
» ments de labourage. En revanche, il pourra
» choisir de bonnes lances, de forts boucliers, et il
» m'en ramènera une bru.

« Les filles de Pologne, enfants, sont les plus bel-
» les de nos captives. Folâtres comme des chattes,
» blanches comme la crème! sous leurs noirs sour-
» cils, leurs yeux brillent comme deux étoiles.
» Quand j'étais jeune, il y a un demi-siècle, j'ai
» ramené de Pologne une belle captive qui fut ma
» femme. Depuis longtemps, elle n'est plus, mais
» je ne puis regarder de ce côté du foyer sans pen-
» ser à elle! »

« Il donne sa bénédiction aux jeunes gens, qui
déjà sont armés et en selle. Ils partent ; l'automne
vient, puis l'hiver... Ils ne reviennent pas. Déjà le
vieux Boudrys les tient pour morts.

« Vient une tourmente de neige ; un cavalier
s'approche, couvrant de sa bourka * noire quelque
précieux fardeau.

* Manteau de feutre.

« — C'est un sac, dit Boudrys. Il est plein de roubles de Novgorod?...

« — Non, père. Je vous amène une bru de Pologne. »

« Au milieu d'une tourmente de neige, un cavalier s'approche et sa bourka se gonfle sur quelque précieux fardeau.

« — Qu'est cela, enfant? De l'ambre jaune « d'Allemagne?

« — Non, père. Je vous ramène une bru de » Pologne. »

« La neige tombe en rafales; un cavalier s'avance cachant sous sa bourka quelque fardeau précieux... Mais avant qu'il ait montré son butin, Boudrys a convié ses amis à une troisième noce. »

— Bravo! monsieur le professeur, s'écria le comte : vous prononcez le jmoude à merveille ; mais qui vous a communiqué cette jolie *daïna*?

— Une demoiselle dont j'ai eu l'honneur de faire la connaissance à Wilno, chez la princesse Katazyna Paç.

— Et vous l'appelez?

— La *panna* Iwinska.

— Mademoiselle Ioulka *! s'écria le comte. La petite folle! J'aurais dû la deviner! Mon cher professeur, vous savez le jmoude et toutes les langues savantes, vous avez lu tous les vieux livres ; mais vous vous êtes laissé mystifier par une petite fille qui n'a lu que des romans. Elle vous a traduit, en jmoude plus ou moins correct, une des jolies ballades de Mickiewicz, que vous n'avez pas lue, parce

---

* Julienne.

qu'elle n'est pas plus vieille que moi. Si vous le
désirez, je vais vous la montrer en polonais, ou, si
vous préférez une excellente traduction russe, je
vous donnerai Pouchkine.

J'avoue que je demeurai tout interdit. Quelle
joie pour le professeur de Dorpat, si j'avais publié
comme originale la *daïna* des fils de Boudrys!

Au lieu de s'amuser de mon embarras, le comte,
avec une exquise politesse, se hâta de détourner la
conversation.

— Ainsi dit-il, vous connaissez mademoiselle
Ioulka!

— J'ai eu l'honneur de lui être présenté.

— Et qu'en pensez-vous? Soyez franc.

— C'est une demoiselle fort aimable.

— Cela vous plaît à dire.

— Elle est très jolie.

— Hon!

— Comment! n'a-t-elle pas les plus beaux yeux
du monde?

— Oui...

— Une peau d'une blancheur vraiment extraordinaire?... Je me rappelle un ghazel persan où un
amant célèbre la finesse de la peau de sa maîtresse :
« Quand elle boit du vin rouge, dit-il, on le voit
passer le long de sa gorge. » La *panna* Iwinska m'a
fait penser à ces vers persans.

— Peut-être mademoiselle Ioulka présente-t-elle
ce phénomène ; mais je ne sais trop si elle a du
sang dans les veines... Elle n'a point de cœur...
Elle est blanche comme la neige et froide comme
elle!...

Il se leva et se promena quelque temps par la
chambre sans parler et, comme il me semblait,

pour cacher son émotion ; puis, s'arrêtant tout à
coup :

— Pardon, dit-il ; nous parlions, je crois, de
poésies populaires...

— En effet, monsieur le comte.

— Il faut convenir après tout qu'elle a très
joliment traduit Mickiewicz... « Folâtre comme une
chatte..., blanche comme la crème..., ses yeux
brillent comme deux étoiles... » C'est son portrait.
Ne trouvez-vous pas ?

— Tout à fait, monsieur le comte.

— Et quant à cette espièglerie... très déplacée
sans doute..., la pauvre enfant s'ennuie chez une
vieille tante... Elle mène une vie de couvent...

— A Wilno, elle allait dans le monde. Je l'ai
vue dans un bal donné par les officiers du régiment
de...

— Ah oui, de jeunes officiers, voilà la société
qui lui convient! Rire avec l'un, médire avec l'autre, faire des coquetteries à tous... Voulez-vous
voir la bibliothèque de mon père, monsieur le
professeur?

Je le suivis jusqu'à une grande galerie où il y
avait beaucoup de livres bien reliés, mais rarement
ouverts, comme on en pouvait juger à la poussière
qui en couvrait les tranches. Qu'on juge de ma
joie lorsqu'un des premiers volumes que je tirai
d'une armoire se trouva être le *Catechismus Samogiticus !* Je ne pus m'empêcher de jeter un cri de
plaisir. Il faut qu'une sorte de mystérieuse attrac-
tion exerce son influence à notre insu... Le comte
prit le livre, et, après l'avoir feuilleté négligem-
ment, écrivit sur la garde : *A M. le professeur
Wittembach, offert par Michel Szémioth.* Je ne sau-

rais exprimer ici le transport de ma reconnaissance,
et je me promis mentalement qu'après ma mort
ce livre précieux ferait l'ornement de la bibliothèque de l'université où j'ai pris mes grades.

— Veuillez considérer cette bibliothèque comme
votre cabinet de travail, me dit le comte, vous n'y
serez jamais dérangé.

III

Le lendemain, après le déjeuner, le comte me proposa de faire une promenade. Il s'agissait de visiter un *kapas* (c'est ainsi que les Lithuaniens appellent les tumulus auxquels les Russes donnent le nom de *kourgâne*) très célèbre dans le pays, parce qu'autrefois les poètes et les sorciers, c'était tout un, s'y réunissaient en certaines occasions solennelles.

— J'ai, me dit-il, un cheval fort doux à vous offrir ; je regrette de ne pouvoir vous mener en calèche ; mais, en vérité, le chemin où nous allons nous engager n'est nullement carrossable.

J'aurais préféré demeurer dans la bibliothèque à prendre des notes, mais je ne crus pas devoir exprimer un autre désir que celui de mon généreux hôte, et j'acceptai. Les chevaux nous attendaient au bas du perron ; dans la cour, un valet tenait un chien en laisse. Le comte s'arrêta un instant, et, se tournant vers moi :

— Monsieur le professeur, vous connaissez-vous en chiens ?

— Fort peu, Votre Excellence.

— Le staroste de Zorany, où j'ai une terre, m'envoie cet épagneul, dont il dit merveille. Permettez-vous que je le voie ?

Il appela le valet, qui lui amena le chien. C'était une fort belle bête. Déjà familiarisé avec cet homme, le chien sautait gaiement et semblait plein de feu ; mais, à quelques pas du comte, il mit la queue entre les jambes, se rejeta en arrière et parut frappé d'une terreur subite. Le comte le caressa, ce qui le fit hurler d'une façon lamentable, et, après l'avoir considéré quelque temps avec l'œil d'un connaisseur, il dit :

— Je crois qu'il sera bon. Qu'on en ait soin.

Puis il se mit en selle.

— Monsieur le professeur, me dit le comte, dès que nous fûmes dans l'avenue du château, vous venez de voir la peur de ce chien. J'ai voulu que vous en fussiez témoin par vous-même... En votre qualité de savant, vous devez expliquer les énigmes... Pourquoi les animaux ont-ils peur de moi ?

— En vérité, monsieur le comte, vous me faites l'honneur de me prendre pour un Œdipe. Je ne suis qu'un pauvre professeur de linguistique comparée. Il se pourrait...

— Notez, interrompit-il, que je ne bats jamais les chevaux ni les chiens. Je me ferais scrupule de donner un coup de fouet à une pauvre bête qui fait une sottise sans le savoir. Pourtant, vous ne sauriez croire l'aversion que j'inspire aux chevaux et aux chiens. Pour les habituer à moi, il me faut deux fois plus de peine et deux fois plus de temps que n'en mettrait un autre. Tenez, le cheval que vous montez, j'ai été longtemps avant de le réduire; maintenant, il est doux comme un mouton.

— Je crois, monsieur le comte, que les animaux sont physionomistes, et qu'ils découvrent tout de suite si une personne qu'ils voient pour la première fois a ou non du goût pour eux. Je soupçonne que vous n'aimez les animaux que pour les services qu'ils vous rendent ; au contraire, quelques personnes ont une partialité naturelle pour certaines bêtes, qui s'en aperçoivent à l'instant. Pour moi, par exemple, j'ai, depuis mon enfance, une prédilection instinctive pour les chats. Rarement ils s'enfuient quand je m'approche pour les caresser ; jamais un chat ne m'a griffé.

— Cela est fort possible, dit le comte. En effet, je n'ai pas ce qui s'appelle du goût pour les animaux... Ils ne valent guère mieux que les hommes. Je vous mène, monsieur le professeur, dans une forêt où, à cette heure, existe florissant l'empire des bêtes, la *matecznik*, la grande matrice, la grande fabrique des êtres. Oui, selon nos traditions nationales, personne n'en a sondé les profondeurs, personne n'a pu atteindre le centre de ces bois et de ces marécages, excepté, bien entendu, MM. les poètes et les sorciers, qui pénètrent partout... Là vivent en république les animaux... ou sous un gouvernement constitutionnel, je ne saurais dire lequel des deux. Les lions, les ours, les élans, les *joubrs*, ce sont nos .urus, tout cela fait très bon ménage. Le mammouth, qui s'est conservé là, jouit d'une très grande considération. Il est, je crois, maréchal de la diète. Ils ont une police très sévère, et, quand ils trouvent quelque bête vicieuse, ils la jugent et l'exilent. Elle tombe alors de fièvre en chaud mal. Elle est obligée de s'aventurer dans le pays des hommes. Peu en réchappent *.

— Fort curieuse légende, m'écriai-je ; mais, monsieur le comte, vous parlez de l'urus ; ce noble animal que César a décrit dans ses *Commentaires*, et que les rois mérovingiens chassaient dans la forêt de Compiègne, existe-t-il réellement encore en Lithuanie, ainsi que je l'ai ouï dire ?

— Assurément. Mon père a tué lui-même un joubr, avec une permission du gouvernement, bien entendu. Vous avez pu en voir la tête dans la grande salle. Moi, je n'en ai jamais vu, je crois que les joubrs sont très rares. En revanche, nous avons ici des loups et des ours à foison. C'est pour une rencontre possible avec un de ces messieurs que j'ai apporté cet instrument (il montrait une *tchékhole* ** circassienne qu'il avait en bandoulière), et mon groom porte à l'arçon une carabine à deux coups.

Nous commencions à nous engager dans la forêt. Bientôt le sentier fort étroit que nous suivions disparut. A tout moment, nous étions obligés de tourner autour d'arbres énormes, dont les branches basses nous barraient le passage. Quelques-uns, morts de vieillesse et renversés, nous présentaient comme un rempart couronné par une ligne de chevaux de frise impossible à franchir. Ailleurs, nous rencontrions des mares profondes couvertes de nénuphars et de lentilles d'eau. Plus loin, nous voyions des clairières dont l'herbe brillait comme des émeraudes ; mais malheur à qui s'y aventurerait, car cette riche et trompeuse végétation cache

* Voir *Messire Thaddée*, de Mickiewicz ; — *la Pologne captive*, de M. Charles Edmond.

** Étui de fusil circassien.

d'ordinaire des gouffres de boue où cheval et
cavalier disparaîtraient à jamais... Les difficultés
de la route avaient interrompu notre conversation.
Je mettais tous mes soins à suivre le comte, et
j'admirais l'imperturbable sagacité avec laquelle
il se guidait sans boussole, et retrouvait toujours
la direction idéale qu'il fallait suivre pour arriver
au *kapas*. Il était évident qu'il avait longtemps
chassé dans ces forêts sauvages.

Nous aperçûmes enfin le tumulus au centre
d'une large clairière. Il était fort élevé, entouré
d'un fossé encore bien reconnaissable malgré les
broussailles et les éboulements. Il paraît qu'on
l'avait déjà fouillé. Au sommet, je remarquai les
restes d'une construction en pierres, dont quelques-
unes étaient calcinées. Une quantité notable de
cendres mêlées de charbon et çà et là des tessons
de poteries grossières attestaient qu'on avait entretenu du feu au sommet du tumulus pendant un
temps considérable. Si on ajoute foi aux traditions
vulgaires, des sacrifices humains auraient été
célébrés autrefois sur les *kapas* ; mais il n'y a guère
de religion éteinte à laquelle on n'ait imputé ces
rites abominables, et je doute qu'on pût justifier
pareille opinion à l'égard des anciens Lithuaniens
par des témoignages historiques.

Nous descendions le tumulus, le comte et moi,
pour retrouver nos chevaux, que nous avions
laissés de l'autre côté du fossé, lorsque nous vîmes
s'avancer vers nous une vieille femme s'appuyant
sur un bâton et tenant une corbeille à la main.

— Mes bons seigneurs, nous dit-elle en nous
joignant, veuillez me faire la charité pour l'amour
du bon Dieu. Donnez-moi de quoi acheter un verre

d'eau-de-vie pour réchauffer mon pauvre corps.

Le comte lui jeta une pièce d'argent et lui demanda ce qu'elle faisait dans les bois, si loin de tout endroit habité. Pour toute réponse, elle lui montra son panier, qui était rempli de champignons. Bien que mes connaissances en botanique soient fort bornées, il me sembla que plusieurs de ces champignons appartenaient à des espèces vénéneuses.

— Bonne femme, lui dis-je, vous ne comptez pas, j'espère, manger cela ?

— Mon bon Seigneur, répondit la vieille avec un sourire triste, les pauvres gens mangent tout ce que le bon Dieu leur donne.

— Vous ne connaissez pas nos estomacs lithuaniens, reprit le comte ; ils sont doublés de fer-blanc. Nos paysans mangent tous les champignons qu'ils trouvent, et ne s'en portent que mieux.

— Empêchez-la du moins de goûter de l'*agaricus necator*, que je vois dans son panier, m'écriai-je.

Et j'étendis la main pour prendre un champignon des plus vénéneux ; mais la vieille retira vivement le panier.

— Prends garde, dit-elle d'un ton d'effroi ; ils sont gardés... *Pirkuns ! Pirkuns !*

Pirkuns, pour le dire en passant, est le nom samogitien de la divinité que les Russes appellent *Péroune ;* c'est le Jupiter *tonans* des Slaves. Si je fus surpris d'entendre la vieille invoquer un dieu du paganisme, je le fus bien davantage de voir les champignons se soulever. La tête noire d'un serpent en sortit et s'éleva d'un pied au moins hors du panier. Je fis un saut en arrière, et le comte cracha par-dessus son épaule selon l'habitude superstitieuse des Slaves, qui croient détourner ainsi les maléfices, à l'exemple des anciens Romains. La vieille posa le panier à terre, s'accroupit à côté ; puis, la main étendue vers le serpent, elle prononça quelques mots inintelligibles qui avaient l'air d'une incantation. Le serpent demeura immobile pendant une minute ; puis, s'enroulant autour du bras décharné de la vieille, disparut dans la manche de sa capote en peau de mouton, qui, avec une mauvaise chemise, composait, je crois, tout le costume de cette Circé lithuanienne. La vieille nous regardait avec un petit rire de triomphe, comme un escamoteur qui vient d'exécuter un tour difficile. Il y avait dans sa physionomie ce mélange de finesse et de stupidité qui n'est pas rare chez les prétendus sorciers, pour la plupart à la fois dupes et fripons.

— Voici, me dit le comte en allemand, un échantillon de *couleur locale ;* une sorcière qui charme un serpent, au pied d'un *kapas*, en présence d'un savant professeur et d'un ignorant gentilhomme lithuanien. Cela ferait un joli sujet de tableau de genre pour votre compatriote Knauss... Avez-vous envie de vous faire tirer votre bonne aventure ? Vous avez ici une belle occasion.

Je lui répondis que je me garderais bien d'encourager de semblables pratiques.

— J'aime mieux, ajoutai-je, lui demander si elle ne sait pas quelque détail sur la curieuse tradition dont vous m'avez parlé. — Bonne femme, dis-je à la vieille, n'as-tu pas entendu parler d'un canton de cette forêt où les bêtes vivent en communauté, ignorant l'empire de l'homme ?

La vieille fit un signe de tête affirmatif, et, avec son petit rire moitié niais, moitié malin :

— J'en viens, dit-elle. Les bêtes ont perdu leur roi. *Noble*, le lion, est mort ; les bêtes vont élire un autre roi. Vas-y, tu seras roi, peut-être.

— Que dis-tu là, la mère, s'écria le comte éclatant de rire. Sais-tu bien à qui tu parles ? Tu ne sais donc pas que monsieur est... (comment diable dit-on un professeur en jmoude ?) monsieur est un grand savant, un sage, un *waidelote* *.

La vieille le regarda avec attention.

— J'ai tort, dit-elle ; c'est toi qui dois aller là-bas. Tu seras leur roi, non pas lui ; tu es grand, tu es fort, tu as griffes et dents...

— Que dites-vous des épigrammes qu'elle nous décoche ? me dit le comte. — Tu sais le chemin, ma petite mère ? lui demanda-t-il.

Elle lui indiqua de la main une partie de la forêt.

— Oui-da ? reprit le comte, et le marais, comment fais-tu pour le traverser ? — Vous saurez, monsieur le professeur, que du côté qu'elle indique est un marais infranchissable, un lac de boue liquide recouvert d'herbe verte. L'année dernière, un cerf blessé par moi s'est jeté dans ce diable de marécage. Je l'ai vu s'enfoncer lentement, lentement... Au bout de deux minutes, je ne voyais plus que son bois ; bientôt tout a disparu ; et deux de mes chiens avec lui.

— Mais, moi, je ne suis pas lourde, dit la vieille en ricanant.

---

* Mauvaise traduction du mot professeur, les *waidelotes* étaient des bardes lithuaniens.

— Je crois que tu traverses le marécage sans peine, sur un manche à balai.

Un éclair de colère brilla dans les yeux de la vieille.

— Mon bon seigneur, dit-elle en reprenant le ton traînant et nasillard des mendiants, n'aurais-tu pas une pipe de tabac à donner à une pauvre femme? — Tu ferais mieux, ajouta-t-elle en baissant la voix, de chercher le passage du marais, que d'aller à Dowghielly.

— Dowghielly! s'écria le comte en rougissant. Que veux-tu dire?

Je ne pus m'empêcher de remarquer que ce mot produisait sur lui un effet singulier. Il était évidemment embarrassé; il baissa la tête, et, afin de cacher son trouble, se donna beaucoup de peine pour ouvrir son sac à tabac, suspendu à la poignée de son couteau de chasse.

— Non, ne va pas à Dowghielly, reprit la vieille. La petite colombe blanche n'est pas ton fait. N'est-ce pas, Pirkuns?

En ce moment, la tête du serpent sortit par le collet de la vieille capote et s'allongea jusqu'à l'oreille de sa maîtresse. Le reptile, dressé sans doute à ce manège, remuait les mâchoires comme s'il parlait.

— Il dit que j'ai raison, ajouta la vieille.

Le comte lui mit dans la main une poignée de tabac.

— Tu me connais? lui demanda-t-il.

— Non, mon bon seigneur.

— Je suis le propriétaire de Médintiltas. Viens me voir un de ces jours. Je te donnerai du tabac et de l'eau-de-vie.

La vieille lui baisa la main, et s'éloigna à grands pas. En un instant nous l'eûmes perdue de vue. Le comte demeura pensif, nouant et dénouant les cordons de son sac, sans trop savoir ce qu'il faisait.

— Monsieur le professeur, me dit-il après un assez long silence, vous allez vous moquer de moi. Cette vieille drôlesse me connaît mieux qu'elle ne le prétend, et le chemin qu'elle vient de me montrer... Après tout, il n'y a rien de bien étonnant dans tout cela. Je suis connu dans le pays comme le loup blanc. La coquine m'a vu plus d'une fois sur le chemin du château de Dowghielly... Il y a là une demoiselle à marier : elle a conclu que j'en étais amoureux... Puis quelque joli garçon lui aura graissé la patte pour qu'elle m'annonçât sinistre aventure... Tout cela saute aux yeux ; pourtant..., malgré moi, ses paroles me touchent. J'en suis presque effrayé... Vous riez et vous avez raison... La vérité est que j'avais projeté d'aller demander à dîner au château de Dowghielly, et maintenant j'hésite... Je suis un grand fou! Voyons, monsieur le professeur, décidez vous-même. Irons-nous?

— Je me garderai bien d'avoir un avis, lui répondis-je en riant. En matière de mariage, je ne donne jamais de conseil.

Nous avions rejoint nos chevaux. Le comte sauta lestement en selle, et, laissant tomber les rênes, il s'écria :

— Le cheval choisira pour nous!

Le cheval n'hésita pas ; il entra sur-le-champ dans un petit sentier qui, après plusieurs détours, tomba dans une route ferrée, et cette route menait à Dowghielly. Une demi-heure après, nous étions au perron du château.

Au bruit que firent nos chevaux, une jolie tête blonde se montra à une fenêtre entre deux rideaux. Je reconnus la perfide traductrice de Mickiewicz.

— Soyez le bienvenu! dit-elle. Vous ne pouviez venir plus à propos, comte Szémioth. Il m'arrive à l'instant une robe de Paris. Vous ne me reconnaîtrez pas, tant je serai belle.

Les rideaux se refermèrent. En montant le perron, le comte disait entre ses dents :

— Assurément, ce n'est pas pour moi qu'elle étrennait cette robe...

Il me présenta à madame Dowghiello, la tante de la *panna* Iwinska, qui me reçut obligeamment et me parla de mes derniers articles dans la *Gazette scientifique et littéraire* de Kœnigsberg.

— M. le professeur, dit le comte, vient se plaindre à vous de mademoiselle Julienne, qui lui a joué un tour très méchant.

— C'est une enfant, monsieur le professeur. Il faut lui pardonner. Souvent elle me désespère avec ses folies. A seize ans, moi, j'étais plus raisonnable qu'elle ne l'est à vingt ; mais c'est une bonne fille au fond, et elle a toutes les qualités solides. Elle est très bonne musicienne, elle peint divinement les fleurs, elle parle également bien le français, l'allemand, l'italien... Elle brode...

— Et elle fait des vers jmoudes! ajouta le comte en riant.

— Elle en est incapable! s'écria madame Dowghiello, à qui il fallut expliquer l'espièglerie de sa nièce.

Madame Dowghiello était instruite et connaissait les antiquités de son pays. Sa conversation me plut singulièrement. Elle lisait beaucoup nos revues allemandes et avait des notions très saines sur la linguistique. J'avoue que je ne m'aperçus pas du temps que mademoiselle Iwinska mit à s'habiller ; mais il parut long au comte Szémioth, qui se levait, se rasseyait, regardait à la fenêtre, et tambourinait de ses doigts sur les vitres comme un homme qui perd patience.

Enfin, au bout de trois quarts d'heure parut, suivie de sa gouvernante française, mademoiselle Julienne, portant avec grâce et fierté une robe dont la description exigerait des connaissances bien supérieures aux miennes.

— Ne suis-je pas belle ? demanda-t-elle au comte en tournant lentement sur elle-même pour qu'il pût la voir de tous les côtés.

Elle ne regardait ni le comte ni moi, elle regardait sa robe.

— Comment, Ioulka, dit madame Dowghiello, tu ne dis pas bonjour à M. le professeur, qui se plaint de toi ?

— Ah ! monsieur le professeur ! s'écria-t-elle avec une petite moue charmante, qu'ai-je donc fait ? Est-ce que vous allez me mettre en pénitence ?

— Nous nous y mettrions nous-mêmes, mademoiselle, lui répondis-je, si nous nous privions de votre présence. Je suis loin de me plaindre ; je me félicite, au contraire, d'avoir appris, grâce à vous, que la muse lithuanienne renaît plus brillante que jamais.

Elle baissa la tête et, mettant ses mains devant

son visage, en prenant soin de ne pas déranger ses
cheveux :

— Pardonnez-moi, je ne le ferai plus! dit-elle
du ton d'un enfant qui vient de voler des confi-
tures.

— Je ne vous pardonnerai, chère Pani, lui dis-
je, que lorsque vous aurez rempli certaine promesse que vous avez bien voulu me faire à Wilno,
chez la princesse Katazyna Paç.

— Quelle promesse? dit-elle, relevant la tête
et en riant.

— Vous l'avez déjà oubliée? Vous m'avez
promis que si nous nous rencontrions en Samogitie, vous me feriez voir une certaine danse du
pays dont vous disiez merveille.

— Oh! la roussalka! J'y suis ravissante, et
voilà justement l'homme qu'il me faut.

Elle courut à une table où il y avait des cahiers
de musique, en feuilleta un précipitamment, le
mit sur le pupitre d'un piano, et, s'adressant à sa
gouvernante :

— Tenez, chère âme, *allegro presto*.

Et elle joua elle-même, sans s'asseoir, la ritour-
nelle pour indiquer le mouvement.

— Avancez ici, comte Michel; vous êtes trop
Lithuanien pour ne pas bien danser la roussalka...;
mais dansez comme un paysan, entendez-vous?

Madame Dowghiello essaya d'une remontrance,
mais en vain. Le comte et moi, nous insistâmes.
Il avait ses raisons, car son rôle dans ce pas était
des plus agréables, comme l'on verra bientôt.
La gouvernante, après quelques essais, dit qu'elle
croyait pouvoir jouer cette espèce de valse, quelque étrange qu'elle fût, et mademoiselle Iwinska,

ayant rangé quelques chaises et une table qui
auraient pu la gêner, prit son cavalier par le
collet de l'habit et l'amena au milieu du salon.

— Vous saurez, monsieur le professeur, que je
suis une roussalka, pour vous servir.

Elle fit une grande révérence.

— Une roussalka est une nymphe des eaux. Il
y en a une dans toutes ces mares pleines d'eau
noire qui embellissent nos forêts. Ne vous en
approchez pas! La roussalka sort, encore plus jolie
que moi, si c'est possible ; elle vous emporte au
fond, où, selon toute apparence, elle vous croque...

— Une vraie sirène! m'écriai-je.

— Lui, continua mademoiselle Iwinska en
montrant le comte Szémioth, est un jeune pêcheur,
fort niais, qui s'expose à mes griffes, et moi, pour
faire durer le plaisir, je vais le fasciner en dansant
un peu autour de lui... Ah! mais, pour bien faire, il
me faudrait un sarafane *. Quel dommage!...
Vous voudrez bien excuser cette robe, qui n'a
pas de caractère, pas de couleur locale... Oh! et
j'ai des souliers! impossible de danser la roussalka
avec des souliers!... et à talons encore!

Elle souleva sa robe, et, secouant avec beaucoup de grâce un joli pied, au risque de montrer
un peu sa jambe, elle envoya son soulier au bout
du salon. L'autre suivit le premier, et elle resta
sur le parquet avec ses bas de soie.

— Tout est prêt, dit-elle à la gouvernante.

Et la danse commença.

La roussalka tourne et retourne autour de son
cavalier. Il étend les bras pour la saisir, elle passe

---

* Robe des paysannes, sans corsage.

par-dessous lui et lui échappe. Cela est très gracieux, et la musique a du mouvement et de
l'originalité. La figure se termine lorsque, le cavalier croyant saisir la roussalka pour lui donner un
baiser, elle fait un bond, le frappe sur l'épaule, et
il tombe à ses pieds comme mort... Mais le comte
improvisa une variante, qui fut d'étreindre l'espiègle dans ses bras et de l'embrasser bel et bien.
Mademoiselle Iwinska poussa un petit cri, rougit
beaucoup et alla tomber sur un canapé d'un air
boudeur, en se plaignant qu'il l'eût serrée comme
un ours qu'il était. Je vis que la comparaison ne
plut pas au comte, car elle lui rappelait un malheur de famille ; son front se rembrunit. Pour moi,
je remerciai vivement mademoiselle Iwinska, et
donnai des éloges à sa danse, qui me parut avoir
un caractère tout antique, rappelant les danses
sacrées des Grecs. Je fus interrompu par un domestique annonçant le général et la princesse Vélia-
minof. Mademoiselle Iwinska fit un bond du canapé à ses souliers, y enfonça à la hâte ses petits
pieds et courut au-devant de la princesse, à qui
elle fit coup sur coup deux profondes révérences.
Je remarquai qu'à chacune elle relevait adroitement le quartier de son soulier. Le général amenait
deux aides de camp, et, comme nous, venait
demander la fortune du pot. Dans tout autre pays,
je pense qu'une maîtresse de maison eût été un
peu embarrassée de recevoir à la fois six hôtes
inattendus et de bon appétit ; mais telle est l'abon-
dance et l'hospitalité des maisons lithuaniennes,
que le dîner ne fut pas retardé, je pense, de plus
d'une demi-heure. Seulement, il y avait trop de
pâtés chauds et froids.

IV

Le dîner fut fort gai. Le général nous donna des détails très intéressants sur les langues qui se parlent dans le Caucase, et dont les unes sont *aryennes* et les autres *touraniennes*, bien qu'entre les différentes peuplades il y ait une remarquable conformité de mœurs et de coutumes. Je fus obligé moi-même de parler de mes voyages, parce que, le comte Szémioth m'ayant félicité sur la manière dont je montais à cheval, et ayant dit qu'il n'avait jamais rencontré de ministre ni de professeur qui pût fournir si lestement une traite telle que celle que nous venions de faire, je dus lui expliquer que, chargé par la Société biblique d'un travail sur la langue des *Charruas*, j'avais passé trois ans et demi dans la république de l'Uruguay, presque toujours à cheval et vivant dans les pampas, parmi les Indiens. C'est ainsi que je fus conduit à raconter qu'ayant été trois jours égaré dans ces plaines sans fin, n'ayant pas de vivres ni d'eau, j'avais été réduit à faire comme les *gauchos* qui m'accompagnaient, c'est-à-dire à saigner mon cheval et boire son sang.

Toutes les dames poussèrent un cri d'horreur.
Le général remarqua que les Kalmouks en usaient
de même en de semblables extrémités. Le comte me
demanda comment j'avais trouvé cette boisson.

— Moralement, répondis-je, elle me répugnait
fort ; mais, physiquement, je m'en trouvai fort
bien, et c'est à elle que je dois l'honneur de dîner
ici aujourd'hui. Beaucoup d'Européens, je veux
dire de blancs, qui ont longtemps vécu avec les
Indiens, s'y habituent et même y prennent goût.
Mon excellent ami, don Fructuoso Rivero, président de la république, perd rarement l'occasion
de le satisfaire. Je me souviens qu'un jour, allant
au congrès en grand uniforme, il passa devant un
rancho où l'on saignait un poulain. Il s'arrêta,
descendit de cheval pour demander un *chupon*,
une sucée ; après quoi, il prononça un de ses plus
éloquents discours.

— C'est un affreux monstre que votre président ! s'écria mademoiselle Iwinska.

— Pardonnez-moi, chère Pani, lui dis-je, c'est
un homme très distingué, d'un esprit supérieur. Il
parle merveilleusement plusieurs langues indiennes
fort difficiles, surtout le *charrua*, à cause des
innombrables formes que prend le verbe, selon son
régime direct ou indirect, et même selon les rapports sociaux existant entre les personnes qui le
parlent.

J'allais donner quelques détails assez curieux
sur le mécanisme du verbe *charrua*, mais le comte
m'interrompit pour me demander où il fallait
saigner les chevaux quand on voulait boire leur
sang.

— Pour l'amour de Dieu, mon cher professeur,

s'écria mademoiselle Iwinska avec un air de
frayeur comique, ne le lui dites pas. Il est homme
à tuer toute son écurie, et à nous manger nous-
mêmes quand il n'aura plus de chevaux!

Sur cette saillie, les dames quittèrent la table
en riant, pour aller préparer le thé et le café,
tandis que nous fumerions. Au bout d'un quart
d'heure, on envoya demander au salon M. le général. Nous voulions le suivre tous ; mais on nous
dit que ces dames ne voulaient qu'un homme à la
fois. Bientôt, nous entendîmes au salon de grands
éclats de rire et des battements de mains.

— Mademoiselle Ioulka fait des siennes, dit le
comte.

On vint le demander lui-même ; nouveaux rires,
nouveaux applaudissements. Ce fut mon tour
après lui. Quand j'entrai dans le salon, toutes les
figures avaient pris un semblant de gravité qui
n'était pas de trop bon augure. Je m'attendais à
quelque niche.

— Monsieur le professeur, me dit le général de
son air le plus officiel, ces dames prétendent que
nous avons fait trop d'accueil à leur champagne,
et ne veulent nous admettre auprès d'elles qu'après
une épreuve. Il s'agit de s'en aller les yeux bandés
du milieu du salon à cette muraille, et de la
toucher du doigt. Vous voyez que la chose est
simple, il suffit de marcher droit. Êtes-vous en
état d'observer la ligne droite ?

— Je le pense, monsieur le général.

Aussitôt, mademoiselle Iwinska me jeta un
mouchoir sur les yeux et le serra de toute sa force
par-derrière.

— Vous êtes au milieu du salon, dit-elle, éten-

dez la main... Bon! Je parie que vous ne toucherez
pas la muraille.

— En avant, marche! dit le général.

Il n'y avait que cinq ou six pas à faire. Je
m'avançai fort lentement, persuadé que je rencontrerais quelque corde ou quelque tabouret, traîtreusement placé sur mon chemin pour me faire
trébucher. J'entendais des rires étouffés qui aug-
mentaient mon embarras. Enfin, je me croyais
tout à fait près du mur lorsque mon doigt, que
j'étendais en avant, entra tout à coup dans
quelque chose de froid et de visqueux. Je fis une
grimace et un saut en arrière, qui fit éclater tous
les assistants. J'arrachai mon bandeau, et j'aperçus près de moi mademoiselle Iwinska tenant un
pot de miel où j'avais fourré le doigt, croyant
toucher la muraille. Ma consolation fut de voir les
deux aides de camp passer par la même épreuve,
et ne pas faire meilleure contenance que moi.

Pendant le reste de la soirée, mademoiselle
Iwinska ne cessa de donner carrière à son humeur
folâtre. Toujours moqueuse, toujours espiègle, elle
prenait tantôt l'un tantôt l'autre pour objet de
ses plaisanteries. Je remarquai cependant qu'elle
s'adressait le plus souvent au comte, qui, je dois
le dire, ne se piquait jamais, et même semblait
prendre plaisir à ses agaceries. Au contraire, quand
elle s'attaquait à l'un des aides de camp, il fron-
çait le sourcil, et je voyais son œil briller de ce feu
sombre qui en réalité avait quelque chose d'effrayant. « Folâtre comme une chatte et blanche comme
la crème. » Il me semblait qu'en écrivant ce vers
Mickiewicz avait voulu faire le portrait de la
panna Iwinska.

V

On se retira assez tard. Dans beaucoup de
grandes maisons lithuaniennes, on voit une argen-
terie magnifique, de beaux meubles, des tapis de
Perse précieux, et il n'y a pas, comme dans notre
chère Allemagne, de bons lits de plume à offrir à
un hôte fatigué. Riche ou pauvre, gentilhomme ou
paysan, un Slave sait fort bien dormir sur une
planche. Le château de Dowghielly ne faisait
point exception à la règle générale. Dans la chambre où l'on nous conduisit, le comte et moi, il n'y
avait que deux canapés recouverts en maroquin.
Cela ne m'effrayait guère, car, dans mes voyages,
j'avais couché souvent sur la terre nue, et je me
moquai un peu des exclamations du comte sur
le manque de civilisation de ses compatriotes. Un
domestique vint nous tirer nos bottes et nous donna
des robes de chambre et des pantoufles. Le comte,
après avoir ôté son habit, se promena quelque
temps en silence ; puis, s'arrêtant devant le canapé
où déjà je m'étais étendu :

— Que pensez-vous, me dit-il, de Ioulka ?

— Je la trouve charmante.

— Oui, mais si coquette!... Croyez-vous qu'elle ait du goût réellement pour ce petit capitaine blond ?

— L'aide de camp?... Comment pourrais-je le savoir ?

— C'est un fat!... donc, il doit plaire aux femmes.

— Je nie la conclusion, monsieur le comte. Voulez-vous que je vous dise la vérité? mademoiselle Iwinska pense beaucoup plus à plaire au comte Szémioth qu'à tous les aides de camp de l'armée.

Il rougit sans me répondre ; mais il me sembla que mes paroles lui avaient fait un sensible plaisir. Il se promena encore quelque temps sans parler ; puis, ayant regardé à sa montre :

— Ma foi, dit-il, nous ferions bien de dormir, car il est tard.

Il prit son fusil et son couteau de chasse, qu'on avait déposés dans notre chambre, et les mit dans une armoire dont il retira la clef.

— Voulez-vous la garder ? me dit-il en me la remettant à ma grande surprise ; je pourrais l'oublier. Assurément, vous avez plus de mémoire que moi.

— Le meilleur moyen de ne pas oublier vos armes, lui dis-je, serait de les mettre sur cette table, près de votre sofa.

— Non... Tenez, à parler franchement, je n'aime pas à avoir des armes près de moi quand je dors... Et la raison, la voici. Quand j'étais aux hussards de Grodno, je couchais un jour dans une chambre avec un camarade, mes pistolets étaient

sur une chaise auprès de moi. La nuit, je suis
réveillé par une détonation. J'avais un pistolet à
la main ; j'avais fait feu et la balle avait passé à
deux pouces de la tête de mon camarade... je ne
me suis jamais rappelé le rêve que j'avais eu.

Cette anecdote me troubla un peu. J'étais bien
assuré de n'avoir pas de balle dans la tête ; mais,
quand je considérais la taille élevée, la carrure
herculéenne de mon compagnon, ses bras nerveux
couverts d'un noir duvet, je ne pouvais m'empêcher de reconnaître qu'il était parfaitement en
état de m'étrangler avec ses mains, s'il faisait un
mauvais rêve. Toutefois, je me gardai de lui
montrer la moindre inquiétude ; seulement, je
plaçai une lumière sur une chaise auprès de mon
canapé, et je me mis à lire le *Catéchisme* de Lawicki,
que j'avais apporté. Le comte me souhaita le
bonsoir, s'étendit sur son sofa, s'y retourna cinq
ou six fois ; enfin, il parut s'assoupir, bien qu'il
fût pelotonné comme l'amant d'Horace, qui,
renfermé dans un coffre, touche sa tête de ses
genoux repliés :

> *... Turpi clausus in arca,*
> *Contractum genibus tangas caput...*

De temps en temps, il soupirait avec force, ou
faisait entendre une sorte de râle nerveux que
j'attribuais à l'étrange position qu'il avait prise
pour dormir. Une heure peut-être se passa de la
sorte. Je m'assoupissais moi-même. Je fermai mon
livre, et je m'arrangeais de mon mieux sur ma
couche, lorsqu'un ricanement étrange de mon
voisin me fit tressaillir. Je regardai le comte. Il

avait les yeux fermés, tout son corps frémissait, et de ses lèvres entrouvertes s'échappaient quelques mots à peine articulés.

— Bien fraîche!... bien blanche!... Le professeur ne sait ce qu'il dit... Le cheval ne vaut rien... Quel morceau friand!...

Puis il se mit à mordre à belles dents le coussin où posait sa tête, et, en même temps, il poussa une sorte de rugissement si fort qu'il se réveilla.

Pour moi, je demeurai immobile sur mon canapé et fis semblant de dormir. Je l'observais pourtant. Il s'assit, se frotta les yeux, soupira tristement et demeura près d'une heure sans changer de posture, absorbé, comme il semblait, dans ses réflexions. J'étais cependant fort mal à mon aise, et je me promis intérieurement de ne jamais coucher à côté de M. le comte. A la longue pourtant, la fatigue triompha de l'inquiétude, et, lorsqu'on entra le matin dans notre chambre, nous dormions l'un et l'autre d'un profond sommeil.

VI

Après le déjeuner, nous retournâmes à Médintiltas. Là, ayant trouvé le docteur Frœber seul, je
lui dis que je croyais le comte malade, qu'il avait
des rêves affreux, qu'il était peut-être somnambule,
et qu'il pouvait être dangereux dans cet état.

— Je me suis aperçu de tout cela, me dit le
médecin. Avec une organisation athlétique, il est
nerveux comme une jolie femme. Peut-être tient-
il cela de sa mère... Elle a été diablement méchante
ce matin... Je ne crois pas beaucoup aux histoires
de peurs et d'envies de femmes grosses ; mais ce
qui est certain, c'est que la comtesse est maniaque,
et la manie est transmissible par le sang...

— Mais le comte, repris-je, est parfaitement
raisonnable ; il a l'esprit juste, il est instruit beaucoup plus que je ne l'aurais cru, je vous l'avoue ;
il aime la lecture...

— D'accord, d'accord, mon cher monsieur ;
mais il est souvent bizarre. Il s'enferme quelquefois pendant plusieurs jours ; souvent il rôde la
nuit ; il lit des livres incroyables..., de la métaphy-

sique allemande..., de la physiologie, que sais-je ?
Hier encore, il lui en est arrivé un ballot de
Leipsig. Faut-il parler net ? un Hercule a besoin
d'une Hébé. Il y a ici des paysannes très jolies...
Le samedi soir, après le bain, on les prendrait pour
des princesses... Il n'y en a pas une qui ne fût
fière de distraire monseigneur. A son âge, moi, le
diable m'emporte !... Non, il n'a pas de maîtresse,
il ne se marie pas, il a tort. Il lui faudrait un déri-
vatif.

Le matérialisme grossier du docteur me cho-
quant au dernier point, je terminai brusquement
l'entretien en lui dis nt que je faisais des vœux
pour que le comte Szémioth trouvât une épouse
digne de lui. Ce n'est pas sans surprise, je l'avoue,
que j'avais appris du docteur ce goût du comte
pour les études philosophiques. Cet officier de
hussards, ce chasseur passionné lisant de la métaphysique allemande et s'occupant de physiologie,
cela renversait mes idées. Le docteur avait dit
vrai cependant, et, dès le jour même, j'en eus là
preuve.

— Comment expliquez-vous, monsieur le professeur, me dit-il brusquement vers la fin du dîner,
comment expliquez-vous la *dualité* ou la *duplicité*
de notre nature ?...

Et, comme il s'aperçut que je ne le comprenais
pas parfaitement, il reprit :

— Ne vous êtes-vous jamais trouvé au haut
d'une tour ou bien au bord d'un précipice, ayant
à la fois la tentation de vous élancer dans le vide
et un sentiment de terreur absolument contraire ?...

— Cela peut s'expliquer par des causes toutes
physiques, dit le docteur ; 1° la fatigue qu'on

éprouve après une marche ascensionnelle déter-
mine un afflux de sang au cerveau qui...

— Laissons là le sang, docteur, s'écria le comte
avec impatience, et prenons un autre exemple.
Vous tenez une arme à feu chargée. Votre meilleur
ami est là. L'idée vous vient de lui mettre une
balle dans la tête. Vous avez la plus grande horreur
d'un assassinat, et pourtant vous en avez la pensée.
Je crois, messieurs, que, si toutes les pensées qui
nous viennent en tête dans l'espace d'une heure...,
je crois que si toutes *vos* pensées, monsieur le professeur, que je tiens pour un sage, étaient écrites,
elles formeraient un volume in-folio peut-être,
d'après lequel il n'y a pas un avocat qui ne plaidât
avec succès votre interdiction, pas un juge qui ne
vous mît en prison ou bien dans une maison de
fous.

— Ce juge, monsieur le comte, ne me condam-
nerait pas assurément pour avoir cherché ce matin,
pendant plus d'une heure, la loi mystérieuse
d'après laquelle les verbes slaves prennent un sens
futur en se combinant avec une préposition ; mais,
si par hasard j'avais eu quelque autre pensée,
quelle preuve en tirer contre moi ? Je ne suis pas
plus maître de mes pensées que des accidents
extérieurs qui me les suggèrent. De ce qu'une
pensée surgit en moi, on ne peut pas conclure un
commencement d'exécution, ni même une résolution. Jamais je n'ai eu l'idée de tuer personne ;
mais, si la pensée d'un meurtre me venait, ma
raison n'est-elle pas là pour l'écarter ?

— Vous parlez de la raison bien à votre aise ;
mais est-elle toujours là, comme vous dites, pour
nous diriger ? Pour que la raison parle et se fasse

obéir, il faut de la réflexion, c'est-à-dire du temps
et du sang-froid ? A-t-on toujours l'un et l'autre ?
Dans un combat, je vois arriver sur moi un boulet
qui ricoche, je me détourne et je découvre mon
ami, pour lequel j'aurais donné ma vie, si j'avais
eu le temps de réfléchir...

J'essayai de lui parler de nos devoirs d'homme
et de chrétien, de la nécessité où nous sommes
d'imiter le guerrier de l'Écriture, toujours prêt au
combat ; enfin je lui fis voir qu'en luttant sans
cesse contre nos passions, nous acquérions des
forces nouvelles pour les affaiblir et les dominer.
Je ne réussis, je le crains, qu'à le réduire au silence,
et il ne paraissait pas convaincu.

Je demeurai encore une dizaine de jours au
château. Je fis une autre visite à Dowghielly, mais
nous n'y couchâmes point. Comme la première
fois, mademoiselle Iwinska se montra espiègle et
enfant gâtée. Elle exerçait sur le comte une sorte
de fascination, et je ne doutai pas qu'il n'en fût
fort amoureux. Cependant, il connaissait bien ses
défauts, et ne se faisait pas d'illusions. Il la savait
coquette, frivole, indifférente à tout ce qui n'était
pas pour elle un amusement. Souvent je m'apercevais qu'il souffrait intérieurement de la savoir
si peu raisonnable ; mais, dès qu'elle lui avait fait
quelque petite mignardise, il oubliait tout, sa figure
s'illuminait, il rayonnait de joie. Il voulut m'amener
une dernière fois à Dowghielly la veille de mon
départ, peut-être parce que je restais à causer avec
la tante pendant qu'il allait se promener au jardin
avec la nièce ; mais j'avais fort à travailler, et je
dus m'excuser, quelle que fût son insistance. Il
revint dîner, bien qu'il nous eût dit de ne pas

l'attendre. Il se mit à table, et ne put manger.
Pendant tout le repas, il fut sombre et de mauvaise
humeur. De temps à autre, ses sourcils se rappro-
chaient et ses yeux prenaient une expression sinistre. Lorsque le docteur sortit pour se rendre
auprès de la comtesse, le comte me suivit dans ma
chambre, et me dit tout ce qu'il avait sur le cœur.

— Je me repens bien, s'écria-t-il, de vous avoir
quitté pour aller voir cette petite folle, qui se
moque de moi et qui n'aime que les nouveaux
visages ; mais, heureusement tout est fini entre
nous, j'en suis profondément dégoûté, et je ne la
reverrai jamais...

Il se promena quelque temps de long en large
selon son habitude, puis il reprit :

— Vous avez cru peut-être que j'en étais amoureux ? C'est ce que pense cet imbécile de docteur. Non, je ne l'ai jamais aimée. Sa mine rieuse
m'amusait. Sa peau blanche me faisait plaisir à
voir... Voilà tout ce qu'il y a de bon chez elle... la
peau surtout. De cervelle, point. Jamais je n'ai vu
en elle autre chose qu'une jolie poupée, bonne à
regarder quand on s'ennuie et qu'on n'a pas de
livre nouveau... Sans doute on peut dire que c'est
une beauté... Sa peau est merveilleuse !... monsieur
le professeur, le sang qui est sous cette peau doit
être meilleur que celui d'un cheval ?... Qu'en pensez-
vous ?

Et il se mit à éclater de rire, mais ce rire faisait
mal à entendre.

Je pris congé de lui le lendemain pour continuer
mes explorations dans le nord du palatinat.

VII

Elles durèrent environ deux mois, et je puis dire
qu'il n'y a guère de village en Samogitie où je ne
me sois arrêté et où je n'aie recueilli quelques documents. Qu'il me soit permis de saisir cette occasion
pour remercier les habitants de cette province, et
en particulier MM. les ecclésiastiques, pour le
concours vraiment empressé qu'ils ont accordé à
mes recherches et les excellentes contributions dont
ils ont enrichi mon dictionnaire.

Après un séjour d'une semaine à Szawlé, je me
proposais d'aller m'embarquer à Klaypeda (port
que nous appelons Memel) pour retourner chez moi,
lorsque je reçus du comte Szémioth la lettre suivante, apportée par un de ses chasseurs :

« Monsieur le professeur,

« Permettez-moi de vous écrire en allemand. Je
ferais encore plus de solécismes, si je vous écrivais
en jmoude, et vous perdriez toute considération
pour moi. Je ne sais si vous en avez déjà beaucoup,
et la nouvelle que j'ai à vous communiquer ne

l'augmentera peut-être pas. Sans plus de préface, je me marie, et vous devinez bien à qui. *Jupiter se rit des serments des amoureux.* Ainsi fait Pirkuns, notre Jupiter samogitien. C'est donc mademoiselle Julienne Iwinska que j'épouse le 8 du mois prochain. Vous seriez le plus aimable des hommes si vous veniez assister à la cérémonie. Tous les paysans de Médintiltas et lieux circonvoisins viendront chez moi manger quelques bœufs et d'innombrables cochons, et, quand ils seront ivres, ils danseront dans ce pré, à droite de l'avenue que vous connaissez. Vous verrez des costumes et des coutumes dignes de votre observation. Vous me ferez le plus grand plaisir et à Julienne aussi. J'ajouterai que votre refus nous jetterait dans le plus triste embarras. Vous savez que j'appartiens à la communion évangélique, de même que ma fiancée ; or, notre ministre, qui demeure à une trentaine de lieues, est perclus de la goutte et j'ai osé espérer que vous voudriez bien officier à sa place. Croyez-moi, mon cher professeur, votre bien dévoué,

Michel Szémioth. »

Au bas de la lettre, en forme de *post-scriptum*, une assez jolie main féminine avait ajouté en jmoude :

« Moi, muse de la Lithuanie, j'écris en jmoude. Michel est un impertinent de douter de votre approbation. Il n'y a que moi, en effet, qui sois assez folle pour vouloir d'un garçon comme lui. Vous verrez, monsieur le professeur, le 8 du mois prochain, une mariée un peu *chic*. Ce n'est pas du jmoude, c'est du français. N'allez pas au moins avoir des distractions pendant la cérémonie! »

Ni la lettre ni le *post-scriptum* ne me plurent. Je trouvai que les fiancés montraient une impardonnable légèreté dans une occasion si solennelle. Cependant, le moyen de refuser ? J'avouerai encore que le spectacle annoncé ne laissait pas de me donner des tentations. Selon toute apparence, dans le grand nombre des gentilshommes qui se réuniraient au château de Médintiltas, je ne manquerais pas de trouver des personnes instruites qui me fourniraient des renseignements utiles. Mon glossaire jmoude était très riche ; mais le sens d'un certain nombre de mots appris de la bouche de paysans grossiers demeurait encore pour moi enveloppé d'une obscurité relative. Toutes ces considérations réunies eurent assez de force pour m'obliger à consentir à la demande du comte, et je lui répondis que, dans la matinée du 8, je serais à Médintiltas.

Combien j'eus lieu de m'en repentir !

· En entrant dans l'avenue du château, j'aperçus
un grand nombre de dames et de messieurs en toilette du matin, groupés sur le perron ou circulant
dans les allées du parc. La cour était pleine de
paysans endimanchés. Le château avait un air de
fête ; partout des fleurs, des guirlandes, des dra-
peaux et des festons. L'intendant me conduisit à la
chambre qui m'avait été préparée au rez-de-
chaussée, en me demandant pardon de ne pas m'en
offrir une plus belle ; mais il y avait tant de monde
au château, qu'il avait été impossible de me
conserver l'appartement que j'avais occupé à mon
premier séjour, et qui était destiné à la femme du
maréchal de la noblesse ; ma nouvelle chambre,
d'ailleurs, était très convenable, ayant vue sur le
parc, et au-dessous de l'appartement du comte.
Je m'habillai en hâte pour la cérémonie, je revêtis
ma robe ; mais ni le comte ni sa fiancée ne paraissaient. Le comte était allé la chercher à Dowghielly. Depuis longtemps ils auraient dû être
arrivés ; mais la toilette d'une mariée n'est pas

une petite affaire, et le docteur avertissait les
invités que le déjeuner ne devant avoir lieu qu'après
le service religieux, les appétits trop impatients
feraient bien de prendre leurs précautions à un
certain buffet garni de gâteaux et de toute sorte
de liqueurs. Je remarquai à cette occasion combien
l'attente excite à la médisance ; deux mères de
jolies demoiselles invitées à la fête ne tarissaient
pas en épigrammes contre la mariée.

Il était plus de midi quand une salve de boîtes
et de coups de fusil signala son arrivée, et, bientôt
après, une calèche de gala entra dans l'avenue,
traînée par quatre chevaux magnifiques. A l'écume
qui couvrait leur poitrail, il était facile de voir que
le retard n'était pas de leur fait. Il n'y avait dans
la calèche que la mariée, madame Dowghiello et
le comte. Il descendit et donna la main à madame Dowghiello. Mademoiselle Iwinska, par un
mouvement plein de grâce et de coquetterie enfan-
tine, fit mine de vouloir se cacher sous son châle
pour échapper aux regards curieux qui l'entouraient de tous les côtés. Pourtant, elle se leva
debout dans la calèche, et elle allait prendre la
main du comte, quand les chevaux du brancard,
effrayés peut-être de la pluie de fleurs que les
paysans lançaient à la mariée, peut-être aussi éprou-
vant cette étrange terreur que le comte Szémioth
inspirait aux animaux, se cabrèrent en s'ébrouant ;
une roue heurta la borne au pied du perron, et on
put croire pendant un moment qu'un accident
allait avoir lieu. Mademoiselle Iwinska laissa
échapper un petit cri... On fut bientôt rassuré. Le
comte, la saisissant dans ses bras, l'emporta
jusqu'au haut du perron aussi facilement que s'il

n'avait tenu qu'une colombe. Nous applaudis-
sions tous à son adresse et à sa galanterie chevaleresque. Les paysans poussaient des *vivat* formi-
dables, la mariée, toute rouge, riait et tremblait
à la fois. Le comte, qui n'était nullement pressé de
se débarrasser de son charmant fardeau, semblait
triompher en le montrant à la foule qui l'entourait...

Tout à coup, une femme de haute taille, pâle,
maigre, les vêtements en désordre, les cheveux
épars, et tout les traits contractés par la terreur,
parut au haut du perron, sans que personne pût
savoir d'où elle venait.

— A l'ours! criait-elle d'une voix aiguë ; à
l'ours! des fusils!... Il emporte une femme! tuez-le!
Feu! Feu!

C'était la comtesse. L'arrivée de la mariée avait
attiré tout le monde au perron, dans la cour,
ou aux fenêtres du château. Les femmes mêmes
qui surveillaient la pauvre folle avaient oublié leur
consigne; elle s'était échappée, et, sans être observée
de personne, était arrivée jusqu'au milieu de nous.
Ce fut une scène très pénible. Il fallut l'emporter
malgré ses cris et sa résistance. Beaucoup d'invités
ne connaissaient pas sa maladie. On dut leur
donner des explications. On chuchota longtemps
à voix basse. Tous les visages étaient attristés.
« Mauvais présage! » disaient les personnes supers-
titieuses ; et le nombre en est grand en Lithuanie.

Cependant, mademoiselle Iwinska demanda cinq
minutes pour faire sa toilette et mettre son voile
de mariée, opération qui dura une bonne heure.
C'était plus qu'il ne fallait pour que les personnes
qui ignoraient la maladie de la comtesse en appris-
sent la cause et les détails.

Enfin, la mariée reparut, magnifiquement parée
et couverte de diamants. Sa tante la présenta à
tous les invités, et lorsque le moment fut venu de
passer à la chapelle, à ma grande surprise, en présence de toute la compagnie, madame Dowghiello
appliqua un soufflet sur la joue de sa nièce, assez
fort pour faire retourner ceux qui auraient eu
quelque distraction. Ce soufflet fut reçu avec la
plus parfaite résignation, et personne ne parut s'en
étonner ; seulement, un homme en noir écrivit
quelque chose sur un papier qu'il avait apporté et
quelques-uns des assistants y apposèrent leur signature de l'air le plus indifférent. Ce ne fut qu'à
la fin de la cérémonie que j'eus le mot de l'énigme.
Si je l'eusse deviné, je n'aurais pas manqué de
m'élever avec toute la force de mon ministère sacré
contre cette odieuse pratique, laquelle a pour but
d'établir un cas de divorce en simulant que le
mariage n'a eu lieu que par suite de violence
matérielle exercée contre une des parties contrac-
tantes.

Après le service religieux, je crus de mon devoir
d'adresser quelques paroles au jeune couple, m'attachant à leur mettre devant les yeux la
gravité et la sainteté de l'engagement qui venait
de les unir, et, comme j'avais encore sur le cœur
le *post-scriptum* déplacé de mademoiselle Iwinska,
je lui rappelai qu'elle entrait dans une vie nouvelle,
non plus accompagnée d'amusements et de joies
juvéniles, mais pleine de devoirs sérieux et de graves
épreuves. Il me semble que cette partie de mon
allocution produisit beaucoup d'effet sur la mariée,
comme sur toutes les personnes qui comprenaient
l'allemand.

Des salves d'armes à feu et des cris de joie
accueillirent le cortège au sortir de la chapelle,
puis on passa dans la salle à manger. Le repas était
magnifique, les appétits fort aiguisés, et d'abord
on n'entendit d'autre bruit que celui des couteaux
et des fourchettes ; mais bientôt, avec l'aide des
vins de Champagne et de Hongrie, on commença
à causer, à rire et même à crier. La santé de la
mariée fut portée avec enthousiasme. A peine
venait-on de se rasseoir, qu'un vieux *pane* à moustaches blanches se leva et, d'une voix formidable :

— Je vois avec douleur, dit-il, que nos vieilles
coutumes se perdent. Jamais nos pères n'eussent
porté ce toast avec des verres de cristal. Nous
buvions dans le soulier de la mariée, et même dans
sa botte ; car, de mon temps, les dames portaient
des bottes en maroquin rouge. Montrons, amis,
que nous sommes encore de vrais Lithuaniens. —
Et toi, madame, daigne me donner ton soulier.

La mariée lui répondit en rougissant, avec un
petit rire étouffé :

— Viens le prendre, monsieur... ; mais je ne te
ferai pas raison dans ta botte.

Le *pane* ne se le fit pas dire deux fois, se mit
galamment à genoux, ôta un petit soulier de satin
blanc à talon rouge, l'emplit de vin de Champagne
et but si vite et si adroitement, qu'il n'y en eut pas
plus de la moitié qui coula sur ses habits. Le
soulier passa de main en main, et tous les hommes
y burent, mais non sans peine. Le vieux gentilhomme réclama le soulier comme une relique précieuse, et madame Dowghiello fit prévenir une
femme de chambre de venir réparer le désordre de
la toilette de sa nièce.

Ce toast fut suivi de beaucoup d'autres, et bientôt les convives devinrent si bruyants, qu'il ne me parut plus convenable de demeurer parmi eux. Je m'échappai de la table sans que personne fît attention à moi, et j'allai respirer l'air en dehors du château ; mais, là encore, je trouvai un spectacle peu édifiant. Les domestiques et les paysans, qui avaient eu de la bière et de l'eau-de-vie à discrétion, étaient déjà ivres pour la plupart. Il y avait eu des disputes et des têtes cassées. Çà et là, sur le pré, des ivrognes se vautraient privés de sentiment, et l'aspect général de la fête tenait beaucoup d'un champ de bataille. J'aurais eu quelque curiosité de voir de près les danses populaires ; mais la plupart étaient menées par des bohémiennes effrontées, et je ne crus pas qu'il fût bienséant de me hasarder dans cette bagarre. Je rentrai donc dans ma chambre, je lus quelque temps, puis me déshabillai et m'endormis bientôt.

Lorsque je m'éveillai, l'horloge du château sonnait trois heures. La nuit était claire, bien que la lune fût un peu voilée par une légère brume. J'essayai de retrouver le sommeil ; je ne pus y parvenir. Selon mon usage en pareille occasion, je voulus prendre un livre et étudier, mais je ne pus trouver les allumettes à ma portée. Je me levai et j'allais tâtonnant dans ma chambre, quand un corps opaque, très gros, passa devant ma fenêtre, et tomba avec un bruit sourd dans le jardin. Ma première impression fut que c'était un homme, et je crus qu'un de nos ivrognes était tombé par la fenêtre. J'ouvris la mienne et regardai ; je ne vis rien. J'allumai enfin une bougie, et, m'étant remis au lit, je repassai mon glossaire jusqu'au moment où l'on m'apporta mon thé.

Vers onze heures, je me rendis au salon, où je trouvai beaucoup d'yeux battus et de mines défaites ; j'appris en effet qu'on avait quitté la table fort tard. Ni le comte ni la jeune comtesse n'avaient encore paru. A onze heures et demie, après beaucoup de méchantes plaisanteries, on commençait à murmurer, tout bas d'abord, bientôt assez haut. Le docteur Frœber prit sur lui d'envoyer le valet de chambre du comte frapper à la porte de son maître. Au bout d'un quart d'heure, cet homme redescendit, et, un peu ému, rapporta au docteur Frœber qu'il avait frappé plus d'une douzaine de fois, sans obtenir de réponse. Nous nous consultâmes, madame Dowghiello, le docteur et moi. L'inquiétude du valet de chambre m'avait gagné. Nous montâmes tous les trois avec lui. Devant la porte, nous trouvâmes la femme de chambre de la jeune comtesse tout effarée, assurant que quelque malheur devait être arrivé, car la fenêtre de madame était toute grande ouverte. Je me rappelai avec effroi ce corps pesant tombé devant ma fenêtre. Nous frappâmes à grands coups. Point de réponse. Enfin, le valet de chambre apporta une barre de fer et nous enfonçâmes la porte... Non ! le courage me manque pour décrire le spectacle qui s'offrit à nos yeux. La jeune comtesse était étendue morte sur son lit, la figure horriblement lacérée, la gorge ouverte, inondée de sang. Le comte avait disparu, et personne depuis n'a eu de ses nouvelles.

Le docteur considéra l'horrible blessure de la jeune femme.

— Ce n'est pas une lame d'acier, s'écria-t-il, qui a fait cette plaie... C'est une morsure ! . . . .

Le professeur ferma son livre, et regarda le feu d'un air pensif.

— Et l'histoire est finie? demanda Adélaïde.

— Finie! répondit le professeur d'une voix lugubre.

— Mais, reprit-elle, pourquoi l'avez-vous intitulée *Lokis ?* Pas un seul des personnages ne s'appelle ainsi.

— Ce n'est pas un nom d'homme, dit le professeur. — Voyons, Théodore, comprenez-vous ce que veut dire *Lokis ?*

— Pas le moins du monde.

— Si vous vous étiez bien pénétré de la loi de transformation du sanscrit au lithuanien, vous auriez reconnu dans *lokis* le sanscrit *arkcha* ou *rikscha*. On appelle *lokis*, en lithuanien, l'animal que les Grecs ont nommé ἄρκτος, les Latins *ursus* et les Allemands *bär*.

Vous comprenez maintenant mon épigraphe :

Miszka su Lokiu,
Abu du tokiu.

Vous savez que, dans le roman de Renard, l'ours s'appelle *damp Brun*. Chez les Slaves, on le nomme Michel, Miszka en lithuanien, et ce surnom remplace presque toujours le nom générique, *lokis*. C'est ainsi que les Français ont oublié leur mot néolatin de *goupil* ou *gorpil* pour y substituer celui de *renard*. Je vous en citerai bien d'autres exemples.

Mais Adélaïde remarqua qu'il était tard, et on se sépara.

Federigo

Il y avait une fois un jeune seigneur nommé
Federigo, beau, bien fait, courtois et débonnaire,
mais de mœurs fort dissolues, car il aimait avec
excès le jeu, le vin et les femmes, surtout le jeu ;
n'allait jamais à confesse, et ne hantait les églises
que pour y chercher des occasions de péché. Or,
il advint que Federigo, après avoir ruiné au jeu
douze fils de famille (qui se firent ensuite malan-
drins et périrent sans confession dans un combat
acharné avec les condottieri du roi), perdit lui-
même, en moins de rien, tout ce qu'il avait gagné,
et, de plus, tout son patrimoine, sauf un petit
manoir, où il alla cacher sa misère derrière les
collines de Cava.

Trois ans s'étaient écoulés depuis qu'il vivait
dans la solitude, chassant le jour et faisant le soir
sa partie d'hombre avec le métayer. Un jour qu'il
venait de rentrer au logis après une chasse, la plus
heureuse qu'il eût encore faite, Jésus-Christ, suivi
des saints apôtres, vint frapper à sa porte et lui
demanda l'hospitalité. Federigo, qui avait l'âme

généreuse, fut charmé de voir arriver des convives,
en un jour où il avait amplement de quoi les ré-
galer. Il fit donc entrer les pèlerins dans sa case,
leur offrit de la meilleure grâce du monde la table
et le couvert, et les pria de l'excuser s'il ne les
traitait pas selon leur mérite, se trouvant pris au
dépourvu. Notre-Seigneur, qui savait à quoi s'en
tenir sur l'opportunité de sa visite, pardonna à
Federigo ce petit trait de vanité en faveur de ses
dispositions hospitalières.

— Nous nous contenterons de ce que vous avez,
lui dit-il ; mais faites apprêter votre souper le plus
promptement possible, vu qu'il est tard, et que
celui-ci a grand faim, ajouta-t-il en montrant
saint Pierre.

Federigo ne se le fit pas répéter, et voulant offrir
à ses hôtes quelque chose de plus que le produit
de sa chasse, il ordonna au métayer de faire main
basse sur son dernier chevreau, qui fut incontinent
mis à la broche.

Lorsque le souper fut prêt et la compagnie à
table, Federigo n'avait qu'un regret, c'est que son
vin ne fût pas meilleur.

— Sire, dit-il à Jésus-Christ,

> Sire, je voudrais bien que mon vin fût meilleur :
> Néanmoins, tel qu'il est, je l'offre de grand cœur.

Sur quoi, Notre-Seigneur ayant goûté le vin :
— De quoi vous plaignez-vous ? dit-il à Federigo ; votre vin est parfait ; je m'en rapporte à cet
homme (désignant du doigt l'apôtre saint Pierre).
Saint Pierre l'ayant savouré, le déclara excellent
(*proprio stupendo*), et pria son hôte de boire avec lui.

Federigo, qui prenait tout cela pour de la politesse, fit néanmoins raison à l'apôtre ; mais quelle
fut sa surprise en trouvant ce vin plus délicieux
qu'aucun de ceux qu'il eût jamais goûtés au temps
de sa plus grande fortune! Reconnaissant à ce
miracle la présence du Sauveur, il se leva aussitôt
comme indigne de manger en si sainte compagnie ;
mais Notre-Seigneur lui ordonna de se rasseoir :
ce qu'il fit sans trop de façons. Après le souper,
durant lequel ils furent servis par le métayer et
sa femme, Jésus-Christ se retira avec les apôtres
dans l'appartement qui leur avait été préparé.
Pour Federigo, demeuré seul avec le métayer, il
fit sa partie d'hombre comme à l'ordinaire, en
buvant ce qui restait du vin miraculeux.

Le jour suivant, les saints voyageurs étant réunis
dans la salle basse avec le maître du logis, Jésus-
Christ dit à Federigo :

— Nous sommes très contents de l'accueil que
tu nous as fait, et voulons t'en récompenser.
Demande-nous trois grâces à ton choix, et elles
te seront accordées ; car toute puissance nous a
été donnée au ciel, sur la terre et dans les enfers.

Lors, Federigo tirant de sa poche le jeu de cartes
qu'il portait toujours sur lui :

— Maître, dit-il, faites que je gagne infailliblement toutes les fois que je jouerai avec ces
cartes.

— Ainsi, soit-il! dit Jésus-Christ. (*Ti sia concesso.*)
Mais saint Pierre, qui était auprès de Federigo,
lui disait à voix basse :

— A quoi penses-tu, malheureux pécheur? tu
devrais demander au maître le salut de ton âme.

— Je m'en inquiète peu, répondit Federigo.

— Tu as encore deux grâces à obtenir, dit Jésus-Christ.

— Maître, poursuivit l'hôte, puisque vous avez tant de bonté, faites, s'il vous plaît, que quiconque montera dans l'oranger qui ombrage ma porte, n'en puisse descendre sans ma permission.

— Ainsi soit-il! dit Jésus-Christ.

A ces mots, l'apôtre saint Pierre, donnant un grand coup de coude à son voisin :

— Malheureux pécheur, lui dit-il, ne crains-tu pas l'enfer réservé à tes méfaits ? demande donc au maître une place dans son saint paradis ; il en est encore temps...

— Rien ne presse, repartit Federigo en s'éloignant de l'apôtre ; et Notre-Seigneur ayant dit :

— Que souhaites-tu pour troisième grâce ?

— Je souhaite, répondit-il, que quiconque s'assiéra sur cet escabeau, au coin de ma cheminée, ne puisse s'en relever qu'avec mon congé.

Notre-Seigneur, ayant exaucé ce vœu comme les deux premiers, partit avec ses disciples.

Le dernier apôtre ne fut pas plus tôt hors du logis, que Federigo, voulant éprouver la vertu de ses cartes, appela son métayer, et fit une partie d'hombre avec lui sans regarder son jeu. Il la gagna d'emblée, ainsi qu'une seconde et une troisième. Sûr alors de son fait, il partit pour la ville, et descendit dans la meilleure hôtellerie, dont il loua le plus bel appartement. Le bruit de son arrivée s'étant aussitôt répandu, ses anciens compagnons de débauche vinrent en foule lui rendre visite.

— Nous te croyions perdu pour jamais, s'écria don Giuseppe; on assurait que tu t'étais fait ermite.

— Et l'on avait raison, répondit Federigo.

— A quoi diable as-tu passé ton temps depuis trois ans qu'on ne te voit plus ? demandèrent à la fois tous les autres.

— En prières, mes très chers frères, repartit Federigo d'un ton dévot ; et voici mes *Heures*, ajouta-t-il en tirant de sa poche le paquet de cartes qu'il avait précieusement conservé.

Cette réponse excita un rire général, et chacun demeura convaincu que Federigo avait réparé sa fortune en pays étranger aux dépens de joueurs moins habiles que ceux avec lesquels il se retrouvait alors, et qui brûlaient de le ruiner pour la seconde fois. Quelques-uns voulaient, sans plus attendre, l'entraîner à une table de jeu. Mais Federigo, les ayant priés de remettre la partie au soir, fit passer la compagnie dans une salle où l'on avait servi, par son ordre, un repas délicat, qui fut parfaitement accueilli.

Ce dîner fut plus gai que le souper des apôtres : il est vrai qu'on n'y but que du malvoisie et du lacryma ; mais les convives, excepté un, ne connaissaient pas de meilleur vin.

Avant l'arrivée de ses hôtes, Federigo s'était muni d'un jeu de cartes parfaitement semblable au premier, afin de pouvoir, au besoin, le substituer à l'autre, et, en perdant une partie sur trois ou quatre, écarter tout soupçon de l'esprit de ses adversaires. Il avait mis l'un à sa droite et l'autre à sa gauche.

Lorsqu'on eut dîné, la noble bande étant assise autour d'un tapis vert, Federigo mit d'abord sur table les cartes profanes, et fixa les enjeux à une somme raisonnable pour toute la durée de la séance.

Voulant alors se donner l'intérêt du jeu, et connaître
la mesure de sa force, il joua de son mieux les deux
premières parties, et les perdit l'une et l'autre, non
sans un dépit secret. Il fit ensuite apporter du vin,
et profita du moment où les gagnants buvaient à
leurs succès passés et futurs, pour reprendre d'une
main les cartes profanes et les remplacer de l'autre
par les bénites.

Quand la troisième partie fut commencée, Federigo ne donnant plus aucune attention à son jeu,
eut le loisir d'observer celui des autres, et le trouva
déloyal. Cette découverte lui fit grand plaisir. Il
pouvait dès lors vider en conscience les bourses de
ses adversaires. Sa ruine avait été l'ouvrage de leur
fraude, non de leur bien-jouer ou de leur fortune.
Il pouvait donc concevoir une meilleure opinion
de sa force relative, opinion justifiée par des succès
antérieurs. L'estime de soi (car à quoi ne s'accroche-
t-elle pas ?), la certitude de la vengeance et celle
du gain, sont trois sentiments bien doux au cœur
de l'homme. Federigo les éprouva tous à la fois ;
mais, songeant à sa fortune passée, il se rappela
les douze fils de famille aux dépens desquels il
s'était enrichi ; et, persuadé que ces jeunes gens
étaient les seuls honnêtes joueurs auxquels il eût
jamais eu affaire, il se repentit pour la première
fois des victoires remportées sur eux. Un nuage
sombre succéda sur son visage aux rayons de la
joie qui perçait, et il poussa un profond soupir en
gagnant la troisième partie.

Elle fut suivie de plusieurs autres, dont Federigo
s'arrangea pour gagner le plus grand nombre, en
sorte qu'il recueillit dans cette première soirée de
quoi payer son dîner et un mois du loyer de son

appartement. C'était tout ce qu'il voulait pour ce
jour-là. Ses compagnons désappointés promirent,
en le quittant, de revenir le lendemain.

Le lendemain et les jours suivants, Federigo sut
gagner et perdre si à propos, qu'il acquit en peu de
temps une fortune considérable sans que personne
en soupçonnât la véritable cause. Alors il quitta son
hôtel pour aller habiter un grand palais où il
donnait de temps à autre des fêtes magnifiques.
Les plus belles femmes se disputaient un de ses
regards ; les vins les plus exquis couvraient tous
les jours sa table, et le palais de Federigo était
réputé le centre des plaisirs.

Au bout d'un an de jeu discret, il résolut de
rendre sa vengeance complète, en mettant à sec
les principaux seigneurs du pays. A cet effet, ayant
converti en pierreries la plus grande partie de son
or, il les invita huit jours d'avance à une fête
extraordinaire pour laquelle il mit en réquisition
les meilleurs musiciens, baladins, etc., et qui
devait se terminer par un jeu des mieux nourris.
Ceux qui manquaient d'argent en extorquèrent
aux juifs ; les autres apportèrent ce qu'ils avaient
et tout fut raflé. Federigo partit dans la nuit avec
son or et ses diamants.

De ce moment, il se fit une règle de ne jouer à
coup sûr qu'avec les joueurs de mauvaise foi, se
trouvant assez fort pour se tirer d'affaire avec les
autres. Il parcourut ainsi toutes les villes de la
terre, jouant partout, gagnant toujours, et con-
sommant en chaque lieu ce que le pays produisait
de plus excellent.

Cependant le souvenir de ses douze victimes se
présentait sans cesse à son esprit et empoisonnait

toutes ses joies. Enfin, il résolut un beau jour de
les délivrer ou de se perdre avec elles.

Cette résolution prise, il partit pour les enfers
un bâton à la main et un sac sur le dos, sans autre
escorte que sa levrette favorite, qui s'appelait
Marchesella. Arrivé en Sicile, il gravit le mont
Gibel, et descendit ensuite dans le volcan, autant
au-dessous du pied de la montagne que la montagne elle-même s'élève au-dessus de Piamonte.
De là, pour aller chez Pluton, il faut traverser une
cour gardée par Cerbère. Federigo la franchit
sans difficulté, pendant que Cerbère faisait fête à
sa levrette, et vint frapper à la porte de Pluton.

Lorsqu'on l'eut conduit en sa présence :

— Qui es-tu? lui demanda le roi de l'abîme.

— Je suis le joueur Federigo.

— Que diable viens-tu faire ici?

— Pluton, répondit Federigo, si tu estimes que
le premier joueur de la terre soit digne de faire ta
partie d'hombre, voici ce que je te propose : nous
jouerons autant de parties que tu voudras ; que
j'en perde une seule, et mon âme te sera légitime-
ment acquise, avec toutes celles qui peuplent tes
États ; mais, si je gagne, j'aurai le droit d'en
choisir une parmi tes sujettes, pour chaque partie
que j'aurai gagnée, et de l'emporter avec moi.

— Soit, dit Pluton.

Et il demanda un paquet de cartes.

— En voici un, dit aussitôt Federigo en tirant
de sa poche le jeu miraculeux.

Et ils commencèrent à jouer.

Federigo gagna une première partie, et demanda
à Pluton l'âme de Stefano Pagani, l'un des douze
qu'il voulait sauver. Elle lui fut aussitôt livrée ;

et, l'ayant reçue, il la mit dans son sac. Il gagna
de même une seconde partie, puis une troisième,
et jusqu'à douze, se faisant livrer chaque fois, et
mettant dans son sac une des âmes auxquelles il
s'intéressait. Lorsqu'il eut complété la douzaine,
il offrit à Pluton de continuer.

— Volontiers, dit Pluton (qui pourtant s'ennuyait de perdre) ; mais sortons un instant ; je ne
sais quelle odeur fétide vient de se répandre ici.

Or, il cherchait un prétexte pour se débarrasser
de Federigo ; car à peine celui-ci était-il dehors
avec son sac et ses âmes, que Pluton cria de toute
sa force qu'on fermât la porte sur lui.

Federigo, ayant de nouveau traversé la cour des
enfers, sans que Cerbère y prît garde, tant il était
charmé de sa levrette, regagna péniblement la
cime du mont Gibel. Il appela ensuite Marchesella,
qui ne tarda pas à le rejoindre, et redescendit vers
Messine, plus joyeux de sa conquête spirituelle
qu'il ne l'avait jamais été d'aucun succès mon-
dain. Arrivé à Messine, il s'y embarqua pour
retourner en terre ferme et terminer sa carrière
dans son antique manoir.

.. ..

(A quelques mois de là, Marchesella mit bas
une portée de petits monstres, dont quelques-uns
avaient jusqu'à trois têtes. On les jeta tous à l'eau.)

.. ..

Au bout de trente ans (Federigo en avait alors
soixante-dix), la Mort entra chez lui, et l'avertit
de mettre sa conscience en règle, parce que son
heure était venue.

— Je suis prêt, dit le moribond ; mais, avant

de m'enlever, ô Mort, donne-moi, je te prie, un
fruit de l'arbre qui ombrage ma porte. Encore ce
petit plaisir, et je mourrai content.

— S'il ne te faut que cela, dit la Mort, je veux
bien te satisfaire.

Et elle monta dans l'oranger pour cueillir une
orange. Mais, lorsqu'elle voulut descendre, elle
ne le put pas : Federigo s'y opposait.

— Ah! Federigo, tu m'as trompée, s'écria-t-elle ;
je suis maintenant en ta puissance ; mais rends-
moi la liberté, et je te promets dix ans de vie.

— Dix ans! voilà grand-chose! dit Federigo.
Si tu veux descendre, ma mie, il faut être plus
libérale.

— Je t'en donnerai vingt.

— Tu te moques!

— Je t'en donnerai trente.

— Tu n'es pas tout à fait au tiers.

— Tu veux donc vivre un siècle?

— Tout autant, ma chère.

— Federigo, tu n'es pas raisonnable.

— Que veux-tu! j'aime à vivre.

— Allons, va pour cent ans, dit la Mort, il faut
bien en passer par là.

Et elle put aussitôt descendre.

Dès qu'elle fut partie, Federigo se leva dans un
état de santé parfaite, et commença une nouvelle
vie avec la force d'un jeune homme et l'expérience
d'un vieillard. Tout ce que l'on sait de cette nouvelle existence est qu'il continua à satisfaire
curieusement toutes ses passions, et particulièrement ses appétits charnels, faisant un peu de bien
quand l'occasion s'en présentait, mais sans plus
songer à son salut que pendant sa première vie.

Les cent ans révolus, la Mort vint de nouveau frapper à sa porte, et le trouva dans son lit.

— Es-tu prêt? lui dit-elle.

— J'ai envoyé chercher mon confesseur, répondit Federigo ; assieds-toi près du feu jusqu'à ce qu'il vienne. Je n'attends que l'absolution pour m'élancer avec toi dans l'éternité.

La Mort, qui était bonne personne, alla s'asseoir sur l'escabeau, et attendit une heure entière sans voir arriver le prêtre. Commençant alors à s'ennuyer, elle dit à son hôte :

— Vieillard, pour la seconde fois, n'as-tu pas eu le temps de te mettre en règle, depuis un siècle que nous ne nous sommes vus ?

— J'avais, par ma foi, bien autre chose à faire, dit le vieillard avec un sourire moqueur.

— Eh bien, reprit la Mort indignée de son impiété, tu n'as plus une minute à vivre.

— Bah! dit Federigo, tandis qu'elle cherchait en vain à se lever, je sais par expérience que tu es trop accommodante pour ne pas m'accorder encore quelques années de répit.

— Quelques années! misérable! (Et elle faisait d'inutiles efforts pour sortir de la cheminée.)

— Oui, sans doute ; mais, cette fois-ci, je ne serai point exigeant, et, comme je ne tiens plus à la vieillesse, je me contenterai de quarante ans pour ma troisième course.

La Mort vit bien qu'elle était retenue sur l'escabeau, comme autrefois sur l'oranger, par une puissance surnaturelle ; mais, dans sa fureur, elle ne voulait rien accorder.

— Je sais un moyen de te rendre raisonnable, dit Federigo.

Et il fit jeter trois fagots sur le feu. La flamme eut, en un moment, rempli la cheminée, en sorte que la Mort était au supplice.

— Grâce! grâce! s'écria-t-elle en sentant brûler ses vieux os; je te promets quarante ans de santé.

A ces mots, Federigo dénoua le charme, et la Mort s'enfuit, à demi rôtie.

Au bout du terme, elle revint chercher son homme, qui l'attendait de pied ferme, un sac sur le dos.

— Pour le coup, ton heure est venue, lui dit-elle en entrant brusquement; il n'y a plus à reculer. Mais que veux-tu faire de ce sac?

— Il contient les âmes de douze joueurs de mes amis, que j'ai autrefois délivrés de l'enfer.

— Qu'ils y rentrent avec toi! dit la Mort.

Et, saisissant Federigo par les cheveux, elle s'élança dans les airs, vola vers le Midi, et s'enfonça avec sa proie dans les gouffres du mont Gibel. Arrivée aux portes de l'enfer, elle frappa trois coups.

— Qui est là? dit Pluton.

— Federigo le joueur, répondit la Mort.

— N'ouvrez pas, s'écria Pluton, qui se rappela aussitôt les douze parties qu'il avait perdues; ce coquin-là dépeuplerait mon empire.

Pluton refusant d'ouvrir, la Mort transporta son prisonnier aux portes du purgatoire; mais l'ange de garde lui en interdit l'entrée, ayant reconnu qu'il se trouvait en état de péché mortel. Il fallut donc à toute force, et au grand regret de la Mort, qui en voulait à Federigo, diriger le convoi vers les régions célestes.

— Qui es-tu? dit saint Pierre à Federigo, quand la Mort l'eut déposé à l'entrée du paradis.

— Votre ancien hôte, répondit-il, celui qui vous régala jadis du produit de sa chasse.

— Oses-tu bien te présenter ici dans l'état où je te vois? s'écria saint Pierre. Ne sais-tu pas que le ciel est fermé à tes pareils? Quoi! tu n'es pas même digne du purgatoire, et tu veux une place dans le paradis!

— Saint Pierre, dit Federigo, est-ce ainsi que je vous reçus quand vous vîntes avec votre divin maître, il y a environ cent quatre-vingts ans, me demander l'hospitalité?

— Tout cela est bel et bon, repartit saint Pierre d'un ton grondeur, quoique attendri; mais je ne puis prendre sur moi de te laisser entrer. Je vais informer Jésus-Christ de ton arrivée; nous verrons ce qu'il dira.

Notre-Seigneur, étant averti, vint à la porte du paradis, où il trouva Federigo à genoux sur le seuil, avec ses douze âmes, six de chaque côté. Lors, se laissant toucher de compassion :

— Passe encore pour toi, dit-il à Federigo; mais ces douze âmes que l'enfer réclame, je ne saurais en conscience les laisser entrer.

— Eh quoi! Seigneur, dit Federigo, lorsque j'eus l'honneur de vous recevoir dans ma maison, n'étiez-vous pas accompagné de douze voyageurs que j'accueillis, ainsi que vous, du mieux qu'il me fut possible?

— Il n'y a pas moyen de résister à cet homme, dit Jésus-Christ. Entrez donc, puisque vous voilà; mais ne vous vantez pas de la grâce que je vous fais; elle serait de mauvais exemple.

1829.

Djoûmane

Le 21 mai 18..., nous rentrions à Tlemcen. L'expédition avait été heureuse ; nous ramenions bœufs, moutons, chameaux, des prisonniers et des otages.

Après trente-sept jours de campagne ou plutôt de chasse incessante, nos chevaux étaient maigres, efflanqués, mais ils avaient encore l'œil vif et plein de feu ; pas un n'était écorché sous la selle. Nos hommes, bronzés par le soleil, les cheveux longs, les buffleteries sales, les vestes râpées, montraient cet air d'insouciance au danger et à la misère qui caractérise le vrai soldat.

Pour fournir une belle charge, quel général n'eût préféré nos chasseurs aux plus pimpants escadrons habillés de neuf ?

Depuis le matin, je pensais à tous les petits bonheurs qui m'attendaient.

Comme j'allais dormir dans mon lit de fer, après avoir couché trente-sept nuits sur un rectangle de toile cirée ! Je dînerais assis sur une chaise, j'aurais du pain tendre et du sel à discrétion ! Puis je me demandais si mademoiselle Concha aurait une fleur de grenadier ou de jasmin dans ses cheveux, et si elle aurait tenu les serments prêtés à mon départ ; mais, fidèle ou inconstante, je sentais qu'elle pouvait compter sur le grand fond de tendresse qu'on rapporte du désert. Il n'y avait personne dans notre escadron qui n'eût ses projets pour la soirée.

Le colonel nous reçut fort paternellement, et même il nous dit qu'il était content de nous ; puis, il prit à part notre commandant et, pendant cinq minutes, lui tint à voix basse des discours médiocrement agréables, autant que nous en pouvions juger sur l'expression de leurs physionomies.

Nous observions le mouvement des moustaches du colonel, qui s'élevaient à la hauteur de ses sourcils, tandis que celles du commandant descendaient piteusement défrisées jusque sur sa poitrine. Un jeune chasseur, que je fis semblant de ne pas entendre, prétendit que le nez du commandant s'allongeait à vue d'œil ; mais bientôt les nôtres s'allongèrent aussi, lorsque le commandant revint nous dire : « Qu'on fasse manger les chevaux et qu'on soit prêt à partir au coucher du soleil ! Les officiers dînent chez le colonel à cinq heures, tenue de campagne ; on monte à cheval après le café... Est-ce que, par hasard, vous ne seriez pas contents, messieurs ?... »

Nous n'en convînmes pas et nous le saluâmes en silence, l'envoyant à tous les diables à part nous, ainsi que le colonel.

Nous n'avions que peu de temps pour faire nos petits préparatifs. Je m'empressai de me changer, et, après avoir fait ma toilette, j'eus la pudeur de

ne pas m'asseoir dans ma bergère, de peur de m'y
endormir.

A cinq heures, j'entrai chez le colonel. Il demeurait
dans une grande maison moresque, dont je
trouvai le patio rempli de monde, Français et
indigènes, qui se pressaient autour d'une bande
de pèlerins ou de saltimbanques arrivant du Sud.

Un vieillard, laid comme un singe, à moitié nu
sous un burnous troué, la peau couleur de chocolat
à l'eau, tatoué sur toutes les coutures, les cheveux crépus et si touffus, qu'on aurait cru de loin
qu'il avait un colback sur la tête, la barbe blanche
et hérissée, dirigeait la représentation.

C'était, disait-on, un grand saint et un grand
sorcier.

Devant lui, un orchestre composé de deux flûtes
et de trois tambours faisait un tapage infernal
digne de la pièce qui allait se jouer. Il disait qu'il
avait reçu d'un marabout fort renommé tout pouvoir sur les démons et les bêtes féroces, et, après
un petit compliment à l'adresse du colonel et du
respectable public, il procéda à une sorte de
prière ou d'incantation, appuyée par sa musique,
tandis que les acteurs sous ses ordres sautaient,
dansaient, tournaient sur un pied et se frappaient
la poitrine à grands coups de poing.

Cependant, les tambours et les flûtes allaient
toujours précipitant la mesure.

Lorsque la fatigue et le vertige eurent fait
perdre à ces gens le peu de cervelle qu'ils avaient,
le sorcier en chef tira de quelques paniers placés
autour de lui des scorpions et des serpents, et,
après avoir montré qu'ils étaient pleins de vie, il
les jetait à ses farceurs, qui tombaient dessus

comme des chiens sur un os, et les mettaient en
pièces à belles dents, s'il vous plaît.

Nous regardions d'une galerie haute le singulier spectacle que nous donnait le colonel, pour nous
préparer sans doute à bien dîner. Pour moi, détournant les yeux de ces coquins qui me dégoûtaient, je
m'amusais à regarder une jolie petite fille de treize
ou quatorze ans qui se faufilait dans la foule pour
se rapprocher du spectacle.

Elle avait les plus beaux yeux du monde, et ses
cheveux tombaient sur ses épaules en tresses
menues terminées par de petites pièces d'argent,
qu'elle faisait tinter en remuant la tête avec grâce.
Elle était habillée avec plus de recherche que la
plupart des filles du pays : mouchoir de soie et
d'or sur la tête, veste de velours brodée, pantalons
courts en satin bleu, laissant voir ses jambes nues
entourées d'anneaux d'argent. Point de voile sur
la figure. Était-ce une juive, une idolâtre ? ou bien
appartenait-elle à ces hordes errantes dont l'origine est inconnue et que ne troublent pas de préjugés religieux ?

Tandis que je suivais tous ses mouvements avec
je ne sais quel intérêt, elle était parvenue au premier rang du cercle où ces enragés exécutaient
leurs exercices.

En voulant s'approcher encore davantage, elle
fit tomber un long panier à base étroite qu'on
n'avait pas ouvert. Presque en même temps, le
sorcier et l'enfant firent entendre un cri terrible,
et un grand mouvement s'opéra dans le cercle,
chacun reculant avec effroi.

Un serpent très gros venait de s'échapper du
panier, et la petite fille l'avait pressé de son pied.

En un instant, le reptile s'était enroulé autour de sa jambe. Je vis couler quelques gouttes de sang sous l'anneau qu'elle portait à la cheville. Elle tomba à la renverse, pleurant et grinçant des dents. Une écume blanche couvrit ses lèvres, tandis qu'elle se roulait dans la poussière.

— Courez donc, cher docteur! criai-je à notre chirurgien-major. Pour l'amour de Dieu, sauvez ce pauvre enfant.

— Innocent! répondit le major en haussant les épaules. Ne voyez-vous pas que c'est dans le programme? D'ailleurs, mon métier est de vous couper les bras et les jambes. C'est l'affaire de mon confrère là-bas de guérir les filles mordues par les serpents.

Cependant le vieux sorcier était accouru, et son premier soin fut de s'emparer du serpent.

— Djoûmane! Djoûmane! lui disait-il d'un ton de reproche amical.

Le serpent se déroula, quitta sa proie et se mit à ramper. Le sorcier fut leste à le saisir par le bout de la queue, et, le tenant à bout de bras, il fit le tour du cercle, montrant le reptile qui se tordait et sifflait sans pouvoir se redresser.

Vous n'ignorez pas qu'un serpent qu'on tient par la queue est fort empêché de sa personne. Il ne peut relever qu'un quart tout au plus de sa longueur, et, par conséquent, ne peut mordre la main qui l'a saisi.

Au bout d'une minute, le serpent fut remis dans son panier, le couvercle bien assujetti, et le magicien s'occupa de la petite fille, qui criait et gigotait toujours. Il lui mit sur la plaie une pincée de poudre blanche qu'il tira de sa ceinture, puis mur-

mura à l'oreille de l'enfant une incantation dont
l'effet ne se fit pas attendre. Les convulsions ces-
sèrent ; la petite fille s'essuya la bouche, ramassa
son mouchoir de soie, en secoua la poussière, le
remit sur sa tête, se leva, et bientôt on la vit sortir.

Un instant après, elle montait dans notre galerie
pour faire sa quête, et nous collions sur son
front et sur ses épaules force pièces de cinquante
centimes.

Ce fut la fin de la représentation, et nous allâmes
dîner.

J'avais bon appétit et je me préparais à faire
honneur à une magnifique anguille à la tartare,
quand notre docteur, auprès de qui j'étais assis,
me dit qu'il reconnaissait le serpent de tout à
l'heure. Il me fut impossible d'en manger une
bouchée.

Le docteur, après s'être bien moqué de mes préjugés, réclama ma part de l'anguille et m'assura
que le serpent avait un goût délicieux.

— Ces coquins que vous venez de voir, me dit-il,
sont des connaisseurs. Ils vivent dans des cavernes
comme des Troglodytes, avec leurs serpents ;
ils ont de jolies filles, témoin la petite aux culottes
bleues. On ne sait quelle religion ils ont, mais ce
sont des malins, et je veux faire connaissance de
leur cheik.

Pendant le dîner, nous apprîmes pour quel
motif nous reprenions la campagne. Sidi-Lala,
poursuivi chaudement par le colonel R***, cherchait à gagner les montagnes du Maroc.

Deux routes à choisir : une au sud de Tlemcen
en passant à gué la Moulaïa, sur le seul point où
des escarpements ne la rendent pas inaccessible ;

l'autre par la plaine, au nord de notre cantonne-
ment. Là, il devait trouver notre colonel et le gros
du régiment.

Notre escadron était chargé de l'arrêter au passage de la rivière, s'il le tentait ; mais cela était
peu probable.

Vous saurez que la Moulaïa coule entre deux murs
de rochers, et il n'y a qu'un seul point, comme une
sorte de brèche assez étroite, où des chevaux
puissent passer. Le lieu m'était bien connu, et je
ne comprends pas pourquoi on n'y a pas encore
élevé un blockhaus. Tant il y a que, pour le colonel, il y avait toutes chances de rencontrer l'ennemi, et, pour nous, de faire une course inutile.

Avant la fin du dîner, plusieurs cavaliers du
Maghzen avaient apporté des dépêches du colonel R***. L'ennemi avait pris position et montrait comme une envie de se battre. Il avait perdu
du temps. L'infanterie du colonel R*** allait
arriver et le culbuter.

Mais par où s'enfuirait-il ? Nous n'en savions
rien, et il fallait le prévenir sur les deux routes. Je
ne parle pas d'un dernier parti qu'il pouvait prendre,
se jeter dans le désert ; ses troupeaux et sa
smala y seraient bientôt morts de faim et de soif.
On convint de quelques signaux pour s'avertir
du mouvement de l'ennemi.

Trois coups de canon tirés à Tlemcen nous pré-
viendraient que Sidi-Lala paraissait dans la plaine,
et nous emportions, nous, des fusées pour faire
savoir que nous avions besoin d'être soutenus.
Selon toute vraisemblance, l'ennemi ne pourrait
pas se montrer avant le point du jour, et nos deux
colonnes avaient plusieurs heures d'avance sur lui.

La nuit était faite quand nous montâmes à
cheval. Je commandais le peloton d'avant-garde.
Je me sentais fatigué, j'avais froid ; je mis mon
manteau, j'en relevai le collet, je chaussai mes
étriers, et j'allai tranquillement au grand pas de
ma jument, écoutant avec distraction le maréchal
des logis Wagner, qui me racontait l'histoire de
ses amours, malheureusement terminées par la
fuite d'une infidèle qui lui avait emporté avec son
cœur une montre d'argent et une paire de bottes
neuves. Je savais déjà cette histoire, et elle me
semblait encore plus longue que de coutume.

La lune se levait comme nous nous mettions en
route. Le ciel était pur, mais du sol s'élevait un
petit brouillard blanc, rasant la terre, qui semblait
couverte de cardes de coton. Sur ce fond blanc la
lune lançait de longues ombres, et tous les objets
prenaient un aspect fantastique. Tantôt je croyais
voir des cavaliers arabes en vedette : en m'approchant, je trouvais des tamaris en fleur ; tantôt je
m'arrêtais, croyant entendre les coups de canon
de signal : Wagner me disait que c'était un cheval
qui courait.

Nous arrivâmes au gué, et le commandant prit
ses dispositions.

Le lieu était merveilleux pour la défense, et
notre escadron aurait suffi pour arrêter là un corps
considérable. Solitude complète de l'autre côté
de la rivière.

Après une assez longue attente, nous entendîmes le galop d'un cheval, et bientôt parut un Arabe
monté sur un magnifique cheval qui se dirigeait
vers nous. A son chapeau de paille surmomté de
plumes d'autruche, à sa selle brodée d'où pendait

une *djebira* ornée de corail et de fleurs d'or, on
reconnaissait un chef ; notre guide nous dit que
c'était Sidi-Lala en personne. C'était un beau
jeune homme, bien découplé, qui maniait son
cheval à merveille. Il le faisait galoper, jetait en
l'air son long fusil et le rattrapait en nous criant
je ne sais quels mots de défi.

Les temps de la chevalerie sont passés, et Wagner demandait un fusil pour *décrocher* le marabout,
à ce qu'il disait ; mais je m'y opposai, et, pour qu'il
ne fût pas dit que les Français eussent refusé de
combattre en champ clos avec un Arabe, je demandai au commandant la permission de passer le
gué et de croiser le fer avec Sidi-Lala. La permission me fut accordée, et aussitôt je passai la rivière,
tandis que le chef ennemi s'éloignait au petit galop
pour reprendre du champ.

Dès qu'il me vit sur l'autre bord, il courut sur
moi le fusil à l'épaule.

— Méfiez-vous ! me cria Wagner.

Je ne crains guère les coups de fusil d'un cavalier, et, après la fantasia qu'il venait d'exécuter,
le fusil de Sidi-Lala ne devait pas être en état de
faire feu. En effet, il pressa la détente à trois pas
de moi, mais le fusil rata, comme je m'y attendais.
Aussitôt mon homme fit tourner son cheval de la
tête à la queue si rapidement qu'au lieu de lui
planter mon sabre dans la poitrine, je n'attrapai
que son burnous flottant.

Mais je le talonnais de près, le tenant toujours à
ma droite et le rabattant bon gré mal gré vers les
escarpements qui bordent la rivière. En vain
essaya-t-il de faire des crochets, je le serrais de
plus en plus.

Après quelques minutes d'une course enragée, je vis son cheval se cabrer tout à coup, et lui, tirant les rênes à deux mains. Sans me demander pourquoi il faisait ce mouvement singulier, j'arrivai sur lui comme un boulet, je lui plantai ma latte au beau milieu du dos en même temps que le sabot de ma jument frappait sa cuisse gauche. Homme et cheval disparurent ; ma jument et moi, nous tombâmes après eux.

Sans nous en être aperçus, nous étions arrivés au bord d'un précipice et nous étions lancés... Pendant que j'étais encore en l'air, — la pensée va vite ! — je me dis que le corps de l'Arabe amortirait ma chute. Je vis distinctement sous moi un burnous blanc avec une grande tache rouge : c'est là que je tombai à pile ou face.

Le saut ne fut pas si terrible que je l'avais cru, grâce à la hauteur de l'eau ; j'en eus par-dessus les oreilles, je barbotai un instant tout étourdi, et je ne sais trop comment je me trouvai debout au milieu de grands roseaux au bord de la rivière.

Ce qu'étaient devenus Sidi-Lala et les chevaux, je n'en sais rien. J'étais trempé, grelottant, dans la boue, entre deux murs de rochers. Je fis quelques pas, espérant trouver un endroit où les escarpements seraient moins roides ; plus j'avançais, plus ils me semblaient abrupts et inaccessibles.

Tout à coup, j'entendis au-dessus de ma tête des pas de chevaux et le cliquetis des fourreaux de sabre heurtant contre les étriers et les éperons. Évidemment, c'était notre escadron. Je voulus crier, mais pas un son ne sortit de ma gorge ; sans doute, dans ma chute, je m'étais brisé la poitrine.

Figurez-vous ma situation! J'entendais les voix
de nos gens, je les reconnaissais, et je ne pouvais
les appeler à mon aide. Le vieux Wagner disait :

— S'il m'avait laissé faire, il aurait vécu pour
être colonel.

Bientôt le bruit diminua, s'affaiblit, je n'entendis plus rien.

Au-dessus de ma tête pendait une grosse racine,
et j'espérais, en la saisissant, me guinder sur la
berge. D'un effort désespéré, je m'élançai, et...
sss!... la racine se tord et m'échappe avec un
sifflement affreux... C'était un énorme serpent...

Je retombai dans l'eau : le serpent, glissant
entre mes jambes, se jeta dans la rivière, où il
me sembla qu'il laissait comme une traînée de feu...

Une minute après, j'avais retrouvé mon sang-
froid, et cette lumière tremblotant sur l'eau
n'avait pas disparu. C'était, comme je m'en aperçus, le reflet d'une torche. A une vingtaine de pas
de moi, une femme emplissait d'une main une
cruche à la rivière, et de l'autre tenait un morceau
de bois résineux qui flambait. Elle ne se doutait
pas de ma présence. Elle posa tranquillement
sa cruche sur sa tête, et, sa torche à la main, disparut dans les roseaux. Je la suivis et me trouvai
à l'entrée d'une caverne.

La femme s'avançait fort tranquillement et
montait une pente assez raide, une espèce d'escalier taillé contre la paroi d'une salle immense. A
la lueur de la torche, je voyais le sol de cette salle,
qui ne dépassait guère le niveau de la rivière,
mais je ne pouvais découvrir quelle en était
l'étendue. Sans trop savoir ce que je faisais, je
m'engageai sur la rampe après la femme qui

portait la torche et je la suivis à distance. De
temps en temps, sa lumière disparaissait derrière
quelque anfractuosité de rocher, et je la retrouvais
bientôt.

Je crus apercevoir encore l'ouverture sombre de
grandes galeries en communication avec la salle
principale. On eût dit une ville souterraine avec
ses rues et ses carrefours. Je m'arrêtai, jugeant
qu'il était dangereux de m'aventurer seul dans
cet immense labyrinthe.

Tout à coup, une des galeries au-dessous de moi
s'illumina d'une vive clarté. Je vis un grand nombre de flambeaux qui semblaient sortir des flancs
du rocher pour former comme une grande procession. En même temps s'élevait un chant monotone
qui rappelait la psalmodie des Arabes récitant
leurs prières.

Bientôt je distinguai une grande multitude qui
s'avançait avec lenteur. En tête marchait un
homme noir, presque nu, la tête couverte d'une
énorme masse de cheveux hérissés. Sa barbe
blanche tombant sur sa poitrine tranchait sur la
couleur brune de sa poitrine tailladée de tatouages
bleuâtres. Je reconnus aussitôt mon sorcier de
la veille, et, bientôt après, je retrouvai auprès de
lui la petite fille qui avait joué le rôle d'Eurydice,
avec ses beaux yeux, ses pantalons de soie et son
mouchoir brodé sur la tête.

Des femmes, des enfants, des hommes de tout
âge les suivaient, tous avec des torches, tous avec
des costumes bizarres à couleurs vives, des robes
traînantes, de hauts bonnets, quelques-uns en
métal, qui reflétaient de tous côtés la lumière des
flambeaux.

Le vieux sorcier s'arrêta juste au-dessous de moi, et toute la procession avec lui. Il se fit un grand silence. Je me trouvais à une vingtaine de pieds au-dessus de lui, protégé par de grosses pierres derrière lesquelles j'espérais tout voir sans être aperçu. Aux pieds du vieillard, j'aperçus une large dalle à peu près ronde, ayant au centre un anneau de fer.

Il prononça quelques mots dans une langue à moi inconnue, qui, je crois en être sûr, n'était ni de l'arabe ni du kabyle. Une corde avec des poulies, suspendue je ne sais où, tomba à ses pieds ; quelques-uns des assistants l'engagèrent dans l'anneau, et, à un signal, vingt bras vigoureux faisant effort à la fois, la pierre, qui semblait très lourde, se souleva, et on la rangea de côté.

J'aperçus alors comme l'ouverture d'un puits, dont l'eau était à moins d'un mètre du bord. L'eau, ai-je dit ? je ne sais quel affreux liquide c'était, recouvert d'une pellicule irisée, interrompue et brisée par places, et laissant voir une boue noire et hideuse.

Debout, près de la margelle du puits, le sorcier tenait la main gauche sur la tête de la petite fille, de la droite, il faisait des gestes étranges pendant qu'il prononçait une espèce d'incantation au milieu du recueillement général.

De temps en temps, il élevait la voix comme s'il appelait quelqu'un : « Djoûmane ! Djoûmane ! » criait-il ; mais personne ne venait. Cependant, il roulait les yeux, grinçait des dents, et faisait entendre des cris rauques qui ne semblaient pas sortir d'une poitrine humaine. Les mômeries de ce vieux coquin m'agaçaient et me transportaient d'indignation ; j'étais tenté de lui jeter sur la tête une des pierres que j'avais sous la main. Pour la trentième fois peut-être, il venait de hurler ce nom de Djoûmane, quand je vis trembler la pellicule irisée du puits, et à ce signe toute la foule se rejeta en arrière ; le vieillard et la petite fille demeurèrent seuls au bord du trou.

Soudain un gros bouillon de boue bleuâtre s'éleva du puits et de cette boue sortit la tête énorme d'un serpent, d'un gris livide, avec des yeux phosphorescents...

Involontairement, je fis un haut-le-corps en arrière ; j'entendis un petit cri et le bruit d'un corps pesant qui tombait dans l'eau...

Quand je reportai la vue en bas, un dixième de seconde après peut-être, j'aperçus le sorcier seul au bord du puits, dont l'eau bouillonnait encore. Au milieu des fragments de la pellicule irisée flottait le mouchoir qui couvrait les cheveux de la petite fille.

Déjà la pierre était en mouvement et retombait sur l'ouverture de l'horrible gouffre. Alors, tous les flambeaux s'éteignirent à la fois, et je restai dans les ténèbres au milieu d'un silence si profond que j'entendais distinctement les battements de mon cœur...

Dès que je fus un peu remis de cette horrible scène, je voulus sortir de la caverne, jurant que, si je parvenais à rejoindre mes camarades, je reviendrais exterminer les abominables hôtes de ces lieux, hommes et serpents.

Il s'agissait de trouver son chemin ; j'avais fait, à ce que je croyais, une centaine de pas dans l'intérieur de la caverne, ayant le mur de rocher à ma droite.

Je fis demi-tour, mais je n'aperçus aucune lumière qui indiquât l'ouverture du souterrain ;
mais il ne s'étendait pas en ligne droite, et, d'ailleurs, j'avais toujours monté depuis le bord de la
rivière ; de ma main gauche je tâtais le rocher, de
la droite je tenais mon sabre et je sondais le terrain,
avançant lentement et avec précaution. Pendant
un quart d'heure, vingt minutes..., une demi-
heure peut-être, je marchai sans trouver l'entrée.

L'inquiétude me prit. Me serais-je engagé, sans
m'en apercevoir, dans quelque galerie latérale, au
lieu de revenir par le chemin que j'avais suivi
d'abord ?...

J'avançais toujours, tâtant le rocher, lorsque
au lieu du froid de la pierre, je sentis une tapisserie, qui, cédant sous ma main, laissa échapper un
rayon de lumière. Redoublant de précaution,
j'écartai sans bruit la tapisserie et me trouvai
dans un petit couloir qui donnait dans une chambre
fort éclairée dont la porte était ouverte. Je vis que
cette chambre était tendue d'une étoffe à fleurs
de soie et d'or. Je distinguai un tapis de Turquie,
un bout de divan en velours. Sur le tapis, il y avait
un narghileh d'argent et des cassolettes. Bref,
un appartement somptueusement meublé dans le
goût arabe.

Je m'approchai à pas de loup jusqu'à la porte.
Une jeune femme était accroupie sur ce divan,
près duquel était posée une petite table basse en
marqueterie, supportant un grand plateau de
vermeil chargé de tasses, de flacons et de bouquets
de fleurs.

En entrant dans ce boudoir souterrain, on se
sentait enivré de je ne sais quel parfum délicieux.

Tout respirait la volupté dans ce réduit ; partout je voyais briller de l'or, de riches étoffes, des fleurs rares et des couleurs variées. D'abord, la jeune femme ne m'aperçut pas ; elle penchait la tête et d'un air pensif roulait entre ses doigts les grains d'ambre jaune d'un long chapelet. C'était une vraie beauté. Ses traits ressemblaient à ceux de la malheureuse enfant que je venais de voir, mais plus formés, plus réguliers, plus voluptueux. Noire comme l'aile d'un corbeau, sa chevelure,

Longue comme un manteau de roi,

s'étalait sur ses épaules, sur le divan et jusque sur le tapis à ses pieds. Une chemise de soie transparente, à larges raies, laissait deviner des bras et une gorge admirables. Une veste de velours soutachée d'or serrait sa taille, et de ses pantalons courts en satin bleu sortait un pied merveilleusement petit, auquel était suspendue une babouche dorée qu'elle faisait danser d'un mouvement capricieux et plein de grâce.

Mes bottes craquèrent, elle releva la tête et m'aperçut.

Sans se déranger, sans montrer la moindre surprise de voir entrer chez elle un étranger le sabre à la main, elle frappa dans ses mains avec joie et me fit signe d'approcher. Je la saluai en portant la main à mon cœur et à ma tête, pour lui montrer que j'étais au fait de l'étiquette musulmane. Elle me sourit, et de ses deux mains écarta ses cheveux, qui couvraient le divan ; c'était me dire de prendre place à côté d'elle. Je crus que tous les parfums de l'Arabie sortaient de ces beaux cheveux.

D'un air modeste, je m'assis à l'extrémité du
divan en me promettant bien de me rapprocher
tout à l'heure. Elle prit une tasse sur le plateau,
et, la tenant par la soucoupe en filigrane, elle y
versa une mousse de café, et, après l'avoir effleurée
de ses lèvres, elle me la présenta :

— Ah! Roumi, Roumi!... dit-elle...

— Est-ce que nous ne tuons pas le ver, mon
lieutenant?...

A ces mots, j'ouvris les yeux comme des portes
cochères. Cette jeune femme avait des moustaches énormes, c'était le vrai portrait du maréchal
des logis Wagner... En effet, Wagner était debout
devant moi et me présentait une tasse de café,
tandis que, couché sur le cou de mon cheval, je le
regardais tout ébaubi.

— Il paraît que nous avons pioncé tout de
même, mon lieutenant. Nous voilà au gué et le
café est bouillant.

Lettres
adressées d'Espagne

I

LES COMBATS DE TAUREAUX

Madrid, 25 octobre 1830.

Monsieur,

Les courses de taureaux sont encore très en
vogue en Espagne ; mais, parmi les Espagnols de
la classe élevée, il en est peu qui n'éprouvent une
espèce de honte à avouer leur goût pour un genre
de spectacle certainement fort cruel ; aussi cher-
chent-ils plusieurs graves raisons pour le justifier.
D'abord c'est un amusement national. Ce mot
national suffirait seul, car le patriotisme d'antichambre est aussi fort en Espagne qu'en France.
Ensuite, disent-ils, les Romains étaient encore
plus barbares que nous, puisqu'ils faisaient combattre des hommes contre des hommes. Enfin,
ajoutent les économistes, l'agriculture profite de
cet usage ; car le haut prix des taureaux de combat
engage les propriétaires à élever de nombreux troupeaux. Il faut savoir que tous les taureaux n'ont
point le mérite de courir sus aux hommes et aux
chevaux, et que, sur vingt, il s'en trouve à peine

un assez brave pour figurer dans un cirque ; les dix-neuf autres servent à l'agriculture. Le seul argument que l'on n'ose présenter, et qui serait pourtant sans réplique, c'est que, cruel ou non, ce spectacle est si intéressant, si attachant, produit des émotions si puissantes, qu'on ne peut y renoncer lorsqu'on a résisté à l'effet de la première séance. Les étrangers, qui n'entrent dans le cirque la première fois qu'avec une certaine horreur, et seulement afin de s'acquitter en conscience des devoirs de voyageur, les étrangers, dis-je, se passionnent bientôt pour les courses de taureaux autant que les Espagnols eux-mêmes. Il faut en convenir, à la honte de l'humanité, la guerre avec toutes ses horreurs a des charmes extraordinaires, surtout pour ceux qui la contemplent à l'abri.

Saint Augustin raconte que, dans sa jeunesse, il avait une répugnance extrême pour les combats de gladiateurs, qu'il n'avait jamais vus. Forcé par un de ses amis de l'accompagner à une de ces pompeuses boucheries, il s'était juré à lui-même de fermer les yeux pendant tout le temps de la représentation. D'abord il tint assez bien sa promesse et s'efforça de penser à autre chose ; mais, à un cri que poussa tout le peuple en voyant tomber un gladiateur célèbre, il ouvrit les yeux ; il les ouvrit et ne put les refermer. Depuis lors, et jusqu'à sa conversion, il fut un des amateurs les plus passionnés des jeux du cirque.

Après un aussi grand saint, j'ai honte de me citer ; pourtant vous savez que je n'ai pas les goûts d'un anthropophage. La première fois que j'entrai dans le cirque de Madrid, je craignis de ne pouvoir supporter la vue du sang que l'on y fait libérale-

ment couler ; je craignais surtout que ma sensibilité, dont je me défiais, ne me rendît ridicule
devant les amateurs endurcis qui m'avaient donné
une place dans leur loge. Il n'en fut rien. Le premier taureau qui parut fut tué ; je ne pensais plus
à sortir. Deux heures s'écoulèrent sans le moindre
entr'acte, et je n'étais pas encore fatigué. Aucune
tragédie au monde ne m'avait intéressé à ce point.
Pendant mon séjour en Espagne je n'ai pas manqué
un seul combat, et, je l'avoue en rougissant, je
préfère les combats à mort à ceux où l'on se contente de harceler des taureaux qui portent des
boules à l'extrémité de leurs cornes. Il y a la
même différence qu'entre les combats à outrance
et les tournois à lances mornées. Pourtant les deux
espèces de courses se ressemblent beaucoup ; mais
seulement, dans la seconde, le danger pour les
hommes est presque nul.

La veille d'une course est déjà une fête. Pour
éviter les accidents, on ne conduit les taureaux
dans l'écurie du cirque (*encierro*) que la nuit ; et,
la veille du jour fixé pour le combat, ils paissent
dans un pâturage à peu de distance de Madrid
(*el arroyo*). C'est un but de promenade que d'aller
voir ces taureaux qui viennent souvent de très
loin. Un grand nombre de voitures, de cavaliers
et de piétons se rendent à l'arroyo. Beaucoup de
jeunes gens portent dans cette occasion l'élégant
costume de *majo* andalou*, et déploient une magni-
ficence et un luxe que ne permet point la simpli-
cité de nos habillements ordinaires. Au reste,
cette promenade n'est point sans danger : les

---

* Fashionable des basses classes.

taureaux sont en liberté, leurs conducteurs ne s'en font pas facilement obéir, c'est l'affaire des curieux d'éviter les coups de corne.

Il y a des cirques (*plazas*) dans presque toutes les grandes villes d'Espagne. Ces édifices sont très simplement, pour ne pas dire très grossièrement, construits. Ce ne sont en général que de grandes baraques en planches, et on cite comme une merveille l'amphithéâtre de Ronda, parce qu'il est entièrement bâti en pierre. C'est le plus beau de l'Espagne, comme le château de Thunder-ten-Tronkh était le plus beau de Westphalie, parce qu'il avait une porte et des fenêtres. Mais qu'importe la décoration d'un théâtre, quand le spectacle est excellent ?

Le cirque de Madrid peut contenir environ sept mille spectateurs, qui entrent et sortent sans confusion par un grand nombre de portes. On s'assied sur des bancs de bois ou de pierre* ; quelques loges ont des chaises. Celle de Sa Majesté Catholique est la seule qui soit assez élégamment décorée.

L'arène est entourée d'une forte palissade, haute d'environ cinq pieds et demi. A deux pieds de terre règne tout alentour, et des deux côtés de la palissade, une saillie en bois, une espèce de marche-pied ou d'étrier qui sert au toréador poursuivi à passer plus facilement par-dessus la barrière. Un corridor étroit la sépare des gradins des spectateurs, aussi élevés que la barrière, et garantis en outre par une double corde retenue par de forts piquets. C'est une précaution qui ne date que de

* Depuis quelques années, tous les gradins sont en pierre. 1840.

quelques années. Un taureau avait non seulement
sauté la barrière, ce qui arrive fréquemment, mais
encore s'était élancé jusque sur les gradins, où il
avait tué ou estropié nombre de curieux. La corde
tendue est censée suffisante pour prévenir le retour
d'un semblable accident.

Quatre portes débouchent dans l'arène. L'une
communique à l'écurie des taureaux (*toril*) ; l'autre
mène à la boucherie (*matadero*), où l'on écorche
et dissèque les taureaux. Les deux autres servent
aux acteurs humains de cette tragédie.

Un peu avant la course, les toréadors se réu-
nissent dans une salle attenante au cirque. Tout
auprès sont les écuries des chevaux. Plus loin, on
trouve une infirmerie. Un chirurgien et un prêtre
se tiennent dans le voisinage, tout prêts à donner
leurs soins aux blessés.

La salle qui sert de foyer est ornée d'une madone
peinte, devant laquelle brûlent quelques bougies ;
au-dessous, on voit une table avec un petit réchaud
contenant des charbons allumés. En entrant, chaque
torero ôte d'abord son chapeau à l'image, marmotte
à la hâte un bout de prière, puis tire un cigare de
sa poche, l'allume au réchaud, et fume en causant
avec ses camarades et les amateurs qui viennent
discuter avec eux le mérite des taureaux qu'ils
vont combattre.

Cependant, dans une cour intérieure, les cavaliers qui doivent jouter à cheval se préparent au
combat en essayant leurs chevaux. A cet effet, ils
les lancent au galop contre un mur qu'ils choquent
d'une longue perche en guise de pique ; sans
quitter ce point d'appui, ils exercent leurs montures
à tourner rapidement et le plus près possible du

mur. Vous verrez tout à l'heure que cet exercice
n'est pas inutile. Les chevaux dont on se sert sont
des rosses de réforme que l'on achète à bas prix.
Avant d'entrer dans l'arène, de peur que les cris
de la multitude et que la vue des taureaux ne les
effarouchent, on leur bande les yeux et l'on emplit
leurs oreilles d'étoupes mouillées.

L'aspect du cirque est très animé. L'arène, dès
avant le combat, est remplie de monde, et les
gradins et les loges offrent une masse confuse de
têtes. Il y a deux sortes de places : du côté de
l'ombre sont les plus chères et les plus commodes,
mais le côté du soleil est toujours garni d'intrépides
amateurs. On voit beaucoup moins de femmes que
d'hommes, et la plupart sont de la classe des *ma-
nolas* (grisettes). Dans les loges, on remarque pourtant quelques toilettes élégantes, mais peu de
jeunes femmes *. Les romans français et anglais
ont perverti depuis peu les Espagnols, et leur
ôtent le respect pour leurs vieilles coutumes. Je ne
crois pas qu'il soit défendu aux ecclésiastiques
d'assister à ces spectacles ; cependant, je n'en ai
jamais vu qu'un seul en costume (à Séville). On
m'a dit que plusieurs s'y rendaient déguisés.

A un signal donné par le président de la course,
un alguazil mayor, accompagné de deux alguazils
en costume de Crispin, tous les trois à cheval, et
suivis d'une compagnie de cavalerie, font évacuer
l'arène et le corridor étroit qui la sépare des gradins. Quand ils se sont retirés avec leur suite, un
héraut, escorté d'un notaire et d'autres alguazils
à pied, vient lire au milieu de la place un ban qui

---

* C'est le contraire qui est vrai aujourd'hui. 1860

défend de rien jeter dans l'arène, de troubler les combattants par des cris ou des signes, etc. A peine a-t-il paru, que, malgré la formule respectable : *Au nom du roi, notre seigneur, que Dieu garde longtemps...* des huées et des sifflets s'élèvent de toutes parts, et durent autant que la lecture de la défense, qui d'ailleurs n'est jamais observée. Dans le cirque, et là seulement, le peuple commande en souverain, et peut dire et faire tout ce qu'il veut *.

Il y a deux classes principales de toreros : les *picadors*, qui combattent à cheval, armés d'une lance ; et les *chulos*, à pied, qui harcèlent le taureau en agitant des draperies de couleurs brillantes. Parmi ces derniers sont les *banderilleros* et les *matadors*, dont je vous parlerai bientôt. Tous portent le costume andalou, à peu près celui de Figaro dans *le Barbier de Séville ;* mais, au lieu de culottes et de bas de soie, les picadors ont des pantalons de cuir épais, garnis de bois et de fer, afin de préserver leurs jambes et leurs cuisses des coups de corne. A pied, ils marchent écarquillés comme des compas ; et, s'ils sont renversés, ils ne peuvent guère se relever qu'à l'aide des chulos. Leurs selles sont très hautes, de forme turque, avec des étriers en fer, semblables à des sabots, et qui couvrent entièrement le pied. Pour se faire obéir de leurs rosses, ils ont des éperons armés de pointes de deux pouces de longueur. Leur lance est grosse, très forte, terminée par une pointe de fer très aiguë ; mais, comme il faut faire durer

---

* Depuis le rétablissement de la constitution on ne lit plus le ban du roi, notre seigneur. 1842.

le plaisir, cette pointe est garnie d'un bourrelet de
corde qui ne laisse pénétrer dans le corps du
taureau qu'un pouce de fer environ.

Un des alguazils à cheval reçoit dans son chapeau une clef que lui jette le président des jeux.
Cette clef n'ouvre rien; mais il la porte cependant à l'homme chargé d'ouvrir le toril, et s'échappe
aussitôt au grand galop, accompagné des huées
de la multitude, qui lui crie que le taureau est
déjà dehors et qu'il le poursuit. Cette plaisanterie
se renouvelle à toutes les courses.

Cependant les picadors ont pris leurs places.
Il y en a d'ordinaire deux à cheval dans l'arène ;
deux ou trois autres se tiennent en dehors prêts
à les remplacer en cas d'accidents, tels que mort,
fractures graves, etc. Une douzaine de chulos à
pied sont distribués dans la place, à portée de
s'entr'aider mutuellement.

Le taureau, préalablement irrité à dessein dans
sa cage, sort furieux. Ordinairement il arrive d'un
élan jusqu'au milieu de la place, et là s'arrête tout
court, étonné du bruit qu'il entend et du spectacle
qui l'entoure. Il porte sur la nuque un nœud de
rubans fixé par un petit crochet qui entre dans la
peau. La couleur de ces rubans indique de quel
troupeau (*vacada*) il sort ; mais un amateur exercé
reconnaît, à la seule vue de l'animal, à quelle
province et à quelle race il appartient.

Les chulos s'approchent, agitent leurs capes
éclatantes, et tâchent d'attirer le taureau vers
l'un des picadors. Si la bête est brave, elle attaque
sans hésiter. Le picador, tenant son cheval bien
rassemblé, s'est placé, la lance sous le bras, précisément en face du taureau ; il saisit le moment où

il baisse la tête, prêt à le frapper de ses cornes, pour lui porter un coup de lance sur la nuque, et *non ailleurs** ; il appuie sur le coup de toute la force de son corps, et en même temps il fait partir le cheval par la gauche, de manière à laisser le taureau à droite. Si tous ces mouvements sont bien exécutés, si le picador est robuste et son cheval maniable, le taureau, emporté par sa propre impétuosité, le dépasse sans le toucher. Alors le devoir des chulos est d'occuper le taureau, de manière à laisser au picador le temps de s'éloigner ; mais souvent l'animal reconnaît trop bien celui qui l'a blessé : il se retourne brusquement, gagne le cheval de vitesse, lui enfonce ses cornes dans le ventre, et le renverse avec son cavalier. Celui-ci est aussitôt secouru par les chulos ; les uns le relèvent, les autres en lançant leurs capes à la tête du taureau le détournent, l'attirent sur eux, et lui échappent en gagnant à la course la barrière qu'ils escaladent avec une légèreté surprenante. Les taureaux espagnols courent aussi vite qu'un cheval ; et, si le chulo était fort éloigné de la barrière, il échapperait difficilement. Aussi est-il rare que les cavaliers, dont la vie dépend toujours de l'adresse des chulos, se hasardent vers le milieu de la place ; quand ils le font, cela passe pour un trait d'audace extraordinaire.

Une fois remis sur pieds, le picador remonte

---

* Je vis, un jour, un picador renversé qui allait être tué si son camarade ne l'eût dégagé et n'eût fait reculer le taureau en lui donnant un coup de lance sur le nez. La circonstance servait d'excuse. Cependant j'entendis de vieux amateurs s'écrier : « C'est une honte! un coup de lance sur le nez! on devrait chasser cet homme de la place. »

aussitôt son cheval, s'il peut le relever aussi. Peu
importe que la pauvre bête perde des flots de
sang, que ses entrailles traînent à terre et s'entor-
tillent dans ses jambes ; tant qu'un cheval peut
marcher, il doit se présenter au taureau. Reste-
t-il abattu, le picador sort de la place, et y rentre
à l'instant monté sur un cheval frais.

J'ai dit que les coups de lance ne peuvent faire
qu'une légère blessure au taureau, et ils n'ont
d'autre effet que de l'irriter. Pourtant les chocs
du cheval et du cavalier, le mouvement qu'il se
donne, surtout les réactions qu'il reçoit en s'arrêtant brusquement sur ses jarrets, le fatiguent assez
promptement. Souvent aussi la douleur des coups
de lance le décourage, et alors il n'ose plus attaquer
les chevaux, ou pour parler le jargon tauromachique, il refuse d'*entrer*. Cependant, s'il est vigoureux, il a déjà tué quatre ou cinq chevaux. Les
picadors se reposent alors, et l'on donne le signal
de planter les *banderillas*.

Ce sont des bâtons d'environ deux pieds et
demi, enveloppés de papier découpé, et terminés
par une pointe aiguë, barbelée pour qu'elle reste
dans la plaie. Les chulos tiennent un des dards
de chaque main. La manière la plus sûre de s'en
servir, c'est de s'avancer doucement derrière le
taureau, puis de l'exciter tout à coup en frappant
avec bruit les banderilles l'une contre l'autre. Le
taureau étonné se retourne, et charge son ennemi
sans hésiter. Au moment où il le touche presque,
lorsqu'il baisse la tête pour frapper, le chulo lui
enfonce à la fois les deux banderilles de chaque
côté du cou, ce qu'il ne peut faire qu'en se tenant
pour un instant tout près et vis-à-vis du taureau

et presque entre ses cornes ; puis il s'efface, le
laisse passer et gagne la barrière pour se mettre en
sûreté. Une distraction, un mouvement d'hésitation ou de frayeur suffiraient pour le perdre.
Les connaisseurs regardent pourtant les fonctions
de banderillero comme les moins dangereuses de
toutes. Si, par malheur, il tombe, en plantant les
banderilles, il ne faut pas qu'il essaye de se relever ;
il se tient immobile à la place où il est tombé. Le
taureau ne frappe à terre que rarement, non point
par générosité, mais parce qu'en chargeant il ferme
les yeux et passe sur l'homme sans l'apercevoir.
Quelquefois pourtant il s'arrête, le flaire comme
pour s'assurer qu'il est bien mort ; puis, reculant
de quelques pas, il baisse la tête pour l'enlever sur
ses cornes ; mais alors les camarades du banderillero
l'entourent et l'occupent si bien, qu'il est forcé
d'abandonner le cadavre prétendu.

Lorsque le taureau a montré de la lâcheté,
c'est-à-dire quand il n'a pas reçu gaillardement
quatre coups de lance, c'est le nombre de rigueur,
les spectateurs, juges souverains, le condamnent
par acclamation à une espèce de supplice qui est
à la fois un châtiment et un moyen de réveiller
sa colère. De tous côtés s'élève le cri de *fuego !
fuego !* (Du feu ! Du feu !) On distribue alors aux
chulos, au lieu de leurs armes ordinaires, des
banderilles dont le manche est entouré de pièces
d'artifice. La pointe est garnie d'un morceau
d'amadou allumé. Aussitôt qu'elle pénètre dans
la peau, l'amadou est repoussé sur la mèche des
fusées ; elles prennent feu, et la flamme, qui est
dirigée vers le taureau, le brûle jusqu'au vif et
lui fait faire des sauts et des bonds qui amusent

extrêmement le public. C'est en effet un spectacle
admirable que de voir cet animal énorme écumant
de rage, secouant les banderilles ardentes et s'agitant au milieu du feu et de la fumée. En dépit de
messieurs les poètes, je dois dire que de tous les
animaux que j'ai observés, aucun n'a moins d'expression dans les yeux que le taureau. Il faudrait
dire ne *change* moins d'expression ; car la sienne
est presque toujours celle de la stupidité brutale
et farouche. Rarement il exprime sa douleur par
des gémissements : les blessures l'irritent ou
l'effrayent ; mais jamais, passez-moi l'expression,
il n'a l'air de réfléchir sur son sort ; jamais il ne
pleure comme le cerf. Aussi n'inspire-t-il de pitié
que lorsqu'il s'est fait remarquer par son courage *.

Quand le taureau porte au cou trois ou quatre
paires de banderilles, il est temps d'en finir avec
lui. Un roulement de tambours se fait entendre ;
aussitôt un des chulos désigné d'avance, c'est le
matador, sort du groupe de ses camarades. Ri-
chement vêtu, couvert d'or et de soie, il tient une
longue épée et un manteau écarlate, attaché à
un bâton, pour qu'on puisse le manier plus commodément. Cela s'appelle la *muleta*. Il s'avance
sous la loge du président et lui demande avec
une révérence profonde la permission de tuer le
taureau. C'est une formalité qui le plus souvent

---

* Quelquefois, et dans des occasions solennelles, la hampe
de la banderille est enveloppée d'un long filet de soie dans
lequel sont renfermés de petits oiseaux en vie. La pointe de la
banderille, en s'enfonçant dans le cou du taureau, coupe le
nœud qui ferme le filet, et les oiseaux s'échappent après
s'être longtemps débattus aux oreilles de l'animal.

n'a lieu qu'une seule fois pour toute la course. Le président, bien entendu, répond affirmativement d'un signe de tête. Alors le matador pousse un *viva*, fait une pirouette, jette son chapeau à terre et marche à la rencontre du taureau.

Dans ces courses, il y a des lois aussi bien que dans un duel ; les enfreindre serait aussi infâme que de tuer son adversaire en traître. Par exemple, le matador ne peut frapper le taureau qu'à l'endroit de la réunion de la nuque avec le dos, ce que les Espagnols appellent la *croix*. Le coup doit être porté de haut en bas, comme on dirait *en seconde* ; jamais en dessous. Mieux vaudrait mille fois perdre la vie que de frapper un taureau en dessous, de côté ou par-derrière. L'épée dont se servent les matadors est longue, forte, tranchante des deux côtés ; la poignée, très courte, est terminée par une boule que l'on appuie contre la paume de la main. Il faut une grande habitude et une adresse particulière pour se servir de cette arme.

Pour bien tuer un taureau, il faut connaître à fond son caractère. De cette connaissance dépend non seulement la gloire, mais la vie du matador. On le conçoit, il y a autant de caractères différents parmi les taureaux que parmi les hommes ; pourtant ils se distinguent en deux divisions bien tranchées : les *clairs* et les *obscurs*. Je parle ici la langue du cirque. Les clairs attaquent franchement ; les obscurs, au contraire, sont rusés et cherchent à prendre leur homme en traître. Ces derniers sont extrêmement dangereux.

Avant d'essayer de donner le coup d'épée à un taureau, le matador lui présente la muleta, l'excite,

et observe avec attention s'il se précipite dessus
franchement aussitôt qu'il l'aperçoit, ou s'il s'en
approche doucement pour gagner du terrain, et
ne charger son adversaire qu'au moment où il
paraît être trop près pour éviter le choc. Souvent
on voit un taureau secouer la tête d'un air de
menace, gratter la terre du pied sans vouloir
avancer, ou même reculer à pas lents, tâchant
d'attirer l'homme vers le milieu de la place, où
celui-ci ne pourra lui échapper. D'autres, au lieu
d'attaquer en ligne droite, s'approchent par une
marche oblique, lentement et feignant d'être fa-
tigués ; mais, dès qu'ils ont jugé leur distance,
ils partent comme un trait.

Pour quelqu'un qui entend un peu la tauromachie, c'est un spectacle intéressant que d'observer
les approches du matador et du taureau, qui,
comme deux généraux habiles, semblent deviner
les intentions l'un de l'autre et varient leurs ma-
nœuvres à chaque instant. Un mouvement de tête,
un regard de côté, une oreille qui s'abaisse, sont
pour un matador exercé autant de signes non équi-
voques des projets de son ennemi. Enfin le taureau impatient s'élance contre le drapeau rouge
dont le matador se couvre à dessein. Sa vigueur
est telle, qu'il abattrait une muraille en la cho-
quant de ses cornes ; mais l'homme l'esquive par
un léger mouvement de corps ; il disparaît comme
par enchantement et ne lui laisse qu'une draperie
légère qu'il élève au-dessus de ses cornes en dé-
fiant sa fureur. L'impétuosité du taureau lui fait
dépasser de beaucoup son adversaire ; il s'arrête
alors brusquement en roidissant ses jambes, et ces
réactions brusques et violentes le fatiguent telle-

ment que, si ce manège était prolongé, il suffirait
seul pour le tuer. Aussi, Romero, le fameux professeur, dit-il qu'un bon matador doit tuer huit
taureaux en sept coups d'épée. Un des huit
meurt de fatigue et de rage.

Après plusieurs passes, quand le matador croit
bien connaître son antagoniste, il se prépare à lui
donner le dernier coup. Affermi sur ses jambes,
il se place bien en face de lui et l'attend, immobile,
à la distance convenable. Le bras droit, armé de
l'épée, est replié à la hauteur de la tête ; le gauche,
étendu en avant, tient la muleta qui, touchant
presque à terre, excite le taureau à baisser la tête.
C'est dans ce moment que le matador lui porte le
coup mortel, de toute la force de son bras, aug-
mentée du poids de son corps et de l'impétuosité
même du taureau. L'épée, longue de trois pieds,
entre souvent jusqu'à la garde ; et, si le coup est
bien dirigé, l'homme n'a plus rien à craindre : le
taureau s'arrête tout court ; le sang coule à peine ;
il relève la tête ; ses jambes tremblent, et tout d'un
coup il tombe comme une lourde masse. Aussitôt
de tous les gradins partent des *viva* assourdissants ;
les mouchoirs s'agitent ; les chapeaux des majos
volent dans l'arène, et le héros vainqueur envoie
modestement des baise-mains de tous les côtés.

Autrefois, dit-on, jamais il ne se donnait plus
d'une estocade ; mais tout dégénère, et maintenant
il est rare qu'un taureau tombe du premier coup.
Si cependant il paraît mortellement blessé, le
matador ne redouble pas ; aidé des chulos, il le
fait tourner en cercle en l'excitant avec les manteaux de manière à l'étourdir en peu de temps.
Dès qu'il tombe, un chulo l'achève d'un coup de

poignard assené sur la nuque ; l'animal expire à
l'instant.

On a remarqué que presque tous les taureaux
ont un endroit dans le cirque auquel ils reviennent
toujours. On le nomme la *querencia*. D'ordinaire,
c'est la porte par où ils sont entrés dans l'arène.

Souvent on voit le taureau, emportant dans
le cou l'épée fatale dont la garde seule sort de son
épaule, traverser la place à pas lents, dédaignant
les chulos et leurs draperies dont ils le poursuivent.
Il ne pense plus qu'à mourir commodément. Il
cherche l'endroit qu'il affectionne, s'agenouille,
se couche, étend la tête et meurt tranquillement
si un coup de poignard ne vient pas hâter sa
fin.

Si le taureau refuse d'attaquer, le matador
court à lui et, toujours au moment où l'animal
baisse la tête, il le perce de son épée (*estocada de
volapié*) ; mais, s'il ne baisse pas la tête, ou s'il s'enfuit toujours, il faut, pour le tuer, employer un
moyen bien cruel. Un homme, armé d'une longue
perche terminée par un fer tranchant en forme de
croissant (*media luna*), lui coupe traîtreusement
les jarrets par-derrière, et, dès qu'il est abattu,
on l'achève d'un coup de poignard. C'est le seul
épisode de ces combats qui répugne à tout le
monde. C'est une espèce d'assassinat. Heureusement il est rare qu'il soit nécessaire d'en venir là
pour tuer un taureau.

Des fanfares annoncent sa mort. Aussitôt trois
mules attelées entrent au grand trot dans le cirque ; un nœud de cordes est fixé entre les cornes
du taureau, on y passe un crochet, et les mules
l'entraînent au galop. En deux minutes, les ca-

davres des chevaux et celui du taureau disparaissent de l'arène.

Chaque combat dure à peu près vingt minutes,
et, d'ordinaire, on tue huit taureaux dans un après-
midi. Si le divertissement a été médiocre, à la
demande du public, le président des courses accorde un ou deux combats de supplément.

Vous voyez que le métier de torero est assez
dangereux. Il en meurt, année moyenne, deux ou
trois dans toute l'Espagne. Peu d'entre eux par-
viennent à un âge avancé. S'ils ne meurent pas
dans le cirque, ils sont obligés d'y renoncer de
bonne heure par suite de leurs blessures. Le fameux
Pepe Illo reçut dans sa vie vingt-six coups de
corne ; le dernier le tua. Le salaire assez élevé de
ces gens n'est pas le seul mobile qui leur fasse
embrasser leur dangereux métier. La gloire, les
applaudissements leur font braver la mort. Il est
si doux de triompher devant cinq ou six mille
personnes ! Aussi n'est-il pas rare de voir des amateurs d'une naissance distinguée partager les
dangers et la gloire des toreros de profession. J'ai
vu à Séville un marquis et un comte remplir dans
une course publique les fonctions de picador.

Bien est-il vrai que le public ne se montre guère
indulgent pour les toreros. La moindre marque de
timidité est punie de huées et de sifflets. Les injures les plus atroces pleuvent de toutes parts ;
quelquefois même par l'ordre du peuple, et c'est
la plus terrible marque de son indignation, un
alguazil s'approche du toréador et lui enjoint,
sous peine de la prison, d'attaquer au plus vite
le taureau.

Un jour, l'acteur Maïquez, indigné de voir un

matador hésiter en présence du plus *obscur* de tous
les taureaux, l'accablait d'injures. — « Monsieur
Maïquez, lui dit le matador, voyez-vous, ce ne sont
pas ici des menteries comme sur vos planches. »

Les applaudissements et l'envie de se faire une
renommée ou de conserver celle qu'ils ont acquise
obligent les toréadors à renchérir sur les dangers
auxquels ils sont naturellement exposés. Pepe
Illo, et Romero après lui, se présentaient au taureau avec des fers aux pieds. Le sang-froid de ces
hommes dans les dangers les plus pressants a
quelque chose de miraculeux. Dernièrement, un
picador, nommé Francisco Sevilla, fut renversé et
son cheval éventré par un taureau andalou, d'une
force et d'une agilité prodigieuses. Ce taureau,
au lieu de se laisser distraire par les chulos,
s'acharna sur l'homme, le piétina et lui donna un
grand nombre de coups de corne dans les jambes,
mais, s'apercevant qu'elles étaient trop bien dé-
fendues par le pantalon de cuir garni de fer, il
se retourna et baissa la tête pour lui enfoncer sa
corne dans la poitrine. Alors Sevilla, se soulevant
d'un effort désespéré, saisit d'une main le taureau
par l'oreille, de l'autre il lui enfonça les doigts dans
les naseaux, pendant qu'il tenait sa tête collée
sous celle de cette bête furieuse. En vain le taureau le secoua, le foula aux pieds, le heurta contre
terre ; jamais il ne put lui faire lâcher prise. Nous
regardions avec un serrement de cœur cette lutte
inégale. C'était l'agonie d'un brave : on regrettait
presque qu'elle se prolongeât ; on ne pouvait ni
crier, ni respirer, ni détourner les yeux de cette
scène horrible : elle dura près de *deux minutes*. Enfin le taureau, vaincu par l'homme dans ce combat

corps à corps, l'abandonna pour poursuivre des chulos. Tout le monde s'attendait à voir Sevilla emporté à bras hors de l'enceinte. On le relève ; à peine est-il sur ses pieds qu'il saisit une cape et veut attirer le taureau, malgré ses grosses bottes et son incommode armure de jambes. Il fallut lui arracher la cape, autrement il se faisait tuer à cette fois. On lui amène un cheval ; il s'élance dessus, bouillant de colère, et attaque le taureau au milieu de la place. Le choc de ces deux vaillants adversaires fut si terrible, que cheval et taureau tombèrent sur les genoux. Oh! si vous aviez entendu les *viva*, si vous aviez vu la joie frénétique, l'espèce d'enivrement de la foule en voyant tant de courage et tant de bonheur, vous eussiez envié comme moi le sort de Sevilla! Cet homme est devenu immortel à Madrid...

Juin 1842.

P.-S. Hélas! que vient-on de m'apprendre! Francisco Sevilla est mort l'année dernière. Il est mort, non dans le cirque, où il devait finir, mais emporté par une maladie de foie. C'est à Caravanchel, près de ces beaux arbres que j'aime tant, qu'il est mort, loin d'un public pour lequel il avait tant de fois risqué sa vie.

Je le revis en 1840, à Madrid, aussi brave, aussi téméraire qu'à l'époque où j'écrivais la lettre qu'on vient de lire. Je l'ai vu encore plus de vingt fois rouler dans la poussière sous son cheval éventré ; je lui ai vu casser maintes lances, et faire assaut de force avec les terribles taureaux de Gavira. « Si Francesco Sevilla avait des cornes, disait-on dans le cirque, il n'y aurait pas un toréador qui osât se mettre devant lui. » L'habitude de la victoire lui avait inspiré une audace inouïe. Quand il se présentait devant un taureau, il s'indignait que la bête n'eût pas peur de lui. « Tu ne me connais donc pas? » lui criait-il avec fureur. Certes il leur montrait bien vite à qui ils avaient affaire.

Mes amis me procurèrent le plaisir de dîner avec Sevilla ; il mangeait et buvait comme un héros d'Homère, et c'était le plus gai compagnon qui se pût rencontrer. Ses façons andalouses, son humeur joviale et son patois rempli de métaphores pittoresques avaient un agrément tout particulier dans ce colosse, qui semblait n'avoir été créé par la nature que pour tout exterminer.

Une dame espagnole, fuyant de Madrid au moment où le choléra y exerçait ses ravages, se rendait à Barcelone dans une diligence où se trouvait Sevilla, qui allait dans la même ville pour une course annoncée longtemps à l'avance. Pendant la route, la politesse, la galanterie, les petits soins de Sevilla ne se démentirent pas un instant. Arrivés devant Barcelone, la junte de santé, bête comme elles le sont toutes, annonça aux voyageurs qu'ils feraient une quarantaine de dix jours, excepté Sevilla, dont la présence était trop désirée pour que les lois sanitaires lui fussent applicables ; mais le généreux picador rejeta bien loin cette exception si avantageuse pour lui. « Si madame et mes compagnons n'ont pas libre pratique, dit-il résolument, *je ne piquerai pas!* »

Entre la crainte de la contagion et celle de manquer une belle course, on ne pouvait hésiter. La junte céda, et fit bien : car, si elle s'était obstinée, le peuple eût brûlé le lazaret et les gens de la quarantaine.

Après avoir payé mon tribut de louanges et de
regrets aux mânes de Sevilla, je dois parler d'une
autre illustration qui règne aujourd'hui sans rivale
dans le cirque. On connaît si mal en France ce qui
se passe en Espagne, qu'il y a peut-être, en deçà
des Pyrénées, des gens à qui le nom de Montès est
encore inconnu.

Tout ce que la renommée a publié de vrai ou de
faux au sujet des matadors classiques, Pepe Illo
et Pablo Romero, Montès le fait voir tous les lundis
dans le cirque *national*, comme on dit aujourd'hui.
Courage, grâce, sang-froid, adresse merveilleuse,
il réunit tout. Sa présence dans le cirque anime,
transporte acteurs et spectateurs. Il n'y a plus de
mauvais taureaux, plus de chulos timides ; chacun
se surpasse. Les toréadors d'un courage douteux
deviennent des héros lorsque Montès les guide,
car ils savent qu'avec lui personne ne court de
danger. Un geste de lui suffit pour détourner le
taureau le plus furieux au moment où il va percer
un picador renversé. Jamais on n'a vu de *media
luna* dans une place où Montès a combattu.
Clairs, obscurs, tous les taureaux lui sont bons ; il
les fascine, il les transforme, il les tue quand et
comment il lui plaît. C'est le premier matador
que j'aie vu *gallear el toro*, c'est-à-dire se présenter
de dos à l'animal en fureur pour le faire passer
sous son bras. A peine daigne-t-il tourner la tête
quand le taureau se précipite sur lui. Quelquefois,
jetant un manteau sur ses épaules, il traverse le
cirque suivi par le taureau ; la bête, enragée, le
poursuit sans pouvoir l'atteindre, et cependant elle
est si près de Montès que chaque coup de corne

relève le bout du manteau. Telle est la confiance
que Montès inspire, que pour les spectateurs l'idée
du danger a disparu, ils n'ont plus d'autre sentiment que l'admiration.

Montès passe pour avoir des opinions peu favo-
rables à l'ordre de choses actuel. On dit qu'il a
été volontaire royaliste, et qu'il est *écrevisse, can-
grejo*, c'est-à-dire modéré. Si les bons patriotes
s'en affligent, ils ne peuvent se soustraire à l'enthousiasme général. J'ai vu des *descalzos* (sans-
culottes) lui jeter leurs chapeaux avec transport
et le supplier de les mettre un instant sur sa tête :
voilà les mœurs du XVIe siècle. — Brantôme
dit quelque part : « J'ai connu force gentilshommes
» qui, premier que porter leurs bas de soie, prioient
» leurs dames et maîtresses de les essayer et porter
» devant eux quelque huit ou dix jours de plus que
» de moins ; et puis les portoient en très grande
» vénération et contentement d'esprit et de corps. »

Montès a la tournure d'un homme comme il
faut. Il vit noblement, et se consacre à sa famille,
dont il a par son talent assuré l'avenir. Ses manières aristocratiques déplaisent à quelques toréadors qui le jalousent. Je me souviens qu'il refusa
de dîner avec nous lorsque nous engageâmes
Sevilla. A cette occasion, Sevilla nous donna son
opinion sur le compte de Montès avec sa franchise
ordinaire. — « *Montes no fue realista ; es buen com-
pañero, luciente matador, atiende a los picadores,
pero es un p...* » Cela veut dire qu'il porte un frac
hors du cirque, qu'il ne va jamais au cabaret, et
qu'il a de trop bonnes façons.

Sevilla est le Marius de la tauromachie, Montès
en est le César.

II

UNE EXÉCUTION

Valence, 15 novembre 1830.

Monsieur,

Après vous avoir décrit les combats de taureaux, je n'ai plus, pour suivre l'admirable règle du théâtre des marionnettes, « toujours de plus en plus fort », je n'ai plus, dis-je, qu'à vous parler d'une exécution. Je viens d'en voir une, et je vous en rendrai compte, si vous avez le courage de me lire.

D'abord il faut que je vous explique pourquoi j'ai assisté à une exécution. En pays étranger, on est obligé de tout voir, et l'on craint toujours qu'un moment de paresse ou de dégoût ne vous fasse perdre un trait de mœurs curieux. D'ailleurs l'histoire du malheureux qu'on a pendu m'avait intéressé : je voulais voir sa physionomie ; enfin j'étais bien aise de faire une expérience sur mes nerfs.

Voici l'histoire de mon pendu. (J'ai oublié de m'informer de son nom.) C'était un paysan des

environs de Valence, estimé et redouté pour son
caractère hardi et entreprenant. C'était le coq de
son village. Personne ne dansait mieux, ne jetait
plus loin la barre, ne savait de plus vieilles romances. Il n'était pas querelleur, mais on savait
qu'il fallait peu de chose pour lui échauffer les
oreilles. S'il accompagnait des voyageurs son
escopette sur l'épaule, pas un voleur n'eût osé
les arrêter, leurs valises eussent-elles été remplies
de doublons. Aussi c'était un plaisir de voir ce jeune
homme, sa veste de velours sur l'épaule, se pré-
lassant par les chemins et se dandinant d'un air
de supériorité. En un mot, c'était un *majo* dans
toute la force du terme. Un majo, c'est tout à la
fois un dandy de la classe inférieure et un homme
excessivement délicat sur le point d'honneur.

Les Castillans ont un proverbe contre les Valenciens, proverbe, suivant moi, de toute fausseté. Le
voici : « A Valence, la viande, c'est de l'herbe ;
l'herbe, de l'eau. Les hommes sont des femmes,
et les femmes — rien. » Je certifie que la cuisine
de Valence est excellente, et que les femmes y
sont extrêmement jolies et plus blanches qu'en
aucun autre royaume de l'Espagne. Vous allez
voir ce que sont les hommes de ce pays-là.

On donnait un combat de taureaux. Le majo
veut le voir ; mais il n'avait pas un réal dans sa
ceinture. Il comptait qu'un volontaire royaliste
son ami, de garde ce jour-là, le laisserait entrer.
Point. Le volontaire était inflexible sur sa consigne.
Le majo insiste, le volontaire persiste : injures de
part et d'autre. Bref, le volontaire le repousse
rudement avec un coup de crosse dans l'estomac.
Le majo se retira ; mais ceux qui remarquèrent

la pâleur répandue sur sa figure, qui observèrent
ses poings fermés avec violence, ses narines gon-
flées et l'expression de ses yeux, ces gens-là
pensèrent bien qu'il arriverait bientôt quelque
malheur.

A quinze jours de là, le volontaire brutal fut
envoyé avec un détachement à la poursuite de
quelques contrebandiers. Il coucha dans une auberge isolée (*venta*). La nuit, une voix se fait entendre qui appelle le volontaire : « Ouvrez, c'est
de la part de votre femme. » Le volontaire descend
à demi vêtu. A peine avait-il ouvert la porte, qu'un
coup d'espingole met le feu à sa chemise et lui
envoie une douzaine de balles dans la poitrine. Le
meurtrier disparaît. Qui a fait le coup ? Personne
ne peut le deviner. Certainement ce n'est pas le
majo qui l'a tué ; car il se trouvera une douzaine
de femmes dévotes et bonnes royalistes qui jureront
par le nom de leur saint et en baisant leur pouce,
qu'elles ont vu le susdit, chacune dans son village,
exactement à l'heure et à la minute où le crime a
été commis.

Et le majo se montrait en public avec un front
ouvert et l'air serein d'un homme qui vient de se
débarrasser d'un souci importun. C'est ainsi qu'à
Paris on se montre chez Tortoni le soir d'un duel
où l'on a bravement cassé le bras à un impertinent.
Remarquez en passant que l'assassinat est ici le
duel des pauvres gens ; duel bien autrement sérieux que le nôtre, puisque généralement il est
suivi de deux morts, tandis que les gens de la bonne
compagnie s'égratignent plus souvent qu'ils ne
se tuent.

Tout alla bien jusqu'à ce qu'un certain alguazil,

outrant le zèle (suivant les uns, parce qu'il était
nouvellement en fonctions, — suivant d'autres,
parce qu'il était amoureux d'une femme qui lui
préférait le majo), s'avisa de vouloir arrêter cet
homme aimable. Tant qu'il se borna à des menaces,
son rival ne fit qu'en rire ; mais, quand enfin il
voulut le saisir au collet, il lui fit *avaler une langue
de bœuf*. C'est une expression du pays pour un
coup de couteau. La légitime défense permettait-
elle de rendre ainsi vacante une place d'alguazil ?

On respecte beaucoup les alguazils en Espagne,
presque autant que les constables en Angleterre.
En maltraiter un est un cas pendable. Aussi le
majo fut-il appréhendé au corps, mis en prison,
jugé et condamné après un procès fort long ; car
les formes de la justice sont encore plus lentes ici
que chez nous.

Avec un peu de bonne volonté, vous conviendrez
ainsi que moi que cet homme ne méritait pas son
sort, qu'il a été victime d'une fatalité malheureuse,
et que, sans se trop charger la conscience, les juges
pouvaient le rendre à la société, dont il devait
faire l'ornement (style d'avoçat). Mais les juges
n'ont guère de ces considérations poétiques et
élevées : ils l'ont condamné à mort à l'unanimité.

Un soir, passant par hasard sur la place du
Marché, j'avais vu des ouvriers occupés à élever
aux flambeaux des solives bizarrement agencées,
formant à peu près un Π. Des soldats en cercle
autour d'eux repoussaient les curieux. Voici pour
quelle raison. La potence (car c'en était une)
est élevée par corvée, et les ouvriers mis en réquisition ne peuvent, sans se rendre coupables de
rébellion, se refuser à ce service. Par une espèce

de compensation, l'autorité prend soin qu'ils remplissent leur tâche, que l'opinion publique rend presque déshonorante, à peu près en secret. Pour cela, on les entoure de soldats qui écartent la foule, et ils ne travaillent que la nuit : de manière qu'il n'est pas possible de les reconnaître, et qu'ils ne risquent pas le lendemain d'être appelés charpentiers de potence.

A Valence, c'est une vieille tour gothique qui sert de prison. Son architecture est assez belle, surtout la façade, qui donne sur la rivière. Elle est située à une des extrémités de la ville, et c'est une de ses principales portes. On l'appelle *la puerta de los Serranos*. Du haut de la plate-forme on découvre le cours du Guadalaviar, les cinq ponts qui le traversent, les promenades de Valence et la riante campagne qui l'entoure. C'est un assez triste plaisir que de voir les champs quand on est enfermé entre quatre murailles, mais enfin c'est un plaisir, et il faut savoir gré au geôlier qui permet aux détenus de monter sur cette plate-forme. Pour des prisonniers, la plus petite jouissance a du prix.

C'est de cette prison que devait sortir le condamné pour se rendre, à travers les rues les plus fréquentées de la ville, monté sur un âne, à la place du Marché, où il quitterait ce monde.

Je me suis trouvé de bonne heure devant *la puerta de los Serranos* avec un de mes amis espagnols qui avait la bonté de m'accompagner. Je m'attendais à trouver une foule considérable rassemblée dès le matin ; mais je m'étais trompé. Les artisans travaillaient tranquillement dans leurs boutiques, les paysans sortaient de la ville

après avoir vendu leurs légumes. Rien n'annonçait
que quelque chose d'extraordinaire allait se passer, si ce n'est une douzaine de dragons rangés
auprès de la porte de la prison. Le peu d'empressement des Valenciens à voir des exécutions ne
doit pas être attribué, je crois, à un excès de sensibilité. Je ne sais pas non plus si je dois penser,
comme mon guide, qu'ils sont tellement blasés sur
ce spectacle, qu'il n'a plus d'attrait pour eux. Peut-
être cette indifférence vient-elle des habitudes
laborieuses du peuple de Valence. L'amour du
travail et du gain le distingue non seulement
parmi toutes les populations de l'Espagne, mais
encore parmi celles de l'Europe.

A onze heures, la porte de la prison s'est ouverte.
Aussitôt s'est présentée une assez nombreuse
procession de franciscains. Elle était précédée d'un
grand crucifix porté par un pénitent escorté de
deux acolytes, chacun avec une lanterne emmanchée
au bout d'un grand bâton. Le crucifix, de grandeur
naturelle, était de carton peint avec un talent
d'imitation extraordinaire. Les Espagnols, qui
cherchent à faire la religion terrible, excellent à
rendre les blessures, les contusions, les traces des
tortures endurées par leurs martyrs. Sur ce
crucifix, qui devait figurer à un supplice, on n'avait
pas épargné le sang, la sanie, les tumeurs livides.
C'était la plus hideuse pièce d'anatomie qu'on pût
voir. Le porteur de cette horrible figure s'est
arrêté devant la porte. Les soldats s'étaient un
peu rapprochés. Une centaine de curieux, à peu
près, étaient groupés derrière, assez près pour ne
rien perdre de ce qui allait se faire et se dire, lorsque
le condamné a paru accompagné de son confesseur.

Jamais je n'oublierai la figure de cet homme. Il était très grand et très maigre, et paraissait âgé de trente ans. Son front était élevé, ses cheveux épais, noirs comme du jais et droits comme les crins d'une brosse. Ses yeux grands, mais enfoncés dans sa tête, semblaient flamboyants. Il était pieds nus, habillé d'une longue robe noire sur laquelle on avait cousu à la place du cœur une croix bleue et rouge. C'est l'insigne des agonisants. Le collet de sa chemise, plissé comme une fraise, tombait sur ses épaules et sa poitrine. Une corde menue, blanchâtre, qui se distinguait parfaitement sur l'étoffe noire de sa robe, faisait plusieurs fois le tour de son corps, et par des nœuds compliqués lui attachait les bras et les mains dans la position qu'on prend en priant. Entre ses mains, il tenait un petit crucifix et une image de la Vierge. Son confesseur était gros, court, replet, haut en couleur, ayant l'air d'un bon homme, mais d'un homme qui depuis longtemps fait ce métier-là et qui en a vu bien d'autres.

Derrière le condamné se tenait un homme pâle, faible et grêle, d'une physionomie douce et timide. Il avait une veste brune avec la culotte et les bas noirs. Je l'aurais pris pour un notaire ou un alguazil en négligé, s'il n'avait eu sur la tête un chapeau gris à grands bords, comme en portent les picadors aux combats de taureaux. A la vue du crucifix, il ôta ce chapeau avec respect, et je remarquai alors une petite échelle en ivoire fixée sur la forme comme une cocarde. C'était l'exécuteur des hautes œuvres.

En mettant la tête hors de la porte, le condamné, qui avait été obligé de se courber pour passer sous

le guichet, se redressa de toute sa hauteur, ouvrit
des yeux d'une grandeur démesurée, embrassa la
foule d'un regard rapide et respira profondément.
Il me sembla qu'il humait l'air avec plaisir, comme
celui qui a été longtemps dans un cachot étroit et
étouffant. Son expression était étrange : ce n'était
point de la peur, mais de l'inquiétude. Il paraissait résigné. Point de morgue ni d'affectation de
courage. Je me dis qu'en pareille occasion, je
voudrais faire une aussi bonne contenance.

Son confesseur lui dit de se mettre à genoux
devant le crucifix : il obéit et baisa les pieds de
cette hideuse image. En ce moment, tous les assistants étaient émus et gardaient un profond silence.
Le confesseur, s'en apercevant, leva les mains pour
les dégager de ses longues manches qui l'auraient
gêné dans ses mouvements oratoires, et commença
à débiter un discours qui lui avait probablement
servi plus d'une fois, d'une voix forte et accentuée,
mais pourtant monotone par la répétition pério-
dique des mêmes intonations. Il prononçait chaque
mot clairement, son accent était pur, et il s'expri-
mait en bon castillan, que le condamné n'entendait
peut-être que très imparfaitement. Il commençait
chaque phrase d'un ton de voix glapissant, et
s'élevait au fausset, mais il finissait sur un ton
grave et bas.

En substance, il disait au condamné qu'il
appelait son frère : « Vous avez bien mérité la
mort ; on a même été indulgent pour vous en ne
vous condamnant qu'à la potence, car vos crimes
sont énormes. » Ici, il dit un mot des meurtres
commis ; mais il s'étendit longuement sur l'irréligion dans laquelle le pénitent avait passé sa jeu-

nesse, et qui seule l'avait poussé à sa perte. Puis,
s'animant par degrés : « Mais qu'est-ce que le
supplice justement mérité que vous allez endurer,
comparé avec les souffrances inouïes que votre
divin Sauveur a endurées pour vous ? Regardez
ce sang, ces plaies, etc. » Détail très long de toutes
les douleurs de la Passion, décrites avec toute
l'exagération que comporte la langue espagnole,
et commentées au moyen de la vilaine statue dont
je vous ai parlé. La péroraison valait mieux que
l'exorde. Il disait, mais trop longuement, que la
miséricorde de Dieu était infinie, et qu'un repentir
véritable pouvait désarmer sa colère.

Le condamné se leva, regarda le prêtre d'un air
un peu farouche et lui dit : « Mon père, il suffisait de me dire que je vais à la gloire ; marchons! »

Le confesseur rentra dans la prison fort satisfait de son discours. Deux franciscains prirent sa
place auprès du condamné ; ils ne devaient l'abandonner qu'au dernier moment.

D'abord on l'étendit sur une natte que le bourreau tira à lui quelque peu, mais sans violence, et
comme d'un accord tacite entre le patient et l'exécuteur. C'est une pure cérémonie, afin de paraître
exécuter à la lettre la sentence qui porte : « Pendu
après avoir été traîné sur la claie. »

Cela fait, le malheureux fut guindé sur un âne
que le bourreau conduisait par le licou. A ses côtés
marchaient les deux franciscains, précédés de deux
longues files de moines de cet ordre et de laïques
faisant partie de la confrérie des *Desamparados*.
Les bannières, les croix n'étaient pas oubliées.
Derrière l'âne venaient un notaire et deux alguazils en habit noir à la française, culotte et bas de

soie, l'épée au côté, et montés sur de mauvais bidets très mal harnachés. Un piquet de cavalerie fermait la marche. Pendant que la procession s'avançait fort lentement, les moines chantaient des litanies d'une voix sourde, et des hommes en manteau circulaient autour du cortège, tendant des plats d'argent aux spectateurs et demandant une aumône pour le pauvre malheureux (*por el pobre*). Cet argent sert à dire des messes pour le repos de son âme ; et pour un bon catholique qu'on va pendre ce doit être une consolation de voir les plats s'emplir assez rapidement de gros sous. Tout le monde donne. Impie comme je suis, je donnai mon offrande avec un sentiment de respect.

En vérité, j'aime ces cérémonies catholiques, et je voudrais y croire. Dans cette occasion, elles ont l'avantage de frapper la foule infiniment plus que notre charrette, nos gendarmes, et ce cortège mesquin et ignoble qui accompagne en France les exécutions. Ensuite, et c'est pour cela surtout que j'aime ces croix et ces processions, elles doivent contribuer puissamment à adoucir les derniers moments d'un condamné. Cette pompe lugubre flatte d'abord sa vanité, ce sentiment qui meurt en nous le dernier. Puis ces moines qu'il révère depuis son enfance et qui prient pour lui, les chants, et la voix des hommes qui quêtent pour qu'on lui dise des messes, tout cela doit l'étourdir, le distraire, l'empêcher de réfléchir sur le sort qui l'attend. Tourne-t-il la tête à droite, le franciscain de ce côté lui parle de l'infinie miséricorde de Dieu. A gauche, un autre franciscain est tout prêt à lui vanter la puissante intercession de monseigneur saint François. Il marche au supplice comme un conscrit entre deux officiers qui le surveillent et l'exhortent. Il n'a pas un instant de repos, s'écriera le philosophe. Tant mieux. L'agitation continuelle où on le tient l'empêche de se livrer à ses pensées, qui le tourmenteraient bien davantage.

J'ai compris alors pourquoi les moines, et surtout ceux des ordres mendiants, exercent tant d'influence sur le bas peuple. N'en déplaise aux libéraux intolérants, ils sont en réalité l'appui et la consolation des malheureux depuis leur naissance jusqu'à leur mort. Quelle horrible corvée, par exemple, que celle-ci : entretenir pendant trois jours un homme qu'on va faire mourir! Je crois que si j'avais le malheur d'être pendu, je ne serais pas fâché d'avoir deux franciscains pour causer avec moi.

La route que suivait la procession était très tortueuse, afin de passer par les rues les plus larges. Je pris avec mon guide un chemin plus direct afin de me trouver encore une fois sur le passage du condamné. Je remarquai que, dans l'intervalle de temps qui s'était écoulé entre sa sortie de prison et son arrivée dans la rue où je le revoyais, sa taille s'était courbée considérablement. Il s'affaissait peu à peu ; sa tête tombait sur sa poitrine, comme si elle n'eût été soutenue que par la peau du cou. Pourtant je n'observais pas sur ses traits l'expression de la peur. Il regardait fixement l'image qu'il avait entre les mains ; et, s'il détournait les yeux, c'était pour les reporter sur les deux franciscains, qu'il paraissait écouter avec intérêt.

J'aurais dû me retirer alors ; mais on me pressa d'aller sur la grande place, de monter chez un marchand, où j'aurais toute liberté de regarder

le supplice du haut d'un balcon, ou bien de me
soustraire à ce spectacle en rentrant dans l'intérieur
de l'appartement. J'allai donc.

La place était loin d'être remplie. Les marchandes
de fruits et d'herbes ne s'étaient pas dérangées.
On circulait partout facilement. La potence, surmontée des armes d'Aragon, était placée en face
d'un élégant bâtiment moresque, la Bourse de la
Soie (*la Lonja de Seda*). La place du Marché est
longue. Les maisons qui la bordent sont petites
quoique surchargées d'étages, et chaque rang de
fenêtres a son balcon en fer. De loin, on dirait de
grandes cages. Un assez bon nombre de ces balcons
n'étaient point garnis de spectateurs.

Sur celui où je devais prendre place, je trouvai
deux jeunes demoiselles de seize à dix-huit ans,
commodément établies sur des chaises, et s'éven-
tant de l'air du monde le plus dégagé. Toutes les
deux étaient fort jolies, et, à leurs robes de soie
noire fort propres, à leurs souliers de satin et à
leurs mantilles garnies de dentelles, je jugeai
qu'elles devaient être les filles de quelque bourgeois
aisé. Je fus confirmé dans cette opinion parce que,
bien qu'elle se servissent entre elles du dialecte
valencien, elles entendaient et parlaient correc-
tement l'espagnol.

Dans un coin de la place, on avait élevé une
petite chapelle. Cette chapelle et la potence, qui
n'en était pas fort éloignée, étaient enfermées dans
un grand carré formé par des volontaires royalistes
et des troupes de ligne.

Les soldats ayant ouvert leurs rangs pour recevoir
la procession, le condamné fut descendu de son
âne et mené devant l'autel dont je viens de vous

parler. Les moines l'entouraient ; il était à genoux,
baisait souvent les marches de l'autel ; j'ignore
ce qu'on lui disait. Cependant le bourreau exami-
nait sa corde, son échelle, et, cet examen fait,
il s'approcha du patient toujours prosterné, lui
mit la main sur l'épaule, et lui dit suivant l'usage :
« Frère, il est temps. »

Tous les moines, un seul excepté, l'avaient
abandonné, et le bourreau était, à ce qu'il paraissait, mis en possession de sa victime. En le condui-
sant vers l'échelle (ou plutôt l'escalier de planches),
il avait soin, avec son grand chapeau qu'il lui
mettait devant les yeux, de lui cacher la vue de
la potence ; mais le condamné semblait chercher
à repousser le chapeau avec des coups de tête,
voulant montrer qu'il avait bien le courage d'envi-
sager l'instrument de son supplice.

Midi sonnait quand le bourreau montait à l'escalier fatal, traînant après lui le patient, qui ne
montait qu'avec difficulté, parce qu'il allait à
reculons. L'escalier est large, et n'a de rampe que
d'un côté. Le moine était du côté de la rampe,
le bourreau et le condamné montaient de l'autre.
Le moine parlait continuellement et en faisant
beaucoup de gestes. Arrivés au haut de l'escalier,
en même temps que l'exécuteur passait la corde
autour du cou du patient avec une promptitude
extraordinaire, on me dit que le moine lui faisait
réciter le *Credo*. Puis, élevant la voix, il s'écria :
« Mes frères, joignez vos prières à celles du pauvre
pécheur. » J'entendis une voix douce prononcer à
côté de moi avec émotion : *Amen ;* je tournai la
tête, et je vis une de mes jolies Valenciennes dont
les joues étaient un peu plus colorées, et qui agitait

son éventail précipitamment. Elle regardait avec
beaucoup d'attention du côté de la potence. Je
dirigeai mes yeux de ce côté : le moine descendait
l'escalier, et le condamné était suspendu en l'air,
le bourreau sur ses épaules, et son valet lui tirait
les pieds.

P.-S. Je ne sais si votre patriotisme me pardonnera ma partialité pour l'Espagne. Puisque nous
en sommes sur le chapitre des supplices, je vous
dirai que, si j'aime mieux les exécutions espagnoles
que les nôtres, je préfère aussi de beaucoup leurs
galères à celles où nous envoyons chaque année
environ douze cents coquins. Remarquez que je
ne parle pas des *presidios* d'Afrique, que je n'ai pas
vus. A Tolède, à Séville, à Grenade, à Cadix, j'ai
vu un grand nombre de *presidiarios* (galériens)
qui ne m'ont pas paru trop malheureux. Ils travaillaient à faire ou à réparer des routes. Ils
étaient assez mal vêtus ; mais leurs physionomies
n'exprimaient point ce sombre désespoir que j'ai
remarqué chez nos galériens. Ils mangeaient dans
de grandes marmites un *puchero* semblable à celui
des soldats qui les gardaient, et fumaient ensuite
leur cigare à l'ombre. Mais surtout ce qui m'a plu,
c'est que le peuple ici ne les repousse pas comme il
fait en France. La raison en est simple : en France,
tout homme qui a été aux galères a volé ou fait
pis ; en Espagne, au contraire, de très honnêtes
gens, à différentes époques, ont été condamnés
à y passer leur vie pour n'avoir pas eu des opinions
conformes à celles de leurs gouvernants. Quoique
le nombre de ces victimes politiques soit infiniment
petit, cela suffit pourtant pour changer l'opinion

à l'égard de tous les galériens. Il vaut mieux bien traiter un coquin que de manquer d'égards à un galant homme. Aussi on leur donne du feu pour allumer leurs cigares, on les appelle mon ami, camarade. Leurs gardiens ne leur font pas sentir qu'ils sont des hommes d'une autre espèce.

Si cette lettre ne vous paraît pas énormément longue, je vous conterai une rencontre que j'ai faite il y a peu de temps, et qui vous montrera quelles sont les manières du peuple avec les presidiarios.

En quittant Grenade pour aller à Baylen, je rencontrai par le chemin un grand homme chaussé d'alpargates qui marchait d'un bon pas militaire. Il était suivi par un petit chien barbet. Ses habits étaient d'une forme singulière, et différents de ceux des paysans que j'avais rencontrés. Bien que mon cheval fût au trot, il me suivait sans peine, et il lia conversation avec moi. Nous devînmes bientôt bons amis. Mon guide lui disait « monsieur », « Votre Grâce » (*Usted*). Ils parlaient entre eux de monsieur un tel de Grenade, commandant le presidio, qu'ils connaissaient tous deux. L'heure du déjeuner venue, nous nous arrêtâmes devant une maison où nous trouvâmes du vin. L'homme au chien tira d'un sac un morceau de morue salée et me l'offrit. Je lui dis de joindre son déjeuner au mien, et nous mangeâmes tous les trois de bon appétit. Je dois vous avouer que nous buvions à la même bouteille, par la raison qu'il n'y avait pas de verre à une lieue aux environs. Je lui demandai pourquoi il s'était embarrassé d'un chien si jeune en voyage. Il me dit qu'il voyageait seulement pour ce chien, et que son commandant

l'envoyait à Jaen le remettre à un de ses amis.
Le voyant sans uniforme et l'entendant parler
de commandant : « Vous êtes donc miquelet ? lui
dis-je. — Non ; presidiario. » Je fus un peu surpris.
« Comment ne l'avez-vous pas vu à son habit ? »
demanda mon guide.

Au reste, les manières de cet homme, qui était
un honnête muletier, ne changèrent pas le moins
du monde. Il me donnait la bouteille d'abord, en ma
qualité de *caballero ;* puis l'offrait au galérien, et
buvait après lui ; enfin il le traitait avec toute la
politesse que les gens du peuple ont entre eux en
Espagne.

— Pourquoi donc avez-vous été aux galères ?
demandai-je à mon compagnon de voyage.

— Oh ! monsieur, pour un malheur. Je me suis
trouvé à quelques morts. (*Fué por una desgracia.
Me hallé en unas muertes.*)

— Comment diable ?

— Voici comment la chose se passa. J'étais
miquelet. Avec une vingtaine de mes camarades,
j'escortais un convoi de presidiarios de Valence.
Sur le chemin, leurs amis voulurent les délivrer,
et en même temps nos prisonniers se révoltèrent.
Notre capitaine était bien embarrassé. Si les
prisonniers étaient lâchés, il était responsable de
tous les désordres qu'ils commettraient. Il prit
son parti et nous cria : « Feu sur les prisonniers ! »
Nous tirâmes, et nous en tuâmes quinze, après
quoi nous repoussâmes leurs camarades. Cela se
passait du temps de cette fameuse constitution.
Quand les Français sont revenus et qu'ils l'ont
ôtée, on nous fit notre procès, à nous autres miquelets, parce que, parmi les presidiarios morts, il y

avait plusieurs messieurs (*caballeros*) royalistes
que les constitutionnels avaient mis là. Notre
capitaine était mort, et on s'en prit à nous. Mon
temps va bientôt finir ; et, comme mon commandant
a confiance en moi parce que je me conduis bien,
il m'envoie à Jaen pour remettre cette lettre et
ce chien au commandant du presidio.

Mon guide était royaliste, et il était évident
que le galérien était constitutionnel ; cependant
ils demeurèrent dans la meilleure intelligence.
Quand nous nous remîmes en route, le barbet
était si fatigué, que le galérien fut obligé de le
porter sur son dos enveloppé dans sa veste. La
conversation de cet homme m'amusait extrêmement ; de son côté, les cigares que je lui donnais,
et le déjeuner qu'il avait partagé avec moi, me
l'avaient tellement attaché, qu'il voulait me suivre
jusqu'à Baylen.

— La route n'est pas sûre, me disait-il, je trouverai un fusil à Jaen, chez un de mes amis, et, quand
bien même nous rencontrerions une demi-douzaine
de brigands, ils ne vous prendraient pas un mouchoir.

— Mais, lui dis-je, si vous ne rentrez pas au
presidio, vous risquez d'avoir une augmentation de
temps, d'une année peut-être ?

— Bah ! qu'importe ? Et puis vous me donnerez
un certificat attestant que je vous ai accompagné.
D'ailleurs, je ne serais pas tranquille si je vous
laissais aller tout seul par cette route-là...

J'aurais consenti qu'il m'accompagnât, s'il ne
s'était pas brouillé avec mon guide. Voici à quelle
occasion. Après avoir suivi, pendant près de huit
lieues d'Espagne, nos chevaux, qui allaient au

trot toutes les fois que le chemin le permettait,
il s'avisa de dire qu'il les suivrait encore quand
même ils prendraient le galop. Mon guide se moqua
de lui. Nos chevaux n'étaient pas tout à fait des
rosses ; nous avions un quart de lieue de plaine
devant nous, et le galérien portait son chien sur
son dos. Il fut mis au défi. Nous partîmes, mais ce
diable d'homme avait véritablement des jambes de
miquelet, et nos chevaux ne purent le dépasser.
L'amour-propre de leur maître ne put jamais
pardonner au presidiario l'affront qu'il lui avait
fait. Il cessa de lui parler ; et, arrivés que nous
fûmes à Campillo de Arenas, il fit si bien que le
galérien, avec la discrétion qui caractérise l'Espagnol, comprit que sa présence était importune, et
se retira.

III

LES VOLEURS

Madrid, novembre 1830.

Monsieur,

Me voici de retour à Madrid, après avoir parcouru pendant plusieurs mois, et dans tous les sens, l'Andalousie, cette terre classique des voleurs, sans en rencontrer un seul. J'en suis presque honteux. Je m'étais arrangé pour une attaque de voleurs, non pas pour me défendre, mais pour causer avec eux et les questionner bien poliment sur leur genre de vie. En regardant mon habit usé aux coudes et mon mince bagage, je regrette d'avoir manqué ces messieurs. Le plaisir de les voir n'était pas payé trop cher par la perte d'un léger portemanteau.

Mais, si je n'ai pas vu de voleurs, en revanche je n'ai pas entendu parler d'autre chose. Les postillons, les aubergistes vous racontent des histoires lamentables de voyageurs assassinés, de femmes enlevées, à chaque halte que l'on fait pour changer de mules. L'événement qu'on raconte s'est toujours passé la veille et sur la partie de la route que vous allez parcourir. Le voyageur qui ne connaît point encore l'Espagne et qui n'a pas eu le temps d'acquérir la sublime insouciance castillane, *la flema castellana*, quelque incrédule qu'il soit d'ailleurs, ne laisse pas de recevoir une certaine impression de tous ces récits. Le jour tombe, et avec beaucoup plus de rapidité que dans nos climats du Nord ; ici, le crépuscule ne dure qu'un moment : survient alors, surtout dans le voisinage des montagnes, un vent qui serait sans doute chaud à Paris, mais qui, par la comparaison que l'on en fait avec la chaleur brûlante du jour, vous paraît froid et désagréable. Pendant que vous vous enveloppez dans votre manteau, que vous enfoncez sur vos yeux votre bonnet de voyage, vous remarquez que les hommes de votre escorte (*escopeteros*) jettent l'amorce de leurs fusils sans la renouveler. Étonné de cette singulière manœuvre, vous en demandez la raison et les braves qui vous accompagnent répondent, du haut de l'impériale où ils sont perchés, qu'ils ont bien tout le courage possible, mais qu'ils ne peuvent pas résister seuls à toute une bande de voleurs. « Si l'on est attaqué, nous n'aurons de quartier qu'en prouvant que nous n'avons jamais eu l'intention de nous défendre. »

— Alors à quoi bon s'embarrasser de ces hommes et de leurs inutiles fusils ? — Oh! ils sont excellents contre les *rateros*, c'est-à-dire les amateurs brigands qui détroussent les voyageurs quand l'occasion se présente ; on ne les rencontre jamais qu'au nombre de deux ou de trois.

Le voyageur se repent alors d'avoir pris tant

d'argent sur lui. Il regarde l'heure à sa montre
de Bréguet, qu'il croit consulter pour la dernière
fois. Il serait bien heureux de la savoir tranquillement pendue à sa cheminée de Paris. Il demande
au *mayoral* (conducteur) si les voleurs prennent
les habits des voyageurs.

— Quelquefois, monsieur. Le mois passé, la
diligence de Séville a été arrêtée auprès de la
Carlota, et tous les voyageurs sont entrés à Ecija
comme de petits anges.

— De petits anges! Que voulez-vous dire?

Je veux dire que les bandits leur avaient pris
tous leurs habits, et ne leur avaient pas même
laissé la chemise.

— Diable! s'écria le voyageur en boutonnant
sa redingote.

Mais il se rassure un peu, et sourit même en
remarquant une jeune Andalouse, sa compagne
de voyage, qui baise dévotement son pouce en
soupirant : *Jésus, Jésus!* (On sait que ceux qui
baisent leur pouce après avoir fait le signe de la
croix ne manquent pas de s'en trouver bien.)

La nuit est tout à fait venue ; mais heureusement
la lune se lève brillante sur un ciel sans nuages.
On commence à découvrir de loin l'entrée d'une
gorge affreuse qui n'a pas moins d'une demi-lieue
de longueur.

— Mayoral, est-ce là l'endroit où l'on a déjà
arrêté la diligence?

— Oui, monsieur, et tué un voyageur. — Postillon, poursuit le mayoral, ne fais pas claquer ton
fouet, de peur de les avertir.

— Qui? demande le voyageur.

— Les voleurs, répond le mayoral.

— Diable! s'écrie le voyageur.

— Monsieur, regardez donc là-bas, au tournant de la route... Ne sont-ce pas des hommes? ils se cachent dans l'ombre de ce grand rocher.

— Oui, madame; un, deux, trois, six hommes à cheval!

— Ah! Jésus, Jésus!... (Signe de croix et baisement de pouce.)

— Mayoral, voyez-vous là-bas?

— Oui.

— En voici un qui tient un grand bâton, peut-être un fusil?

— C'est un fusil.

— Croyez-vous que ce soit de bonnes gens (*buena gente*)? demande avec anxiété la jeune Andalouse.

— Qui sait! répond le mayoral en haussant les épaules et abaissant le coin de sa bouche.

— Alors, que Dieu nous pardonne à tous! et elle se cache la figure dans le gilet du voyageur, doublement ému.

La voiture va comme le vent: huit mules vigoureuses au grand trot. Les cavaliers s'arrêtent: ils se forment sur une ligne, — c'est pour barrer le passage. — Non, ils s'ouvrent; trois prennent à gauche, trois à droite de la route: c'est qu'ils veulent entourer la voiture de tous les côtés.

— Postillon, arrêtez vos mules si ces gens-là vous le commandent; n'allez pas nous attirer une volée de coups de fusil!

— Soyez tranquille, monsieur, j'y suis plus intéressé que vous.

Enfin, l'on est si près, que déjà l'on distingue les grands chapeaux, les selles turques et les

guêtres de cuir blanc des six cavaliers. Si l'on
pouvait voir leurs traits, quels yeux, quelles
barbes! quelles cicatrices on apercevrait! Il n'y a
plus de doute, ce sont des voleurs, car ils ont tous
des fusils.

Le premier voleur touche le bord de son grand
chapeau et dit d'un ton de voix grave et doux :
Vayan Vds. con Dios (allez avec Dieu)! C'est le
salut que les voyageurs échangent sur la route.
Vayan Vds. con Dios! disent à leur tour les autres
cavaliers s'écartant poliment pour que la voiture
passe ; car ce sont d'honnêtes fermiers attardés
au marché d'Ecija, qui retournent dans leur
village et qui voyagent en troupe et armés, par
suite de la grande préoccupation des voleurs
dont j'ai déjà parlé.

Après quelques rencontres de cette espèce, on
arrive promptement à ne plus croire du tout aux
voleurs. On s'accoutume si bien à la mine un peu
sauvage des paysans, que des brigands véritables
ne vous paraîtraient plus que d'honnêtes labou-
reurs qui n'ont pas fait leur barbe depuis longtemps. Un jeune Anglais, avec qui j'ai lié connaissance à Grenade, avait longtemps parcouru sans
accident les plus mauvais chemins de l'Espagne,
il en était venu à nier opiniâtrement l'existence
des voleurs. Un jour, il est arrêté par deux hommes
de mauvaise mine, armés de fusils. Il s'imagina
aussitôt que c'étaient des paysans en gaieté qui
voulaient s'amuser à lui faire peur. A toutes leurs
injonctions de leur donner de l'argent, il répondait
en riant et en disant qu'il n'était pas leur dupe.
Il fallut, pour le tirer d'erreur, qu'un des véritables
bandits lui donnât sur la tête un coup de crosse

dont il montrait encore la cicatrice trois mois
après.

Excepté quelques cas fort rares, les brigands
espagnols ne maltraitent jamais les voyageurs.
Souvent ils se contentent de leur enlever l'argent
qu'ils ont sur eux, sans ouvrir leurs malles, ou
même sans les fouiller. Pourtant il ne faut pas s'y
fier. — Un jeune élégant de Madrid se rendait à
Cadix avec deux douzaines de belles chemises
qu'il avait fait venir de Londres. Les brigands
l'arrêtent auprès de la Carolina, et, après lui avoir
pris toutes les onces qu'il avait dans sa bourse,
sans compter les bagues, chaînes, souvenirs amoureux qu'un homme aussi répandu ne pouvait
manquer d'avoir, le chef des voleurs lui fit remarquer poliment que le linge de sa bande, obligée
qu'elle était d'éviter les endroits habités, avait
grand besoin de blanchissage. Les chemises sont
déployées, admirées, et le capitaine disant, comme
Hali du *Sicilien :* « Entre cavaliers, telle liberté
est permise », en mit quelques-unes dans son bis-
sac, puis ôta les noires guenilles qu'il portait
depuis six semaines au moins, et se couvrit avec
joie de la plus belle batiste de son prisonnier.
Chaque voleur en fit autant ; en sorte que l'infortuné voyageur se trouva en un instant dépouillé
de toute sa garde-robe et en possession d'un tas
de chiffons qu'il n'aurait pas osé toucher du bout
de sa canne. Encore lui fallut-il endurer les plaisanteries des brigands. Le capitaine, avec ce
sérieux goguenard que les Andalous affectent si
bien, lui dit, en le congédiant, qu'il n'oublierait
jamais le service qu'il venait de recevoir, qu'il
s'empresserait de lui rendre les chemises qu'il

avait bien voulu lui prêter, et qu'il reprendrait les siennes aussitôt qu'il aurait l'honneur de le revoir.

— Surtout, ajouta-t-il, n'oubliez pas de faire blanchir les chemises de ces messieurs. Nous les reprendrons à votre retour à Madrid.

Le jeune homme qui me racontait ce vol, dont il avait été la victime, m'avouait qu'il avait plutôt pardonné aux voleurs l'enlèvement de ses chemises que leurs méchantes plaisanteries.

A différentes époques, le gouvernement espagnol s'est occupé sérieusement de purger les grandes routes des voleurs, qui, depuis un temps immémorial, sont en possession de les parcourir. Ses efforts n'ont jamais pu avoir des résultats décisifs. Une bande a été détruite, mais une autre s'est formée aussitôt. Quelquefois un capitaine général est parvenu à force de soins à chasser tous les voleurs de son gouvernement ; mais alors les provinces voisines en ont regorgé.

La nature du pays, hérissé de montagnes, sans routes frayées, rend bien difficile l'entière destruction des brigands. En Espagne comme dans la Vendée, il y a un grand nombre de métairies isolées, *aldeas,* éloignées de plusieurs milles de tout endroit habité. En garnisonnant toutes ces métairies, tous les petits hameaux, on obligerait promptement les voleurs à se livrer à la justice sous peine de mourir de faim ; mais où trouver assez d'argent, assez de soldats ?

Les propriétaires des aldéas sont intéressés, on le sent, à conserver de bons rapports avec les brigands, dont la vengeance est redoutable. D'un autre côté, ceux-ci, qui comptent sur eux pour leur

subsistance, les ménagent, leur payent bien les
objets dont ils ont besoin, et quelquefois même
les associent au partage du butin. Il faut encore
ajouter que la profession de voleur n'est point
regardée généralement comme déshonorante. Voler
sur les grandes routes, aux yeux de bien des
gens, *c'est faire de l'opposition*, c'est protester
contre des lois tyranniques. Or l'homme qui,
n'ayant qu'un fusil, se sent assez de hardiesse pour
jeter le défi à un gouvernement, c'est un héros
que les hommes respectent et que les femmes
admirent. Il est glorieux certes de pouvoir s'écrier,
comme dans la vieille romance :

> A todos los desafío,
> Pues á nadie tengo miedo!

Un voleur commence en général par être contrebandier. Son commerce est troublé par les employés
de la douane. C'est une injustice criante pour les
neuf dixièmes de la population, que l'on tourmente
un galant homme qui vend, à bon compte, de
meilleurs cigares que ceux du roi, qui rapporte
aux femmes des soieries, des marchandises anglaises et tout le commérage de dix lieues à la ronde.
Qu'un douanier vienne à tuer ou à prendre son
cheval, voilà le contrebandier ruiné ; il a d'ailleurs
une vengeance à exercer : il se fait voleur. — On
demande ce qu'est devenu un beau garçon qu'on
a remarqué quelques mois auparavant et qui
était le coq de son village.

— Hélas! répond une femme, on l'a obligé de
se jeter dans la montagne. Ce n'est pas sa faute,
pauvre garçon! il était si doux! Dieu le protège!

Les bonnes âmes rendent le gouvernement responsable de tous les désordres commis par les
voleurs. C'est lui, dit-on, qui pousse à bout les
pauvres gens qui ne demandent qu'à rester tranquilles et à vivre de leur métier.

Le modèle du brigand espagnol, le prototype
du héros de grand chemin, le Robin Hood, le
Roque Guinar de notre temps, c'est le fameux José
Maria, surnommé *el Tempranito*, le Matinal. C'est
l'homme dont on parle le plus de Madrid à Séville,
de Séville à Malaga. Beau, brave, courtois autant
qu'un voleur peut l'être, tel est José Maria. S'il
arrête une diligence, il donne la main aux dames
pour descendre et prend soin qu'elles soient commodément assises à l'ombre, car c'est de jour que
se fait la plupart de ses exploits. Jamais un juron,
jamais un mot grossier ; au contraire, des égards
presque respectueux et une politesse naturelle
qui ne se dément jamais. Ote-t-il une bague de la
main d'une femme : « Ah! madame, dit-il, une si
belle main n'a pas besoin d'ornements. » Et, tout
en faisant glisser la bague hors du doigt, il baise la
main d'un air à faire croire, suivant l'expression
d'une dame espagnole, que le baiser avait pour lui
plus de prix que la bague. La bague, il la prenait
comme par distraction ; mais le baiser, au contraire,
il le faisait durer longtemps. On m'a assuré qu'il
laisse toujours aux voyageurs assez d'argent
pour arriver à la ville la plus proche, et que
jamais il n'a refusé à personne la permission
de garder un bijou que des souvenirs rendaient
précieux.

On m'a dépeint José Maria comme un grand
jeune homme de vingt-cinq à trente ans, bien fait,

la physionomie ouverte et riante, des dents blanches comme des perles et des yeux remarquable-
ment expressifs. Il porte ordinairement un costume
de majo, d'une très grande richesse. Son linge est
toujours éclatant de blancheur, et ses mains
feraient honneur à un élégant de Paris ou de
Londres.

Il n'y a guère que cinq ou six ans qu'il court
les grands chemins. Il était destiné par ses parents
à l'Église, et il étudiait la théologie à l'université
de Grenade ; mais sa vocation n'était pas fort
grande, comme on va le voir, car il s'introduisit la
nuit chez une demoiselle de bonne famille...
L'amour fait, dit-on, excuser bien des choses... ;
mais on parle de violence, d'un domestique blessé...,
je n'ai jamais pu tirer cette histoire au clair. Le
père fit grand bruit, et un procès criminel fut commencé. José Maria fut obligé de prendre la fuite et
de s'exiler à Gibraltar. Là, comme l'argent lui
manquait, il fit marché avec un négociant anglais
pour introduire en contrebande une forte partie
de marchandises prohibées. Il fut trahi par un
homme à qui il avait fait confidence de son projet.
Les douaniers surent la route qu'il devait tenir
et s'embusquèrent sur son passage. Tous les
mulets qu'il conduisait furent pris ; mais il ne
les abandonna qu'après un combat acharné dans
lequel il tua ou blessa plusieurs douaniers. Dès
ce moment, il n'eut plus d'autre ressource que de
rançonner les voyageurs.

Un bonheur extraordinaire l'a constamment
accompagné jusqu'à ce jour. Sa tête est mise à
prix, son signalement est affiché à la porte de
toutes les villes, avec promesse de huit mille réaux

à celui qui le livrera mort ou vif *, fût-il un de
ses complices. Pourtant José Maria continue
impunément son dangereux métier, et ses courses
s'étendent depuis les frontières du Portugal
jusqu'au royaume de Murcie. Sa bande n'est pas
nombreuse, mais elle est composée d'hommes dont
la fidélité et la résolution sont depuis longtemps
éprouvées. Un jour, à la tête d'une douzaine
d'hommes de son choix, il surprit à la *venta de
Gazin* soixante-dix volontaires royalistes envoyés
à sa poursuite, et les désarma tous. On le vit
ensuite regagner les montagnes à pas lents, chassant devant lui deux mulets chargés des soixante-
dix escopettes qu'il emportait comme pour en
faire un trophée.

On conte des merveilles de son adresse à tirer
à balle. Sur un cheval lancé au galop, il touche un
tronc d'olivier à cent cinquante pas. Le trait
suivant fera connaître à la fois son adresse et sa
générosité.

Un capitaine Castro, officier rempli de courage
et d'activité, qui poursuit, dit-on, les voleurs,
autant pour satisfaire une vengeance personnelle
que pour remplir son devoir de militaire, apprit
par un de ses espions que José Maria se trouverait
un tel jour dans une aldéa écartée où il avait une
maîtresse. Castro, au jour indiqué, monte à cheval,
et, pour ne pas éveiller les soupçons en mettant
trop de monde en campagne, il ne prend avec lui
que quatre lanciers. Quelques précautions qu'il
mît en usage pour cacher sa marche, il ne put si

* Lorsque j'étais à Séville, on trouva, un matin, sur la
porte de Triana, au bas du signalement de José Maria, ces
mots écrits au crayon : *Signature du susdit :* JOSÉ MARIA.

bien faire que José Maria n'en fût instruit. Au
moment où Castro, après avoir passé une gorge
profonde, entrait dans la vallée où était située
l'aldéa de la maîtresse de son ennemi, douze cavaliers bien montés paraissent tout à coup sur son
flanc, et beaucoup plus près que lui de la gorge par
où seulement il pouvait faire sa retraite. Les
lanciers se crurent perdus. Un homme monté sur
un cheval bai se détache au galop de la troupe des
voleurs, et arrête son cheval tout court à cent pas
de Castro.

— On ne surprend pas José Maria, s'écrie-t-il.
Capitaine Castro, que vous ai-je fait pour que
vous vouliez me livrer à la justice? Je pourrais
vous tuer; mais les hommes de cœur sont devenus
rares, et je vous donne la vie. Voici un souvenir
qui vous apprendra à m'éviter. A votre schako!

En parlant ainsi, il l'ajuste, et, d'une balle,
il traverse le haut du schako du capitaine. Aussitôt
il tourna bride et disparut avec ses gens.

Voici un autre exemple de sa courtoisie.

On célébrait une noce dans une métairie des
environs d'Andujar. Les mariés avaient déjà reçu
les compliments de leurs amis, et l'on allait se
mettre à table sous un grand figuier devant la
porte de la maison; chacun était en disposition de
bien faire, et les émanations des jasmins et des
orangers en fleur se mêlaient agréablement aux
parfums plus substantiels s'exhalant de plusieurs
plats qui faisaient plier la table sous leur poids.
Tout d'un coup parut un homme à cheval, sortant
d'un bouquet de bois à portée de pistolet de la
maison. L'inconnu sauta lestement à terre, salua
les convives de la main, et conduisit son cheval

à l'écurie. On n'attendait personne ; mais, en
Espagne, tout passant est bienvenu à partager
un repas de fête. D'ailleurs, l'étranger, à son habil-
lement, paraissait être un homme d'importance.
Le marié se détacha aussitôt pour l'inviter à
dîner.

Pendant qu'on se demandait tout bas quel était
cet étranger, le notaire d'Andujar, qui assistait
à la noce, était devenu pâle comme la mort. Il
essayait de se lever de la chaise qu'il occupait
auprès de la mariée ; mais ses genoux pliaient
sous lui, et ses jambes ne pouvaient plus le supporter. Un des convives, soupçonné depuis longtemps de s'occuper de contrebande, s'approcha de
la mariée :

— C'est José Maria, dit-il ; je me trompe fort,
ou il vient ici pour faire quelque malheur (*para
hacer una muerte*). C'est au notaire qu'il en veut.
Mais que faire ? Le faire échapper ? — Impossible ;
José Maria l'aurait bientôt rejoint. — Arrêter
le brigand ? Mais sa bande est sans doute aux environs ; d'ailleurs, il porte des pistolets à sa ceinture
et son poignard ne le quitte jamais. — Mais,
monsieur le notaire, que lui avez-vous donc fait ?

— Hélas ! rien, absolument rien !

Quelqu'un murmura tout bas que le notaire
avait dit à son fermier, deux mois auparavant,
que, si José Maria venait jamais lui demander à
boire, il devrait mettre un gros d'arsenic dans
son vin.

On délibérait encore sans entamer la *olla*, quand
l'inconnu reparut suivi du marié. Plus de doute,
c'était José Maria. Il jeta en passant un coup d'œil
de tigre au notaire, qui se mit à trembler comme

s'il avait eu le frisson de la fièvre ; puis il salua la mariée avec grâce, et lui demanda la permission de danser à sa noce. Elle n'eut garde de refuser ou de lui faire mauvaise mine. José Maria prit aussitôt un tabouret de liège, l'approcha de la table, et s'assit sans façon à côté de la mariée, entre elle et le notaire, qui paraissait à tout moment sur le point de s'évanouir.

On commença à manger. José Maria était rempli d'attentions et de petits soins pour sa voisine. Lorsqu'on servit du vin d'extra, la mariée, prenant un verre de montilla (qui vaut mieux que le xérès, selon moi), le toucha de ses lèvres, et le présenta ensuite au bandit. C'est une politesse que l'on fait à table aux personnes que l'on estime. Cela s'appelle *una fineza*. Malheureusement cet usage se perd dans la bonne société, aussi empressée ici qu'ailleurs de se dépouiller de toutes les coutumes nationales.

José Maria prit le verre, remercia avec effusion et déclara à la mariée qu'il la priait de le tenir pour son serviteur, et qu'il ferait avec joie tout ce qu'elle voudrait bien lui commander.

Alors celle-ci, toute tremblante et se penchant timidement à l'oreille de son terrible voisin :

— Accordez-moi une grâce, dit-elle.

— Mille! s'écria José Maria.

— Oubliez, je vous en conjure, les mauvais vouloirs que vous avez peut-être apportés ici. Promettez-moi que, pour l'amour de moi, vous pardonnerez à vos ennemis, et qu'il n'y aura pas de scandale à ma noce.

— Notaire! dit José Maria se tournant vers l'homme de loi tremblant, remerciez madame ;

sans elle, je vous aurais tué avant que vous eussiez
digéré votre dîner. N'ayez plus peur, je ne vous
ferai pas de mal.

Et, lui versant un verre de vin, il ajouta avec
un sourire un peu méchant : « Allons, notaire, à ma
santé! ce vin est bon et il n'est pas empoisonné. »
Le malheureux notaire croyait avaler un cent
d'épingles. « Allons, enfants! s'écria le voleur, de
la gaieté! (*vaya de broma*) vive la mariée! »

Et, se levant avec vivacité, il courut chercher
une guitare et se mit à improviser un couplet en
l'honneur des nouveaux époux.

Bref, pendant le reste du dîner et le bal qui le
suivit, il se rendit tellement aimable, que les femmes
avaient les larmes aux yeux en pensant qu'un
aussi charmant garçon finirait peut-être un jour
à la potence. Il dansa, il chanta, il se fit tout à
tous. Vers minuit, une petite fille de douze ans,
à demi vêtue de mauvaises guenilles, s'approcha
de José Maria, et lui dit quelques mots dans l'argot
des bohémiens. José Maria tressaillit : il courut à
l'écurie, d'où il revint bientôt emmenant son bon
cheval. Puis, s'avançant vers la mariée, un bras
passé dans la bride :

— Adieu! dit-il, enfant de mon âme (*hija de mi
alma*), jamais je n'oublierai les moments que j'ai
passés auprès de vous. Ce sont les plus heureux
que j'aie vus depuis bien des années. Soyez assez
bonne pour accepter cette bagatelle d'un pauvre
diable qui voudrait avoir une mine à vous offrir.

Il lui présentait en même temps une jolie bague.

— José Maria, s'écria la mariée, tant qu'il y
aura un pain dans cette maison, la moitié vous
appartiendra.

Le voleur serra la main à tous les convives, celle
même du notaire, embrassa toutes les femmes ;
puis, sautant lestement en selle, il regagna ses
montagnes. Alors seulement, le notaire respira
librement. Une demi-heure après arriva un détachement de miquelets ; mais personne n'avait vu
l'homme qu'ils cherchaient.

Le peuple espagnol, qui sait par cœur les romances des Douze Pairs, qui chante les exploits
de Renaud de Montauban, doit nécessairement
s'intéresser beaucoup au seul homme qui, dans un
temps aussi prosaïque que le nôtre, fait revivre
les vertus chevaleresques des anciens preux. Un
autre motif contribue encore à augmenter la popu-
larité de José Maria : il est extrêmement généreux.
L'argent ne lui coûte guère à gagner, et il le dépense
facilement avec les malheureux. Jamais, dit-on,
un pauvre ne s'est adressé à lui sans en recevoir
une aumône abondante.

Un muletier me racontait qu'ayant perdu un
mulet qui faisait toute sa fortune, il était sur le
point de se jeter la tête la première dans le Guadalquivir, quand une boîte, contenant six onces
d'or, fut remise à sa femme par un inconnu. Il
ne doutait pas que ce ne fût un présent de José
Maria, à qui il avait indiqué un gué un jour qu'il
était poursuivi de près par les miquelets.

Je finirai cette longue lettre par un trait de la
bienfaisance de mon héros.

Certain pauvre colporteur des environs de Campillo de Arenas conduisait à la ville une charge de
vinaigre. Ce vinaigre était contenu dans des outres,
suivant l'usage du pays, et porté par un âne maigre,
tout pelé, à moitié mort de faim. Dans un étroit

sentier, un étranger, qu'à son costume on aurait
pris pour un chasseur, rencontre le vinaigrier ;
et d'abord qu'il voit l'âne, il éclate de rire.

— Quelle haridelle as-tu là, camarade ! s'écrie-
t-il. Sommes-nous en carnaval pour la promener
de la sorte ?

Et les rires ne cessaient pas.

— Monsieur, répondit tristement l'ânier piqué
au vif, cette bête, toute laide qu'elle est, me gagne
encore mon pain. Je suis un malheureux, moi, et
je n'ai pas d'argent pour en acheter une autre.

— Comment ! s'écria le rieur, c'est cette hideuse bourrique qui t'empêche de mourir de faim ?
mais elle sera crevée avant une semaine. — Tiens,
continua-t-il en lui présentant un sac assez lourd,
il y a chez le vieux Herrera un beau mulet à
vendre ; il en veut quinze cents réaux, les voici.
Achète ce mulet dès aujourd'hui, pas plus tard,
et ne marchande pas. Si demain je te trouve par
les chemins avec cette effroyable bourrique, aussi
vrai qu'on me nomme José Maria, je vous jetterai
tous les deux dans un précipice.

L'ânier, resté seul, le sac à la main, croyait rêver.
Les quinze cents réaux étaient bien comptés. Il
savait ce que valait un serment de José Maria,
et se rendit aussitôt chez Herrera, où il se hâta
d'échanger ses réaux contre un beau mulet.

La nuit suivante, Herrera est éveillé en sursaut.
Deux hommes lui présentaient un poignard et
une lanterne sourde à la figure.

— Allons, vite ton argent !

— Hélas ! mes bons seigneurs, je n'ai pas un
quarto chez moi.

— Tu mens ; tu as vendu hier un mulet quinze

cents réaux que t'a payés un tel de Campillo.

Ils avaient des arguments tellement irrésistibles, que les quinze cents réaux furent bientôt donnés, ou si l'on veut, rendus.

P.-S. José Maria est mort depuis plusieurs années.

En 1833, à l'occasion de la prestation de serment à la jeune reine Isabelle, le roi Ferdinand accorda une amnistie générale, dont le célèbre bandit voulut bien profiter. Le gouvernement lui fit même une pension de deux réaux par jour pour qu'il se tînt tranquille. Comme cette somme n'était pas suffisante pour les besoins d'un homme qui avait beaucoup de vices élégants, il fut obligé d'accepter une place que lui offrit l'administration des diligences. Il devint *escopetero* et se chargea de faire respecter les voitures qu'il avait si souvent dévalisées. Tout alla bien pendant quelque temps : ses anciens camarades le craignaient ou le ménageaient. Mais, un jour, quelques bandits plus résolus arrêtèrent la diligence de Séville, bien qu'elle portât José Maria. Du haut de l'impériale, il les harangua ; et l'ascendant qu'il avait sur ses anciens complices était tel, qu'ils paraissaient disposés à se retirer sans violence, lorsque le chef des voleurs, connu sous le nom du *Bohémien* (*el Gitano*), autrefois lieutenant de José Maria, lui tira un coup de fusil à bout portant et le tua sur la place.

1842.

IV

LES SORCIÈRES ESPAGNOLES

Valence, 1830.

Les antiquités, surtout les antiquités romaines, me touchent peu. Je ne sais comment je me suis laissé persuader d'aller à Murviedro, voir ce qui reste de Sagonte.

J'y ai gagné beaucoup de fatigue, j'ai fait de mauvais dîners, et je n'ai rien vu du tout. En voyage on est sans cesse tourmenté par la crainte de ne pouvoir répondre oui à cette inévitable question qui vous attend au retour : « Vous avez vu sans doute...? » Pourquoi serais-je forcé de voir ce que les autres ont vu? Je ne voyage pas dans un but déterminé; je ne suis pas antiquaire. Mes nerfs sont endurcis aux émotions sentimentales, et je ne sais si je me rappelle avec plus de plaisir le vieux cyprès des Zegris au Généralife que les grenades et l'excellent raisin sans pépins que j'ai mangés sous cet arbre vénérable.

Mon excursion à Murviedro ne m'a point ennuyé pourtant. J'ai loué un cheval et un paysan valencien pour m'accompagner à pied. Je l'ai trouvé (le Valencien) grand bavard, passablement fripon, mais en somme bon compagnon et assez amusant. Il dépensait prodigieusement d'éloquence et de diplomatie pour me tirer un réal de plus que le prix convenu entre nous pour la location du cheval, et en même temps il soutenait mes intérêts dans les auberges avec tant de vivacité et de chaleur qu'on eût dit qu'il payait la carte de ses propres deniers. Le compte qu'il me présentait tous les matins offrait une terrible suite d'*items* pour raccommodages de courroies, clous remis, vin pour frotter le cheval, et qu'il buvait sans doute, et avec tout cela jamais je n'ai payé moins cher. Il avait l'art de me faire acheter partout où nous passions je ne sais combien de bagatelles inutiles, surtout des couteaux du pays. Il m'apprenait comment on doit mettre le pouce sur la lame pour éventrer convenablement son homme sans se couper les doigts. Puis ces diables de couteaux me paraissaient bien lourds. Ils s'entrechoquaient dans mes poches, battaient sur mes jambes, bref, me gênaient tellement que pour m'en débarrasser je n'avais d'autre ressource que d'en faire cadeau à Vicente. Son refrain était : « Comme les amis de Votre Seigneurie seront contents quand ils verront toutes les belles choses qu'elle leur apportera d'Espagne! » Je n'oublierai jamais un sac de glands doux que Ma Seigneurie acheta pour rapporter à ses amis, et qu'elle mangea tout entier, avec l'aide de son guide fidèle, avant même d'être arrivée à Murviedro.

Vicente, quoiqu'il eût couru le monde, car il avait vendu de l'orgeat à Madrid, avait sa bonne part des superstitions de ses compatriotes. Il

était fort dévot, et pendant trois jours que nous
passâmes ensemble, j'eus l'occasion de voir quelle
drôle de religion était la sienne. Le bon Dieu ne
l'inquiétait guère et il n'en parlait jamais qu'avec
indifférence. Mais les saints et surtout la Vierge
avaient tous ses hommages. Il me faisait penser à
ces vieux solliciteurs consommés dans le métier,
et dont la maxime est qu'il vaut mieux avoir des
amis dans les bureaux que la protection du ministre lui-même.

Pour comprendre sa dévotion à la bonne Vierge
il faut savoir qu'en Espagne il y a Vierge et Vierge.
Chaque ville a la sienne et se moque de celle des
voisins. La Vierge de Peniscola, petite ville qui
avait donné naissance à l'honorable Vicente, valait
mieux, selon lui, que toutes les autres ensemble.

— Mais, lui dis-je un jour, il y a donc plusieurs
Vierges ?

— Sans doute ; chaque province en a une.

— Et dans le ciel, combien y en a-t-il ?

La question l'embarrassa évidemment, mais son
catéchisme vint à son aide. « Il n'y en a qu'une »,
répondit-il avec l'hésitation d'un homme qui répète une phrase qu'il ne comprend pas.

— Eh bien! poursuivis-je, si vous vous cassiez
une jambe, à quelle Vierge vous adresseriez-vous ?
A celle du ciel ou à une autre ?

— A la très sainte Vierge Notre-Dame de Peniscola, apparemment (*por supuesto*).

— Mais pourquoi pas à celle du Pilier, à Sara-
gosse, qui fait tant de miracles ?

— Bah! elle est bonne pour des Aragonais.

Je voulus le prendre par son côté faible, le
patriotisme provincial.

— Si la Vierge de Peniscola, lui dis-je, est plus puissante que celle du Pilier, cela prouverait que les Valenciens sont de plus grands coquins que les Aragonais, puisqu'il leur faut une patronne si bien en cour pour que leurs péchés leur soient remis.

— Ah! monsieur, les Aragonais ne sont pas meilleurs que d'autres ; seulement, nous autres Valenciens, nous connaissons le pouvoir de Notre-Dame de Peniscola, et nous nous y fions trop quelquefois.

— Vicente, dites-moi : ne croyez-vous pas que Notre-Dame de Peniscola parle valencien au bon Dieu quand elle prie *Sa Majesté* de ne pas vous damner pour vos méfaits ?

— Valencien! Non, monsieur, répliqua vivement Vicente. Votre Seigneurie sait bien quelle langue parle la Vierge.

— Non, en vérité.

— Mais latin apparemment!

... Les montagnes peu élevées du royaume de Valence sont couronnées souvent de châteaux en ruines. Je m'avisai un jour, passant auprès d'une de ces masures, de demander à Vicente s'il y avait là des revenants. Il se mit à sourire, et me répondit qu'il n'y en avait pas dans le pays ; puis il ajouta, en clignant l'œil de l'air d'un homme qui riposte à une plaisanterie : « Votre Seigneurie sans doute en a vu dans son pays ? »

En espagnol il n'y a pas de mot qui traduise exactement celui de revenant. *Duende*, que vous trouvez dans le dictionnaire, correspond plutôt à notre mot de lutin, et s'applique, comme en français, à un enfant espiègle. *Duendecito* (petit

duende) se dirait très bien d'un jeune homme qui
se cache derrière un rideau dans la chambre d'une
jeune fille pour lui faire peur, ou dans toute autre
intention. Mais quant à ces grands spectres pâles,
drapés d'un linceul et traînant des chaînes, on
n'en voit point en Espagne et l'on n'en parle pas.
Il y a encore des Maures enchantés dont on conte
des tours aux environs de Grenade, mais ce sont
en général de bons revenants, paraissant d'ordinaire au grand jour pour demander bien humblement le baptême qu'ils n'ont point eu le loisir de
se faire administrer de leur vivant. Si on leur accorde cette grâce, ils vous montrent pour la peine
un beau trésor. Ajoutez à cela une espèce de loup-
garou tout velu que l'on nomme *el velludo*, lequel
est peint dans l'Alhambra, et un certain cheval
sans tête * qui, ce nonobstant, galope fort vite
au milieu des pierres qui encombrent le ravin
entre l'Alhambra et le Généralife, — vous aurez
une liste à peu près complète de tous les fantômes
dont on effraie ou dont on amuse les enfants.

Heureusement, l'on croit encore aux sorciers,
et surtout aux sorcières.

A une lieue de Murviedro il y a un petit cabaret
isolé. Je mourais de soif, et je m'arrêtai à la porte.
Une très jolie fille, point trop basanée, m'apporta
un grand pot de cette terre poreuse qui rafraîchit
l'eau. Vicente, qui ne passait jamais devant un
cabaret sans avoir soif et me donner quelque bonne
raison pour entrer, ne paraissait pas avoir envie de
s'arrêter dans cet endroit-là. Il se faisait tard,
disait-il ; nous avions beaucoup de chemin à faire ;

---

* *El caballo descabezado.*

à un quart de lieue de là il y avait une bien meilleure auberge où nous trouverions le plus fameux
vin du royaume, celui de Peniscola excepté. Je
fus inflexible. Je bus l'eau qu'on me présentait,
je mangeai du gazpacho préparé par les mains
de Mlle Carmencita, et même je fis son portrait
sur mon livre de croquis. Cependant, Vicente
frottait son cheval devant la porte, sifflait d'un
air d'impatience, et semblait éprouver de la répugnance à entrer dans la maison.

Nous nous remîmes en route. Je parlais souvent
de Carmencita, Vicente secouait la tête. « Mauvaise maison ! » disait-il.

— Mauvaise ! pourquoi ? Le gazpacho était excellent.

— Cela n'est pas extraordinaire, c'est peut-
être le diable qui l'a fait.

— Le diable ! Dites-vous cela parce qu'elle
n'épargne pas le piment, ou bien cette brave
femme aurait-elle le diable pour cuisinier ?

— Qui sait ?

— Ainsi... elle est sorcière ?

Vicente tourna la tête d'un air d'inquiétude
pour voir s'il n'était pas observé ; il hâta le pas du
cheval d'un coup de houssine, et tout en courant à
côté de moi il haussait légèrement la tête, ouvrant
la bouche et levant les yeux en l'air, signe d'affir-
mation ordinaire à des gens qu'on serait tenté de
croire silencieux à la difficulté que l'on éprouve
pour en tirer une réponse à une question précise.
Ma curiosité était excitée et je voyais avec un vif
plaisir que mon guide n'était pas, comme je l'avais
craint, un esprit fort.

« Ainsi elle est sorcière ? dis-je en remettant

mon cheval au pas. Et la fille, qu'est-elle ?

— Votre Seigneurie connaît le proverbe : *Primero p..., luego alcahueta, pues bruja* *. La fille commence, la mère est déjà arrivée au port.

— Comment savez-vous qu'elle est sorcière ? qu'a-t-elle fait qui vous l'ait prouvé ?

— Ce qu'elles font toutes. Elle donne le mal d'yeux **, qui fait dessécher les enfants ; elle brûle les oliviers, elle fait mourir les mules, et bien d'autres méchancetés.

— Mais connaissez-vous quelqu'un qui ait été victime de ses maléfices ?

— Si j'en connais ? J'ai mon cousin germain, par exemple, à qui elle a joué un maître tour.

— Racontez-moi cela, je vous prie.

— Mon cousin n'aime pas trop qu'on raconte cette histoire. Mais il est à Cadix maintenant, et j'espère qu'il ne lui en arriverait pas malheur si je vous disais...

J'apaisai les scrupules de Vicente en lui faisant présent d'un cigare. Il trouva l'argument irrésistible et commença de la sorte :

« Vous saurez, monsieur, que mon cousin se nomme Henriquez, et qu'il est natif du Grao de Valence, marin et pêcheur de son état, honnête homme et père de famille, vieux chrétien comme toute sa race ; et je puis me vanter de l'être, tout pauvre que je suis, quand il y a tant de gens plus

---

* D'abord c..., puis entremetteuse, puis sorcière.
** *Mal de ojos.* Ce n'est pas le mal que reçoivent les yeux. mais que font les yeux ; c'est la fascination du mauvais œil. On attache souvent au poignet des enfants, dans le royaume de Valence, un petit bracelet d'écarlate pour les préserver du mauvais œil.

riches que moi qui sentent le marrane. Mon cousin
donc était pêcheur dans un petit hameau auprès
de Peniscola, parce que, quoique né au Grao, il
avait sa famille à Peniscola. Il était né dans la
barque de son père; ainsi étant né sur mer il ne
faut pas s'étonner qu'il fût bon marin. Il avait été
aux Indes, en Portugal, partout enfin. Quand il
n'était pas embarqué sur un gros vaisseau, il
avait sa barque à lui et allait pêcher. A son retour
il attachait sa barque avec une amarre bien solide
à un gros pieu, puis il allait se coucher tranquille.
Voilà qu'un matin, partant pour la pêche, il va
pour défaire le nœud de l'amarre; que voit-il?...
Au lieu du nœud qu'il avait fait, nœud tel qu'en
pourrait faire un bon matelot, il voit un nœud
comme une vieille femme en ferait un pour attacher sa bourrique. « Les petits polissons se seront
amusés dans ma barque hier soir, pensa-t-il; si
je les attrape, je les étrillerai d'importance. » Il
s'embarque, pêche et revient. Il attache son bateau, et, par précaution, cette fois il fait un double
nœud. Bon! Le lendemain, le nœud défait. Mon
cousin enrageait; mais devine qui a fait le coup?...
Pourtant, il prend une corde neuve, et, sans se
décourager, il amarre encore solidement son
bateau. Bah! le lendemain, plus de corde neuve, et
en place un mauvais morceau de ficelle, débris
d'un câble tout pourri. De plus, sa voile était dé-
chirée, preuve qu'on l'avait déployée pendant la
nuit. Mon cousin se dit : « Ce ne sont pas des polissons qui vont la nuit dans mon bateau; ils
n'oseraient pas déployer la voile de peur de cha-
virer. Sûrement c'est un voleur. » Que fait-il?
Il s'en va le soir se cacher dans sa barque, il se

couche dans l'endroit où il serrait son pain et son
riz quand il s'embarquait pour plusieurs jours. Il
jette sur lui, pour mieux se cacher, une mauvaise
mante, et le voilà tranquille. A minuit, remarquez
bien l'heure, tout à coup il entend des voix comme
si beaucoup de personnes s'en venaient courant au
bord de la mer. Il lève un peu le bout du nez et
voit... non pas des voleurs, Jésus! mais une douzaine de vieilles femmes pieds nus et les cheveux
au vent. Mon cousin est un homme résolu, et il
avait un bon couteau bien affilé dans sa ceinture
pour s'en servir contre les voleurs ; mais quand il
vit que c'était à des sorcières qu'il allait avoir
affaire, son courage l'abandonna ; il mit la mante
sur sa tête et se recommanda à Notre-Dame de
Peniscola, pour qu'elle empêchât ces vilaines
femmes de le voir.

« Il était donc tout ramassé, tout pelotonné
dans son coin, et fort en peine de sa personne.
Voilà les sorcières qui détachent la corde, larguent
la voile et se lancent en mer. Si la barque eût été
un cheval, on aurait bien pu dire qu'elle prenait
le mors aux dents. Ce qu'il y a de sûr, c'est qu'elle
semblait voler sur la mer. Elle allait, elle allait
avec tant de vitesse que le sifflement de l'eau fen-
dait les oreilles, et que le goudron s'en fondait * !
Et il n'y a pas là de quoi s'étonner, car les sorcières
ont du vent quand elles en veulent, puisque c'est
le diable qui le souffle. Cependant, mon cousin

---

* Je n'osai interrompre mon guide pour avoir l'explication
de ce phénomène. Serait-ce que la vitesse du mouvement
produisait assez de chaleur pour fondre le goudron ? On voit
que mon ami Vicente, qui n'avait jamais été marin, n'employait pas fort habilement *la couleur locale*.

les entendait causer, rire, se trémousser, se vanter
de tout le mal qu'elles avaient fait. Il y en avait
quelques-unes qu'il connaissait, d'autres qui
apparemment venaient de loin et qu'il n'avait
jamais vues. La Ferrer, cette vieille sorcière chez
qui vous vous êtes arrêté si longtemps, tenait le
gouvernail. Enfin, au bout d'un certain temps,
on s'arrête, on touche la terre, les sorcières sautent
hors de la barque et l'attachent au rivage à une
grosse pierre. Quand mon cousin Henriquez n'entendit plus leurs voix, il se hasarda à sortir de
son trou. La nuit n'était pas très claire, mais il vit
pourtant fort bien, à un jet de pierre du rivage,
de grands roseaux que le vent agitait, et plus loin
un grand feu. Soyez sûr que c'était là que se tenait
le sabbat. Henriquez eut le courage de sauter à
terre et de couper quelques-uns de ces roseaux,
puis il se remit dans sa cache avec les roseaux
qu'il avait pris, et attendit tranquillement le retour des sorcières. Au bout d'une heure, plus ou
moins, elles reviennent, se rembarquent, tournent
le bateau, et voguent aussi vite que la première
fois. « Du train dont nous allons, se disait mon
cousin, nous serons bientôt à Peniscola. » Tout
allait bien lorsque tout d'un coup l'une de ces
femmes se mit à dire : « Mes sœurs, voilà trois
heures qui sonnent. » Elle n'eut pas plus tôt dit
cela qu'elles s'envolent toutes et disparaissent.
Pensez que c'est jusqu'à cette heure-là seulement
qu'elles ont le pouvoir de courir le pays. La barque
n'allait plus, et mon cousin fut obligé de ramer.
Dieu sait combien de temps il fut en mer avant de
pouvoir rentrer à Peniscola. Plus de deux jours. Il
arriva épuisé. Dès qu'il eut mangé un morceau

de pain et bu un verre d'eau-de-vie, il alla chez
l'apothicaire de Peniscola, qui est un homme bien
savant et qui connaît tous les simples. Il lui
montre les roseaux qu'il avait apportés. « D'où
cela vient-il ? qu'il demande à l'apothicaire. —
D'Amérique, répond l'apothicaire. Il n'en pousse
de pareils qu'en Amérique, et vous auriez beau
en semer la graine ici, elle ne produirait rien. »
Mon cousin, sans dire un mot de plus à l'apothicaire, s'en va droit chez la Ferrer : « Paca, dit-il
en entrant, tu es une sorcière. » L'autre de se récrier
et de dire : « Jésus ! Jésus ! — La preuve que tu es
sorcière, c'est que tu vas en Amérique et que tu en
reviens en une nuit. J'y suis allé avec toi, telle nuit,
et en voici la preuve. Tiens, voici des roseaux que
j'ai cueillis là-bas. »

Vicente, qui m'avait conté tout ce qui précède
d'une voix émue et avec beaucoup de chaleur,
étendit alors la main vers moi, accompagnant son
récit d'une pantomime convenable, et me présenta
une poignée d'herbe qu'il venait d'arracher.
Je ne pus m'empêcher de faire un mouvement,
croyant voir les roseaux d'Amérique. Vicente
reprit :

— La sorcière dit : « Ne faites pas de bruit ;
voici un sac de riz, emportez-le et laissez-moi
tranquille. » Henriquez dit : « Non, je ne te laisse
pas tranquille que tu ne me donnes un sort pour
avoir à volonté un vent comme celui qui nous a
menés en Amérique. » Alors la sorcière lui a donné
un parchemin dans une calebasse, qu'il porte
toujours sur lui quand il est en mer ; mais à sa
place il y a longtemps que j'aurais jeté au feu
parchemin et tout ; ou bien je l'aurais donné à

un prêtre, car qui traite avec le diable est toujours mauvais marchand.

Je remerciai Vicente de son histoire, et j'ajoutai, pour le payer de même monnaie, que dans mon pays les sorcières se passaient de bateaux, et que leur moyen de transport le plus ordinaire était un balai, sur lequel ces dames se mettaient à califourchon.

— Votre Seigneurie sait bien que cela est impossible, répondit froidement Vicente.

Je fus stupéfait de son incrédulité. C'était me manquer, à moi qui n'avais pas élevé le moindre doute sur la vérité de l'histoire des roseaux. Je lui exprimai toute mon indignation, et je lui dis d'un ton sévère qu'il ne se mêlât pas de parler des choses qu'il ne pouvait comprendre, ajoutant que si nous étions en France je lui trouverais autant de témoins du fait qu'il pourrait en désirer.

— Si Votre Seigneurie l'a vu, alors cela est vrai, répondit Vicente ; mais si elle ne l'a pas vu, je dirai toujours qu'il est impossible que des sorcières montent à califourchon sur un balai ; car il est impossible que dans un balai il n'y ait pas quelques brins qui se croisent, et alors voilà une croix faite ; et alors comment voulez-vous que des sorcières puissent s'en servir ?

L'argument était sans réplique. Je me tirai d'affaire en disant qu'il y avait balais et balais. Qu'une sorcière montât sur un balai de bouleau, c'est ce qu'il était impossible d'accorder ; mais sur un balai de genêt dont les brins sont droits et raides, sur un balai de crin, rien de plus facile. Tout le monde comprend sans peine qu'on peut aller au bout du monde sur un tel manche à balai.

— J'ai toujours entendu dire, monsieur, dit

Vicente, qu'il y a beaucoup de sorciers et de sorcières dans votre pays.

— Cela tient, mon ami, à ce que nous n'avons
pas d'inquisition chez nous.

— Alors Votre Seigneurie aura sans doute vu de
ces gens qui vendent des sorts pour toutes sortes
de choses. J'en ai vu les effets, moi qui vous parle.

— Faites, lui dis-je, comme si je ne connaissais
pas ces histoires-là ; je vous dirai ensuite si elles
sont vraies.

— Eh bien! monsieur, on m'a dit qu'il y a
dans votre pays des gens qui vendent des sorts
aux gens qui en achètent. Moyennant un bon sac
de piécettes, ils vous vendent un morceau de roseau avec un nœud d'un côté et un bon bouchon
de l'autre. Dans ce roseau il y a des petites bêtes
(*animalitos*) au moyen desquelles on obtient tout
ce qu'on demande. Mais vous savez mieux que
moi comment on les nourrit... De chair d'enfant
non baptisé, monsieur ; et quand il ne peut pas
s'en procurer, le maître du roseau est obligé de se
couper un morceau de chair à lui-même... (Les
cheveux de Vicente se dressaient sur sa tête.)
Il faut lui donner à manger une fois toutes les
vingt-quatre heures, monsieur.

— Avez-vous vu un de ces roseaux en question ?

— Non, monsieur, pour ne point mentir ; mais
j'ai beaucoup connu un certain Romero ; j'ai bu
cent fois avec lui (lorsque je ne le connaissais pas
pour ce qu'il était, comme je le connais à présent).
Ce Romero était zagal * de son métier. Il fit une

* Le *zagal* est une espèce de postillon à pied. Il tient par la
bride les deux mules de devant d'un attelage, et les dirige en
courant lorsqu'elles sont lancées au galop. S'il s'arrête, la

maladie à la suite de laquelle il *perdit son vent*,
de sorte qu'il ne pouvait plus courir. On lui disait
d'aller en pèlerinage pour obtenir sa guérison,
mais lui disait : « Pendant que je serai en pèlerinage, qui est-ce qui gagnera de l'argent pour
faire de la soupe à mes enfants ? », si bien que,
ne sachant où donner de la tête, il se faufila parmi
des sorciers et autre semblable canaille, qui lui
vendirent un de ces morceaux de roseaux dont
j'ai parlé à Votre Seigneurie. — Monsieur, depuis
ce temps-là, Romero aurait attrapé un lièvre à
la course. Il n'y avait pas un zagal qui pût lui
être comparé. Vous savez quel métier c'est, et
combien il est dangereux et fatigant. Aujour-
d'hui il court devant les mules sans perdre une
bouffée de son cigare. Il courrait de Valence à
Murcie sans s'arrêter, tout d'une traite. Mais il
n'y a qu'à le voir pour juger ce que cela lui coûte.
Les os lui percent la peau, et si ses yeux se creusent
toujours comme ils font, bientôt il verra derrière
la tête. Ces bêtes-là le mangent.

« Il y a de ces sorts qui sont bons à autre chose
qu'à courir... des sorts qui vous garantissent du
plomb et de l'acier, qui vous rendent *dur*, comme
on dit. Napoléon en avait un, c'est ce qui a fait
qu'on n'a pu le tuer en Espagne ; mais il y avait
pourtant un moyen bien facile...

— C'était de faire fondre une balle d'argent,
interrompis-je, me rappelant la balle dont un
brave whig perça l'omoplate de Claverhouse.

voiture lui passe sur le corps. Dans les nouvelles diligences
on appelle improprement *zagal* un homme qui attache le
sabot, aide à charger la voiture, etc. C'est le *cad* des voitures
anglaises.

— Une balle d'argent pourrait être bonne, reprit Vicente, si elle était fondue avec une pièce de monnaie sur laquelle il y aurait la croix, comme sur une vieille piécette ; mais ce qui vaut encore mieux, c'est de prendre tout bonnement un cierge qui ait été sur l'autel pendant qu'on dit la messe. Vous faites fondre cette cire bénite dans un moule à balles, et soyez certain qu'il n'y a ni sort, ni diablerie, ni cuirasse qui puisse garantir un sorcier contre une telle balle. Juan Coll, qui a fait tant de bruit dans le temps aux environs de Tortose, a été tué par une balle de cire que lui tira un brave miquelet, et quand il fut mort et que le miquelet le fouilla, on lui trouva la poitrine toute couverte de figures et de marques faites avec de la poudre à canon, des parchemins pendus au cou, et je ne sais combien d'autres brimborions. José Maria, qui fait tant parler de lui maintenant en Andalousie, a un charme contre les balles ; mais gare à lui si on lui lâche des balles de cire ! Vous savez comme il maltraite les prêtres et les moines qui tombent entre ses mains : c'est qu'il sait qu'un prêtre doit bénir la cire qui le tuera.

Vicente en eût dit bien davantage si dans ce moment le château de Murviedro, que nous aperçûmes au tournant de la route, n'eût donné un autre tour à notre conversation.

Histoire de Rondino

Il se nommait Rondino. Orphelin dès son enfance, il fut laissé aux soins de son oncle, bailli de son village, homme avare, qui le traitait fort mal. Quand il fut d'âge à tirer pour la milice, le bailli disait publiquement :

— J'espère que Rondino sera soldat, et que le pays en sera débarrassé. Ce garçon-là ne peut tourner à bien. Tôt ou tard, il sera le déshonneur de sa famille. Certainement, il finira par être pendu.

On prétend que la haine de cet homme pour Rondino avait un motif honteux. Son neveu avait fait un petit héritage que le bailli administrait, et dont il n'était pas pressé de rendre compte. Quoi qu'il en soit, le sort désigna Rondino pour être conscrit, et il quitte son village, persuadé que son oncle avait organisé dans le tirage une supercherie dont il était la victime.

Arrivé à son régiment, il manquait souvent à l'appel, et montrait tant d'insubordination qu'on l'envoya dans un bataillon de discipline. Il parut extrêmement touché de cette punition, jura de changer de conduite et tint parole. Au bout de quelques mois, il fut rappelé au régiment. Dès lors, ses devoirs de soldat furent remplis avec exactitude, et il mit tous ses soins à se faire distinguer de ses chefs. Il savait lire et écrire ; il était fort intelligent. En peu de temps on le fit caporal, puis sergent.

Un jour, son colonel lui dit :

— Rondino, votre temps de service va finir ; mais je compte que vous resterez avec nous ?

— Non, mon colonel, je désire retourner dans mon pays.

— Vous auriez tort. Vous êtes bien ici. Vos officiers et vos camarades vous estiment. Vous voilà sergent ; et, si vous continuez à vous bien conduire, vous serez bientôt sergent-major. En restant au régiment, vous avez un sort tout fait ; au lieu que si vous retournez dans votre village, vous mourrez de faim ou bien vous serez à charge à vos parents.

— Mon colonel, j'ai un peu de bien dans mon pays...

— Vous vous trompez. Votre oncle m'écrit qu'il a fait pour votre éducation des dépenses dont vous ne pourrez jamais le rembourser. D'ailleurs, si vous saviez ce qu'il pense de vous, vous ne seriez pas pressé de retourner auprès de lui. Il m'écrit de vous retenir par tous les moyens possibles : il dit que vous êtes un vaurien, que tout le monde vous déteste, et que pas un fermier du pays ne voudra vous donner de l'ouvrage.

— Il a dit cela !

— J'ai sa lettre.

— N'importe ! Je veux revoir mon pays

Il fallut lui donner son congé : on l'accompagna de certificats honorables.

Rondino se rendit aussitôt chez son oncle le bailli, lui reprocha son injustice et lui demanda fort insolemment de lui rendre son bien, qu'il retenait à son préjudice. Le bailli répliqua, s'emporta, produisit des comptes embrouillés, et la discussion s'échauffa au point qu'il frappa Rondino. Celui-ci lui porta aussitôt un coup de stylet, et l'étendit mort sur la place. Le meurtre commis, il quitta le village et demanda un asile à un de ses amis qui habitait une métairie isolée au milieu des montagnes.

Bientôt, trois gendarmes partirent pour l'y chercher. Rondino les attendit dans un chemin creux, en tua un, en blessa un autre, et le troisième prit la fuite. Depuis la persécution des carbonari, les gendarmes ne sont pas aimés en Piémont et l'on applaudit toujours à ceux qui les battent. Aussi Rondino passa-t-il pour un héros parmi les paysans du voisinage. D'autres rencontres avec la force armée lui furent aussi heureuses que la première, et augmentèrent sa réputation. On prétend que, dans l'espace de deux ou trois ans, il tua ou blessa une quinzaine de gendarmes. Il changeait souvent de retraite, mais jamais il ne s'éloignait de plus de sept à huit lieues de son village. Jamais il ne volait ; seulement, quand ses munitions étaient presque épuisées, il demandait au premier passant un quart d'écu pour acheter de la poudre et du plomb. D'ordinaire, il couchait dans des fermes isolées. Son usage alors était de fermer toutes les portes, et d'emporter les clefs dans la chambre qu'on lui avait donnée.

Ses armes étaient auprès de lui, et il laissait en
dehors de la maison, pour faire sentinelle, un
énorme chien qui le suivait partout, et qui plus
d'une fois avait fait sentir ses redoutables dents
aux ennemis de son maître. L'aube venue, Rondino rendait les clefs, remerciait ses hôtes, et, le
plus souvent, ses hôtes le priaient, à son départ,
d'accepter quelques provisions.

M. A..., riche propriétaire de ma connaissance,
le vit, il y a trois ans. On faisait la moisson, et il
surveillait ses ouvriers, quand il vit venir à lui un
homme bien fait, robuste, d'une figure mâle, mais
point féroce ; cet homme avait un fusil, mais, à
cinquante pas des moissonneurs, il le déposa au
pied d'un arbre, ordonna à son chien de le garder,
et, s'avançant vers M. A..., le pria de vouloir bien
lui donner quelque aumône.

— Pourquoi ne travaillez-vous pas avec les
ouvriers ? lui dit M. A..., qui le prenait pour un
mendiant ordinaire.

Le proscrit sourit et dit :

— Je suis Rondino.

Aussitôt on lui offrit quelques pistoles.

— Je ne prends jamais qu'un quart d'écu, dit
Rondino ; cela me suffit pour remplir ma poire à
poudre. Seulement, puisque vous voulez faire
quelque chose pour moi, ayez la bonté de me faire
donner quelque chose à manger, car j'ai faim.

Il prit un pain et du lard, et voulait se retirer
aussitôt emportant son dîner ; mais M. A... le
retint encore quelques moments, curieux d'observer à loisir un homme dont on parlait tant.

— Vous devríez quitter ce pays, dit-il au proscrit ; tôt ou tard vous serez pris. Allez à Gênes ou

en France ; de là vous passerez en Grèce, vous y trouverez des militaires, nos compatriotes, qui vous recevront bien. Je vous donnerai volontiers les moyens de faire le voyage.

— Je vous remercie, répondit Rondino après avoir un peu réfléchi. Je ne pourrais vivre autre part que dans mon pays, et je tâcherai de n'être pendu que le plus tard possible.

Un jour, quelques voleurs de profession cherchèrent Rondino, et lui dirent :

Cette nuit, un conseiller de Turin doit passer à tel endroit ; il a 40 000 livres dans sa voiture ; si tu veux nous conduire, nous l'arrêterons, et tu auras ta part de capitaine.

Rondino leva fièrement la tête, et, les regardant avec mépris :

— Pour qui me prenez-vous ? dit-il, je suis un honnête proscrit, et non un voleur. Ne me faites plus de semblables propositions, où vous vous en repentirez.

Il les quitta, et alla au-devant du conseiller. L'ayant rencontré à la tombée de la nuit, il fit arrêter la voiture, monta sur le siège et ordonna au cocher de continuer sa route. Cependant, le conseiller tremblant s'attendait à chaque instant à être assassiné. Au milieu d'un défilé, les voleurs paraissent à l'improviste ; Rondino leur crie aussitôt :

— Cette voiture est sous ma protection ; vous me connaissez, et si vous l'attaquez, c'est à moi que vous aurez affaire.

Il avait levé son fusil, et son chien n'attendait qu'un signal pour s'élancer sur les brigands. Ils s'ouvrirent devant la voiture, qui bientôt fut en

lieu de sûreté. Le conseiller offrit un présent considérable à son libérateur, mais Rondino le refusa.

— Je n'ai fait que le devoir de tout honnête
homme, dit-il ; aujourd'hui, je n'ai besoin de rien ;
toutefois, si vous voulez me prouver votre reconnaissance, dites seulement à vos fermiers de me
donner un quart d'écu quand je n'aurai plus de
poudre, et à dîner quand j'aurai faim.

Rondino fut pris, il y a deux ans, de la manière
suivante. Il vint coucher une nuit dans un presbytère ; il demanda toutes les clefs, mais le curé eut
l'adresse d'en retenir une, au moyen de laquelle, le
brigand une fois endormi, il put envoyer un jeune
garçon qui le servait avertir la brigade de gendar-
merie la plus proche. Le chien de Rondino était
doué d'un instinct merveilleux pour sentir de loin
l'approche de ses ennemis. Ses aboiements éveil-
lèrent son maître, qui essaya de sortir du village ;
mais déjà toutes les avenues étaient gardées. Il
monte dans le clocher et s'y barricade. Le jour
venu, il commença à tirer par les fenêtres, et
bientôt obligea les gendarmes à gagner les maisons
voisines, et à renoncer à donner l'assaut. La fusil-
lade dura une grande partie de la journée. Rondino n'était pas blessé, et déjà il avait mis hors de
combat trois gendarmes ; mais il n'avait ni pain,
ni eau, et la chaleur était étouffante ; il comprit
que son heure était venue. Tout d'un coup on le
vit apparaître à une fenêtre du dehors, élevant un
mouchoir blanc au bout de son fusil. On cessa de
tirer.

— Je suis las, dit-il, de la vie que je mène ;
je veux bien me rendre, mais je ne veux pas que
des gendarmes aient la gloire de m'avoir pris.

Faites venir un officier de la ligne, et je me rendrai
à lui.

Précisément un détachement, commandé par
un officier, entrait dans le village ; on consentit à
ce que demandait Rondino. Les soldats se mirent
en bataille devant le clocher, et Rondino sortit
à l'instant. Il s'avança vers l'officier, et lui dit
d'une voix ferme :

— Monsieur, acceptez mon chien, vous en serez
content ; promettez-moi d'avoir soin de lui.

L'officier le lui promit. Aussitôt, Rondino brisa
la crosse de son fusil, et fut emmené sans résistance
par les soldats, qui le traitèrent avec beaucoup
d'égards. Il attendit son jugement pendant près
de deux ans ; il écouta son arrêt avec beaucoup
de sang-froid, et subit son supplice sans faiblesse
ni fanfaronnades

H. B.

Il y a un passage de l'*Odyssée* qui me revient souvent en mémoire. Le spectre d'Elpénor apparaît à Ulysse, et lui demande les honneurs funèbres :

Μή μ' ἄκλαυτον, ἄθαπτον, ἰὼν ὄπιθεν καταλείπειν.
« Ne me laisse pas sans être pleuré, sans être enterré. »

Aujourd'hui, l'enterrement ne manque à personne, grâce à un règlement de police ; mais nous autres païens, nous avons aussi des devoirs à remplir envers nos morts, qui ne consistent pas seulement dans l'accomplissement d'une ordonnance de grande voirie. J'ai assisté à trois enterrements païens : — celui de Sautelet, qui s'était brûlé la cervelle. Son maître, grand philosophe [1], et ses amis, eurent peur des honnêtes gens, et n'osèrent parler. — Celui de M. Jacquemont. Il avait défendu les discours. — Celui de Beyle enfin. Nous nous y trouvâmes trois, et si mal préparés, que

1. Victor Cousin.

nous ignorions ses dernières volontés. Chaque
fois, j'ai senti que nous avions manqué à quelque
chose, sinon envers le mort, du moins envers nous-
mêmes. Qu'un de nos amis meure en voyage,
nous aurons un vif regret de ne pas lui avoir dit
adieu au moment du départ. Un départ, une mort
doivent se célébrer avec une certaine cérémonie,
car il y a là quelque chose de solennel. Ne fût-ce
qu'un repas, une association de pensées régulières,
il faut quelque chose. Ce quelque chose, c'est ce
que demande Elpénor : ce n'est pas seulement
un peu de terre qu'il réclame, c'est un souvenir.

J'écris les pages suivantes pour suppléer à ce
que nous ne fîmes point aux funérailles de Beyle.
Je veux partager avec quelques-uns de ses amis
mes impressions et mes souvenirs.

Beyle, original en toutes choses, ce qui est un
vrai mérite à cette époque de monnaies effacées,
se piquait de libéralisme, et était au fond de
l'âme un aristocrate achevé. Il ne pouvait souffrir
les sots ; il avait pour les gens qui l'ennuyaient
une haine furieuse, et de sa vie il n'a pas su bien
nettement distinguer un méchant d'un fâcheux.
Il affichait un profond mépris pour le caractère
français, et il était éloquent à faire ressortir tous
les défauts dont on accuse, à tort sans doute, notre
grande nation : légèreté, étourderie, inconséquence
en paroles et en actions. Au fond, il avait
à un haut degré ces mêmes défauts ; et pour ne
parler que de l'étourderie, il écrivit un jour, de
Civita-Vecchia, à M. de Broglie, ministre des
Affaires étrangères, une lettre chiffrée, et lui trans-
mit le chiffre sous la même enveloppe.

Toute sa vie il fut dominé par son imagination,

et ne fit rien que brusquement et d'enthousiasme. Cependant il se piquait de n'agir jamais que conformément à la raison. « Il faut en tout se guider par la LO—GIQUE », disait-il en mettant un intervalle entre la première syllabe et le reste du mot. Mais il souffrait impatiemment que la *logique* des autres ne fût pas la sienne. D'ailleurs il ne discutait guère. Ceux qui ne le connaissaient pas attribuaient à excès d'orgueil ce qui n'était peut-être que respect pour les convictions des autres. — « Vous êtes un chat ; je suis un rat », disait-il souvent pour terminer les discussions.

Un jour, nous voulûmes faire ensemble un drame. Notre héros avait commis un crime et était tourmenté de remords. « Pour se délivrer d'un remords, dit Beyle, que faut-il faire ? » — Il réfléchit un instant. — « Il faut fonder une école d'enseignement mutuel. » Notre drame en resta là.

Il n'avait aucune idée religieuse, ou s'il en avait, il apportait un sentiment de colère et de rancune contre la Providence. « Ce qui excuse Dieu, disait-il, c'est qu'il n'existe pas. » Une fois, chez madame Pasta, il nous fit la théorie cosmogonique suivante : « Dieu était un mécanicien très habile. Il travaillait nuit et jour à son affaire, parlant peu, et inventant sans cesse, tantôt un soleil, tantôt une comète. On lui disait : « Mais écrivez donc vos « inventions ! Il ne faut pas que cela se perde. — « Non, répondait-il ; rien n'est encore au point « où je veux. Laissez-moi perfectionner mes dé- « couvertes, et alors... » Un beau jour, il mourut subitement. On courut chercher son fils unique, qui étudiait aux Jésuites. C'était un garçon doux et studieux, qui ne savait pas deux mots de mé-

canique. On le conduisit dans l'atelier de feu son
père. — « Allons, à l'ouvrage! il s'agit de gouverner
le monde. » Le voilà bien embarrassé ; il demande :
« Comment faisait mon père ? — Il tournait cette
roue, il faisait ceci, il faisait cela. » — Il tourne
la roue, et les machines vont tout de travers. »

Beyle me dit qu'il avait fait un drame de la vie
de Jésus-Christ. Il l'avait présenté comme une
âme simple, naïve, toute pleine de sensibilité et
de tendresse, mais incapable de commander aux
hommes. Jésus-Christ, dans ce drame, exploitait
à son profit la doctrine de Socrate. « Y a-t-il de
l'amour dans votre drame ? lui demandai-je. —
Beaucoup. Et saint Jean, le disciple chéri ? » Il
soutenait que tous les grands hommes ont eu des
goûts bizarres, et citait Alexandre, César, vingt
papes italiens ; il prétendait que Napoléon lui-
même avait eu du faible pour un de ses aides de
camp.

Il était difficile de savoir ce qu'il pensait de
Napoléon. Presque toujours il était de l'opinion
contraire à celle qu'on mettait en avant. Tantôt
il en parlait comme d'un parvenu ébloui par les
oripeaux, manquant sans cesse aux règles de la
LO—GIQUE. D'autres fois, c'était une admiration
presque idolâtre. Tour à tour il était frondeur
comme Courier, et servile comme Las Cases. Les
hommes de l'Empire étaient traités aussi diver-
sement que leur maître.

Il convenait de la fascination exercée par l'empereur sur tout ce qui l'approchait. « Et moi aussi,
disait-il, j'ai eu le feu sacré. On m'avait envoyé
à Brunswick pour lever une imposition extraordinaire de 5 millions. J'en ai fait rentrer 7, et j'ai

manqué d'être assommé par la canaille qui s'insurgea, exaspérée par l'excès de mon zèle. Mais l'empereur demanda quel était l'auditeur qui avait fait cela, et dit : « C'est bien. »

Nous aimions à l'entendre parler des campagnes qu'il avait faites avec l'empereur. Ses récits ne ressemblaient guère aux relations officielles. On en jugera. Dans une affaire fort chaude, Murat haranguait les soldats près de se débander ; voici en quels termes : « En avant! s. n. d. D. J'ai le cul rond comme une pomme, soldats! j'ai le cul rond comme une pomme! » — « Dans le moment du danger, disait Beyle, cela paraissait une harangue ordinaire, et je suis persuadé que César et Alexandre ont dit dans de telles occasions d'aussi grosses bêtises. »

Parti de Moscou, Beyle se trouva, le soir du troisième jour de la retraite, avec environ mille cinq cents hommes, séparé du gros de l'armée par un corps russe considérable. On passa une partie de la nuit à se lamenter, puis les gens énergiques haranguèrent les poltrons, et, à force d'éloquence, les engagèrent à s'ouvrir un chemin l'épée à la main, dès que le jour permettrait de distinguer l'ennemi. Autre genre d'allocution militaire : « Tas de canailles, vous serez tous morts demain, car vous êtes trop j.-f. pour prendre un fusil et vous en servir, etc. » Ces paroles sublimes ayant produit leur effet, à la petite pointe du jour on marcha résolument aux Russes, dont on voyait encore briller les feux de bivouac. On y arrive sans être découvert, et l'on trouve un chien tout seul. Les Russes étaient partis dans la nuit.

Pendant la retraite, il n'avait pas trop souffert

de la faim, mais il lui était absolument impossible
de se rappeler comment il avait mangé et ce qu'il
avait mangé, si ce n'est un morceau de suif qu'il
avait payé 20 francs, et dont il se souvenait encore
avec délices.

Il avait emporté de Moscou le volume des Facé-
ties de Voltaire, relié en maroquin rouge, qu'il
avait pris dans une maison qui brûlait. Ses camarades trouvaient cette action un peu légère :
dépareiller une magnifique édition! Lui-même en
éprouvait une espèce de remords.

Un matin, aux environs de la Bérézina, il se
présenta à M. Daru, rasé et habillé avec quelque
soin : « Vous avez fait votre barbe! lui dit M. Daru,
vous êtes un homme de cœur. »

M. Bergonié, auditeur au Conseil d'État, m'a dit
qu'il devait la vie à Beyle, qui, prévoyant l'encom-
brement des ponts, l'avait obligé à passer la Bérézina, le soir qui précéda la déroute. Il fallut employer
presque la force pour obtenir qu'il fît quelques
centaines de pas. M. Bergonié faisait l'éloge du
sang-froid de Beyle, et du bon sens qui ne l'abandonnait pas dans un moment où les plus résolus
perdaient la tête.

En 1813, Beyle fut témoin involontaire de la
déroute d'une brigade entière chargée inopiné-
ment par cinq Cosaques. Beyle vit courir environ
deux mille hommes, dont cinq généraux, reconnais-
sables à leurs chapeaux bordés. Il courut comme
les autres, mais mal, n'ayant qu'un pied chaussé,
et portant une botte à la main. Dans tout ce corps
français, il ne se trouva que deux héros qui firent
tête aux Cosaques : un gendarme nommé Menneval,
et un conscrit, qui tua le cheval du gendarme en

voulant tirer sur les Cosaques. Beyle fut chargé
de raconter cette panique à l'empereur, qui l'écoutait avec une fureur concentrée, en faisant tourner
une de ces machines en fer qui servent à fixer les
persiennes. On chercha le gendarme pour lui
donner la croix ; mais il se cachait, et nia d'abord
qu'il eût été à l'affaire, persuadé que rien n'est
si mauvais que d'être remarqué dans une déroute.
Il croyait qu'on voulait le fusiller.

Sur l'amour, Beyle était encore plus éloquent
que sur la guerre. Je ne l'ai jamais vu qu'amoureux,
ou croyant l'être ; mais il avait eu deux *amours-
passions* (je me sers d'un de ses termes), dont il
n'avait jamais pu guérir. L'un, le premier en date,
je crois, lui avait été inspiré par madame Curial,
alors dans tout l'éclat de sa beauté. Il avait pour
rivaux bien des hommes puissants, entre autres
un général fort en faveur [1], qui abusa un jour de
sa position pour obliger Beyle à lui céder sa place
auprès de la dame. Le soir même, Beyle trouva
moyen de lui faire tenir une petite fable de sa
composition, dans laquelle il lui proposait allégo-
riquement un duel. Je ne sais si la fable fut
comprise ; mais on n'accepta pas la moralité, et
Beyle reçut une verte semonce de M. Daru, son
parent et son protecteur ; il n'en continua pas
moins ses poursuites. En 1836, Beyle me racontait
cette aventure, le soir, sous les grands arbres de
la promenade de Laon. Il ajoutait qu'il venait de
voir madame Curial, âgée alors de quarante-sept
ans, et qu'il s'était trouvé aussi amoureux qu'au
premier jour. L'un et l'autre avaient eu bien d'autres

1. Caulaincourt.

passions dans l'intervalle. « Comment pouvez-vous
m'aimer encore à mon âge? » disait-elle. Il le lui
prouvait très bien, et jamais je ne l'ai vu montrer
tant d'émotion. Il avait les larmes aux yeux en me
parlant.

Son autre amour-passion fut pour une belle
Milanaise, nommée madame Grua. Malgré la bonne
foi des Italiennes, qu'il opposait sans cesse à la
coquetterie des nôtres, madame Grua le trahissait
indignement. Elle avait eu l'art de lui persuader
que son mari, le plus débonnaire des hommes,
était un monstre de jalousie ; et elle obligeait
Beyle à se cacher à Turin, car sa présence à Milan
l'aurait perdue, disait-elle. Une fois tous les dix
jours, au cœur de l'hiver, Beyle venait à Milan
dans le plus strict incognito, se cachait dans une
méchante auberge, et, la nuit, était introduit chez
sa belle par une femme de chambre qu'il payait
bien. Cela dura quelque temps, et toujours des
précautions infinies. Pourtant la femme de chambre
eut un remords, et lui avoua qu'on le trompait,
et qu'on avait autant d'amants différents qu'il
passait de jours en exil. D'abord il n'en voulut rien
croire ; à la fin, cependant, il accepta une expérience. On le fit cacher dans un cabinet ; et là, en
mettant l'œil au trou d'une serrure, il vit, à trois
pieds de lui, la plus monstrueuse pièce de conviction. Beyle me dit que la singularité de la chose
et le ridicule de la situation lui donnèrent d'abord
une gaieté folle, et qu'il eut toutes les peines du
monde à ne pas alarmer les coupables en éclatant
de rire. Ce ne fut qu'au bout de quelque temps
qu'il sentit son malheur. L'infidèle, que pour toute
vengeance il avait un peu persiflée, essaya de le

fléchir, lui demanda grâce à genoux, et le suivit
dans cette attitude tout le long d'une grande galerie.
L'orgueil l'empêcha de lui pardonner, et il s'en
accusait avec amertume, en se rappelant l'air
passionné de madame Grua. Jamais elle ne lui
avait paru si désirable, jamais elle n'avait eu tant
d'amour. Il avait sacrifié à l'orgueil le plus grand
plaisir qu'il eût pu goûter avec elle. — Il fut dix-
huit mois à se consoler. « J'étais abruti, disait-il.
Je ne pensais plus. J'étais accablé d'un poids
insupportable, sans pouvoir me rendre compte
nettement de ce que j'éprouvais. C'est le plus
grand des malheurs ; il prive de toute énergie.
Depuis, un peu remis de cette langueur accablante,
j'avais une curiosité singulière à connaître toutes
ses infidélités. Je m'en faisais raconter tous les
détails. Cela me faisait un mal affreux, mais j'avais
un certain plaisir physique à me la représenter
dans toutes les situations où on me la décrivait. »

Beyle m'a toujours paru convaincu de cette
idée très répandue sous l'Empire, qu'une femme
peut toujours être prise d'assaut, et que c'est
pour tout homme un devoir d'essayer. « *Ayez-la ;
c'est d'abord ce que vous lui devez* », me disait-il
quand je lui parlais d'une femme dont j'étais
amoureux. Un soir, à Rome, il me conta que la
comtesse Cini venait de lui dire *voi* au lieu de *lei*,
et me demanda s'il ne devait pas la violer. Je l'y
exhortai fort.

Je n'ai connu personne qui fût plus galant
homme à recevoir les critiques sur ses ouvrages.
Ses amis lui parlaient toujours sans le moindre
ménagement. Plusieurs fois, il m'envoya des
manuscrits qu'il avait déjà communiqués à

V. Jacquemont, et qui revenaient avec des notes
marginales comme celles-ci : « Détestable, — Style
de portier », etc. Quand il fit paraître son livre
De l'Amour, ce fut à qui s'en moquerait davantage
(au fond, fort injustement). Jamais ces critiques
n'altérèrent ses relations avec ses amis.

Il écrivait beaucoup, et travaillait longtemps ses
ouvrages. Mais, au lieu d'en corriger l'exécution,
il en refaisait le plan. S'il effaçait les fautes d'une
première rédaction, c'était pour en faire d'autres ;
car je ne sache pas qu'il ait jamais essayé de
corriger son style. Quelque raturés que fussent ses
manuscrits, on peut dire qu'ils étaient toujours
écrits de premier jet.

Ses lettres sont charmantes ; c'est sa conversation même.

Il était très gai dans le monde, fou quelquefois,
négligeant trop les convenances et les susceptibi-
lités. Souvent il était de mauvais ton, mais toujours spirituel et original. Bien qu'il n'eût de ménagements pour personne, il était facilement blessé
par des mots échappés sans malice. « Je suis un
jeune chien qui joue, me disait-il, et on me mord. »
Il oubliait qu'il mordait parfois lui-même, et
assez serré. C'est qu'il ne comprenait guère qu'on
pût avoir d'autres opinions que les siennes sur
les choses et sur les hommes. Par exemple, il n'a
jamais pu croire qu'il y eût des dévots véritables.
Un prêtre et un royaliste étaient toujours pour lui
des hypocrites.

Ses opinions sur les arts et la littérature ont passé
pour des hérésies téméraires lorsqu'il les a pro-
duites. Aujourd'hui, quelques-uns de ses jugements
ont l'air de vérités de M. de la Palisse. Lorsqu'il

mettait Mozart, Cimarosa, Rossini au-dessus des
faiseurs d'opéras-comiques de notre jeunesse, il
soulevait des tempêtes. C'est alors qu'on l'accusait
de n'avoir pas des sentiments français.

Il est pourtant très Français dans ses opinions
sur la peinture, bien qu'il prétende la juger en
Italien. Il apprécie les maîtres avec les idées françaises, c'est-à-dire, au point de vue littéraire. Les
tableaux des écoles d'Italie sont examinés par
lui comme des drames. C'est encore la façon de
juger en France, où l'on n'a ni le sentiment de la
forme, ni un goût inné pour la couleur. Il faut une
sensibilité particulière et un exercice prolongé pour
aimer et comprendre la forme et la couleur. Beyle
prête des passions dramatiques à une Vierge de
Raphaël. J'ai toujours soupçonné qu'il aimait les
grands peintres des écoles lombarde et florentine,
parce que leurs ouvrages le faisaient penser à bien
des choses auxquelles sans doute les maîtres ne
pensaient pas. C'est le propre des Français de tout
juger par l'esprit. Il est juste d'ajouter qu'il n'y a
pas de langue qui puisse exprimer les finesses de
la forme ou la variété des effets de la couleur.
Faute de pouvoir exprimer ce qu'on sent, on décrit
d'autres sensations qui peuvent être comprises
par tout le monde.

Beyle m'a toujours paru assez indifférent à
l'architecture, et n'avait sur cet art que des idées
d'emprunt. Je crois lui avoir appris à distinguer
une église romane d'une église gothique, et, qui
plus est, à regarder l'une et l'autre. Il reprochait
à nos églises d'être tristes.

Il sentait mieux la sculpture de Canova que
toute autre, même que les statues grecques ;

peut-être est-ce parce que Canova a travaillé pour
les gens de lettres. Il s'est beaucoup plus préoccupé
des idées qu'il exciterait dans un esprit cultivé,
que de l'impression qu'il pourrait produire sur un
œil qui aime et qui connaît la forme.

Pour Beyle, la poésie était lettre close. Souvent
il lui arrivait d'estropier, en les citant, des vers
français. Il ne connaissait ni le mètre ni l'accen-
tuation des vers anglais et italiens, et cependant il
était réellement sensible à certaines beautés de
Shakespeare et du Dante, qui sont intimement
unies à la forme du vers. Il a dit son dernier mot
sur la poésie dans son livre *De l'Amour* : « Les vers
furent inventés pour aider la mémoire ; les conserver dans l'art dramatique, reste de barbarie. »
Racine lui déplaisait souverainement. Le grand
reproche que nous lui adressions vers 1820, c'est
qu'il manque absolument aux *mœurs*, ou à ce que,
dans notre jargon romantique, nous appelions
alors la couleur locale. Shakespeare, que nous
opposions sans cesse à Racine, a fait en ce genre
des fautes cent fois plus grossières. « Mais, disait
Beyle, Shakespaere a mieux connu le cœur humain.
Il n'y a pas de passion ou de sentiment qu'il n'ait
peint avec une admirable vérité. La vie et l'indi-
vidualité de ses personnages le mettent au-dessus
de tous les auteurs dramatiques. — Et Molière ?
répondait-on.— Molière est un coquin qui n'a pas
voulu représenter le *courtisan*, parce que Louis XIV
ne le trouvait pas bon. »

Dans la pratique de la vie, Beyle avait une
suite de maximes générales qu'il fallait, disait-il,
observer infailliblement sans les discuter, dès
qu'on les avait une fois trouvées commodes. A

peine permettait-il d'examiner un instant si le cas
particulier rentrait dans une de ses théories générales.

Jusqu'à trente ans, il voulait qu'un homme, se
trouvant avec une femme seule, tentât l'abordage.
Cela réussit, disait-il, une fois sur dix. Or, la chance
d'un sur dix vaut bien la peine d'essuyer neuf
rebuffades. — Ne jamais pardonner un mensonge ;
— ne jamais se repentir ; — prendre aux cheveux
la première occasion de querelle, à son entrée
dans le monde, voilà quelques-unes de ses maximes.

Il se moquait de moi en me voyant étudier le
grec à vingt-cinq ans. — « Vous êtes sur le champ
de bataille, disait-il ; ce n'est plus le moment de
polir votre fusil ; il faut tirer. »

Il avait souffert, comme tant d'autres, de la
mauvaise honte dans sa jeunesse. C'est une chose
difficile pour un jeune homme, que d'entrer dans
un salon. Il s'imagine qu'on le regarde et craint
toujours de n'être pas *correct*. « Je vous conseille,
me disait-il, d'entrer avec l'attitude que le hasard
vous a fait prendre dans l'antichambre : convenable ou non, n'importe. Soyez comme la statue
du commandeur, et ne changez de maintien que
lorsque l'émotion de l'entrée aura disparu. »

Il avait une autre recette pour les duels : « Pendant qu'on vous vise, regardez un arbre, et appli-
quez-vous à en compter les feuilles. »

Il aimait la bonne chère : cependant il trouvait
du temps perdu celui qu'on passe à manger, et
souhaitait qu'en avalant une boulette le matin,
on fût quitte de la faim pour toute la journée.
Aujourd'hui, on est gourmand, et on s'en vante.
Du temps de Beyle, un homme prétendait surtout

à l'énergie et au courage. Comment faire campagne, si l'on est gastronome ?

La police de l'Empire pénétrait partout, à ce qu'on prétend ; et Fouché savait tout ce qui se disait dans les salons de Paris. Beyle était persuadé que cet espionnage gigantesque avait conservé tout son pouvoir occulte. Aussi, il n'est sorte de précautions dont il ne s'entourât pour les actions les plus indifférentes.

Jamais il n'écrivait une lettre sans la signer d'un nom supposé : César Bombet, Cotonet, etc. Il datait ses lettres d'*Abeille*, au lieu de Civita-Vecchia, et souvent les commençait par une telle phrase : « J'ai reçu vos soies grèges et les ai emmagasinées en attendant leur embarquement. » Tous ses amis avaient leur nom de guerre, et jamais il ne les appelait d'une autre façon. Personne n'a su exactement quelles gens il voyait, quels livres il avait écrits, quels voyages il avait faits.

Je m'imagine que quelque critique du xxe siècle découvrira les livres de Beyle dans le fatras de la littérature du xixe, et qu'il leur rendra la justice qu'ils n'ont pas trouvée auprès des contemporains. C'est ainsi que la réputation de Diderot a grandi au xixe siècle ; c'est ainsi que Shakespeare, oublié du temps de Saint-Évremond, a été découvert par Garrick. Il serait bien à désirer que les lettres de Beyle fussent publiées un jour ; elles feraient connaître et aimer un homme dont l'esprit et les excellentes qualités ne vivent plus que dans la mémoire d'un petit nombre d'amis.

DOSSIER

VIE DE MÉRIMÉE

1803. *28 septembre*. Prosper Mérimée naît à Paris, du mariage, le 3 messidor an X (22 juin 1802), de Léonor Mérimée, né en 1757, et d'Anne-Louise Moreau, née en 1775.

1822. *Été*. Mérimée rencontre pour la première fois Stendhal.

1825. *27 mai*. Publication du *Théâtre de Clara Gazul*.

1826. Publication du *Don Quichotte* de Filleau de Saint-Martin, avec une notice par Mérimée.

1827. *Fin de juillet*. Publication de *La Guzla*.

1828. *Début de janvier*. Mérimée est blessé en duel par le mari de Mme Lacoste.

Avant le 7 juin. Publication de *La Jacquerie*, suivie de *La Famille de Carvajal*.

1829. *5 mars*. Publication de la *Chronique du règne de Charles IX*.

3 mai. La *Revue de Paris* publie *Mateo Falcone*.

14 juin. La *Revue de Paris* publie *Le Carrosse du Saint-Sacrement, saynète*.

26 juillet. La *Revue de Paris* publie *Vision de Charles XI*.

Septembre. La *Revue française* publie *L'Enlèvement de la redoute*.

4 octobre. La *Revue de Paris* publie *Tamango*.

25 octobre. La *Revue de Paris* publie *Le Fusil enchanté*.

15 novembre. La *Revue de Paris* publie *Federigo.*

29 novembre. La *Revue de Paris* publie *L'Occasion, comédie.*

27 décembre. La *Revue de Paris* publie *Le Ban de Croatie* et *Le Heydouque mourant* (« Romances imitées de l'illyrique ») et *La Perle de Tolède* (« Romance imitée de l'espagnol »).

1830. *14 février.* La *Revue de Paris* publie *Le Vase étrusque.*

28 mars. La *Revue de Paris* publie *Les Mécontents, proverbe.*

13 juin. La *Revue de Paris* publie *La Partie de trictrac.*

27 juin. Mérimée quitte Paris pour son voyage en Espagne (Séville, Grenade, Cordoue, Madrid, Valence), où il noue amitié avec la comtesse de Montijo. Retour à Paris au début de décembre.

1831. *2 janvier.* La *Revue de Paris* publie *Les Combats de taureaux* (Première « lettre d'Espagne »).

5 février. Mérimée est nommé chef du bureau du secrétariat général au ministère de la Marine et des Colonies.

13 mars. Il suit, comme chef de cabinet, le comte d'Argout devenu ministre du Commerce et des Travaux publics.

Mars. L'Artiste publie *Le Musée de Madrid.*

13 mars. La *Revue de Paris* publie *Une exécution* (Deuxième « lettre d'Espagne »).

Mai. Mérimée est nommé chevalier de la Légion d'honneur.

1832. *Avril.* Mérimée est nommé commissaire spécial pour l'exécution des mesures sanitaires contre le choléra.

26 août. La *Revue de Paris* publie *Les Voleurs* (Troisième « lettre d'Espagne »).

Novembre. Mérimée est nommé maître des requêtes.

Décembre. Mérimée voyage en Angleterre. Au retour, première rencontre avec Jenny Dacquin, à Boulogne-sur-Mer.

31 décembre. Il suit, comme chef de cabinet, le comte d'Argout, devenu ministre de l'Intérieur et des Cultes.

1832-1835. Liaison de Mérimée avec Céline Cayot.

1833. *26 mai.* La *Revue de Paris* publie *Victor Jacquemont.*

4 juin. Publication de *Mosaïque.*

25 août. La *Revue de Paris* publie plusieurs chapitres de

La Double Méprise, qui paraîtra en librairie quelques jours plus tard.

29 décembre. La *Revue de Paris* publie *Les Sorcières espagnoles* (Quatrième « lettre d'Espagne »).

1834. *27 mai.* Mérimée est nommé inspecteur des monuments historiques.

15 août. La *Revue des Deux Mondes* publie *Les Ames du Purgatoire.*

1835. *Avant le 24 juillet.* Publication des *Notes d'un voyage dans le midi de la France.*

1836. *16 février.* Mérimée devient l'amant de Mme Delessert, née en 1806, mariée en 1824.

27 septembre. Mort de Léonor Mérimée.

Avant le 22 octobre. Publication des *Notes d'un voyage dans l'Ouest de la France.*

1837. *15 mai.* La *Revue des Deux Mondes* publie *La Vénus d'Ille.*

1838. *Avant le 27 octobre.* Publication des *Notes d'un voyage en Auvergne.*

1839. *1er et 15 avril.* La *Revue des Deux Mondes* publie, non signé, *Le Salon de 1839.*

15 août-15 novembre. Mérimée voyage en Corse et en Italie, où il visite Rome (9-21 octobre) et Naples (22 octobre-10 novembre) en compagnie de Stendhal.

1840. *5 avril.* Publication des *Notes d'un voyage en Corse.*

1er juillet. La *Revue des Deux Mondes* publie *Colomba.*

18 août-20 octobre. Mérimée voyage en Espagne (Madrid, Carabanchel, Burgos, Vittoria, Tolosa).

1841. *Avant le 15 mai.* Distribution de l'*Essai sur la guerre sociale.*

25 août. Mérimée s'embarque à Marseille pour l'Orient (Athènes, Éphèse, Constantinople, Magnésie du Méandre). *1er-16 décembre.* Quarantaine à Malte.

Fin décembre. Retour à Paris.

1843. *17 novembre.* Mérimée est élu membre libre de l'Académie des inscriptions et belles-lettres.

1844. *14 mars.* Mérimée est élu à l'Académie française.

15 mars. La Revue des Deux Mondes publie *Arsène Guillot.*

Avant le 23 mars. Publication des *Études d'histoire romaine* (*Guerre sociale, Conjuration de Catilina*).

1845. *1er octobre. La Revue des Deux Mondes* publie *Carmen.*

Avant le 20 décembre. Publication de la *Notice sur les peintures de l'église de Saint-Savin.*

1846. *24 février. Le Constitutionnel* publie *L'Abbé Aubain.*

1847. *Avant le 14 février. Carmen* paraît « en librairie », avec la dissertation finale sur la *chipe-calli.*

1er décembre. La Revue des Deux Mondes commence la publication de *Don Pèdre*, qu'elle achèvera le 1er février 1848.

1848. *23-26 juin.* Mérimée, garde national, prend part aux « journées de juin ».

1849. *15 juillet. La Revue des Deux Mondes* publie *La Dame de Pique*, nouvelle tirée de Pouchkine.

1850. *26 mai-21 juin.* Mérimée voyage en Angleterre (Londres, Salisbury).

1er juillet. La Revue des Deux Mondes publie *Les Deux Héritages.*

19 octobre. La *Bibliographie de la France* enregistre la brochure *H. B.*

1851. *15 novembre. La Revue des Deux Mondes* publie *La Littérature en Russie. Nicolas Gogol.*

1852. *21 janvier.* Mérimée est promu officier de la Légion d'honneur.

30 avril. Mort de la mère de Mérimée.

26 mai. Mérimée est condamné à quinze jours de prison et 1 000 francs d'amende à raison de son article sur *Le Procès de M. Libri*, paru dans *La Revue des Deux Mondes* du 15 avril.

Mai. Publication des *Nouvelles.*

6-20 juillet. Mérimée purge sa peine à la Conciergerie.

Fin décembre. Publication d'*Épisode de l'histoire de Russie. Les Faux Démétrius.*

1853. *1ᵉʳ janvier.* Le *Moniteur universel* publie *Des Monuments de France.*

25 mars-1ᵉʳ avril. Le *Moniteur universel* publie *Les Mormons.*

16 mai-8 juillet. Le *Moniteur universel* publie, en trois
articles, *Le Salon de 1853.*

23 juin. Mérimée est nommé sénateur.

5 septembre-15 décembre. Mérimée voyage en Espagne.
Mᵐᵉ Delessert rompt avec Mérimée.

1854. *21-23 juin.* Le *Moniteur universel* publie *Les Cosaques
de l'Ukraine et leurs derniers atamans.*

16-25 juillet. Séjour à Londres.

23 août-15 octobre. Mérimée voyage en Suisse, Tyrol,
Bavière, Bohême, Autriche, Saxe, Prusse.

1855. *Janvier.* Publication des *Mélanges historiques et littéraires.*

Mars. Publication de *La Correspondance inédite* de Stendhal, avec une introduction de Mérimée.

Juillet. Publication des *Aventures du baron de Fæneste,*
d'Agrippa d'Aubigné, nouvelle édition revue et annotée
par Mérimée.

1856. *21 mars.* Le *Moniteur universel* publie *Le Coup de
pistolet,* traduit de Pouchkine.

16 juillet-31 août. Mérimée voyage en Écosse ; séjour à
Londres.

Décembre. Mérimée s'installe à Cannes, où il passera désormais tous les hivers.

1857. *9 juin-8 juillet.* Mérimée voyage en Angleterre (Man-
chester et Londres). Articles sur l'*Exposition de Man-
chester* dans *Le Moniteur,* 9 juillet ; sur la *Nouvelle salle de
lecture au British Museum,* dans *Le Moniteur,* 26 août ;
sur *Les Beaux-Arts en Angleterre,* dans *La Revue des Deux
Mondes,* 15 octobre.

1858. *20 avril-11 mai.* Mérimée étudie à Londres l'organisation de la bibliothèque du British Museum.

Mai. Publication du *Rapport* (daté du 27 mars) *sur les
modifications à introduire dans l'organisation de la Bibliothèque impériale.*

19 juin-14 octobre. Mérimée voyage en Suisse, Allemagne, Autriche, Piémont et dans le centre de l'Italie.

Septembre. Publication du tome I (tome II en décembre ; tome III en décembre 1859) des *Œuvres complètes* de Brantôme, avec introduction et notes de Mérimée.

1859. *3 octobre-18 novembre.* Mérimée voyage en Espagne.

1860. *18 juillet-30 août.* Mérimée voyage en Angleterre et en Écosse.

11 août. Mérimée est promu commandeur de la Légion d'honneur.

1861. *Juillet. Le Journal des savants* publie *La Révolte de Stenka Razine.*

11 juillet-18 août. Mérimée voyage en Angleterre (Londres).

1862. *5 mai-1ᵉʳ juillet.* Mérimée voyage en Angleterre. Membre de la section française du jury international à l'exposition universelle de Londres, il écrit deux rapports : *Des Applications de l'art à l'industrie* et *Ameublement et décoration.*

1863. *Janvier-juillet. Le Journal des savants* publie *Bogdam Chmielnieski.*

Mai. Publication de *Pères et Enfants* d'Ivan Tourgueniev, avec lettre-préface de Mérimée.

1864. *Juillet.* Mérimée fait un séjour à Londres.

Septembre-février 1865. Le Journal des savants publie *Le Procès du tsarévitch Alexis,* compte rendu du tome VI de l'*Histoire du règne de Pierre le Grand* de N. Oustrialof. *Octobre-novembre.* Mérimée voyage en Espagne.

1865. *Septembre. Le Journal des savants* publie le compte rendu du tome I de l'*Histoire de Jules César,* par Napoléon III.

1866. Mᵐᵉ Delessert « rend son amitié » à Mérimée.

15 juin. La Revue des Deux Mondes publie *Apparitions* d'Ivan Tourgueniev, traduit du russe par Mérimée.

Juillet. Le Journal des savants publie le compte rendu du tome II de l'*Histoire de Jules César,* par Napoléon III.

14 août. Mérimée est promu grand officier de la Légion d'honneur.

1867. *Juin-février 1868. Le Journal des savants* publie *La Jeunesse de Pierre le Grand*, compte rendu du tome II de l'*Histoire du règne de Pierre le Grand* de N. Oustrialof. *Novembre.* Publication de la *Correspondance inédite* de Victor Jacquemont, avec une introduction de Mérimée.

1868. *20 et 27 janvier. Le Moniteur universel* publie *Alexandre Pouchkine.*

22 mai. Mérimée intervient au Sénat dans le débat sur la *liberté de l'enseignement.*

25 mai. Le Moniteur universel publie *Ivan Tourguénef.*

Juin. Mérimée fait un séjour à Londres.

1869. *Janvier. Le Moniteur universel* publie un compte rendu du *Journal* de Samuel Pepys.

Mai. Publication des *Nouvelles moscovites* d'Ivan Tourgueniev, où Mérimée a traduit *Le Juif, Pétouchkof, Le Chien, Apparitions* et peut-être *Le Brigadier.*

Juin-juillet. Le Journal des savants publie l'*Histoire de la fausse Élisabeth II.*

15 septembre. La Revue des Deux Mondes publie *Lokis,* sous le titre *Le Manuscrit du professeur Wittembach.*

1870. *1ᵉʳ mars. La Revue des Deux Mondes* publie *Étrange histoire,* par Ivan Tourgueniev, traduit par Mérimée.

18 et 20 août. Mérimée fait auprès de Thiers deux démarches vaines pour le rallier à l'Empire.

8 septembre. Mérimée quitte Paris pour Cannes.

23 septembre. Mérimée meurt à Cannes.

1871. *23 mai.* Incendie de la maison (52, rue de Lille) où Mérimée s'était installé le 24 août 1852. Tous ses livres et papiers sont détruits.

Le Viccolo di Madama Lucrezia, dont on connaît une copie autographe du 27 avril 1846 ; *La Chambre bleue,* écrite à Biarritz en septembre 1866 ; *Djoûmane,* écrit à Fontainebleau en août 1868, figurent dans le volume posthume des *Dernières nouvelles* (1873). L'étude sur *La Vie et l'œuvre de Cervantès,* écrite en novembre 1869, a été publiée en 1877.

Deux autres recueils posthumes, les *Portraits historiques*

et littéraires (1874) et les *Études sur les arts au Moyen Age* (1875), ne contiennent rien d'important qui n'ait été publié du vivant de Mérimée et signalé ci-dessus.

Les milliers de lettres de Mérimée éparses dans d'innombrables livres et fascicules de revues se retrouvent, avec des centaines de lettres inédites, dans les dix-sept volumes de la *Correspondance générale* publiée par Maurice Parturier.

NOTICES

ARSÈNE GUILLOT

Arsène Guillot parut dans *La Revue des Deux Mondes*
du 15 mars 1844. Le 14, Mérimée avait été élu à l'Académie française, au septième tour de scrutin, et de jus-
tesse, par 19 voix sur 36 votants. Et c'est sans doute l'his-
torien de *La Guerre sociale* que l'Académie, après celle des
inscriptions, entendait accueillir, mais surtout le conteur de
la *Chronique*, de *Mosaïque*, de *La Double Méprise*, de *Colomba...*
— D'*Arsène Guillot ?* On n'en jurerait pas. Plutôt, on jurerait le contraire et que, publiée la veille et non le lendemain
de l'élection, elle eût assuré le succès d'Alfred de Vigny
ou de Casimir Bonjour, les rivaux de Mérimée.

La pauvre Arsène, en effet, causa « grand scandale » en
dépit de l'*imprimatur* accordé par le « docte aréopage »
de vieilles femmes devant lequel Mérimée avait d'abord lu
sa nouvelle. Des académiciens influents, MM. de Salvandy,
Molé, dirent tout haut leur réprobation. Un autre, M. de
Sainte-Aulaire, d'une plume dédaigneuse et pincée, écrivait
à M. de Barante : « Il y a là un peu de talent mal employé.
Entre nous, je ne me souviens pas d'avoir lu une production
frivole plus radicalement mauvaise. » Avec plus de verdeur,
un quatrième « burgrave » déclara : « Nous avions besoin
d'un homme de lettres, on nous a donné un étalon. » Astolphe
de Custine, très moralement, dénonce *Arsène Guillot* à

Mme Récamier comme « un affreux produit de l'esprit voltairien
et de l'indifférence actuelle ». Dans les salons, où Mme de
Castellane, son ennemie alors, « n'est pas des dernières à
dire son mot », tollé. « On a trouvé, écrit Mérimée à Mme de
Montijo, le 23 mars, que ma nouvelle était impie et immorale.
Trois ou quatre femmes, adultères émérites, ont poussé des
cris de fureur que leurs anciens amants ont répétés en chœur...
Tout ce déchaînement de cagotisme m'a mis d'abord en
colère, maintenant cela m'amuse. Je n'ai plus rien à craindre [entendez : je suis élu] et je me moque d'eux... » Et à
Requien, le 22 mars : « On est devenu tellement cagot à
Paris qu'à moins de se faire illuminé, jésuite et J...-F...,
il est impossible de ne pas passer pour athée et scélérat.
Je persiste à trouver qu'il n'y a pas de quoi fouetter un
chat dans ma nouvelle et pourtant les bonnes âmes crient
au scandale, ouvrant des yeux et des bouches comme des
portes cochères. » Dans toutes ses lettres de fin mars-début
d'avril, on trouve des marques de l'irritation de Mérimée.
Irritation un peu affectée. Ou alors, ingénue. Car a-t-il
pu croire vraiment que le « monde » parisien de 1844 trouverait anodine cette comparaison — qui, de surcroît, tourne
à l'avantage de la seconde — entre une grande dame et une
fille ?

Dans la galerie des courtisanes amoureuses, de Manon
Lescaut à Marguerite Gautier et à la Fille Elisa, Arsène
Guillot occupe une place originale. C'est elle qui nous
émeut d'abord, et non sa rivale, cette grande dame chez
qui la charité chrétienne entre en lutte avec la jalousie
et dont la vertu d'ailleurs succombe à la dernière page.
L'auteur a bien pu placer l'action de sa nouvelle en 1827,
ou 1828, la hardiesse d'*Arsène Guillot* devait en 1844 heurter
tant de préjugés et d'hypocrisie qu'on s'étonne un peu
de l'étonnement de Mérimée. Sans doute, dès 1832, au plus
fort de sa vie de « vaurien », il écrivait à Jenny Dacquin :
« Ces femmes [les figurantes d'Opéra] sont bêtes pour la
plupart, mais j'ai remarqué combien elles sont supérieures
en délicatesse morale aux hommes de leur classe. Il n'y a
qu'un seul vice qui les sépare des autres femmes, c'est la

pauvreté. » Peu de jours après, il insiste : « Vous me reprochez de faire l'éloge de ces pauvres filles. Je le répète, rendez-les riches et il ne leur restera plus que leurs bonnes qualités. » Passe encore que cette opinion séditieuse s'exprime en des lettres privées. Mais Arsène douze ans plus tard lui fait le plus répréhensible écho : « Quand on est riche, il est aisé d'être honnête... Moi, j'aurais été honnête si j'en avais eu le moyen. »

La plus hardie des nouvelles de Mérimée, *Arsène Guillot*, est aussi la plus émue, « l'unique larme de son œuvre brillante et froide », a dit joliment Augustin Filon. Serait-ce parce qu'elle est la plus autobiographique ? Le mot est gros, et il faut tenir compte des transpositions que la délicatesse imposait à l'auteur. Peut-être aussi Mérimée a-t-il mis autant de lui-même dans *Le Vase étrusque* et dans *La Double Méprise*. Mais le cas d'*Arsène Guillot* est particulier. D'abord, aucun doute sur l'identité des protagonistes : non qu'Arsène Guillot se confonde absolument avec Céline Cayot, ni Mme de Piennes avec Mme Delessert, ni Max de Salligny avec Mérimée, mais Arsène a de nombreux traits de Céline et Mérimée a parsemé la nouvelle d'allusions à sa liaison avec Valentine Delessert. Ensuite, c'est pour Valentine qu'*Arsène Guillot* a été écrite et c'est à Valentine que, plus de dix fois en si peu de pages, Mérimée s'adresse (« Vous », « Madame »). Enfin, si ce n'est pas exactement pour Mme Delessert que Mérimée rompit avec Céline Cayot, l'interrègne fut court, et l'on peut dire que la grande dame, épouse du préfet de police, succéda à la petite actrice des Variétés. Pittoresque et sympathique, à la regarder vivre dans les lettres de Mérimée, cette Céline, qui survit aussi dans la « Caillot » de *Lamiel* et dans la « Raymonde » de *Lucien Leuwen*, put inspirer à Valentine Delessert, née de Laborde, une jalousie rétrospective, — un peu méprisante aussi, d'un mépris qui n'épargnait pas tout à fait son amant. Celui-ci eut l'élégance de ne se point renier. *Arsène Guillot*, c'est, au zénith d'un amour heureux, l'apologie de la maîtresse d'hier. C'est aussi une nouvelle que l'on oserait presque appeler une nouvelle à thèse, où ses souvenirs, l'expérience

de ses amours avec Céline et avec Valentine inspirent à
Mérimée des sentiments dont il y avait quelque courage
alors à faire part « au respectable public ». Notons aussi une
malice, en grec. Les dernières paroles d'Hector mourant à
Achille, citées dans l'épigraphe, signifient : « Tu as beau
être vaillant, Pâris et Phébus-Apollon te feront périr devant
les portes Scées. » La vaillance ne peut être que celle de Mme de
Piennes. Quant au reste, voici la séduisante interprétation
de Louis Enault (en 1853) : « Pâris, c'est Max de Salligny ;
Phébus-Apollon, c'est le diable ; la porte Scée, c'est l'occasion, l'herbe tendre, tout ce que vous voudrez ! » Cette leçon
de modestie, de fatalisme païen ou d'humilité... chrétienne,
comment Mme Delessert s'en fût-elle offensée puisqu'elle
s'adresse de toute évidence à Mme de Piennes ?

CARMEN

Carmen parut dans *La Revue des Deux Mondes* du 1er octobre 1845. Mais c'est dans le volume à couverture jaune vif
publié par Michel Lévy dans les premières semaines de 1847
que l'on trouve pour la première fois la dissertation finale
sur la chipe-calli ou langue des Bohémiens. Mérimée ne
semble pas s'être hâté de publier sa nouvelle. Elle était écrite
dans la première quinzaine de mai, et c'est seulement le
17 septembre, au retour d'une inspection de six semaines
dans le Midi, qu'il écrit à Requien : « La misère, suite inévitable d'un long voyage, m'a fait consentir à donner *Carmen*
à Buloz. » Cette misère se fait moins abstraite dans une lettre
à Vitet, quelques jours plus tard, le 21 : « Vous lirez dans
quelque temps une petite drôlerie de votre serviteur, qui
serait demeurée inédite si l'auteur n'eût été obligé de s'acheter des pantalons. »

La source de *Carmen* nous est révélée par Mérimée lui-
même. Il écrit à Mme de Montijo, le 16 mai 1845 : « Je viens
de passer huit jours enfermé à écrire, non point les faits et
gestes de feu D. Pedro, mais une histoire que vous m'avez

racontée il y a quinze ans et que je crains d'avoir gâtée. Il s'agissait d'un *jaque* de Malaga qui avait tué sa maîtresse, laquelle se consacrait exclusivement au public. Après *Arsène Guillot*, je n'ai rien trouvé de plus moral à offrir à nos belles dames. Comme j'étudie les Bohémiens depuis quelque temps avec beaucoup de soin, j'ai fait mon héroïne Bohémienne. » On sent tout le prix de ce témoignage irrécusable, divulgué en 1894. On le sentirait mieux encore si Rafael Mitjana, en 1907 n'avait prétendu que c'est l'illustre écrivain Estébanez Calderón, le *Solitario*, qui raconta en 1840 à son ami don Prospero la « tragique anecdote » d'où Carmen serait sortie... Il semble qu'il faut plutôt en croire Mérimée et l'on accordera seulement à Mitjana que la couleur locale de *Carmen* doit beaucoup à Calderón à qui Mérimée offrit un exemplaire de sa nouvelle orné de cette dédicace : « A mon maître en chipe-calli. » Mitjana dit encore que *Carmen* « est, de toute la littérature française ayant trait à l'Espagne, la seule œuvre qui, avec *Gil Blas*, sente véritablement le terroir » et que « cette saveur caractéristique est due à l'heureuse influence d'Estébanez Calderón ». A quoi l'on ne peut se tenir d'objecter que toute l'Espagne de Mérimée se trouve déjà dans ses lettres de 1830 au directeur de la *Revue de Paris* et que dans celle de ces lettres, la quatrième, consacrée aux sorcières espagnoles, il parle d'une petite gitane des environs de Murviedro nommée Carmencita, « une très jolie fille, point trop basanée », qui peut n'être pas étrangère à la genèse de *Carmen*. — En tout cas, on peut noter que Miguel de Unamuno, guère tendre en général pour la France, confirme sans réserve l'avis de son compatriote Mitjana : « De tous les écrivains français qui sont venus chercher en Espagne leur inspiration, nul mieux que Mérimée n'a su parfois atteindre le tréfonds de l'âme espagnole », *que haya llegado al cogollo del alma española alguna vez...*

Ses lettres à Mme de Montijo, à Édouard Grasset, aux Lagrené, à Francisque Michel, à Gobineau, à d'autres encore, attestent le goût de Mérimée pour les *outlaws* et sa curiosité philologique pour les dialectes bohémiens. Que du *jaque*, du vaurien de Malaga, il ait fait un Basque, et de la maîtresse

de celui-ci une Bohémienne, double adresse de Mérimée : il
ménageait l'amour-propre national de ses amis espagnols et
il se donnait l'occasion d'étaler une connaissance des mœurs
et de la langue gitanes, assez fraîchement acquise dans les
livres du missionnaire anglican George Borrow et de l'Allemand August Friedrich Pott. Quant à la page liminaire sur
la bataille de Munda, d'une science archéologique assez sûre
pour que Victor Duruy s'en soit inspiré, on y verra, comme
dans l'appendice (mi-érudit, mi-pédant) sur les Bohémiens,
qui forme le dernier chapitre, une marque nouvelle de ce
détachement affecté de Mérimée à l'égard des histoires qu'il
raconte. — « N'attachez pas plus d'importance que moi,
semble-t-il dire, à ce banal fait divers des amours d'une
méchante fille et d'un pauvre diable. L'intéressant est de
savoir si l'antique champ de bataille de Munda se trouve
« près de la moderne Monda » ou « aux environs de Montilla »,
et que chourin, qui dans l'argot de M. Eugène Sue veut dire
couteau, est du rommani pur, venant de tchouri. » C'est
une façon de mystifier les gens, Sainte-Beuve l'a dit, et
Faguet après lui. Plutôt ce serait une façon... Car qui est
dupe ?

Mais enfin, archéologie romaine, étude d'une « race maudite », philologie bohémienne — et jusqu'à l'impertinente
épigraphe tirée de l'*Anthologie palatine*, que Mellin de Saint-
Gelais a traduite ainsi :

> Toute femme est importune et nuisante.
> Et seulement en deux temps est plaisante.
> Le premier est de ses noces la nuit
> Et le second quand on l'ensevelit...

et, en plus ramassé, mais sans pouvoir davantage rendre
le jeu de mots du grec, Jean Prévost :

> La femme est toute amère avec deux bons moments,
> Le lit, l'enterrement,

il n'est pas d'œuvre de Mérimée où il se soit à ce point plu à laisser toutes ses curiosités jouer autour d'un thème cruel, ici l'amour fatal d'un garçon bon et faible pour une « adorable furie ». Si ce qu'on préfère en Mérimée, c'est l'écrivain, il se pourrait que *La Double Méprise* fût son chef-d'œuvre. Si ce qu'on aime en lui, c'est lui-même, alors son chef-d'œuvre c'est *Carmen*.

L'ABBÉ AUBAIN

Le 23 février 1846, *Le Constitutionnel* insérait la note que voici : « Nous publierons demain mardi l'Histoire de l'abbé Aubain, dans une série de lettres originales, où il n'est question ni de l'Université ni des Jésuites. A la finesse de ce tableau de mœurs, au mérite du style, on reconnaîtra sûrement un de nos plus spirituels et de nos plus célèbres conteurs. » N'épiloguons pas sur l'équivoque de ces lettres « originales », dues à l'un de nos plus spirituels conteurs...

Le lendemain, mardi gras, *L'Abbé Aubain* paraissait, — en feuilleton anonyme, et Mérimée en donne la raison à Mᵐᵉ de Montijo le 28 février : « Je vous envoie, lui écrit-il, une petite historiette que j'ai faite sans la signer, parce qu'il suffit que je parle de curé pour que les vieilles dévotes crient à l'irréligion. L'aventure est vraie et je pourrais nommer les personnages. » On doit l'en croire, mais la clef n'a pas été trouvée et les deux « rapprochements » ingénieux de M. Parturier ne permettent absolument pas d'identifier les protagonistes, puisque enfin Mᵐᵉ de P. ne peut pas être Jenny Dacquin et que l'abbé Berlèse, l'auteur d'une célèbre *Iconographie du genre camellia*, ne peut pas être l'abbé Aubain. Quant à l'anonymat du conteur, il fut vite percé : *L'Artiste* du 8 mars désigne Mérimée.

L'Abbé Aubain a été appelé, d'un mot trop dédaigneux, une bluette, par Augustin Filon, qui n'y voyait « qu'une ingénieuse et scabreuse plaisanterie », qu'il résumait ainsi :

« Un petit prêtre de campagne utilise au profit de son avancement l'illusion d'une grande dame désœuvrée qui croit l'avoir troublé et qui l'éloigne en lui faisant attribuer une cure plus importante. Le lecteur, qui a cru lire le début d'un roman à émotions sacrilèges, est mystifié, comme la grande dame, par ce paysan séminariste [?], moitié pédant, moitié rustre, qui est de la famille des faux ingénus de Voltaire. » C'est assez bien cela, mais pourtant le caractère un peu énigmatique de ces quelques pages où, qualités et tics, Mérimée se montre très fidèle à lui-même fait de *L'Abbé Aubain* mieux qu'une bluette, même indévote.

IL VICCOLO DI MADAMA LUCREZIA

Le *Viccolo* (avec la faute d'orthographe de Mérimée) ne fut publié qu'en 1873, dans les *Dernières nouvelles* posthumes. On en possède un manuscrit autographe daté du 27 avril 1846, qui fut offert par l'auteur à Mme Édouard Odier, sœur de Valentine Delessert. Mérimée l'avait orné de deux agréables aquarelles, la maison du Vicolo et le « large fauteuil de cuir noir ». Sur ses vieux jours, a-t-il songé à faire paraître le *Viccolo ?* Car plusieurs lettres à la duchesse Colonna-Castiglione marquent son désir d'y apporter précisions ou corrections. De Cannes, 30 janvier 1869 : « Il y a une petite ruelle donnant dans le corso, qui s'appelle *Viccolo di Madama Lucrezia.* Je voudrais bien savoir à quelle grande rue cela mène ? C'est que j'ai fait une nouvelle, aussi remarquable par la force des pensées que par l'aménité du style, sur cette rue, et ce détail important me manque. Si mes souvenirs ne me trompent pas, le viccolo en question n'est pas loin de la Ripresa dei Barberi. Daignez m'éclairer et me donner les aboutissants ; je vous dédierai la nouvelle, après ma mort, s'entend... » De Cannes, 13 mars : « Merci des renseignements que vous me donnez sur le *Viccolo di Madama Lucrezia.* Ils font bien mon affaire. C'est une autre drôlerie [que *Lokis*, dont il vient de parler] que vous verrez peut-être, si vous ne restez pas trop longtemps en Italie [car il est très malade]... » De Paris, le 26 juin, soit qu'il ait oublié la réponse de la duchesse, soit qu'il ait infructueusement posé de nouvelles questions, il écrit : « Vous n'avez jamais daigné me répondre clairement au sujet du viccolo di Madama Lucrezia. Si vous êtes encore à Rome, veuillez aller, ou plutôt envoyer un de vos adorateurs sur la place de St Marco, à côté du Palais de Venise, et s'assurer [*sic*] quelle des autres rues marquées ici [il fait un plan] est celle de Madama Lucrezia. Je n'ai pas besoin de vous dire qu'il est pour moi d'un grand intérêt de connaître bien la situation de cette ruelle, où se passe toute une histoire de ma façon. » Il suffit du plan du *Guide bleu*, et de le comparer avec celui de Mérimée, pour voir que le Palazzetto Venezia, reconstruit en 1911, a fait disparaître deux des quatre rues et les deux pâtés de maisons dessinés par Mérimée.

Nous avons cité, à propos de *La Vénus d'Ille*, les conseils de l'auteur à qui veut raconter « quelque chose de surnaturel » : ainsi le *Viccolo*, où l'on vient de voir Mérimée si soucieux d'exactitude topographique, n'en contient pas moins des scènes, imperturbablement narrées, de télépathie, de revenant, de statues diaboliques. C'est là qu'une inadvertance importe peu, comme de faire mourir le lieutenant Julius à Leipzig le 13 octobre 1814, quand la « bataille des nations » fut livrée le 19 ; ou une imprécision, peut-être délibérée, comme de ne rien dire de la Madama Lucrezia qui donnait son nom au vicolo, statue mutilée d'une antique Isis qu'on voit encore aujourd'hui à l'angle du Palazzetto et de Saint-Marc : vérité oiseuse, vérité nuisible si elle doit compromettre l'effet obtenu en mêlant « les Tarquins aux Borgias ». Et, pour le dire en passant, le Borgia qui devint le pape Alexandre VI ayant eu pour maîtresse une Rose Vanozza, mère de Lucrèce, Mérimée n'a pas cherché bien loin son M. Vanozzi. Quant à la méchante statue, simple épisode dans le *Viccolo*, elle y joue un rôle plus scabreux que dans *La Vénus d'Ille* : Mérimée avait pu lire dans Lucien (celui des *Amours*, non plus du *Philopseudês*), dans Valère-Maxime, dans Pline l'Ancien l'histoire, à laquelle aussi Charles Maurras fait allusion dans

Athènes antique, « de cet étranger fanfaron qui, s'étant introduit dans le temple de Cnide, passa la nuit entière avec la déesse de marbre et l'épousa complètement ».

C'est à Rome que se déroule le conte ; à Rome, que Mérimée visita avec son ami Stendhal en 1839, où il vécut seulement une dizaine de jours et (des lettres de 1863, de 1869 en font foi) dont pourtant il n'oublia jamais les émotions qu'il y avait ressenties. Près d'un demi-siècle plus tôt, son père avait failli y trouver la mort, dans l'émeute populaire où l'envoyé de la République, Hugon de Basseville, fut assassiné. Mérimée a raconté cela dans une lettre du 3 janvier 1869 : « La seule aventure romanesque que je sache de mon père (N.B. — je crois qu'il en a eu plus d'une) fut à Rome où il manqua être assassiné en même temps que Basseville. Il fut sauvé par une dame romaine que j'ai retrouvée fort vieillie et qui m'a reçu à Rome avec beaucoup d'attendrissement. » En 1793, Léonor Mérimée avait trente-six ans. La marquise Aldobrandi devait en avoir soixante-dix au moins en 1839... Bien entendu, âges et dates sont changés dans le conte, où l'anecdote vraie offre le cadre, sans plus. Mais la lettre de Mérimée ne permet-elle pas de mieux goûter la grâce ironique des premières pages du *Viccolo ?*

Car ce conte fantastique est gracieux. Et amusant. Il finit bien (quelle singularité dans l'œuvre de Mérimée!) et deux alexandrins à la Coppée, mais charmants, rythment la tranquillité heureuse de la dernière page.

L'Abbé Aubain (sans fantastique) est amusant aussi et se termine agréablement. Et il est aussi de 1846. Ce fut un court instant...

LA CHAMBRE BLEUE

La Chambre bleue parut pour la première fois dans *L'Indépendance belge* du 6 et du 7 septembre 1871. Pourquoi ce journal bruxellois, violemment antinapoléonien et qui, sous Badinguet, avait ouvert toutes grandes ses colonnes aux

diatribes des réfugiés français, accordait-il l'hospitalité à
la nouvelle posthume d'un sénateur de l'Empire ? Parce que
La Chambre bleue confirmait les républicains dans leur
mépris de la cour impériale et... compromettait Mérimée.

Au lendemain du Quatre Septembre, le fatras de papiers
trouvés aux Tuileries avait été jugé succulent par le régime
nouveau, à qui il permit la publication (c'était de bonne
guerre civile) des *Papiers et correspondances de la famille impériale*. Or, une élégante copie autographe de *La Chambre
bleue* avait été découverte dans les appartements de l'impératrice Eugénie. Sur la dernière page, ornée d'une aquarelle
de Mérimée, on lisait, de la main de l'auteur : « Composé
et écrit par Prosper Mérimée, fou de S.M. l'Impératrice. »
Et la lettre d'envoi, du 30 octobre 1866, commençait ainsi :
« Madame, je mets aux pieds de Votre Majesté une méchante
nouvelle, que j'ai eu l'honneur et l'audace de lui lire à Biarritz »... On pensa sérieusement à inclure *La Chambre bleue*
dans *Les Papiers et correspondances de la famille impériale* ;
puis, à la dernière minute (puisque les épreuves de mise en
pages subsistent) on fit réflexion que l'Imprimerie nationale
avait peut-être mieux à faire qu'à divulguer ces pages frivoles. Philippe Burty confia alors à Jules Claye le soin d'imprimer la nouvelle, qu'il accompagnait d'une longue note
perfide : cela se sut et, des interventions pressantes l'ayant
détourné de son projet, la composition fut détruite après
un tirage de trois exemplaires. C'est à ce moment que *L'Indépendance belge* publia ce qu'on n'osait pas imprimer outre-
Quiévrain. Sensible sans doute à cette leçon de courage, *La
Liberté*, de Paris, que dirigeait Émile de Girardin, « emprunta »
La Chambre bleue à *L'Indépendance*. Sur quoi *L'Avenir libéral*, journal bonapartiste, s'indigna et, imprudemment, pro-
clama que *La Chambre bleue* était, de toute évidence, apo-
cryphe. *L'Indépendance* répliqua, fournit ses preuves... Les
deux éditions qu'en 1872 Poulet-Malassis fit paraître à
Bruxelles étaient encore clandestines. L'année suivante
enfin, Michel-Lévy recueillait *La Chambre bleue* dans le
volume des *Dernières nouvelles* dont elle a, depuis, suivi la
fortune.

Mais n'est-il pas paradoxal (ou satisfaisant, pour qui a le goût de l'absurde) que la nouvelle de Mérimée qui a suscité ce branle-bas politico-littéraire soit sans conteste la plus médiocre qu'il ait jamais écrite, la seule même qui ne soit pas tout à fait exempte de vulgarité ?

Mérimée cependant est tout indulgence pour *La Chambre bleue*. Sans doute, il prend soin de prévenir l'Inconnue qu'il a écrit cette « quinzaine de pages », une nuit, après avoir pris « un thé trop fort ». Et il insiste dans la même lettre (5 novembre 1866) : « Ce n'est pas ce que j'ai écrit de plus mal, bien que cela ait été écrit fort à la hâte. » (Que Mérimée est donc plaisant et inattendu dans le rôle d'Oronte !) A l'Inconnue encore : « La chose est fort morale au fond, mais il y a des détails qui pourraient être désapprouvés par Monseigneur Dupanloup. » Et à l'Autre inconnue, le 27 octobre : « La grande-duchesse (de Leuchtenberg) m'a fait lire une petite drôlerie de ma façon, ma foi assez gaillarde, et l'a bien prise » ; — et le 3 décembre, en lui offrant de lui en faire la lecture à elle-même : « Je ne vous donne pas la chose pour trop morale par la forme. Pourvu qu'elle le soit par le fond, c'est l'important. » En somme, on le sent content de lui et on est tenté d'ajouter grossièrement qu'il n'y a pas de quoi. Car on ne voit pas ce qu'il y a, ni d'ailleurs ce qu'il pourrait y avoir de moral dans le fond ; et pour la forme, c'est beaucoup moins son immoralité qui retient l'attention que la hâte et le négligé de l'écriture : « se lever de table dès avant minuit », « commander le dîner dès en arrivant », « se parler en anglais », « il ajouta quelques mots trop bas pour être entendus », etc.

Insensible, à ce qu'il paraît, aux défauts qui nous choquent dans *La Chambre bleue*, si Mérimée pourtant ne la publia pas, peut-être en faut-il voir la raison dans ce qu'a raconté le comte d'Haussonville : « Comme M. Émile Augier lui faisait un jour compliment d'une petite nouvelle intitulée *La Chambre bleue* : « Il y a cependant un grand défaut, répondit-il, qui tient à ce que j'ai changé le dénoûment ; je comptais d'abord donner à mon récit un dénoûment tragique et, *naturellement*, j'avais raconté l'histoire sur un ton plaisant ; puis j'ai changé d'idée et j'ai terminé par un dénoûment plaisant. Il aurait fallu recommencer et raconter l'histoire sur un ton tragique, mais cela m'a ennuyé et je l'ai laissée là. »

C'est sur le conseil de Mme Delessert que la fin de *Colomba* avait été modifiée. Il semble que c'est à l'impératrice que l'Anglais de *La Chambre bleue* doit de n'avoir pas été assassiné. Quant à la recette de Mérimée pour réussir les histoires tragiques, nous la connaissions, et il l'a formulée ailleurs en d'autres termes. Le mécanisme de *La Chambre bleue* est celui du *Viccolo* : on redoute le pire, et tout s'arrange au mieux. Mais il y a dans le *Viccolo* combien plus de grâce, d'invention, d'art en un mot !

LOKIS

Lokis a paru dans *La Revue des Deux Mondes* du 15 septembre 1869, où il s'appelait *Le Manuscrit du professeur Wittembach*, avec *Lokis* en titre courant. Il n'est point de nouvelle de Mérimée sur laquelle sa correspondance nous renseigne si copieusement. Dans une quarantaine de ses lettres nous suivons la genèse et la lente élaboration de *Lokis*, titre qu'il adopta sur le conseil de Tourgueniev et qui signifie l'*Ours* en jmoude, après avoir hésité entre *Le Trouveur* ou *Le Dénicheur de miel*, ou *Le Filleul de l'ours*. Mais *Le Manuscrit du professeur Wittembach* est un titre de l'invention de Buloz ou de l'imprimeur de la revue.

« Le sujet est diablement scabreux », Mérimée en convient dans sa lettre du 29 novembre 1868 à Gobineau. La source la plus ancienne s'en trouverait dans la chronique danoise de Saxo Grammaticus. Mais rien ne prouve que Mérimée ait *lu* Saxo Grammaticus : il l'a feuilleté, un jour de 1852, à la recherche d'un renseignement pour son ami Francisque Michel... En revanche, dans le même numéro de la *Revue de Paris* du 14 juillet 1833 où il parlait de Jacquemont, il a dû lire *L'Homme-Ours*, adaptation par un Mr. H. C. de Saint-

Michel d'une légende rencontrée « dans un vieux chroniqueur danois ». Les *Histoires tragiques* extraites des œuvres italiennes de Bandello par François de Belleforest contiennent un récit analogue, que Mérimée a pu connaître. Mais un savant allemand a dénombré (en 1910) plus de deux cents variantes, à travers l'Europe, du conte populaire nordique du Fils de l'Ours. Qu'importe où Mérimée a pris son bien ? Plutôt, son bien, c'est *Lokis*, mise en œuvre profondément personnelle d'un thème que l'on peut dire, sans paradoxe, à la fois singulier et banal.

C'est à Fontainebleau, où, du 22 juillet au 14 août 1868, il fut l'hôte des souverains, que Mérimée a écrit *Lokis*. Le 2 septembre, il en donne à Jenny Dacquin ce résumé : « La scène se passe en Lithuanie... On y parle le sanscrit presque pur. Une grande dame du pays, étant à la chasse, a eu le malheur d'être prise et emportée par un ours dépourvu de sensibilité; de quoi elle est restée folle ; ce qui ne l'a pas empêchée de donner le jour à un garçon bien constitué qui grandit et devient charmant ; seulement, il a des humeurs noires et des bizarreries inexplicables. On le marie, et, la première nuit de ses noces, il mange sa femme toute crue. Vous qui connaissez les ficelles, puisque je vous le dévoile, vous devinez tout de suite le pourquoi. C'est que ce monsieur est le fils illégitime de cet ours mal élevé. » Non moins clairement, et avec plus de précision sur l'origine du cadre de *Lokis*, il écrit à Tourgueniev le 9 octobre : « Une dame est rencontrée par un ours qui la viole. Elle a un enfant, très beau garçon, un peu velu, très robuste, qu'on élève bien, mais qui est toujours un peu bizarre. Ce monsieur a son pucelage, lit des livres de métaphysique et est amoureux d'une petite coquette blanche et rose... Il ne se rend pas bien compte des sentiments qu'elle lui inspire : est-ce physique ou platonique ? Il se marie et il la mange. Je n'ai pas besoin de vous dire qu'il ne connaît pas l'auteur de ses jours. La conception est laissée dans l'ombre, et les lectrices timorées peuvent même croire que ces bizarreries ursines tiennent à un « regard ». Le plus drôle, c'est qu'en ruminant cette belle histoire, j'avais entre les mains une grammaire lithuanienne. Je suis devenu très fort en jmoude, zomaïtis, et j'ai mis la scène en Lithuanie. La couleur locale abonde !!! » Une autre lettre, en effet, le montre occupé, dès le mois de mai 1867, de l'étude de la langue lithuanienne. Mais, ceci est plus grave, le 25 juin 1867 il avait écrit à l'Autre inconnue : « Vous me parlez de chasse avec tant d'ardeur que vous voudriez déjà, je pense, vous trouver en face d'un loup, voire même d'un ours. Passe pour la première de ces vilaines bêtes, mais je vous interdis absolument les ours, ils sont trop mal élevés pour avoir du respect pour les chasseresses. » D'où il appert que, près d'un an avant de l'écrire, il pensait à *Lokis* et que la comtesse Przezdziecka, associée dans son esprit à de troubles images, lui a inspiré le personnage de Ioulka.

On ne peut analyser tous les passages de la correspondance qui jalonnent la création de *Lokis*, mais il faut en retenir les inquiétudes de Mérimée, qui, s'avisant que sa nouvelle est peut-être « décolletée » à l'excès, se promet bien de ne pas la publier, puis cède à la tentation de consulter amis et amies, puis estompe, à la prière de Jenny Dacquin et de Mme Delessert, des clartés par trop crues, puis tente l'épreuve d'une lecture à Saint-Cloud, un soir de juillet 1869, en présence de l'impératrice, et rassuré par cet auditoire très *select*, dont plusieurs demoiselles, qui n'ont rien « compris », enfin se laisse « embobeliner » par Buloz, à qui il n'a pas plutôt livré son manuscrit que la peur le reprend du possible scandale — mais il ne peut plus se dédire. *Lokis* paraît donc, et Mérimée constate avec soulagement que « personne n'y a rien vu d'immoral ». La princesse Julie ayant toutefois sollicité des éclaircissements, l'auteur lui répond en badinant : « Vous soulevez une question fort grave et que je n'ai jamais osé discuter. L'ours est mort sans faire de révélations. Les regards, les peurs et les envies expliquent beaucoup de choses, notamment pourquoi les fils ne ressemblent pas toujours à leurs pères... Cet infortuné jeune homme ne savait pas bien la nature du sentiment qui le portait vers cette jeune demoiselle et ne l'a su qu'après l'avoir mangée. »

M. Raymond Schmittlein, qui a consacré à *Lokis* une importante étude, très complète, a cru déceler chez Mérimée, à partir de 1862, les traces d'un véritable refoulement. Il est au moins indéniable que, de ses trois dernières nouvelles, si *La Chambre bleue* n'est que platement grivoise, *Djoûmane* et surtout *Lokis* témoignent de quelque obsession sexuelle. Mais *Lokis* n'en compte pas moins parmi les œuvres les plus habiles de Mérimée, qui, empruntant à Mickiewicz la couleur locale, à Hoffmann l'atmosphère fantastique, à Edgar Poe l'analyse, a su atteindre à la parfaite originalité littéraire.

FEDERIGO

Federigo parut dans la *Revue de Paris* du 15 novembre 1829. Recueilli en 1833 dans *Mosaïque* il en fut exilé par Mérimée dès la seconde édition, en 1842, et ne revit le jour qu'en 1873, dans les *Dernières nouvelles*. Entre-temps, à vrai dire, *Le Pirate*, dès le 22 novembre 1829, l'*Almanach dédié aux dames belges* en 1830, les *Annales romantiques* en 1832 l'avaient jugé de bonne prise.

Pourquoi Mérimée le fit-il disparaître de *Mosaïque* et ne le reprit-il pas par la suite dans ses volumes composites de la Bibliothèque Charpentier ou dans ses *Nouvelles* de 1852? En était-il, comme on l'a supposé, médiocrement satisfait? Sa sévérité, alors, eût été excessive : *Federigo*, bien sûr, est une chose assez mince, mais malicieuse et charmante. Seulement, c'est un conte fantastique : il n'avait donc pas sa place dans les *Nouvelles* ; et, quant au fantastique, Mérimée pensa peut-être que celui de la *Vision de Charles XI* suffisait à *Mosaïque*. A la différence pourtant de la *Vision* (et aussi du *Preneur de rats de Hameln*, dans la *Chronique*), *Federigo* est d'un fantastique gai.

C'est, en somme, une autre version du « Poirier du Bonhomme Misère », de Champfleury, un conte de la veillée, dont on n'a pas trouvé la source, et sans doute composé d'éléments hétéroclites (car la note liminaire de Mérimée commande la méfiance), narré d'un ton bonhomme, à la fois imperturbable et narquois, où l'on serait bien sot de ne pas sourire, à voir Jésus-Christ dupé par le malin Federigo.

DJOÛMANE

Djoûmane a été publié pour la première fois dans *Le Moniteur universel* des 9, 10 et 12 janvier 1873, d'après le manuscrit autographe offert par Mérimée à Paul Dalloz, qui dirigeait alors ce journal. Était-ce simple don d'amitié, ou pour qu'il le publiât? On observera seulement que la collaboration de Mérimée au *Moniteur* se borne à des études et à des comptes rendus.

Si la correspondance de l'auteur nous renseigne abondamment sur la composition de *La Chambre bleue* et de *Lokis*, elle est muette sur *Djoûmane*. Tout au plus pouvons-nous inférer d'une lettre du 2 septembre 1868 à l'Inconnue que *Djoûmane* fut, le mois précédent, commencé à Fontainebleau et terminé à Paris.

Il est assez vain d'évoquer à propos de cette nouvelle les passages de ses lettres où Mérimée parle de l'Algérie et le voyage dont il avait longuement caressé le projet en 1847, et qui manqua. S'il faut à tout prix des sources, retenons qu'il se montre curieux de lire, en 1859, les livres longtemps classiques et toujours intéressants du général Daumas. Il a pu rencontrer dans *La Grande Kabylie*, *Les Chevaux du Sahara* et *Le Grand Désert* tel ou tel trait de *Djoûmane*.

Ce conte incohérent passait pour peu intelligible quand, en 1928, M. Raoul Roche en a proposé une interprétation freudienne assez séduisante. Selon lui, Mérimée a voulu faire « le compte rendu, à peine truqué par endroits, d'un rêve authentiquement éprouvé. D'autre part, l'origine de ce rêve était, à son insu très probablement, dans le désir qu'il avait éprouvé, accidentellement sans doute, pour une jeune fille juive ». *Accidentellement* laisse... rêveur. Mais l'analyse onirique approfondie de M. Roche ne doit pas être dédaignée.

Plus récemment, en 1949, M. Raymond Schmittlein a vu dans *Djoûmane* la démarcation habile d'un thème populaire d'origine nordique, le Fils de l'ours, qui serait le point de départ de *Lokis*, mais dont Mérimée aurait réservé un certain nombre de « motifs » pour *Djoûmane*. A quoi bon objecter que *Lokis* a sans doute été écrit après *Djoûmane*, si cette très raisonnable supposition se fonde sur la même lettre où Mérimée déclare avoir porté les deux nouvelles ensemble dans sa tête ? On peut alors admettre qu'il a ménagé, en effet, les ressources que lui offrait la légende septentrionale, de façon à utiliser dans *Djoûmane* « la lutte avec l'adversaire que personne ne peut vaincre, la chute dans la crevasse profonde, la caverne souterraine, la jeune fille prisonnière, le monstre serpent »...

Recueilli dans les *Dernières nouvelles*, *Djoûmane* a été reproduit en février 1893 dans le *Supplément illustré* du *Petit Journal*...

LETTRES D'ESPAGNE

Le lecteur nous pardonnera ou plutôt il nous saura gré d'avoir, en dépit de la chronologie, rapproché de *Carmen* les trois Lettres « adressées d'Espagne au directeur de la *Revue de Paris* », que dès 1833 Mérimée recueillit dans *Mosaïque*, et celle qui ne reparut qu'en 1873, dans les *Dernières nouvelles*. Sans aller, certes, jusqu'à dire qu'elles annoncent une quinzaine d'années à l'avance le chef-d'œuvre de 1845, ces lettres offrent avec lui quelques points communs qui ne sont pas indifférents à l'étude de la création littéraire. Toute l'Espagne de Mérimée est fixée dès 1830. Les voyages qu'il fera par la suite dans la péninsule lui permettront seulement de retoucher l'image qu'il en avait d'abord rapportée et, pour ainsi dire, de la tenir au courant.

Les lettres de la *Revue de Paris* furent-elles vraiment envoyées de Madrid et de Valence au docteur Véron ? On s'expliquerait mal les longs délais écoulés entre la date de deux au moins d'entre elles et leur publication. Il est infiniment probable que c'est à son retour à Paris que Mérimée mit ses notes en ordre et les rédigea sous la forme épistolaire. Cet authentique *reportage* est, dans sa présentation très vivante, une supercherie.

« Les Combats de taureaux » (Lettre I), datés de Madrid, 25 octobre 1830, parurent dans la *Revue de Paris* du 2 janvier 1831. Mérimée y a ajouté, dans la deuxième édition de *Mosaïque* (1842), un post-scriptum. Avant Dumas, de l'incompétence tauromachique de qui il se moquera fort, avant Gautier, Mérimée a révélé aux Français un aspect très particulier, très haut en couleur, des mœurs espagnoles. On rencontre dans ses lettres à Mme de Montijo mainte confirmation de la sincérité de son enthousiasme pour les spectacles de l'arène.

« Une exécution » (Lettre II), datée de Valence, 15 novembre 1830, parut dans la *Revue de Paris* du 13 mars 1831. Mérimée écrivait à Jenny Dacquin, au début d'août 1832 : « ... En Espagne, j'ai toujours eu des muletiers et des toreros pour amis. J'ai mangé plus d'une fois à la gamelle avec des gens qu'un Anglais ne regarderait pas, de peur de perdre le respect qu'il a pour son propre œil. J'ai même bu à la même outre qu'un galérien. Il faut dire aussi qu'il n'y avait que cette outre et qu'il faut boire quand on a soif. » Dans « Une exécution », rencontrant un *presidiario*, Mérimée boit avec lui « à la même bouteille, pour la raison qu'il n'y avait pas de verre à une lieue aux environs ». Pourquoi une bouteille ici, et là une outre (qui fait plus « couleur locale ») ? En tout cas, le détail suggestif n'est pas inventé.

« Les Voleurs » (Lettre III), datés de Madrid, novembre 1830, et enrichis d'un post-scriptum en 1842, parurent dans la *Revue de Paris* du 26 août 1832.

« Les Sorcières espagnoles », datées de Valence, 1830 (sans autre précision et avec un blanc un peu énigmatique), parurent tardivement, dans la *Revue de Paris* du 29 décembre 1833. Il n'était plus temps de les glisser dans *Mosaïque*, où elles auraient logiquement pris place comme une quatrième lettre d'Espagne. Preuve d'ailleurs qu'elles n'étaient pas encore rédigées en juin, quand parut *Mosaïque*. Mais pourquoi Mérimée ne les recueillit-il point dans la deuxième édition, en 1842? Pourquoi ne les retrouve-t-on que dans le volume posthume, et fort disparate, des *Dernières nouvelles ?* Ces « Sorcières » ne sont ni moins intéressantes, ni moins bien venues que les trois premières lettres d'Espagne. La petite gitane des environs de Murviedro nommée Carmencita, « une très jolie fille, point trop basanée », a dû jouer son rôle dans l'invention du personnage de Carmen. Et le Juan Coll « qui a fait tant de bruit dans le temps aux environs de Tortose » n'a-t-il pas donné son nom au pauvre Jean Coll, à qui la Vénus d'Ille casse la jambe?

Il y aurait, à la rigueur, une cinquième lettre d'Espagne, adressée, celle-là, au directeur de *L'Artiste*, qui la publia en mars 1831. Mais, rapide, superficielle, cette visite au *Musée de Madrid* est devenue presque insignifiante. Ni Mérimée, ni les éditeurs des *Dernières nouvelles* ne se soucièrent de la disputer à l'oubli.

Et il y aurait, enfin — mais ce ne serait pas de jeu, car c'est une lettre privée, et le lecteur curieux la cherchera dans la *Correspondance* —, la lettre de Grenade, 8 octobre 1830, à Sophie Duvaucel : on ne soutiendra pas qu'elle offre l'intérêt ni la valeur littéraire des autres lettres d'Espagne, mais, dans sa spontanéité et son décousu, c'est la plus amusante.

RONDINO

Rondino a paru dans *Le National* du 19 février 1830, précédé de cette note : « Un voyageur nous transmet les détails suivants, qu'il a recueillis à son passage à Turin, sur un brigand fameux, exécuté il y a trois mois environ. » Ces pages anonymes sont de Mérimée. On n'a aucune raison de révoquer en doute l'attribution manuscrite que Thiers lui en a faite dans la marge de son exemplaire du *National*. Au

surplus, Stendhal la confirme dans une lettre du 7 mars
1830 à Sophie Duvaucel.

Ce petit conte n'est pas sans saveur et on y trouve déjà le
bandit sympathique, le bon brigand, dont Mérimée peindra
des portraits plus poussés. Et c'est sans doute à ce qu'elle
a de rudimentaire que cette esquisse a dû de n'être pas
recueillie par l'auteur dans *Mosaïque*.

H. B.

H. B. n'est pas une biographie impertinente, à la façon
du *Voyage à Montbard*, où Hérault de Séchelles persifle
admirativement Buffon ; pas davantage une *interview* abu-
sive, sinon imaginaire, comme les *Huit jours chez M. Renan*,
cette espièglerie un peu vive du jeune Maurice Barrès.
H. B. serait plutôt une oraison funèbre narquoise, dont
l'insolite (ou l'indécence, mais c'est même chose) ne pouvait
échapper à Mérimée. H. B., c'est Henri Beyle, alias Stendhal,
qui fut pour Mérimée, de vingt ans plus jeune, son maître
en scepticisme et son maître aussi en l'art de vivre. Et ce
Stendhaliana devait paraître doublement paradoxal, d'être
l'œuvre d'un ami et que cet ami se fût avisé soudain d'écrire
un si bizarre « éloge », huit ans après la mort de son héros...
A dire vrai, la brochure, anonyme de surcroît, qui sortit des
presses de Didot à l'automne de 1850 ne portait pour titre
que les deux initiales H. B., le tirage en était limité à
25 exemplaires et, comme pour souligner qu'on la destinait aux
seuls initiés, tous les noms propres étaient remplacés par
des blancs. Mérimée offrit assez précautionneusement une
quinzaine d'exemplaires, deux « heureux possesseurs » recou-
rurent « à des moyens que les galères récompensent dans les
pays policés », et, lassé sans doute d'être tracassé par des
sots, il brûla le reste.

Car des « fuites » avaient assuré une déplorable encore
que prévisible publicité à cette mince brochure « uniquement
destinée à rappeler la mémoire de Beyle à quelques

anciens amis ». Ainsi parle l'un d'eux, qui l'était aussi de
Mérimée, et qui, ayant justifié cette distribution confiden-
tielle par « les anecdotes passablement scabreuses sur Dieu
le Père, sur Jésus-Christ etc. », ajoute : « Elles sont de
nature à effaroucher les faibles. » (Ce qui est vrai, mais
élève celui qui l'écrit à la dignité d'esprit fort...) Le très
républicain Eugène Pelletan répandit dans *La Presse*
(29 décembre 1850) ses fulminations laïques. Mais le plus
acharné fut le fanfaron de vertu Maxime Du Camp : « D'autres,
écrit-il dans la préface de ses *Chants modernes* (1855),
d'autres ont fait plus encore... Ils avaient des amis ; quand
ces amis furent morts, ils écrivirent, sous prétexte d'honorer
leur mémoire, d'infâmes libelles qu'ils n'osèrent même pas
signer et qu'ils avaient glanés sans doute dans les rognures
des manuscrits du marquis de Sade ; en faisant ainsi, en
accumulant monstruosités sur monstruosités, en crachant
sur tout, en calomniant tout, hélas! jusqu'à l'affection de
Jésus pour saint Jean, en déclarant que la seule excuse de
Dieu est de ne pas exister, en bavant sur tout ce qu'il y a
de sacré au monde, eux, ces hommes graves, ces hommes
décrétés immortels! ils ont commis un crime de lèse-majesté
littéraire que nous ne devons jamais oublier. » On aura
remarqué que, si Mérimée « n'ose même pas signer son
infâme libelle », point davantage dans cette diatribe Du
Camp ne nomme Mérimée contre qui peut-être il ne se
déchaîne ainsi que parce que l'auteur de *H. B.* s'était permis
de le précéder, lui, Du Camp, dans les bonnes grâces de
Valentine Delessert. Moraliste encore agressif au soir de sa
vie, dans ses *Souvenirs littéraires* (1882) Du Camp dénoncera
H. B. comme « une brochure passablement malpropre ».

Mérimée avait plus d'esprit. Attaqué, taquiné, questionné, il désavouait avec humour ces pages scandaleuses :
« Je n'ai jamais rien écrit sur Beyle que la préface de l'édition complète de ses œuvres. Il y a des gens malintentionnés
à mon égard qui m'attribuent une brochure... Elle est immorale, et cela doit vous prouver qu'elle n'est pas de moi »
(lettre à R. Monckton Milnes, 21 mai 1862). Petite question
incidente, Mérimée avait-il pu lire la lettre où Voltaire écrit

au médecin genevois Tronchin, à propos de *Candide* :
« Comme je trouve cet ouvrage très contraire aux décisions
de la Sorbonne et aux Décrétales, je soutiens que je n'y ai
aucune part » ?

Le succès de curiosité de *H. B.*, à quoi n'ont pas nui, bien
sûr, plusieurs réimpressions clandestines (auxquelles il va de
soi que Mérimée demeura étranger), et celle surtout que
Poulet-Malassis, « l'an 1864 de l'imposture du Nazaréen »,
orna d'un frontispice « stupéfiant » (ainsi parle le titre, et il
ne ment pas) de Félicien Rops, ce succès dure encore. Longtemps, les éditeurs se dissimulèrent sous des adresses apo-
cryphes : Eleutheropolis, San Remo, Calcutta. En 1908,
Paul Léautaud inséra bravement *H. B.* dans « Les plus belles
pages de Stendhal » de la célèbre collection du Mercure de
France. D'autres l'ont (plus ou moins exactement) reproduit, depuis, sans qu'en souffrît leur tranquillité.

Mais il faut être attentif à ne point prendre le change,
à quoi nous inciterait la lettre de Mérimée à Monckton
Milnes, et à ne point confondre avec le véritable *H. B.* un
faux *H. B.* accrédité par Mérimée lui-même, qui, en 1855,
se débarrassera du pensum d'une préface à la *Correspon-*
dance de Stendhal (et non, comme il écrit par lapsus, aux
Œuvres complètes) en édulcorant et délayant *H. B.* sous le
titre de « Notes et souvenirs ». C'est cet *H. B.* trop bénin,
« l'Henry Beyle des salons », dit un journaliste, qui a été
recueilli dans le volume posthume de *Portraits historiques*
et littéraires. Mais c'est le texte de 1850 qu'il faut lire et
méditer. Rachel avait tort, un adorateur lui ayant offert
un *H. B.*, de dire « Ce n'est que cela ? J'en ai lu bien d'autres
dans Voltaire », et de proposer l'échange de sa brochure
contre un sac de marrons glacés. Les gloses et commentaires
que *H. B.* a inspirés à un François Michel (*Le Chiffre du*
consul Beyle et *Deux ministres et un consul*), à un Jean
Dutourd (*L'Ame sensible,* avec une bien jolie conjecture sur
le mot de Murat) sont un bon exemple de ce que des esprits
originaux, et qui savent *lire*, peuvent trouver de suggestif
dans cet opuscule nourri d'anecdotes toutes sèches, et non
moins révélateur du vrai Mérimée que du vrai Stendhal.

Table

COLLECTION FOLIO

1228.	Pierre Herbart	*La ligne de force.*
1229.	Michel Tournier	*Le Coq de bruyère.*
1230.	William Styron	*La marche de nuit.*
1231.	Tacite	*Histoires.*
1232.	John Steinbeck	*Au dieu inconnu.*
1233.	***	*Le Coran,* tome I.
1234.	***	*Le Coran,* tome II.
1235.	Roger Nimier	*L'étrangère.*
1236.	Georges Simenon	*Touriste de bananes.*
1237.	Goethe	*Les Affinités électives.*
1238.	Félicien Marceau	*L'œuf.*
1239.	Alfred Döblin	*Berlin Alexanderplatz.*
1240.	Michel de Saint Pierre	*La passion de l'abbé Delance.*
1241.	Pichard/Wolinski	*Paulette,* tome I.
1242.	Émile Zola	*Au Bonheur des Dames.*
1243.	Jean d'Ormesson	*Au plaisir de Dieu.*
1244.	Michel Déon	*Le jeune homme vert.*
1245.	André Gide	*Feuillets d'automne.*
1246.	Junichiro Tanizaki	*Journal d'un vieux fou.*
1247.	Claude Roy	*Nous.*
1248.	Alejo Carpentier	*Le royaume de ce monde.*
1249.	Herman Melville	*Redburn ou Sa première croisière.*
1250.	Honoré de Balzac	*Les Secrets de la princesse de Cadignan et autres études de femme.*
1251.	Jacques Sternberg	*Toi, ma nuit.*
1252.	Tony Duvert	*Paysage de fantaisie.*
1253.	Panaït Istrati	*Kyra Kyralina.*
1254.	Thérèse de Saint Phalle	*La clairière.*
1255.	D. H. Lawrence	*Amants et fils.*
1256.	Miguel de Cervantès	*Nouvelles exemplaires.*
1257.	Romain Gary	*Les mangeurs d'étoiles.*
1258.	Flannery O'Connor	*Les braves gens ne courent pas les rues.*
1259.	Thomas Hardy	*La Bien-Aimée.*
1260.	Brantôme	*Les Dames galantes.*
1261.	Arthur Adamov	*L'homme et l'enfant.*

Impression Bussière à Saint-Amand (Cher),
le 26 août 1982.
Dépôt légal : août 1982.
1er dépôt légal dans la collection : mai 1974.
Numéro d'imprimeur : 1908.
ISBN 2-07-036560-3./Imprimé en France.